ALQUIMIA DO LUAR

DAVID FERRARO

TRADUÇÃO
CARLOS SZLAK

A ALQUIMIA DO LUAR

Diretor editorial **PEDRO ALMEIDA**
Coordenação editorial **CARLA SACRATO**
Assistente editorial **LETÍCIA CANEVER**
Tradução **CARLOS SZLAK**
Preparação **DANIELA TOLEDO**
Revisão **BÁRBARA PARENTE** e **THAÍS ENTRIEL**
Ilustração de capa e miolo **FREEPIK** e **© C.J. MERWILDCOVER MERWILD**
Diagramação e adaptação de capa **VANESSA S. MARINE**

Dados Internacionais de Catalogação na Publicação (CIP)
Jéssica de Oliveira Molinari CRB-8/9852

Ferraro, David
A alquimia do luar / David Ferraro ; tradução de Carlos Szlak. — São Paulo : Faro Editorial, 2023.
256 p.

ISBN 978-65-5957-377-6
Título original: The alchemy of moonlight

1. Ficção norte-americana 2. Homossexualidade I. Título II. Szlak, Carlos

23-1882 CDD 813

Índices para catálogo sistemático:
1. Ficção norte-americana

1ª edição brasileira: 2023
Direitos de edição em língua portuguesa, para o Brasil, adquiridos por FARO EDITORIAL.
Avenida Andrômeda, 885 - Sala 310
Alphaville — Barueri — SP — Brasil
CEP: 06473-000
www.faroeditorial.com.br

Para Patrick

PARTE I

1

Château le Blanc, França, 1° de junho de 1873

EU NUNCA TINHA VISTO UM CADÁVER. OU MELHOR, JAMAIS TINHA VISTO *PARTE* de um cadáver, já que estava encarando uma mão decepada. Ela estava um pouco à margem do caminho, como se fosse uma aparição. Não era conveniente que estivesse na relva ensolarada. Era uma perturbação da paz naquela tranquila tarde de verão.

Enquanto o sol aquecia a minha pele, os pássaros cantavam sem se perturbarem pela visão nauseante. Tirei o lenço do bolso e enxuguei as gotas de suor que cobriam a minha testa. O dia já havia sido longo, e aquela descoberta certamente provocaria obstáculos adicionais. Já era bastante ruim ser um novato naquela história toda de ter virado um criado. Eu não estava acostumado a *servir* os outros. Muito pelo contrário. Os outros é que sempre atendiam todas as *minhas* necessidades.

Eu não precisava de mais nada atrapalhando o meu dia, não quando eu já me mostrava bastante lento para realizar os serviços domésticos. Porém, achei melhor me conformar com aquela tarefa desagradável. Em seguida, poderia voltar para terminar os meus afazeres propriamente ditos. Resmunguei ao imaginar até que horas da noite teria de trabalhar para recuperar o atraso.

Olhei em direção à trilha que levava aos estábulos. A floresta bloqueava grande parte da visão do Château le Blanc, mas vislumbrei uma chaminé por entre a vegetação densa. Era reconfortante saber que eu estava quase chegando.

Umedecendo os lábios, voltei a observar aquela visão perturbadora da mão decepada. Além de decepada, também estava dilacerada. Não era um corte impecável. Havia retalhos irregulares e soltos da pele agarrados a um pulso azulado, com dois ossos projetados para fora, rachados como se fossem palitos de fósforo partidos ao meio.

Engoli a bile que subia pela minha garganta. Felizmente, havia pouco sangue, apenas uma pequena poça, que já tinha esfriado e coagulado sob o pulso fazia algum tempo.

Alguém precisava ver aquilo. Seria desagradável, mas seria mais fácil se eu levasse aquela coisa até o castelo e uma mensagem fosse enviada para a guarda da cidade. Olhei para o lenço e fiz uma careta ao decidir que teria de carregar o membro embrulhado nele. Claro que o lenço ficaria imprestável, mas não havia alternativa.

Inclinando-me, prendi a respiração ao me aproximar da mão, com os seus dedos erguidos e curvados no ar, como se tentasse alcançar algo antes da rigidez cadavérica tê-la petrificado naquela posição. Detive-me ao notar uma fileira de formigas rastejando à sua volta, avançando através do pulso exposto.

Com um grunhido, dobrei o lenço e cutuquei a mão, hesitante. Ao levantá-la por dois dedos, meia dúzia de moscas se dispersou, zumbindo em algazarra. Embrulhei-a depressa no tecido. Sentindo o odor de putrefação que exalava, virei o rosto, fazendo o possível para expulsar da minha mente as imagens das larvas desfrutando de um banquete. Apressei o passo, segurando o fardo repugnante o mais longe possível do meu corpo.

O cavalariço observou a minha aproximação. Então, tirou o chapéu, deu uma boa desempoeirada nele em seu joelho e o recolocou. Sorriu e ergueu uma perna para apoiá-la na cerca. Um cavalo relinchou no estábulo atrás dele, mas ele não se importou com o som, parecendo mais interessado no que eu estava fazendo, carregando um lenço como se contivesse uma cascavel.

— O que traz aí? — perguntou o cavalariço, inclinando a cabeça com curiosidade.

Hesitei por um instante.

— É... é uma mão.

— Uma mão?! — exclamou ele, intrigado. — Não está querendo dizer que é a mão de uma pessoa?

— Sim. Eu a encontrei no meio do caminho. Suponho que o conde queira que a guarda seja informada.

O cavalariço franziu os lábios.

— O mestre não gosta de problemas. Não, senhor. Não consigo imaginá-lo querendo que a guarda se intrometa na propriedade dele.

— Você está sugerindo que eu ignore o caso? — perguntei, surpreso.

— Não, não. De maneira alguma. Se eu fosse você, passaria o problema para Grimes. Ele vai saber como lidar com isso. Não há necessidade de incomodar o conde.

— Tudo bem, então — respondi, inclinando um pouco a cabeça, em despedida.

Então, retomei a caminhada.

Naquele momento, o contorno do Château le Blanc estava ficando mais nítido, erguendo-se como um refúgio em meio à floresta escura. Bastou-me a sua visão para aliviar um pouco da apreensão que me acometia. Entrei na clareira, espiando brevemente o labirinto de sebes antes de voltar a olhar para as paredes brancas do castelo, uma construção de três andares, ampla e elegante. Heras subiam por uma fachada lateral, agarrando-se à pedra e ameaçavam se amontoar junto às janelas. Por um instante, lembrou-me de La Vallée, o meu antigo lar, e senti uma pontada de tristeza no meu peito, mas logo afastei o pensamento e voltei a me concentrar na tarefa em questão.

Dirigi-me com determinação até a entrada da criadagem, mas hesitei, pensando na adequação de levar algo tão asqueroso para dentro. Estendi a mão para bater na porta, mas me detive ao ouvir passos se aproximando às minhas costas. Ao olhar para trás, vi que o cavalariço havia me seguido. Ele me saudou com a cabeça, contornou-me e abriu a porta.

— Farei o favor de chamar o Grimes para você.

— Eu agradeço — falei, surpreso com a sua consideração, além de bastante aliviado.

Poupou-me da indesejável tarefa de assustar o mordomo. Já que Grimes tinha o meu emprego nas mãos, eu *não* queria irritá-lo ou provocar-lhe uma aflição desnecessária que fosse desfavorável para mim. A estima era tudo para um criado.

Um ruído chamou a minha atenção. Uma nuvem de poeira cobria o ar na traseira de uma pequena carruagem puxada por um único cavalo. O animal percorria a estrada de terra batida a galope com a cabeça orgulhosamente erguida. Não eram visitantes do castelo. Era uma carruagem simples demais para pertencer a um nobre. Além disso, a ala da criadagem estaria em alvoroço com a chegada iminente de qualquer convidado.

— Dupont.

Estranhei ao ouvir o nome, mas logo me dei conta de que era o sobrenome que eu havia adotado para esconder o meu verdadeiro. Eu me endireitei quando Grimes surgiu na entrada da criadagem, com o cavalariço em seu encalço. Os olhos do mordomo logo foram para o embrulho em minha mão. Ele fez uma careta e segurou um lenço junto ao rosto, como se o mero pensamento da mão decepada lhe fosse revoltante.

Então, Grimes desviou o olhar, enquanto o barulho da carruagem se aproximava. Ele acenou com a cabeça para o cavalariço.

— É o médico. Assim que ele descer da carruagem, fale com ele, mas seja discreto quanto a isso — disse o mordomo.

O cavalariço fez uma leve reverência com a cabeça e partiu para a frente do castelo.

— O médico? — perguntei. — Alguém está doente?

— A sra. Blake voltou a sentir dores — respondeu Grimes, gesticulando com a mão em desdém. — Você sabe como as mulheres são frágeis.

Reprimi o impulso de revirar os olhos.

— Ah, então os donos da casa estão bem de saúde — comentei, pois a sra. Blake era a cozinheira. — Que bom.

— Suponho que sim — concordou Grimes, endireitando a postura. — A família dificilmente seria atendida por um médico rural, muito menos por um aprendiz. Os proprietários têm o seu médico particular. Ele vem do mosteiro. Esse é o tipo de eficiência que defendo, sr. Dupont. As necessidades médicas *e* as necessidades espirituais reunidas num único indivíduo, cuidando do corpo *e* da alma.

— Sim, sim — confirmei, sem saber muito bem o que responder.

Já tinha visto um monge no castelo antes. Devia ser o médico da família de quem Grimes falou. Para ser sincero, ele me pareceu frio e desagradável, mas por outro lado, nunca fui dedicado à religião. Eu havia frequentado a igreja com a minha família, e agora comparecia junto aos outros criados, mas dificilmente eu diria ser devoto. Apenas ia para manter as aparências.

Em poucos minutos, o cavalariço voltou, um pouco sem fôlego, com um homem atrás dele que carregava uma maleta de médico.

— Sr. Valancourt — cumprimentou Grimes. — Muita gentileza da sua parte ter vindo.

— O prazer é todo meu — redarguiu Valancourt, exibindo suas fileiras de dentes brancos brilhantes enquanto fazia uma mesura com a cabeça para o mordomo.

Admirado, fixei os olhos nele. Um tanto rústico, sim, mas provavelmente o homem mais bonito que eu já tinha visto. Lembrei que Grimes havia se referido a ele como um aprendiz, o que me levou a acreditar que era apenas um ou dois anos mais velho do que eu.

Belo *e* inteligente, pensei, analisando-o. Em minha opinião, era uma combinação imbatível.

Valancourt tinha a pele escura, o cabelo cortado bem rente nas laterais, mas com cachos pretos no alto da cabeça. Perguntei-me por um instante se a sua família era da África ou de alguma ilha do Caribe. Seu sorriso era perspicaz, com covinhas aparecendo nos cantos da boca, o que me provocou pontadas no peito. Observei a sua barba tênue ao longo do seu queixo e os seus olhos, que eram lagoas escuras de calidez, nas quais eu poderia mergulhar, incrivelmente atraentes. Por instinto, inclinei-me, como se quisesse chegar mais perto dele quando seus olhos encontraram os meus. Notei os longos cílios e a maneira como os seus lábios se entreabriram um pouco. Ele tinha lábios muito bonitos.

— E quem é este? — perguntou Valancourt, me olhando de cima a baixo brevemente.

Senti o calor tomar conta do meu rosto e soube que estava ficando vermelho, mas não consegui evitar. Eu era propenso a ruborizar com facilidade. Meu pai sempre havia caçoado de mim quanto a isso, mas de forma amável.

— É o sr. Dupont, o nosso ajudante. Está conosco há uma semana.

Grimes suspirou e prosseguiu:

— Uma semana apenas e já trouxe problemas para a nossa casa.

— Desculpe, sr. Grimes. — Abaixei a cabeça.

— Não há nada a ser feito em relação a isso. Mas talvez o bom médico possa ajudar a nos poupar de uma aflição.

— Farei o que puder — consentiu Valancourt, parecendo confuso. — Mas achei que a razão da minha vinda até aqui fosse para examinar a sra. Blake.

— Sim, sim — concordou Grimes. — Porém, o assunto mais urgente é que Dupont encontrou uma... *mão* ao perfazer o caminho de volta ao castelo. Se o senhor puder entregá-la para a guarda e poupar a família de um sofrimento desnecessário, tenho certeza de que todos ficariam muito agradecidos.

Valancourt franziu a testa.

— Entendo. — Ele semicerrou os olhos para Grimes e, então, virou-se para mim. — É claro que vou precisar levar o sr. Dupont comigo. No mínimo, ele precisará prestar um depoimento. Mas por outro lado, tenho certeza de que poderemos manter o caso em sigilo, para não incomodar a família.

— Ficaremos em dívida com o senhor — admitiu Grimes. Em seguida, encarou-me. — Como você provavelmente não vai voltar a tempo de servir o jantar, espero que compense ajudando Fournier com os seus deveres de valete esta noite.

— É claro, sr. Grimes — concordei, fazendo uma reverência.

O mordomo voltou para dentro da casa e o cavalariço, que tinha ficado ouvindo a conversa o tempo todo, afastou-se em direção ao estábulo.

Quando a porta da entrada da criadagem se fechou com um baque surdo, deixei escapar um suspiro de alívio. Ao me virar, encontrei Valancourt me observando. Pisquei e evitei aquele olhar penetrante.

— Sinto muito pelo incômodo — desculpei-me.

— Não é um incômodo — assegurou-me Valancourt, apontando para o lenço em minhas mãos. — Posso...?

— Ah, sim. Por favor.

Entreguei-lhe o lenço, um tanto nauseado ao avistar uma vermelhidão brotando na parte inferior do tecido.

Nossos dedos se tocaram levemente e o meu coração disparou, fazendo-me esquecer por um instante do que estávamos fazendo. Quis manter a contato cálido do médico por mais algum tempo, mesmo que fosse por outro precioso segundo, mas não pude. Valancourt se afastou de mim, sem nunca desviar o olhar do lenço, e claramente sem se afetar pelo contato como eu.

A decepção extinguiu a minha empolgação. O que eu esperava que acontecesse? O que eu sentia pelos homens não era algo aceitável. Pelo menos era o que a minha tia professava. Eu não entendia como algo como o amor, algo que parecia tão certo, podia ser tão errado.

Valancourt desembrulhou o membro e o examinou por um instante, exclamando diversas interjeições seguidas, como "ah", e "hum", e "ora". Eu não tive estômago para observar, desviando o olhar até ele amarrar novamente o lenço e dobrá-lo como se fosse algum tipo de pergaminho. O médico se ajoelhou para guardá-lo em sua maleta e, ao olhar de volta para mim, seus olhos estavam brilhando. Senti como se estivesse mais uma vez caindo sob algum encantamento inexplicável. Valancourt estava com uma expressão cálida e convidativa.

— Perdão. Eu me empolgo às vezes e isso é fascinante. Normalmente, as mãos ficam presas ao corpo das pessoas.

Olhei para ele até me dar conta de que ele tinha contado uma piada. Uma piada bem fraca, mas ainda assim uma piada. Eu o agradei com uma risada.

De modo quase imperceptível, o médico se encolheu diante da minha reação, mas se recuperou com um sorriso largo.

— Acho que não me apresentei direito. Sou Valancourt. Bram Valancourt. — Ele ficou de pé e estendeu a mão.

Apertei a sua mão, a sua atenção me deixando encabulado.

— Emile St. Aubert.

Valancourt piscou e, em seguida, observou-me, pensativo, soltando a minha mão.

— Achei que o seu nome fosse Dupont.

Arregalei os olhos e amaldiçoei o meu ato falho. Bastou um rosto bonito, e esqueci completamente do meu disfarce.

— Eu... Sim. Por favor, me chame de Dupont. Trata-se de um apelido. Ou melhor ainda, pode me chamar de Emile.

— Muito bem, Emile. E suponho que você gostaria que eu acreditasse que você está acostumado a uma vida de serviços braçais sem um único calo nas mãos?

Meu coração bateu em pânico. Abri a boca, mas logo a fechei quando não consegui pronunciar nada inteligível. Valancourt era observador. Eu não estava habituado com pessoas que davam atenção demais a um criado.

— Qualquer que seja a razão do subterfúgio, não é da minha conta — afirmou Valancourt, sem dúvida notando a minha aflição. — Fiquei curioso, só isso. Mas não vou pressioná-lo.

— Obrigado. — Fiz uma mesura discreta com a cabeça, enquanto a minha tensão se dissipava. — Eu agradeço.

Por um momento, Valancourt ficou me encarando, como se estivesse tentando decidir algo, mas, no final das contas, balançou a cabeça e apontou para a entrada da criadagem.

— Por que não lava suas mãos e me encontra na minha carruagem? Não pretendo me demorar com a sra. Blake.

— Obrigado — repeti, atraindo a atenção do médico.

— Não há de que, Emile.

E com isso, Valancourt se dirigiu à entrada da frente da casa, me deixando para observá-lo se afastar.

Foi uma bela vista.

2

No fundo, sempre fui um romântico. Suponho que foi por ter crescido numa família em que pai e mãe se adoravam, manifestando amor em cada olhar. Queria aquilo para mim, aquela devoção natural, em que cada passo levava em consideração o outro, uma dança cujo propósito era apenas fazer o outro feliz. Não achava que era pedir muito, mas a sociedade tinha outras ideias. Certamente a minha vida teria sido muito mais fácil se tivesse cedido, casado com uma mulher, mesmo que o casamento fosse desprovido de amor. Poderia até ter sido feliz com esse tipo de vida. Afinal, muitos casamentos se deviam a títulos, e os sentimentos eram apenas uma condição passageira. Mas eu não queria aquilo para mim. Queria me sentir arrebatado por todos os dias que passaria na companhia de uma pessoa que fosse o meu centro gravitacional. Como os meus pais. Portanto, recusei-me a me comprometer. Também foi por isso que me encontrei em circunstâncias tão perigosas. Pelos meus ideais. Porque o meu coração exigia que eu tivesse o que merecia.

Inclinei a cabeça, ouvindo o ruído dos cascos do cavalo na estrada de terra batida a caminho da cidade. O som criava um agradável pano de fundo para a paisagem ensolarada e arborizada que passava vagarosa. Eu odiava romper a paz, mas o silêncio estava ficando opressivo demais para mim em meu estado de agitação. Não queria pensar a respeito da guarda. Se me considerassem uma pessoa suspeita, poderiam verificar quem eu era, e aquilo não seria bom. Tudo teria sido em vão.

— Por que você não é o médico da família de Montoni? Se não se importa que eu pergunte.

Ao meu lado, Valancourt franziu os lábios, um sinal que achei bastante perturbador.

— Digamos que algumas famílias não estão preparadas para encarar os avanços tecnológicos. Elas preferem se ater às práticas tradicionais da medicina.

— E você é avesso a essas tradições?

— Quando se trata de saúde, sim. Motivo pelo qual os criados daquela casa recebem melhores cuidados do que os seus senhores. O total oposto do que usualmente ocorre, não concorda?

Dei uma risada.

— Tenho certeza de que eles têm as suas razões, Valancourt.

— Bram.

Fiquei surpreso.

— Se devo chamá-lo de Emile, você deve me chamar de Bram — insistiu Valancourt.

— É claro, Bram.

Ele sorriu preguiçosamente para mim, e senti o meu rosto esquentar. Mexi-me desconfortável e pigarreei, procurando por uma distração para o meu estado confuso.

— Há quanto tempo você estuda medicina? Você é um médico aprendiz?

Bram pensou por um momento, e vi a luz brincar em suas feições à medida que avançávamos ao longo do caminho.

— O meu pai é médico. A medicina é uma tradição familiar. Eu ajudo o meu pai desde muito jovem. Como o seu aprendiz, ele confia em mim para realizar atendimentos simples na cidade. Em algum momento, ele quer que eu assuma.

— Tenho certeza de que você vai deixá-lo orgulhoso.

Bram ergueu uma sobrancelha.

— Você não sabe nada sobre mim, Emile.

— Sei que é um homem íntegro. — Dei de ombros. — Capaz de guardar segredos.

— E que não faz muitas perguntas?

— Você já deve ter visto inúmeras mãos decepadas como aprendiz — falei, olhando para o meu colo.

Diante da patética mudança de assunto, Bram sorriu.

— Mãos decepadas, não, não muitas. Mas esta profissão é sempre cheia de surpresas. Algumas podem ser agradáveis, é claro. Nem tudo são doenças e morte.

— Ah, é?

— Certamente. Ver o remédio que ministrei fazer efeito e ver um homem doente voltar para a sua família. Saber que, ao tratar uma doença comum, uma criança vai crescer para brincar, e amar, e constituir a própria família um dia… é muito gratificante. E posso fazer parte disso.

— Isso parece mesmo gratificante — concordei.

Bram também concordou.

— Receio que não deixe muito tempo para construir uma vida para mim. É um trabalho que exige demais. É difícil manter os amigos quando é necessário sair correndo a qualquer momento.

— Parece uma maneira solitária de se viver.

— O sacrifício vale a pena — afirmou Bram. Ele me olhou nos olhos, e perdi o fôlego. Então, refletindo, Bram inclinou a cabeça. — Você é contemplativo, Emile. E articulado. Sobretudo para um criado.

Ignorei o tom ambíguo em sua voz.

— Obrigado. Faço o melhor que posso para me destacar.

— *Hum* — murmurou Bram, recostando-se em seu assento. Sem dúvida, percebeu só de me ver que eu possuía tanta aptidão para ser um criado quanto ele. Mas foi educado o suficiente para ignorar esse fato e me deixar com os meus segredos.

Por enquanto.

— E a que distância do castelo você encontrou o membro mutilado? — perguntou o gendarme, um homem alto e com um bigode farto, enquanto rabiscava apressado num bloco de notas.

Seu parceiro, baixinho, atarracado e com nariz arrebitado, observava com atenção a mão que estava na mesa diante deles. Devido à luz indireta da sala, a coloração branco-azulada dela dava a impressão de que era de pedra. Algo a respeito da mão pousada ali, nua e exposta, deixou-me inquieto, como se eu estivesse observando algo perverso. Porém, ninguém mais na sala parecia compartilhar o sentimento.

Fiquei imóvel durante todo o interrogatório, como se qualquer movimento pudesse chamar uma atenção desnecessária. Senti uma gota de suor escorrer pela minha nuca, mas ignorei.

— Não muito longe do castelo. Talvez a cinco minutos a pé do estábulo — respondi.

— E estava um pouco fora da trilha?

— Sim, senhor.

O gendarme alto trocou um olhar com o seu parceiro. Fiquei tenso, esperando que aprofundassem as perguntas dirigidas a mim: o que eu estava fazendo lá, quem foi o meu último patrão, onde os meus pais moravam. Porém, aquelas perguntas nunca se materializaram. O gendarme alto fechou o seu bloco de notas e me agradeceu com um aceno de cabeça.

— Muito bem, sr. Dupont. Se tivermos mais alguma dúvida, suponho que poderemos encontrá-lo no Château le Blanc?

— Com certeza. — Senti um alívio me invadir, e meus ombros relaxaram.

Bram franziu a testa.

— Os senhores não querem que eu examine a mão?

— Não é necessário — o gendarme baixinho respondeu, jogou um pano por cima da mão e guardou o embrulho numa caixa. — Sem dúvida, a vítima foi atacada por um animal selvagem. Ninguém da cidade foi dado como desaparecido. E a menos que seja, espero que continue sendo o caso de um infeliz forasteiro de passagem que teve má sorte.

— Má sorte? — repeti, engolindo em seco. — Que espécie de animal arranca a mão de um homem do seu braço?

— Um urso, é provável. Embora pudessem ter sido inúmeros animais. A floresta não é segura para caminhadas solitárias à noite. Seria sensato se lembrar disso, sr. Dupont.

Senti um calafrio quando a minha imaginação evocou um urso me surpreendendo na floresta, com a boca escancarada, salivando. Que maneira horrível de encontrar o fim.

— Talvez eu possa descobrir o animal culpado por meio de um exame mais detalhado — insistiu Bram.

Os gendarmes voltaram a se entreolhar. O homem alto se aprumou.

— Não queremos mais desperdiçar o seu tempo, sr. Valancourt. Se o seu serviço ainda for necessário, mandaremos chamá-lo. Mas este parece ser um caso que não precisa de maiores repercussões.

— Tenham um bom dia. E obrigado por trazerem isto para nós — disse o baixinho, tirando o chapéu e desaparecendo numa sala aos fundos levando a caixa. O gendarme alto sentou-se à mesa e começou a folhear alguns papéis, deixando claro que havíamos sido dispensados.

Saí da sala inquieto. Fiquei aliviado por eles não terem feito nenhuma pergunta pessoal, é claro. Porém, a falta de interesse pareceu um tanto estranha.

Quando Bram fechou a porta atrás de mim, notei seu maxilar cerrado e soube que ele sentia o mesmo. Não tínhamos sido atendidos. A guarda jamais tivera a intenção de investigar o caso. Talvez fosse uma falta de rigor da parte deles ou algo mais sinistro, quem sabe um crime de que eles já tivessem conhecimento e estivessem fazendo vista grossa...

— Venha, Emile. — Bram colocou a mão na parte inferior das minhas costas e me guiou à frente. — Não há mais nada a ser feito aqui.

Minhas pernas obedeceram e, ao toque dele, senti uma eletricidade percorrer todo o meu corpo, apesar de ele dificilmente ter sentido o mesmo. Quando olhei para Bram, eu o percebi claramente distraído. Sua mão em minhas costas tinha sido uma reação automática, e não uma forma de intimidade. É claro. Teria sido ingênuo imaginar o contrário.

Saímos da delegacia e voltamos para a carruagem, mas Bram parou quando a alcançamos. Parecendo cair em si, retirou a mão das minhas costas e se endireitou. Por um momento, ele me contemplou.

— Acredito que você não precise voltar imediatamente.

— Grimes disse que me substituiria hoje. — Umedeci os lábios.

Bram abriu um sorriso.

— Então, pode me acompanhar para jantar. Não vou ao clube há muito tempo e detesto ir sozinho. Você pode ser a minha desculpa. Fica em Saint-Baldolph.

O convite fez meu estômago revirar. Fazia anos que não jantava num clube. Ser servido, relaxar e desfrutar a companhia de alguém... Era muito tentador. Mas levaria pelo menos uma hora para chegar a Saint-Baldolph.

— Eu... Eu sinto muito, Bram, mas acho que eu não conseguiria voltar a tempo. Tenho de compensar a minha ausência ajudando o valete com seus deveres ainda esta noite.

Nem por um instante, Bram deixou de sorrir.

— Então, no seu próximo dia de folga. Venha, me prometa.

— Eu... Sim. Eu adoraria — concordei, retribuindo o sorriso.

— Então está combinado. Enquanto isso, podemos comer alguma coisa num pub.

— Seria perfeito.

Satisfeito, Bram pôs a mão no meu ombro, conduzindo-me para longe da sua carruagem e pegando a alameda na direção oposta. Procurei não ficar radiante por causa da atenção, mas foi difícil evitar um sorriso de alegria. Naquele momento, eu estava prestes a jantar com um belo médico aprendiz. Talvez eu não tivesse arruinado completamente a minha vida, afinal.

Ao voltar para o Château le Blanc, eu ainda me sentia nas nuvens por causa do tempo passado com Valancourt.

Bram, lembrei a mim mesmo, ao passar pela porta de entrada da criadagem. Ele prefere ser chamado de Bram.

A comida do pub estava cozida demais e o salão era barulhento, mas Bram era tão charmoso e engraçado que foi certamente um dos melhores jantares a que já fui. Fiquei admirado como um recém-conhecido teve o poder de mudar a minha perspectiva. Na semana anterior, havia me sentido deprimido e solitário, mas o meu humor estava bem diferente após uma curta tarde fora.

Apesar de apertadas e escuras, a cozinha e as salas de trabalho da criadagem eram organizadas e mantidas em ordem. Fiquei surpreso com o fato de boa parte da manutenção da casa proceder daquela pequena área. Os criados dormiam no terceiro andar, em quartos pouco maiores que armários, deixando bastante espaço para os aposentos do castelo reservados ao conde Montoni e sua família. Tais recintos eram amplos e decorados com adornos, apesar de eu ter visto muito pouco até aquele momento. Pelo que pude observar, a decoração dava a impressão de ter custado muito dinheiro, mas era escura e sem graça. Cortinas pesadas cobriam as janelas e o mobiliário era sóbrio e de um azul tão escuro que parecia preto. Sem dúvida, não era do meu gosto, mas combinava com o caráter sombrio de Montoni.

Os animais empalhados constituíam a pior parte do castelo. Conheci muitos casarões decorados com esses animais para representar momentos de confrontos violentos, mas não eram do meu agrado. Pareciam não estar em harmonia com o lugar. Eu virava uma curva em algum cômodo e havia um pedaço de relva alta, com um faisão irrompendo dos juncos para escapar de uma raposa, como se estivessem congelados no tempo. Era difícil desviar o olhar de cenas tão mórbidas, mas também me deixavam um pouco inquieto.

Ao seguir pelo corredor estreito, parei junto a uma mesa de canto após notar uma aranha no meio de uma teia. O animal marrom e preto tinha olhos escuros e pernas longas e grossas cobertas por pelos finos. Na semana anterior, eu havia me deparado com diversos aracnídeos semelhantes, e as teias pareciam brotar do nada. Perguntei-me se não havia uma infestação em algum lugar. Não eram aranhas pequenas, mas cabiam confortavelmente na palma da minha mão. Não que eu fosse segurar uma delas.

Peguei um vaso vazio, coloquei a aranha dentro e cuidei de cobri-lo com um pano. Levei-o até a porta e deixei a aranha escapar. Odiava matar qualquer coisa sem necessidade, até mesmo uma pequena e repugnante aranha com mais pelos do que deveria.

— Pronto — disse, limpando as mãos e observando a arranha correr para a relva. — Você vai ser muito feliz aqui.

Feito isso, recoloquei o vaso sobre o tecido na mesa de canto. Então, desviei o olhar para a teia de aranha deixada para trás. Achei melhor limpar aquilo também.

— Você deve ser o Dupont — supôs um homem que vinha em minha direção. Aparentava ter mais de cinquenta anos e tinha um bigodinho fino. — Grimes disse que você me ajudaria com as minhas tarefas de valete esta noite.

Girei para encará-lo.

— Prazer em conhecê-lo. Você deve ser o Fournier.

— Sim, sou, mas podemos deixar as gentilezas para mais tarde. Há muito o que fazer. Se você ainda não comeu, não espere nada até depois de termos atendido o jovem senhor.

Inclinei a cabeça para baixo, sem deixar transparecer o fato de que, na verdade, já tinha jantado.

— Você sabe costurar?

— Costurar? — Torci o nariz. — Não, eu…

— Bem, agora não tenho tempo para ensinar. Então, você vai limpar as botas. Venha comigo. Vou mostrar o que deve fazer.

Lancei um último olhar pesaroso para a teia de aranha vazia antes de acompanhar Fournier.

Nas horas seguintes, ficamos mais ocupados do que eu esperava. Não tinha me dado conta da quantidade absurda dos deveres de um valete. Presumira que um valete apenas ajudava o seu senhor a se vestir, organizava suas coisas e o acompanhava em suas viagens. Nunca havia visto as atividades nos bastidores, é claro. Tampouco refletira em que consistiam. Meu emprego de ajudante no Château le Blanc fora uma grande lição. Achei que poderia me sair bem com o que vira em La Vallée quando era mais novo, mas havia precisado de um tempo com Grimes para de fato aprender a respeito das tarefas que deveria realizar.

O conde Morano era sobrinho do conde Montoni, o dono da casa. Morano tinha estado fora nos últimos quinze dias. Então, eu ainda não o conhecia, nem a sua irmã, que também havia viajado. Só tinha conhecido o conde Montoni na semana passada. Era um homem de meia-idade, que se comunicava com os criados usando apenas frases curtas. Eu particularmente não gostava dele, mas não podia me dar o luxo de ser exigente. Só podia esperar que os seus tutelados fossem mais amáveis.

Havia muito o que fazer por causa do regresso do jovem conde e da sua irmã. Não ajudou em nada o fato de Morano ter tocado um sino para nós mais cedo, o que significava que iria se recolher bem mais cedo que os outros membros da família.

— Deixe que eu falo com ele — disse Fournier. — E siga as minhas ordens.

O que era tudo que eu, de fato, podia fazer, já que não tinha outra experiência em que me basear.

No segundo andar, após uma leve batida na porta e uma resposta quase inaudível, entramos no quarto do conde Morano. Ele estava deitado na cama com um braço jogado sobre os olhos. Era um jovem esbelto, com braços musculosos.

— Que viagem cansativa — suspirou Morano. — Fournier, lembre-me de nunca mais visitar *monsieur* Pierre de la Motte. Ele é enfadonho demais.

— É claro, milorde — concordou Fournier.

O valete deu um passo à frente e ajudou Morano a se sentar. Foi o momento em que pude dar uma primeira olhada no jovem conde. Ele era muito bonito e tinha aproximadamente a minha idade. Tinha um queixo esculpido, maçãs do rosto definidas e um cabelo castanho-escuro um pouco longo. Os cachos lhe caíam sobre os olhos, mas ele os afastou.

Observando em silêncio, vi Fournier descalçar as botas e as meias de Morano e, após o conde levantar os braços, tirar sua camisa, deixando à mostra um peito firme e um abdômen bem-definido. A porção de pelos escuros que cobria o peito chamou a minha atenção para apreciar todo o seu corpo.

— E quem é esse? — A voz de Morano me atraiu para os seus olhos verdes, que se enrugavam, divertidos. Fiz uma reverência, esperando que o conde não tivesse visto meu olhar.

— É um novo ajudante — disse Fournier com desdém. — Ele foi contratado na nossa ausência.

— Ah, sim. Para substituir... Como ele se chamava mesmo?

— Hargrove.

— Ah, sim. Hargrove. Espero que esteja tudo correndo bem para onde quer que ele tenha se mudado.

— Tenho certeza de que é o caso, milorde.

Após outro momento, ergui os olhos e me peguei contemplando o traseiro nu de Morano, que atravessava o aposento para lavar o rosto junto à bacia de água. Fiquei hipnotizado pela beleza viril dos músculos ao longo de suas costas e dos montes torneados que levavam a suas pernas. Enrubesci e fui incapaz de elaborar pensamentos coerentes ao ver Morano passar uma toalha umedecida sobre os ombros largos.

— Vou querer tomar um banho amanhã à noite — avisou Morano.

— É claro, milorde — respondeu Fournier, virando-se para mim.

Ele apontou para as roupas jogadas no chão e, surpreso, pisquei, recompondo-me. Corri para juntar o vestuário e, depois de outro olhar de Fournier, saí apressado do quarto e desci para a ala da criadagem, onde os demais trajes de viagem de Morano foram deixados para serem lavados.

Eu ainda me sentia queimar com o que tinha visto, mas me ocupei com a limpeza das botas de Morano, até Fournier aparecer.

Ser um valete envolvia muita... intimidade. Tive o meu próprio valete em La Vallée, mas ele tinha a idade do meu avô e eu o conhecia desde que havia nascido. Não significava nada me despir na frente dele. Porém, ao ver Morano nu, não tinha certeza se seria capaz de olhá-lo nos olhos sem me ruborizar com a lembrança do seu belo corpo.

— Espero que esteja livre para ajudar amanhã à noite — disse Fournier, entrando na ala com ares de alguém que estava muito atarefado. — Trata-se de um trabalho para duas pessoas transportar a banheira para os aposentos de sua senhoria. E manter a água quente é um grande desafio.

Pisquei, tentando afastar a imagem do corpo de Morano esparramado numa banheira.

— Mas eu tenho os meus deveres.

— Não há nada a ser feito. Sua senhoria solicitou você especificamente. Vou falar com Grimes para liberá-lo dos seus outros serviços.

— É claro — concordei, com a mente acelerada.

Em La Vallée, quando eu tomava banho, era sempre atrás de um biombo, e o meu valete apenas me entregava as roupas, embora soubesse que alguns homens preferiam que os seus valetes fossem mais atenciosos. Para o meu bem, esperava que Morano fosse recatado. Eu não tinha certeza de que conseguiria passar por aquela experiência sem enrubescer drasticamente, talvez me denunciando. O fato de gostar de homens havia arruinado completamente o meu antigo estilo de vida. Não podia me dar o luxo de que aquilo voltasse a acontecer. Ou para onde mais eu iria?

3

NA NOITE SEGUINTE, ANTES DO MOMENTO DA GRANDE INQUIETAÇÃO, EU ME PREPAREI ajudando a servir o jantar da família. Não tinha tido muito o que fazer quando servi apenas ao conde Montoni. Bastava ficar em posição e encher a sua taça de vinho de vez em quando. No entanto, com a volta de seus sobrinhos, e a presença de alguns convidados, não poderia levar na flauta o serviço.

Calçando luvas brancas e me dispondo a ser firme, segui Grimes pelo corredor até o salão de jantar. Uma fileira de armaduras levava a portas enormes e intimidadoras, que ostentavam argolas de metal como puxadores. Tudo muito medieval. Aquilo me fez sentir como se fosse enfrentar a Inquisição numa masmorra sombria. Engoli em seco, enquanto o sol se punha através das janelas, com a luz fraca refletindo nas armaduras metálicas usadas outrora por cavaleiros honrados, que seguravam espadas e maças em manoplas com garras, como se estivessem prontos para lutar do além-túmulo. Os capacetes estavam fechados, mas mesmo sem ver aquela escuridão vazia dentro deles, pareciam sinistros, com a parte da frente protuberante dando-lhes a aparência de aves de rapina, vigilantes e expectantes.

Durante toda a minha vida, serviram as refeições para mim, então eu sabia o que era esperado de mim no jantar, mas ainda assim, era uma tarefa difícil. Inclinar-se com uma travessa no ângulo e na altura certos, garantindo que os utensílios estivessem voltados para quem eu estivesse servindo, era um pequeno detalhe para muitos, mas para um criado, era a diferença entre o emprego e a mendicância nas ruas. Notei que Grimes me observava com atenção extra, enquanto eu servia o primeiro prato para Montoni, que aceitou uma porção considerável de molho de cebola para acompanhar o seu pato assado.

Consegui não deixar cair a travessa em cima dele, contabilizando aquilo como uma vitória.

Certifiquei-me de que a colher de servir estava firme, com o meu dedo demorando-se nela por um momento. Outra peculiaridade digna de nota da família de Montoni era que todos os talheres eram de ouro. E acreditei que fossem de ouro *de verdade*. Era uma maneira insolente de se vangloriar da sua riqueza. Afinal, qualquer visitante seria um público cativo da pompa das refeições.

Ao me aproximar de lady Morano, notei o seu cabelo loiro lustroso, em contraste com o cabelo escuro do irmão e do tio. Ela era muito bonita e, quando sorria, todo o seu rosto se iluminava, com feições suaves, deixando os que a rodeavam à vontade. Naquele momento, ela parecia muito entediada com a conversa do conde de Villeforte à sua direita. Ao me aproximar, ouvi-o falar a respeito do parlamento e me solidarizei com ela. Ao me ver, lady Morano se animou.

— Ah, um novo rosto no castelo.

Curvei-me em cortesia, ao passo que Grimes se aprumou e respondeu por mim.

— Ele é o novo ajudante, milady. Foi contratado na semana passada.

— Ah, e ele fala? E ele tem nome?

Reprimi um sorriso.

— Sim, eu falo, milady. E o meu nome é Dupont.

— Formidável! — exclamou lady Morano, e inclinando a cabeça para me olhar. — É bom ter alguém tão jovem e bonito para chamar ao meu serviço.

— Ele não vai responder a nenhum dos seus chamados, Blanche — afirmou o conde Montoni, com voz anasalada e esnobe. — Você já deveria saber. Nada de corromper ou brincar com os criados.

— Estava apenas fazendo uma observação — disse Blanche e lançou uma piscadela para mim. — Nem sonho em corrompê-lo. Mas ele é bonito. Você não concorda, Henri?

— Se você diz, irmã — respondeu o conde Morano, olhando para mim. — E de onde você é... Dupont, não é mesmo?

Montoni pigarreou para chamar a atenção.

— Chega de conversa com o serviçal, Blanche — cortou ele. — Você tem ótimos interlocutores sentados ao seu lado com coisas muito mais fascinantes a dizer, tenho certeza.

Reprimi uma réplica e me esforcei para manter uma expressão indiferente. Voltei a cumprir as minhas obrigações e apresentei a travessa para Blanche. Por sua vez, ela me ofereceu um sorriso de desculpas em nome do tio, mas não disse mais nada para mim.

— Ah, eu gostaria de tomar um banho hoje à noite — informou Blanche depois que me afastei.

Henri, pensei ao observar o belo rosto do conde mais uma vez. De alguma forma combinava com ele. Ao contrário da irmã, que aparentava bastante descontraída, ele parecia estar representando para os convidados, olhando em volta de modo atento e calculista, como se estivesse pronto para atacar.

— Ah, não, irmã — provocou Henri, com um tom de voz que me surpreendeu pela frivolidade, tendo em conta o que eu estava pensando a seu respeito. — Estou muito mais sujo do que você. Será um verdadeiro escândalo se eu não limpar o que está endurecido sob as minhas unhas.

— Sério, Henri? — Montoni fez uma cara feia, balançando a cabeça. — Essa não é uma conversa adequada para o jantar. — Fez uma pausa. — E as senhoras primeiro. Se a sua irmã quiser encontrar um bom par, ela deve estar sempre pronta para receber alguma companhia.

Henri pegou uma porção generosa de pato da minha travessa e abriu um sorriso malicioso para mim ao recolocar a colher no lugar.

— Parece que você conseguiu um adiamento, Dupont.

Entreabri a boca, mas não soube o que responder, então não disse nada. Ouvi Henri dar uma risadinha ao me afastar, com o meu rosto ficando vermelho de vergonha mais uma vez.

SOMBRAS DENSAS COMEÇARAM A SE REUNIR AO REDOR DO CASTELO NO MOMENTO em que terminei os meus deveres do dia. Apesar de eu ter que me levantar às seis da manhã, não conseguia pegar no sono. Já passava da meia-noite quando desisti de tentar dormir. Então, desci a escada da criadagem até o segundo andar, seguindo pelo escuro corredor dos fundos em direção à varanda.

Logo no início do corredor, deparei-me com uma criatura com os dentes à mostra. Era um texugo empalhado. Soltei uma risada por ter me assustado com tamanha facilidade. Então, cheguei mais perto da cena que se desenrolava num canteiro de trevos e ervas daninhas. Percebi que haviam sido desidratados e pintados para parecerem vivos. Os olhos de vidro do texugo brilhavam, quase parecendo reais e, sem dúvida, os dentes arreganhados eram uma obra de grande engenhosidade. Ainda assim, fiquei perturbado com a visão do mamífero. Compadeci-me com a reação do camundongo que se encolhia de medo diante do texugo.

Balancei a cabeça e continuei rumo à varanda. Assim que a alcancei, deixei-me envolver pelo abraço da noite e suspirei de prazer, sentindo uma leve brisa acariciar a minha pele. Sempre amei a noite: as estrelas no céu, o zumbido dos insetos e a sensação de ser a única pessoa desperta no universo. Para mim, a noite fora sempre um horário de contemplação, reflexão e filosofia. Desde a minha fuga de casa, isso me fazia muita falta. Sentia-me bastante disperso e atormentado ali. Não sabia como os criados se submetiam àquilo para viver. Com um pouco de sorte, só precisaria me esconder até completar dezoito anos, quando então poderia reivindicar a minha herança. Ainda não tinha certeza de como faria aquilo, levando em conta a interferência da minha tia, mas havia seis meses para encontrar uma maneira.

Apoiei-me na grade da varanda e olhei para o céu escuro, até que o frio noturno fez os pelos dos meus braços se eriçarem. No entanto, permaneci ali, relutante em voltar ao meu quarto claustrofóbico. Então, espiei o labirinto de sebes e notei uma luz singular vindo de mais adiante dos arbustos bem cuidados. Era um brilho pálido que tremeluzia como a luz de uma vela em uma construção de mármore branco perto do limite da floresta.

Era um mausoléu.

Arrepiei-me. Não acreditava em superstições, mas a luz bruxuleante fazia as árvores ao redor do mausoléu parecerem vivas, como se fossem figuras sombrias se movimentando.

Absurdo, eu me repreendi, balançando a cabeça. *Você está mais cansado do que imagina.*

Mas então podia jurar ter visto uma sombra irromper da floresta e entrar no labirinto de sebes do lado oposto. Mas por que alguém faria aquilo àquela hora? Pensando melhor, por que alguém estaria num mausoléu no meio da noite? Algo parecia errado, e considerei por um instante a possibilidade de chamar Grimes, mas logo decidi por não fazer isso. Ele já havia feito um comentário acerca de como eu estava perturbando a paz da casa. Isso só colocaria mais lenha na fogueira.

Não podia ignorar o que estava vendo tanto quanto não pude ignorar a mão decepada à margem do caminho. Decidido a descobrir a origem do estranho fenômeno, corri para dentro da casa e desci a escada da criadagem antes que pudesse mudar de ideia. Por mais que a minha mente quisesse saltar para pensamentos com fantasmas e ladrões de tumbas, não esperava me deparar com nada daquilo. Seria absurdo. Claro que havia uma explicação perfeitamente razoável para os acontecimentos que estavam se desenrolando. Mas eu também sabia que nunca mais seria capaz de ter uma boa noite de sono no castelo se não investigasse.

Por um instante, vacilei ao sair para o ar noturno, ponderando se deveria voltar para pegar um lampião. Porém, quando voltasse, qualquer vestígio de quem tivesse entrado no labirinto de sebes poderia ter desaparecido. De qualquer forma, a claridade da lua bastava, mesmo que ainda estivesse faltando mais de uma semana para que ficasse cheia.

Com o som dos passos abafados pela relva, aproximei-me da entrada principal do labirinto de sebes e hesitei. Nunca estivera no labirinto antes. Não parecia tão complicado da varanda do segundo andar e, na verdade, foi concebido para uma caminhada relaxante, e não para ser um quebra-cabeça. Então, achei que seria seguro o suficiente para entrar, mesmo tão tarde da noite. Embora os criados não fossem estritamente proibidos de entrar no labirinto, havia uma linha tácita entre o que era para os criados e o que era para a família e os convidados da propriedade. Ser flagrado no labirinto de sebes seria visto de forma desfavorável. Portanto, apenas precisava evitar ser observado. Algo bastante fácil sob a cobertura da escuridão.

Guardando a entrada do labirinto, sobressaindo-se ao lado de uma cerca viva, havia uma figura feminina esculpida numa pedra branca leitosa, com os braços posicionados para expressar um ato de fuga, como se estivesse tentando escapar de algo lá dentro. *Nem um pouco assustador.* Sua cabeça estava virada, como se estivesse olhando para o seu perseguidor, seus olhos eram esferas de um branco sólido. A figura estava nua, e havia cobras dispostas numa auréola ao redor da cabeça. Medusa, com certeza. Nesse caso, era irônico o fato de ela ser feita de pedra.

Ao passar pela estátua, ela pareceu me lançar um olhar suplicante, como se estivesse me avisando para não entrar, sua posição, em meio a uma fuga, fazendo-me hesitar. Mas aquilo era bobagem, é claro. Só parecia ameaçador por causa da quietude da noite. Fazia-me sentir sozinho, vulnerável, como se eu estivesse sendo vigiado. Porém, se eu visse aquela estátua durante o dia, sabia que seria mais graciosa e bonita do que agourenta.

O caminho estava muito mais escuro do que eu previra. O ângulo da lua deixava grande parte do labirinto no breu, iluminando apenas pedaços do chão. Eu virava uma curva e depois outra, escolhendo o meu percurso ao acaso. Então, deparei-me com um beco sem saída e fui forçado a recuar antes de continuar. Isso aconteceu diversas vezes e comecei a me preocupar com o fato de estar perdido nas sebes. Porém, o labirinto não era ilimitado e, finalmente, cheguei a uma clareira no centro dele. Algumas colunas demarcavam a grande área, com flores vermelhas transbordando de vários vasos. Tinha certeza de que eram encantadoras durante um passeio ao meio-dia, mas na calada da noite, pareciam sangue derramado dos seus recipientes.

A água de um chafariz gorgolejava no centro da clareira, um som relaxante para os meus nervos naquele momento. Aproximei-me do chafariz com cautela. Era rebuscado, com três estátuas no centro, uma ao lado da outra. Não eram criaturas como a Medusa; eram deusas, todas com o rosto voltado para o céu noturno, como se fossem capazes de sentir a presença das estrelas. Eu me interessava bastante por mitologia grega e, então, ao contornar devagar as três estátuas, reconheci Selene brandindo uma tocha e com a lua crescente como uma coroa no alto do seu cabelo solto. Ao lado dela, estava Ártemis, com uma aljava de flechas pendurada nas costas, examinando uma flecha que segurava na vertical. Por fim, havia Hécate, com as vestes esvoaçantes, segurando uma grande chave. A deusa da lua, a deusa da caça e a deusa da bruxaria e da magia. A pedra branca parecia brilhar com um esplendor sobrenatural, como se tivesse sido encantada por alguma fada mágica; uma impressão ampliada pelo céu limpo refletido na água ao seu redor. A cena era fantasmagórica e irreal, fazendo-me sentir como um intruso em alguma terra sagrada, chegando até ali por acaso ao percorrer o labirinto.

O estalo de um galho se partindo bem atrás de mim quebrou o feitiço. Eu me virei com os olhos arregalados, quase esperando que um fantasma se materializasse. No entanto, deparei-me não com um espírito, mas com uma mulher envolta numa capa escura. Tive a certeza de que era a mesma figura que havia visto sair correndo do mausoléu. Seu cabelo ruivo se esparramava ao redor do pescoço, e pude notar sardas salpicadas no nariz. Ela arregalou os olhos verdes quando me viu e recuou um passo.

— Onde está Hargrove? — perguntou ela num tom acusador.

Meu coração bateu com força quando os olhos da mulher me examinaram de cima a baixo.

— Eu... vi uma luz no mausoléu. Sou o substituto de Hargrove.

A mulher recuou, como se eu a tivesse golpeado. Ela ficou pálida, com as sardas se destacando ainda mais em seu nariz.

— Não. — Ela pôs a mão na cabeça e me deu as costas.

Eu a observei sem jeito, com a sensação de que estava me intrometendo em alguma espécie de encontro secreto entre dois amantes.

É óbvio, percebi, fechando os olhos. A vela no mausoléu fora um sinal para Hargrove encontrar a sua amada no labirinto. Naquele momento, tudo fez sentido.

De repente, a mulher voltou a me encarar e se aproximou de mim de modo ameaçador.

— Você nunca me viu.

— Como? — Fiquei atônito, mas logo me dei conta de que encontrá-la naquela situação comprometedora poderia ser desastroso para a sua virtude.

Ela bufou, impaciente.

— Apenas prometa.

— Eu nem a conheço. O que eu poderia ter a dizer?

— Acho que seria do interesse de nós dois se...

Ela parou de falar quando percebemos o som de vozes vindo a nosso encontro. Não pude escutar o que foi dito, mas se aproximavam. Outras pessoas estavam no labirinto. Alguém poderia me encontrar ali, onde eu definitivamente não deveria estar.

Antes mesmo de eu ter uma chance de avaliar as minhas opções, a mulher saiu em disparada, com a capa ondulando atrás de si, escapando da clareira em direção à entrada do mausoléu. Observei a sua partida em silêncio, até que tornei a ouvir as vozes, dessa vez ainda mais perto. Sem dúvida, as pessoas estavam vindo em minha direção. Eu precisava ir embora *imediatamente*.

Comecei a correr em direção à saída pela qual a mulher tinha desaparecido, mas antes de alcançá-la, vi dois vultos contornando as cercas vivas no lado oposto. Escondi-me às pressas atrás de um banco de pedra e procurei me acalmar, ouvindo uma garota suspirar.

Eu estava mesmo prestes a presenciar outro encontro amoroso? Aquele era *o* lugar para os casais se encontrarem sem ninguém por perto? Era escandaloso. Eu não conseguia imaginar por que uma mulher achava que os galanteios de um homem valiam o risco da sua reputação.

Por outro lado, eu também tinha arriscado tudo por uma chance de amar, não tinha?

— Ele vai nos arruinar — disse uma voz feminina. — Nem acredito em como ele é descuidado. — Houve uma pausa. — Ah, não me olhe assim. Os espiões do nosso tio não vão nos ouvir aqui.

— Muito bem. Acho que ele é movido pela raiva — respondeu uma voz masculina.

Henri. Eu reconheceria a sua voz em qualquer circunstância.

Arrisquei uma espiada por cima da parte posterior do banco e vi a dupla parar diante do chafariz, confirmando que sua interlocutora era sua irmã, Blanche.

Senti um alívio momentâneo pelo fato de serem apenas os dois irmãos e não um casal empenhado em sua própria autodestruição. Porém, logo percebi que aquilo era terrível. Se eu fosse pego justamente por *eles*, seria expulso do castelo antes mesmo de sair do labirinto de sebes.

— Raiva — zombou Blanche. — Uma mulher não tem válvula de escape para canalizar a sua raiva. Consegui manter a minha sob controle todos esses anos. Você não acha que alguém tão velho quanto Montoni não conseguiria?

— Blanche...

— Não. — Ela se virou para o irmão e o cutucou no peito. — Não o defenda. Ele está prestes a destruir tudo. E não estou sendo apenas uma *garota* tola. Você sabe que é verdade. Ele foi longe demais e vai passar dos limites outra vez. Não podemos permitir que isso aconteça.

— O que você sugere? Que o matemos?

Esperei uma risada de Blanche ou alguma réplica, mas ela apenas olhou com frieza para o irmão.

— Isso causaria outros problemas. Por enquanto, precisamos dele, mas isso não significa que vamos deixá-lo fazer o que quiser. Ele precisa ser contido.

— Então, por favor, diga como vamos fazer isso?

Blanche ergueu a cabeça para o céu e ficou em silêncio por um momento.

— Não sei. Um retiro em Udolpho para controlar o seu comportamento seria o ideal, mas não o vejo concordando com esse isolamento por vontade própria.

— Então qualquer outra conversa sobre...

Blanche ergueu a mão, silenciando-o.

— Está vendo? Está sentindo esse cheiro? Eu lhe disse que alguém tem vindo aqui à noite.

Abaixei-me atrás do banco, procurando ficar o mais próximo possível do chão, como se pudesse afundar nele. Estava grato pelas sombras ao meu redor, mas elas não adiantariam muito numa inspeção minuciosa da área.

Ouvi fungadas breves, como se tivessem farejando o ar.

— Perfume de mulher — disse Henri.

— E é recente — afirmou Blanche.

Fiquei imóvel, ouvindo os irmãos passarem correndo pelo meu esconderijo. Porém, não me permiti relaxar. Permaneci encolhido por mais cinco minutos. E então, hesitante, examinei a clareira e apurei meus ouvidos para qualquer som que a noite pudesse trazer para mim. Quando tive certeza de que o perigo havia passado, deixei o meu esconderijo e me esgueirei o mais furtivamente possível pelo labirinto. Tive a impressão de ter conseguido melhorar meu percurso pelas sebes, pois só me deparei com um beco sem saída antes de conseguir deixar o labirinto sob o olhar atento da Medusa de pedra.

Em silêncio, refiz os meus passos pelo castelo e fechei a porta do meu quarto com um suspiro de alívio. Foi por pouco. Muito pouco. E para quê? Para partir o coração de uma mulher?

Enquanto me despia, lembrei-me da estranha conversa entre Henri e Blanche. Então, tive uma ideia. Os irmãos estavam falando da morte do tio, certamente tanto para herdar os seus bens quanto para dar um fim a qualquer comportamento desastroso em que ele estivesse envolvido. Caso houvesse algo de fato escandaloso acontecendo no castelo, e eu conseguisse descobrir o que era, então talvez eu não precisasse me preocupar com a minha herança. Ela poderia estar muito além do meu alcance, mas eu poderia conseguir algo para me garantir se aquilo tudo fosse verdade. Afinal, depois de algumas semanas, eu sabia que a vida como criado não era uma opção para mim. Precisava de liberdade e riqueza. Independência. Poderia obter aquilo por meio da descoberta dos segredos daquela família abastada. Sem dúvida, a família faria qualquer coisa para se manter nas boas graças da sociedade.

Chantagem. Eu estava mesmo pensando em chantagear os meus patrões? Eu estava disposto a chega a um nível tão baixo?

Baixei a cabeça nas mãos. As minhas circunstâncias me deixaram poucas escolhas a não ser fazer o impensável para garantir uma vida para mim. Os irmãos tinham mencionado uma espécie de retiro: Udolpho. Em troca do meu silêncio, talvez eu pudesse barganhar por aquele lugar isolado.

Claro que, antes de mais nada, eu teria de descobrir os segredos guardados por aquela família. Senti-me sujo por causa daqueles pensamentos, mas a minha integridade era secundária em relação à minha sobrevivência.

Grunhi ao perceber o pouco descanso que teria e me deitei na cama, disposto a dormir. Novas maquinações tomaram conta dos meus pensamentos, fazendo-me temer que tivessem o poder de me corromper. Eu precisaria fazer um exame de consciência para discernir se seria capaz de realizar um plano tão desdenhoso quanto o que eu estava cogitando. Mas ao menos cogitar, isso eu faria.

4

PELA QUINTA VEZ, REAGRUPEI A LENHA NA LAREIRA E, ENTÃO, PAREI PARA CONFERIR o meu trabalho antes de pegar a pederneira e a peça de aço.

— Só trabalho — murmurei, friccionando a pederneira e o aço sem jeito. Vi diversas centelhas voando, implorando para que queimassem as madeiras. Mas elas não cooperavam. Praguejava quando cada centelha morria no momento do impacto. Não sabia o que estava fazendo de errado. Com certeza já havia visto muitas lareiras acesas na minha vida, mas nunca tinha me dado ao trabalho de observar a sua construção. Presumi que fosse uma tarefa fácil. Bastava usar uma pederneira, certo? Acontece, porém, que aquela era uma das muitas coisas que um criado fazia que parecia mais fácil do que realmente era.

Assim que deixasse a função de criado para trás, jamais voltaria a fazer nada tão difícil e idiota.

— Problemas?

Sobressaltei-me, olhei para trás e encontrei uma jovem atrás de mim, usando um vestido preto. Ela espiou por sobre meu ombro, viu o meu trabalho e, incrédula, bufou.

— O que foi? — Fechei a cara para ela.

— Onde estão os gravetos? Você não vai conseguir acender uma lareira usando essas toras enormes.

— Eu...

Semicerrei os olhos para a garota. Ela devia ter pouco mais de vinte anos, tinha a pele morena e o cabelo na altura dos ombros. Percebi que já a havia visto no castelo, mas não sabia se tínhamos sido formalmente apresentados.

— "Não levo jeito para isso"? — completou ela, sorrindo.

— Não era isso o que eu ia dizer.

— *Hummm.* — Ela andou pela sala, mordendo o lábio inferior. — Então, você é um desinformado? Ou talvez ineficaz? Espere! Já sei: incompetente. Sim, com certeza é isso.

— Eu *não* sou incompetente — protestei, levantando-me e mordendo a isca. — Só estou...

Ela me lançou um olhar malicioso, e eu suspirei, apontando para a lareira.

— Tudo bem. Já que você sabe tanto, por que não me mostra como se faz?

— E sujar o meu vestido com fuligem? — Ela me olhou com uma expressão fingida de horror. Então, piscou para mim e se virou.

Enquanto a garota se afastava, fiquei olhando para ela com incredulidade. Aquilo tinha mesmo acontecido? Ela tinha acabado de me insultar e me deixado entregue ao fracasso?

Voltei-me para a lareira e suspirei, observando a pederneira com desdém.

— Você nem sequer está tentando — eu a acusei. A pederneira resplandeceu, como se estivesse zombando de mim em resposta.

Ao me ajoelhar diante da abertura infernal na parede mais uma vez, um menino apareceu e parou atrás de mim. Ergui os olhos, e ele acenou com a cabeça educadamente.

— Annette pediu para eu ajudá-lo a acender a lareira — disse ele.

Annette. Esse era o nome dela. Pelo menos ela não tinha me abandonado por completo. Supus que deveria ser grato, mesmo que ela tivesse *zombado* de mim.

— A sua ajuda seria muito bem-vinda — repliquei, observando com atenção como ele trabalhava. Assim, eu nunca mais voltaria a ficar numa situação tão lamentável.

Incompetente. Que atrevimento dessa garota. Se ela soubesse a quem estava realmente se dirigindo, teria implorado por perdão. Mas acho que eu não podia culpá-la. Devo ter parecido patético demais agachado junto à lareira, implorando para que as centelhas queimassem a lenha.

Ainda não estava certo se deveria agradecer a Annette por sua intervenção na próxima vez que a visse ou se deveria simplesmente ignorá-la. Eu tinha algum tempo para decidir.

Após a lareira ser acesa, Grimes e outro menino prepararam o chá numa mesa de canto, e eu fui obrigado a ajudar a servir a família e os seus convidados. Felizmente, não precisei fazer muito mais do que ficar parado junto à mesa, observando como o próprio Grimes servia Montoni e um sujeito sisudo chamado Magnus, um conde de uma cidade vizinha. As duas mulheres que o acompanhavam também eram sisudas, levando-me a pensar como Montoni podia manter amizade com pessoas tão sombrias. Sem dúvida, eu teria dado desculpas para me distanciar da companhia deles. Após uma reflexão mais aprofundada, concluí que o carrancudo Montoni provavelmente combinava muito bem com eles. Que tipo de segredos ele poderia estar escondendo por trás daquele semblante taciturno? E quão vantajoso para mim seria descobri-los? E como eu poderia descobrir o que os seus sobrinhos apenas insinuaram no labirinto de sebes?

Contemplei uma coruja empalhada. Suas pernas estavam estendidas e as suas garras seguravam um coelho em fuga, cujo corpo esticado simulava uma corrida contra a morte. Os olhos da coruja estavam focados e atentos em sua presa, e o seu bico estava aberto, como se estivesse soltando um grito de guerra. Eu me peguei concordando com um aceno de cabeça. Era de fato uma obra de arte. As expressões dos animais, as posições em que o corpo deles se encontrava... Era magistral. Surpreso, percebi que estava começando a gostar daquelas cenas. Aquilo era preocupante. Assim como o fato de eu achar os animais mortos e empalhados mais interessantes do que o conde e os seus convidados. Porém, ao observar a interação insípida entre os condes Magnus e Montoni, convenci-me de que era verdade.

Quando os irmãos finalmente chegaram, mais de vinte minutos haviam se passado. Eles provavelmente desejavam limitar o seu tempo com os convidados deselegantes. Eu não podia culpá-los pelo atraso. Blanche usava um vestido amarelo-canário, adornado com rendas finas, que combinavam perfeitamente com o sofisticado gorro branco enfeitado com flores de tons pastel. Henri estava vestido para impressionar, trajando um impecável fraque verde aveludado com duas fileiras de botões. Peguei-me olhando com atenção para ele, mas logo desviei o olhar, amaldiçoando a sua bela e brejeira aparência. Porém, não podia ignorá-lo num traje que destacava os seus ombros largos e seu torso delgado, evocando imagens do seu traseiro nu. Tentei me distrair, endireitando as xícaras de chá. Então, Blanche se aproximou de mim.

— Boa noite, sr. Dupont — cumprimentou, com um sorriso coquete. — Ouvi dizer que temos de agradecer a você pelo fogo crepitante da lareira. Acredito que tenha nos salvado de nos resfriarmos neste aposento velho e frio.

Blanche encontrou meu olhar e, divertindo-se, arqueou uma sobrancelha.

Com certeza, Annette a havia informado a respeito do meu erro estúpido. As duas devem ter dado boas risadas por causa daquilo.

— Não me custou nada, milady — disse com um sorriso espontâneo, sem vontade de lhe mostrar que ela poderia me irritar. Servi-lhe uma xícara de chá com a mão firme e lhe ofereci uma bandeja com cubos de açúcar, dos quais ela pegou três. Ou seja, doces eram o ponto fraco de Blanche.

— Vamos passar para a sala de estar? — indagou Montoni, levantando-se e indicando a porta contígua aos convidados. — Quem sabe lady Morano nos agracie com uma música ao pianoforte.

— Eu me juntarei aos senhores daqui a pouco — prometeu Blanche. — Vou aguardar que Henri pegue a sua xícara de chá.

Montoni estava concentrado em seus convidados, falando baixo e se dirigindo para o outro aposento. Observei-o partir, refletindo como Blanche e Henri haviam falado sobre a raiva do tio. Sem dúvida, ele era uma pessoa desagradável, mas eu não percebia nenhum sinal de raiva em suas ações. Montoni parecia arrogante e esnobe, mas também controlado e dotado de boas maneiras, pelo menos em relação à sua própria classe social.

— Credo! — Blanche fez uma careta assim que a porta do outro aposento se fechou. — Eles são piores do que os de Villefortes. Por que ele não consegue fazer amizades com pessoas mais divertidas? E agora, ao que tudo indica, vou ser o entretenimento da noite.

Um tanto perplexo, analisei Blanche com mais atenção. Eu estava pensando a mesma coisa. Talvez, sob outras circunstâncias, ela e eu poderíamos ser amigos.

— Ah, é? — Henry sorriu ao se aproximar da irmã. — E você não sabe que vai ser pior no jantar? Provavelmente, o nosso tio vai posicionar você entre Magnus e uma das filhas tapadas dele. Você não vai ser capaz de escapar deles.

— A menos que você fale sobre como está imundo de novo — afirmou Blanche, animando-se. — Foi brilhante. Os de Villefortes foram embora bem depressa.

Henri riu e fez uma reverência zombeteira.

— Foi um prazer.

Divertindo-me, fiquei a observá-los, e, quando Henri estava prestes a se pôr de pé, seu olhar encontrou o meu. Ele tinha belos olhos verdes, ainda mais brilhantes do que aquele fraque, destacando-se como esmeraldas. Desviei o olhar e me aprumei, sentindo o rosto ficar vermelho de vergonha.

Blanche tomou um gole do seu chá e caminhou até a lareira. Seu olhar se ergueu para o retrato de uma mulher com traços marcantes e um sorriso misterioso. Seus olhos eram do mesmo verde ardente dos de Henri, mas o cabelo era rebelde e dourado como o de Blanche. A mulher devia ser parente deles.

— Nossa mãe — disse Henri, baixinho, acompanhando o meu olhar e os meus pensamentos. — Nunca houve uma mulher mais destemida e fascinante neste planeta.

— O que aconteceu com ela? — perguntei, mas logo percebi que era muita ousadia. Eu era criado de Henri, não seu amigo. Fazer tais perguntas a um patrão era algo insolente.

No entanto, Henri não pareceu se importar. Alguma lembrança fez com que seus lábios se curvassem levemente em uma insinuação de sorriso, enquanto examinava o retrato do outro lado da sala.

— Ela sempre foi muito curiosa a respeito de tudo. Encantada pela vida, pela natureza. Ela costumava desbravar lugares que nenhuma mulher se atrevia a explorar, sem se importar com o perigo. Se ela não tivesse caído daquele penhasco, tenho certeza de que teria achado uma maneira diferente de cumprir o seu destino.

Estremeci, desconsolado por ter trazido à tona um assunto tão delicado.

— Sinto muito por sua perda.

Henri caiu em si e abriu um sorriso espontâneo, ocultando a sua dor. Ele apontou para o bule de chá.

— Pode me servir uma xícara?

Em silêncio, obedeci. Quando lhe ofereci o açúcar, ele recusou.

— Henri — chamou Blanche baixinho, olhando para ele por cima do ombro, com o olhar tomado de tristeza. — Não me sinto uma boa companhia neste momento.

— Eu sei, irmã. — Henri se aproximou dela e passou o braço em torno de seu ombro. Olharam para o retrato da mãe lado a lado. — Mas você não estará sozinha. Apenas faça de conta que somos só você e eu. Sempre juntos, certo?

— Sempre juntos — concordou ela, apoiando a cabeça no ombro do irmão.

Desviei o olhar, sentindo-me um intruso num momento de cumplicidade.

O som de risadas ressoou no aposento ao lado, e foi como se um feitiço tivesse se quebrado.

— Será que... — Blanche ergueu a cabeça e levou a mão ao peito, fingindo surpresa. — Será que eles estão... se divertindo?

Henri bufou.

— Não achei que esse bando soubesse como se divertir.

— Então vamos ver o que está acontecendo. — Blanche pegou o irmão pelo braço e caminhou em direção à porta fechada, deixando-me para trás, praticamente esquecido.

Estava ficando tarde e, conforme as horas se passavam, eu não conseguia parar de pensar no momento em que seria forçado a encarar o banho de Henri. Era algo estúpido com que me preocupar, mas eu pressentia que faria algo que me denunciaria. Num ambiente tão íntimo, num momento como aquele, como não? Em especial com Henri, que parecia absorver tudo com o seu olhar penetrante. Então, o meu ardil ruiria e eu ficaria em condições ainda piores. Eu não poderia voltar para a minha casa. Ainda não, de qualquer maneira. E eu não sabia como encontraria algum emprego novamente. Eu havia solicitado um favor a um colega de classe para obter aquele trabalho. O surgimento da oferta de emprego de ajudante tinha sido pura sorte, coincidindo com a minha iminente fuga na calada da noite. O meu colega não suspeitou de nada quando lhe pedi para elaborar uma carta de recomendação para um suposto criado a quem eu não poderia mais manter, mas que merecia coisa melhor do que uma mera dispensa. Sugeri que aquela segunda carta de recomendação, além de uma suposta carta minha, seria não só justa, mas também um reforço para o pobre coitado. Ele apenas não sabia que estava escrevendo uma carta de recomendação para *mim*, usando um nome inventado por mim. E quando a notícia chegasse a ele sobre o meu desaparecimento, ele já teria esquecido o pequeno favor que eu lhe havia requisitado.

Porém, eu não seria capaz de reproduzir tal estratagema, não naquele momento em que o meu desaparecimento já devia ser bastante conhecido. A minha única alternativa era não chamar a atenção durante os próximos seis meses, até atingir a maioridade e as circunstâncias me favorecerem mais uma vez. A menos que outra oportunidade se apresentasse primeiro.

Perdido naquele difícil pensamento, fiquei espanando os lustres no hall de entrada no alto de uma bamba escada de mão. Uma aranha estava olhando para o meu espanador, sem piscar os seus olhos escuros feito breu cada vez que eu o aproximava um pouco mais em sua direção. Devia estar furiosa pelo fato de eu estar desfazendo o seu trabalho árduo, rasgando as suas teias com um simples movimento do meu pulso, mas ela não podia fazer nada a respeito. Eu me senti um pouco mal, mas tinha certeza de que ela conseguiria refazer a sua teia em pouco tempo e, mesmo assim, eu teria cumprido o meu dever com a consciência tranquila.

Alguns passos furtivos ressoaram abaixo de mim. Então, inclinei a cabeça e encontrei Annette entrando às pressas, segurando um braço junto ao corpo, como se estivesse machucado. Ao notar o meu olhar, uma expressão de alívio tomou conta dela, e ela se esforçou para abrir um sorriso. Foi um bom sorriso, mas logo percebi que indicava que ela necessitava de algo.

— Aí está você — suspirou Annette. — Preciso de você, rápido.

Ergui uma sobrancelha, e de propósito voltei a espanar o pó.

— Ah, é? Precisa?

— Sim! Eu... Você me *deve*.

Bufei e olhei para Annette com uma expressão fria e serena.

— Não concordo com essa avaliação. Na verdade, você *me* deve um pedido de desculpas.

— Um pedido de *desculpas*? Por enviar ajuda para acender a lareira?

— Por rir disso com a milady.

Annette fez uma careta.

— Não seja tão sensível.

Eu me irritei. Sensível. Incompetente. Eu estava ficando cansado de ser taxado naqueles termos por alguém que não sabia nada a meu respeito. Mas assim era a relação com a classe trabalhadora. Todos presumiam coisas acerca dos criados com base em suas primeiras impressões e não se importavam em descobrir algo além. Os criados eram de interesse passageiro e, depois, viravam gente insignificante, destinada a passar despercebida. Naquele momento, era perfeito para o que eu precisava: esconder-me do público, tornar-me invisível. Porém, era exasperante ser desprezado daquela maneira. Eu interagiria com os meus criados de maneira muito diferente quando retornasse a La Vallée.

— Tudo bem, tudo bem. — Annette ergueu a mão, rendida, e se inclinou para o braço apoiado junto ao corpo. — Sinto muito. Não tive a intenção de ser maldosa.

— Então aceito as suas desculpas. — Comecei a descer a escada de mão e olhei para o seu braço. — O que houve?

— Dei um mau jeito ou algo assim. — Annette deu de ombros. — Só sei que ele está inútil no momento e preciso de outro par de mãos.

— E você logo pensou em minhas mãos? Batalhando para acender aquela lareira com uma pederneira?

— Está vendo? Sensível.

Larguei o espanador e fiquei olhando para Annette.

— Tudo bem. Você veio em meu auxílio. Suponho que eu possa retribuir o favor.

— Obrigada — agradeceu ela, embora a sua expressão estivesse longe de satisfeita. — Você é muito gentil.

— Eu me orgulho da minha gentileza — concordei com um suspiro, seguindo-a para fora do hall de entrada e desfrutando o silêncio irritado que emanava dela.

Subimos a escada até o segundo andar e passamos por corredores que eu sabia que levavam ao quarto de Henri. Hesitei quando Annette se aproximou da porta do quarto dele, mas ela não parou diante dela, aliviando meus temores.

No fim do corredor, Annette bateu com força numa porta e entrou num aposento decorado com cortinas de seda amarelo-manteiga e roupa de cama lilás-azulado, um contraste com a monotonia cromática do restante do castelo. Era como estar num canto ensolarado em meio à escuridão. E sentada junto a uma penteadeira estava lady Morano, usando um volumoso vestido azul; um tom forte de azul, que parecia estonteante com seus cachos loiros, embora o seu cabelo parecesse desprovido de vida naquele momento.

Blanche encontrou os meus olhos no espelho diante dela e sorriu. Sem se virar, ela deu uma risadinha.

— Sério, Annette? Você trouxe um garoto para o meu quarto? O meu tio mandaria enforcá-la.

— Perdão, *mademoiselle* — pediu Annette com uma reverência e fechou a porta. — Parece que deram uma noite de folga para as criadas. Era ele ou a sra. Blake, e ela é uma velhota desajeitada com os dedos mais gordos que já vi.

— Aposto que ele vai conseguir. Com certeza ele consegue seguir as instruções.

Em dúvida, franzi a testa, sentindo-me tenso e desconfortável por estar no quarto de lady Morano.

— Perdão, mas não tenho ideia do que estou fazendo aqui.

Annette deu um tapinha no meu ombro.

— Bem, não posso maquiar uma dama com um braço inútil. Você está aqui para ajudar.

— A menos que seja muito traumático para você — acrescentou Blanche.

— Porque você é muito sensível — sussurrou Annette às minhas costas, irritando-me novamente.

— Tudo bem, tudo bem. — Eu me dirigi até onde Blanche estava sentada. — Qual é a ocasião? A senhorita parece pronta para receber a realeza.

— Lady de Gondelaurier está oferecendo um baile — informou-me Blanche quando me coloquei atrás dela e senti o peso do seu cabelo. — É o segundo da temporada. Então preciso *apenas* ser a mulher mais desejável lá.

— Tenho certeza de que há pouca dúvida a esse respeito.

— Ora, sr. Dupont, mas que flerte descarado. Eu deveria colocá-lo para fora neste instante — brincou Blanche, com um sorriso alegre, deleitando-se com a atenção.

— Veja, o que você precisa fazer é... — Annette tentou dizer, ficando ao meu lado, mas eu a interrompi.

— Eu cuido disso — insisti, pegando uma escova e a passando pelo cabelo já sedoso de Blanche. Olhei para o seu rosto no espelho, mas não estava realmente vendo a garota. Estava avaliando a aparência geral do seu rosto e como o seu cabelo o complementava. Após um momento de consideração, virei-me para Annette. — Você tem algum tecido sobrando deste vestido? Só preciso de uma tira, talvez de trinta centímetros de comprimento.

Annette parecia atônita.

— Acho... que sim.

— Vá pegar.

A garota ficou tão assustada com a ordem que nem discutiu e saiu correndo do quarto.

— Agora — prossegui, acariciando o cabelo de Blanche. — O que precisamos fazer aqui é deixar o cabelo fora dos seus ombros.

— Fora dos meus ombros? — repetiu Blanche, com os olhos arregalados, enquanto me observava pentear os seus cachos com os meus dedos.

Concordei, puxando o cabelo para trás dos seus ombros. A ponta dos meus dedos roçou a sua pele e Blanche ficou vermelha, mas eu não lhe dei atenção.

— Precisamos deixar à mostra este seu lindo pescoço. Enquanto isso, vamos prender o seu cabelo num coque elegante. Se Annette fizer a parte dela, vamos ter a fita de tecido entremeada em seu cabelo e você vai estar no auge da moda.

Soltei o seu cabelo e Blanche se virou na cadeira para me encarar.

— Quem é você?

Abri um sorriso largo.

— Alguém que sabe o que está fazendo. Agora, onde está o seu ruge?

Quarenta minutos depois, eu tinha realizado o que havia planejado. Duvidava que lady Morano já tivesse ficado tão bem arrumada. Ela era um deleite para os olhos naquele vestido e com o cabelo penteado para cima. Ela não precisava de muita maquiagem, mas eu sabia como usar com moderação a seu favor. O resultado a deixou com uma aparência jovial e vivaz.

— Estou sem palavras — admitiu Annette, olhando para Blanche no espelho e a admirando.

— Isso deve querer dizer alguma coisa — provoquei e a dama de companhia sorriu.

Blanche passou a mão no cabelo como se não acreditasse que era real.

— Com quem aprendeu a fazer isto?

— Com minha mãe. — Dei de ombros. — Eu gostava de ajudá-la a se preparar para festas e jantares. Quando demonstrei interesse, ela me deixou fazer a maquiagem e o cabelo. Em seguida, me corrigiu até eu acertar. Antes que me desse conta, tive um instinto sobre o que fazer. — Gesticulo para Blanche. — Mas é fácil quando a pessoa já é bonita. Usar um colar com uma safira azul irá complementar o seu visual, brincos também.

— Eu tenho os acessórios certos — afirmou Blanche, sorrindo, enquanto abria uma gaveta da penteadeira. — Quero que saiba que não sou completamente ignorante.

Retribuí o sorriso e, então, notei a hora.

— O seu irmão também vai ao baile?

Annette abriu um sorriso astuto.

— Fournier estava procurando por você quando fui buscar a sobra do tecido. O conde ia tomar o seu banho antes do baile. Acho que continuaram sem você.

— Eles... — Senti a pressão no meu peito se desmanchar como neve ao sol. — Perfeito.

— Então a sua mãe não era uma criada? — perguntou Blanche de repente.

Pisquei.

— Perdão, milady.

— Você disse que ela frequentava festas e jantares.

— Ah, sim. — Umedeci os lábios. Aquilo tinha sido algo estúpido de se dizer num momento de descuido. Busquei uma desculpa. — Ela era... A minha mãe trabalhava num restaurante em Paris. Ela sempre tinha de se arrumar de acordo com o evento. Muitos jantares e festas.

Notei o franzido entre as sobrancelhas de Blanche, levando-me a crer que ela não havia acreditado na história. Mas ela não pensaria nisso por muito tempo. Afinal, eu era só um criado. Pessoa insignificante, que voltaria a passar despercebida antes que ela se desse conta, embora, para ser honesto comigo mesmo, eu tivesse gostado da atenção. Havia me feito sentir como eu mesmo.

— Bem, você veio em meu socorro esta noite — ela me disse, exibindo um colar luxuoso com uma grande safira azul no centro. Como eu esperava, realçou todo o visual. — Estou em dívida com você, Dupont.

— Foi um prazer, milady.

Houve uma batida de leve na porta e então Henri a abriu, olhando para nós com surpresa.

— Você vai começar sem mim? Esperava que Annette me desse a primeira dança.

— Ah, não! — Annette ficou vermelha e baixou a cabeça.

— E é aqui que você estava se escondendo — o conde me repreendeu. — Você conseguiu me evitar de novo, ao que parece.

— Mas veja o trabalho dele. — Blanche se virou para o irmão. — Não estou maravilhosa?

— Você está incrível, querida irmã. Todos os bons partidos vão se apaixonar perdidamente por você esta noite se não forem cegos.

— Naturalmente.

— E você fez isso? — perguntou Henri, virando-se para mim.

— Bem, apenas o cabelo — murmurei.

— E a maquiagem — acrescentou Blanche. — O braço de Annette está... Ah, não deixe de ver o *monsieur* Valancourt, Annette.

— Vou consultá-lo logo de manhã, milady — afirmou Annette. — Não se preocupe comigo. Divirta-se esta noite.

— Por falar nisso, devemos ir. — Henri estendeu um braço para a irmã e, juntos, eles saíram do aposento, mas não sem mais um agradecimento rápido de Blanche e um demorado olhar do seu irmão em minha direção.

Assim que eles sumiram de vista, Annette agarrou o meu braço e soltou a respiração que estava prendendo.

— Venha comigo, Dupont. Estou desesperada por uma bebida.

5

TIVE O DIA SEGUINTE DE FOLGA, E A PRIMEIRA COISA QUE FIZ FOI ME DIRIGIR A uma casa de banho pública para limpar a sujeira da semana anterior. Água e sabão podem até fazer maravilhas com uma toalha, mas só me sentia completamente limpo ficando todo submerso e coberto de bolhas.

De banho tomado, decidi procurar Bram. Se ele não estivesse sendo apenas educado, eu gostaria muito de convidá-lo para jantar.

Após perguntar a algumas pessoas, encontrei a sua casa. Ao me aproximar, notei que ele vinha pela rua em minha direção, como se estivesse voltando de uma missão. Ele sorriu ao me ver, com as suas covinhas deixando as minhas pernas bambas.

— Emile! Acabei de falar a seu respeito, não é engraçado?

— Coisas boas, espero. — Cocei a nuca, sem jeito, quando ele se aproximou.

— Sempre. Ouvi dizer que você foi o herói ontem à noite, salvando lady Morano de um desastre de moda.

— Não foi nada.

— Não pelo que ouvi. — Bram me deu um tapinha nas costas. — Annette não parou de falar sobre isso. Como se ela tivesse testemunhado algum truque de mágica.

Ah, Annette. É claro. Pelo visto, ela tinha consultado Bram naquela manhã por causa do braço.

— Ela vai ficar bem? — perguntei.

Bram fez que sim com a cabeça.

— Eu lhe receitei um pouco de láudano para a dor. Em poucos dias, ela vai voltar à antiga forma.

— Bom saber.

Um breve silêncio caiu sobre nós e o médico inclinou a cabeça.

— Há algo que eu possa fazer por você, sr. St. Aubert?

— Emile — falei de forma automática, examinando ao redor para ter certeza de que ninguém o ouviu. — Emile, por favor.

Bram observou-me com expectativa.

— É o meu dia de folga — expliquei, percebendo que eu não era capaz de olhar nos seus olhos. — Estava pensando se... bem, se você não gostaria de sair esta noite...

— Claro — respondeu Bram, interrompendo-me. Ergui os olhos, surpreso pela alegria em sua voz. — Na verdade, seria perfeito. Tenho entradas para a ópera. Poderíamos jantar antes.

— Tem certeza? Quer dizer, caso tenha outros planos...

— Garanto-lhe que não. Eu deveria ir com o meu pai, mas ele foi chamado para atender um paciente e ficará fora o dia todo, então não poderá me acompanhar. A sua companhia será uma bela solução, Emile.

Seu sorriso foi tão fascinante que fiquei encarando-o por um momento. Devo ter exibido um sorriso idiota, mas fiquei muito feliz com aquelas circunstâncias.

Bram consultou o seu relógio de bolso.

— Vou terminar as minhas consultas às quatro da tarde. Devo buscá-lo no castelo, então?

— Sim, por favor.

— Ótimo. Faz muito tempo que não saio à noite.

— Mal posso esperar por isso — afirmei, dando um passo para trás e tentando moderar a minha animação.

Eu não queria parecer ansioso demais e tornar aquela situação estranha. Não era como se houvesse algo romântico a respeito daquilo. Tínhamos acabado de nos conhecer e esperávamos desfrutar a companhia um do outro. Posso até ter sentido algum abalo por causa de Bram, mas era um sentimento que eu estava acostumado a reprimir. Uma paixão platônica.

Bram me deu um aceno final antes de recomeçar a caminhada de volta para a sua casa. Permaneci na calçada, observando-o por mais um momento e, em seguida, voltei ao castelo, sentindo-me leve e energizado.

Assumir o papel de criado era muito mais entediante do que eu esperava. Uma distração, uma atividade social de verdade, seria justamente o que eu precisava para esquecer meus aborrecimentos diários.

Fazia muito tempo que eu não comia com tanto prazer, nem mesmo quando ainda vivia em La Vallée. Eu não valorizara o que possuía naquela época, e a comida sofisticada, acompanhada de champanhe, era um lembrete do que me aguardava em um período de seis meses. Só tinha de me manter firme até lá, e poderia voltar a me fartar com aquele "estorvo" de comida elaborada.

A menos que eu descobrisse o segredo da família de Montoni, lembrei a mim mesmo. Então, talvez eu não precisasse esperar tanto tempo para voltar a um estilo de vida mais condizente com o que sempre tive. Eu ainda não tinha certeza se era capaz de chantagear alguém, mas se Montoni tivesse se comprometido de uma maneira que *pudesse* ser chantageado, então não era como se eu estivesse deixando alguém inocente, que não mereceria aquilo, sem saída.

Quando saímos do clube, já estava quase anoitecendo. Foi uma longa viagem de carruagem de Saint-Baldolph até o teatro de ópera em Voiron. Conversamos a respeito da atividade de Bram e da sua família, ao passo que eu falei sobre o meu trabalho para Montoni e sua família, e a criadagem com que eu interagia. Procurei pressionar Bram para obter informações acerca de Montoni, mas tudo que consegui discernir de suas respostas vagas foi que ele não gostava da família, ainda que não revelasse o motivo. Evitei qualquer conversa a respeito da minha própria família, mencionando que os meus pais tinham morrido, um sinal claro para Bram de que o assunto deveria ser posto de lado naquele momento.

Perto de Voiron, as estradas começaram a escurecer depressa e, em silêncio, assistimos ao pôr do sol da carruagem. Bram se aproximou mais de mim para ter uma visão melhor da minha janela. Prendi a respiração com a sua proximidade, sentindo o cheiro de sabonete e algo herbáceo e aromático, como manjericão.

— Não há nada como um pôr do sol no campo — disse Bram.

Ele se inclinou sobre mim, com os olhos focados no sol, que emanava raios magenta e laranja sobre a paisagem que escurecia.

Tentei observar o pôr do sol, a beleza que se desenrolava do lado de fora da janela da carruagem, mas meu olhar insistia em se dirigir para Bram, com o seu queixo viril e o seu pomo de adão saliente. Ele era tão bonito em seu evidente deleite que senti o desejo de me inclinar para a frente e beijá-lo. Ou talvez passar a mão pelo seu cabelo. Queria fazer alguma coisa. Mas então ele olhou para mim, e eu abaixei a cabeça, constrangido.

— É um... belo pôr de sol — comentei, abrindo um sorriso. Pigarreei e procurei algo para dizer antes que o silêncio se tornasse embaraçoso. — Com relação à ópera a que vamos assistir, você sabe algo a respeito dela?

Os olhos de Bram brilharam.

— Ah, sim. É o *Fausto*. Você conhece?

— Já ouvi falar. Um homem que faz um trato com o diabo?

— Isso mesmo — respondeu Bram, virando-se em seu assento para me encarar melhor, como se não pudesse conter a sua empolgação. — Em Paris, na Ópera Garnier, um fantasma está impondo quem atuará no papel de soprano principal. É um sucesso e agora todos os teatros de ópera estão apresentando *Fausto* por causa disso.

— Um tanto mórbido, não acha?

Bram soltou uma risadinha.

— Mas você tem de admitir que isso deixa a história convincente. Que jogada comercial genial.

Divertindo-me, balancei a cabeça.

— As pessoas acreditam em qualquer coisa hoje em dia. Fantasmas não existem.

— Não? Tem certeza? Os médiuns estão por toda parte agora. Eles realizam sessões espíritas para entrar em contato com os mortos. As pessoas juram que eles dizem coisas que não poderiam saber.

Dei de ombros.

— As pessoas ouvem o que querem ouvir — declarei.

Apenas algumas noites antes, eu tinha visto uma vela no mausoléu do castelo e, por um curto tempo, evoquei pensamentos de fantasmas, é claro. Porém, no fim, não tinha sido um fantasma. Era apenas uma mulher a quem tive a infeliz tarefa de dar más notícias.

— Não acredito em fantasmas. Não mais do que acredito em unicórnios ou fadas.

Bram recostou-se em seu assento.

— Bem, você sabe que sou um homem da ciência. Eu mesmo acredito em fatos. Mas isso não significa que não existam outras coisas. O mundo natural está cheio de todos os tipos de fenômenos estranhos. Nem tudo pode ser explicado.

— Ainda não.

— Ainda não — concordou Bram com um sorriso. — Acho que isso significa que você não vai ter medo da ópera. Não vai mantê-lo acordado a noite toda, pelo menos.

— Acredito que não.

Pelo menos eu esperava que não. Eu tinha de voltar ao trabalho no dia seguinte logo cedo. Seria uma noitada, mas não podia deixar passar. Eu precisava disso. E se a consequência fosse o fato de eu ter que tolerar um dia cansativo, paciência.

— Fico contente por estarmos fazendo isso — disse Bram, olhando para mim.

— Também acho — admiti.

Seu olhar era tão cálido e inebriante que tive que desviar o rosto. Olhei para fora da carruagem e vi que o sol tinha desaparecido completamente no horizonte. As cores quentes que perduravam sobre a terra esfriavam enquanto eu observava.

— E então já é noite — murmurei.

— A noite não é tão assustadora. Mas se considere sob a minha proteção. Prometi a você uma boa diversão, e isso envolve levá-lo para casa inteiro.

— Mas não muito cedo.

— Ah, não. Pode apostar que não será muito cedo.

Uma hora depois, estávamos no teatro de ópera e, bem a tempo, pois a maioria dos lugares já estava ocupada quando fomos levados aos nossos assentos no andar principal. Olhei saudosamente para os camarotes particulares, de onde eu costumava desfrutar das sinfonias ou peças, mas sabia que tinha sorte de sequer me encontrar ali naquela noite, dada minha atual condição.

À medida que as luzes se apagavam, a empolgação tomou conta de mim. Eu gostava de uma boa ópera e, embora aquela não tivesse o esplendor dos teatros de ópera parisienses, com certeza seria um espetáculo. Ademais, sempre tive curiosidade acerca de *Fausto*.

Fiquei maravilhado quando a ópera começou, tamanho o talento. As vozes se elevaram e o drama se desenrolou diante de cenários incrivelmente elaborados. Adorei a soprano principal e cheguei à conclusão de que o Fantasma da Ópera provavelmente teria exigido a participação dela no palco dele se tivesse ouvido aquela voz. Fiquei tão concentrado na apresentação que me surpreendi quando um intervalo foi anunciado.

— Está gostando? — perguntou Bram enquanto diversos espectadores se levantavam para esticar as pernas antes do próximo ato.

— Estou amando! — exclamei com alegria e Bram me recompensou com um sorriso brilhante. — Estou me divertindo muito. Obrigado.

— Não tem de quê. É um prazer.

Bram pediu licença para ir em busca de um cômodo adequado para aliviar suas necessidades, permitindo-me observar as pessoas ao redor. Ergui os olhos e me vi atraído por uma pessoa num dos camarotes.

Fiquei pálido e virei a cabeça depressa. Será que ele tinha me visto? Não. Ele não podia ter me notado. Ele nunca deve ter se dado ao trabalho de olhar para baixo, em direção ao populacho. Não ousei olhar para o alto novamente para ter certeza.

Alexander Westenra era o irmão mais velho da família vizinha mais próxima de La Vallée. Eu não tinha ideia do que ele poderia estar fazendo tão longe de Nemours, perto de Paris. Não era como se Voiron fosse uma cidade importante. Ele não poderia estar procurando por *mim*, poderia? A minha tia não o teria enviado. Certamente que não.

Cogitei ir embora, mas aquilo talvez atraísse o olhar de Alexander direto para mim. Mesmo que ele não estivesse me procurando, deve ter ouvido falar sobre o meu desaparecimento. Afinal, ele era um vizinho e as notícias se espalhavam.

Naquele momento, eu era uma pessoa no meio da multidão. Se eu mantivesse o rosto virado, ele nunca saberia que eu estava ali. Ao final da ópera, eu me misturaria ao restante da plateia na saída do teatro.

Peguei um lenço e enxuguei a testa. Nunca imaginei que poderia encontrar um conhecido em local tão longe e isolado. Esperava que fosse um encontro casual e não uma busca específica por mim. Eu me julgava seguro, escondido nos aposentos da criadagem de um castelo distante. Não havia nada que levasse as pessoas em minha direção. Assim, teriam que lançar mão de vários recursos para chegar tão longe, se é que fosse aquele o caso. E mesmo assim, não me encontrariam entre Montoni e a sua família. Aquilo teria de servir como um lembrete de que eu precisava ser discreto. Eu não podia sair por aí, anunciando a minha presença, mesmo em lugares obscuros como aquele.

Eu *não* podia ser pego.

— Algum problema? — indagou Bram ao retornar para o seu assento ao meu lado.

Guardei o meu lenço e forcei um sorriso. Naquele momento, o corpo de uma pessoa ao meu lado bloqueava a visão de quem tentasse me olhar. Senti-me muito melhor. Não havia como Alexander me espionar ali. Eu estava bem. Só precisava relaxar.

— Está tudo perfeito — menti enquanto as luzes se apagavam mais uma vez, as sombras me oferecendo a cobertura de que eu precisava para baixar a guarda.

Bram deu um tapinha tranquilizador na minha mão, e eu me deleitei com aquele calor momentâneo antes de ele afastar a sua. Era tudo de que precisava para esquecer Alexander e apenas estar ali com Bram. E mais uma vez, eu me perdi na música.

6

APESAR DE TER PASSADO UMA NOITE DIVERTIDA NA COMPANHIA DE UM MÉDICO bonito, tive de me resignar a voltar aos meus afazeres na manhã seguinte. Não me arrependi da noitada. Já havia passado das duas da manhã quando cheguei ao castelo. Estava sentindo a falta de descanso e fiquei me arrastando ao longo do dia num grande torpor.

Eu havia caído no sono na carruagem no caminho de volta — o balanço suave de uma carruagem e o som dos cascos do cavalo funcionaram como um sonífero. Quando despertei já estava às portas do castelo com a capa de Bram jogada sobre mim como um cobertor. Bastante cavalheiresco. Não queria dizer boa-noite, mas também desejava desesperadamente ir para a cama.

— Obrigado por uma noite tão agradável — dissera a ele quando desci da carruagem.

— Fico contente que tenha se divertido — respondera Bram, parecendo também muito cansado. — Vamos ter de fazer isso de novo.

— Faremos.

Ao relembrar a noite passada, sorri sozinho, percorrendo o corredor e cantarolando baixinho a música de *Fausto*.

Parei e fingi tirar um chapéu imaginário para um lince empalhado, pronto para atacar um intruso invisível. O animal me encarou com olhos atentos e a boca escancarada, que exibia dentes mortíferos.

— Gostaria de dançar, *monsieur*? — perguntei de brincadeira.

Estendi um braço para comparar a minha mão com a enorme pata do felino e senti um calafrio ao imaginar o estrago que as suas garras expostas poderiam causar.

— Terei de recusar uma dança — disse, divertindo-me. — Ficarei feliz em reconsiderar depois que você cortar as unhas, mas nem um minuto antes.

Uma sombra se estendeu sobre a porta. Fiquei paralisado, fingindo espanar a cabeça do lince. Devia parecer que eu estava acariciando um gato morto.

— Foi o médico aprendiz que trouxe você ontem à noite?

Engoli em seco ao perceber Henri me observando com os braços cruzados. Imediatamente, fiz uma reverência.

— Bom dia, milorde.

Esperando uma resposta, Henri ergueu uma sobrancelha.

— E então?

— Sim, senhor. Fomos assistir a uma ópera. *Fausto* — respondi, olhando para ele.

— *Fausto*. Interessante. E você gostou?

— Sim, milorde.

Por mais um momento, o olhar de Henri se demorou em mim.

— Você está com um péssimo aspecto. Diga a Grimes que ordenei que descansasse um pouco antes do jantar. Não podemos permitir que você sirva a mesa neste estado.

Engoli em seco.

— Desculpe, senhor.

Henri dispensou o pedido de desculpas e se afastou antes que eu me endireitasse e olhasse para ele. Aquilo foi estranho. Ele pareceu chateado. Ou talvez com ciúmes pelo fato de eu ter visto *Fausto*? Procurei entender o que poderia tê-lo deixado perturbado, mas então pensei que às vezes as pessoas simplesmente acordam de mau humor. Duvidava que ele realmente se preocupasse comigo, estava apenas descontando algo em mim.

Entretanto, aceitei a sua oferta para descansar um pouco, o que irritou Grimes. Uma ordem era uma ordem.

Foi enquanto eu vestia as luvas na cozinha, esperando para levar as travessas para servir o jantar, que pensei na possibilidade de que talvez Henri não gostasse de Bram. Afinal, a família tinha o seu próprio médico, que era adepto da medicina tradicional. Talvez Henri se sentisse ameaçado por Bram. Bram havia insinuado que não gostava da família de Henri na noite passada. Então, quem sabe o sentimento fosse mútuo.

No entanto, não tive muito tempo para refletir sobre o assunto, pois precisava levar uma travessa de comida para a sala de jantar. Fiquei com água na boca ao sentir o cheiro de faisão, lembrando o meu jantar com Bram na noite anterior. E em seguida me lembrei das suas covinhas. E do seu sorriso. E daqueles olhos pelos quais me senti atraído.

Você precisa se controlar, eu me repreendi, criando coragem e tentando me concentrar na tarefa que tinha em mãos. Afastei Bram da minha mente, embora soubesse que ele não seria banido por muito tempo. Eu gostava de Bram. Muito. Mesmo que aquilo significasse que ele não passasse de um companheiro, de um amigo, eu queria estar em seu círculo. Quando ele falava com animação sobre a ópera, ou ria, era como uma chama, queimando com tanta intensidade que era impossível desviar o olhar. Eu queria aquilo em minha vida, alguém com tanta paixão, e encanto, e...

Deixei escapar um suspiro, procurando desanuviar a mente outra vez. Jantar. Eu estava servindo o jantar. O devaneio teria de esperar.

Naquela noite, a família não estava recebendo nenhum convidado. Então, foi fácil servir o jantar, mesmo que os integrantes ainda exigissem perfeição dos seus criados.

Ao servir Blanche, ela sorriu para mim como uma velha amiga, mas não ousou falar comigo na frente do tio, que parecia entretido naquela noite, debruçado sobre alguns documentos numa folga em relação às suas boas maneiras habituais quando em companhia de convidados. Tentei dar uma espiada no que tanto o interessava, mas ele frustrava as minhas tentativas a todo o momento, cobrindo os papéis com a manga da roupa ou virando para outra página assim que eu me aproximava. Foi frustrante, mas tive de parecer desinteressado para não levantar suspeitas. Justo quando havia me resignado ao fracasso, consegui espiar algumas cláusulas relativas ao gado e me dei conta de que teria sido bom demais para ser verdade encontrar Montoni lendo documentos incriminatórios na companhia de outras pessoas. Ele não seria tão descuidado.

— Tio — chamou Henri depois que eu o servi e me dirigi até a mesa de canto, aguardando em silêncio o momento de tornar a encher os copos. — Já falei que Fournier foi tedioso enquanto estávamos fora? Ele foi absolutamente incompetente. O senhor sabia que ele estragou o meu smoking favorito?

— E o que você quer que eu faça a respeito? — Montoni respondeu, sem se preocupar em tirar os olhos da papelada.

Henri e Blanche se entreolharam e ele piscou para ela. Então, lançou um rápido olhar para mim e, em seguida, aprumou-se e pigarreou para chamar a atenção.

— Estive pensando. Fournier está envelhecendo e acho que seria mais apropriado ter outra pessoa para cumprir seus deveres de valete ao me servir. Alguém com idade mais próxima à minha.

— Ah, é?

— Sim. Proponho que eu empregue o novo criado, Dupont, como valete. Ele parece inteligente o suficiente. Tenho certeza de que poderia treiná-lo facilmente.

— Annette pode ajudar — acrescentou Blanche, lançando-me um olhar dissimulado.

Fiquei surpreso com a proposta. Valete? Eu não poderia ser um valete. Eu mal conseguia lidar com os meus serviços de ajudante. Ser um valete exigia muito mais habilidades. Fiquei paralisado enquanto observava os acontecimentos. Eles iriam pedir a *minha* opinião sobre o assunto?

Engoli em seco, sentindo o peso do olhar de Grimes sobre mim.

O mordomo pigarreou e se dirigiu à família.

— Eu não me dei conta de que Fournier foi incapaz de fazer o que era necessário. Tenho certeza de que um substituto pode ser encontrado, mas se esse foi o primeiro erro dele, posso sugerir que ele estava indisposto nessa única ocasião?

— Tem sido um declínio gradual — declarou Henri com um suspiro pesaroso.

— Então posso colocar um anúncio nos jornais em busca de um substituto. Veja, precisamos de um ajudante. Dupont foi contratado especificamente para a função, e receio que não possamos deixá-la vaga por muito tempo.

— Por isso mesmo a minha solução é tão engenhosa. — Sorriu Henri. — Eles apenas trocarão de funções. Assim, o pobre Fournier continuará empregado e será cuidado pela família por seus muitos anos de serviço. Aposto que ele consegue lidar com as tarefas de um ajudante, assim como tenho certeza de que Dupont é capaz de enfrentar o desafio associado aos deveres de um valete sem grande esforço.

Grimes empalideceu, abrindo e fechando a boca como a de um peixe, completamente estupefato. Eu não podia culpá-lo. Em grande medida, sentia o mesmo. Pasmado, fiquei mudo com o desenrolar da situação.

— O que o senhor diz, tio? — perguntou Henri a Montoni.

— Tudo bem, tudo bem — respondeu o conde, fazendo um gesto com a mão para se livrar do assunto. — Cuide para que isso seja resolvido, Grimes.

Grimes fez uma reverência tensa.

— Sim, milorde.

Ao se endireitar, ele me lançou um olhar de pura ira, e meus olhos se arregalaram. Então, aproximou-se de mim e parou ao meu lado enquanto observávamos a família jantar.

— Esse foi o seu projeto? — perguntou ele, baixinho.

— Não — respondi em tom baixo. — Juro. Eu não fazia ideia. Não tenho vontade de ser valete.

Sinceramente, eu estava apavorado com a perspectiva de ser valete. A minha incompetência poderia revelar a minha verdadeira posição social. E eu já achava difícil passar algum tempo perto de Henri sem ficar atrapalhado. Passar tantas horas a mais ao seu lado poderia ser bastante desastroso.

Grimes suspirou.

— Bem, não tem jeito. Parabéns pela sua promoção, Dupont.

Em seguida, ele deu um passo à frente para voltar a encher a taça de vinho de Montoni, enquanto meus olhos encontraram os de Henri. Havia algum tipo de promessa velada em sua expressão. Não sei se gostei daquilo. Mas já estava feito. Eu passaria mais tempo com Henri, querendo ou não.

Fiquei sem jeito na entrada do aposento de Henri após uma batida de leve na porta.

Deitado em sua cama com um livro na mão, Henri sorriu para mim. *O conde de Monte Cristo*, um livro de que eu tinha gostado bastante. Então, pelo menos tínhamos algo em comum.

— Ah, você está aqui — disse ele.

— Estou aqui — concordei, sentindo-me inseguro. Entrei e fechei a porta atrás de mim. — Não sei o que devo fazer, para ser sincero.

Henri deixou o livro de lado e se sentou, com os olhos pairando sobre mim, como se estivesse se perguntando o que fazer comigo.

— Você ficou muito bem com seu novo uniforme. Como imaginei que ficaria.

— Obrigado, milorde — agradeci, embaraçado enquanto olhava para o meu terno preto simples. Na verdade, estava um pouco pequeno e apertado na cintura, mas foi o melhor que pôde ser feito em tão pouco tempo. Novos trajes já tinham sido encomendados, mas levariam quinze dias ou mais para chegar. Até lá, eu teria de sofrer.

— Está feliz com a sua promoção?

— Eu... estava feliz no meu antigo cargo.

Henri riu e ficou de pé, vindo depressa em minha direção. Ele olhou para mim com um sorriso malicioso.

— Isso não foi uma resposta. Viu? É por isso que acho que vamos nos dar muito bem. Isso e também como você salvou a minha irmã da catástrofe. Ela foi a sensação do baile, graças, em grande parte, às suas habilidades.

— Obrigado, senhor.

Henri encostou um dedo sob o meu queixo e ergueu o meu rosto até que eu encarasse os seus ardentes olhos verdes.

— Se você consegue fazer uma garota parecer tão deslumbrante, cuidar de mim deve ser bastante simples. Os homens são muito menos complicados quando se trata de roupas e cabelos. Você não precisa se preocupar.

Engoli em seco quando Henri afastou o dedo, mas sustentei seu olhar. Não sabia o que dizer. Então, esperei uma orientação dele.

— Normalmente, o meu valete escolhe os trajes para mim. Você vai me ajudar a vestir e despir as minhas roupas. Isso será um problema?

Senti o meu rosto enrubescer.

— Eu... Não, senhor. Nenhum problema.

Henri abriu um sorriso astuto.

— Está vendo? A evidência está bem nesse seu rosto adorável. — Ele se inclinou para a frente, deixando o nosso rosto a poucos centímetros de distância. — Mas serei educado e revelarei o meu segredo primeiro.

Arregalei os olhos.

Ele... não poderia saber quem eu era. A menos que Alexander tivesse estado na cidade vizinha na noite anterior para me desmascarar. Cravei as unhas na palma das mãos, tentando pensar em algo inteligente para dizer em minha defesa ou para refutar as afirmações. Mas nada me veio à mente, e duvidei de que seria capaz de rechaçar o que estava por vir.

— Eu gosto de homens — revelou Henri, olhando nos meus olhos, como se esperando para avaliar a minha reação.

Pisquei. Ah, ele quis revelar *esse* segredo? É possível que ele tenha deduzido que eu também gostava de homens? Pelo jeito, eu tinha tantos segredos que era difícil acompanhar.

— É uma honra ter a sua confiança, senhor. Não sei se isso tem a ver comigo, mas juro que vou...

— Será que o fato de eu gostar de homens vai atrapalhar os seus deveres? — ele me interrompeu.

Fiz uma pausa, sentindo a minha mente girar. Muita coisa estava acontecendo ao mesmo tempo, deixando-me atordoado. Como eu poderia recuperar o controle da conversa quando me sentia tão desequilibrado?

— Não estou entendendo, senhor.

Henri abriu um sorriso malicioso.

— Está vendo? Essa não seria a reação de uma pessoa que não tivesse o seu próprio segredo a esconder. Um homem que não gosta de homens se sentiria pouco à vontade com a simples ideia de me ajudar a me vestir e despir as minhas roupas. Isso não passou pela sua cabeça.

Pisquei, surpreso.

— Mas o senhor é um conde. Eu não poderia... — comecei, mas fui novamente interrompido.

— Não adianta negar, Dupont. Vamos parar com essa farsa, está bem? Acho que você é como eu. — Henri mordeu o lábio. — Não é? Você pode ser sincero comigo, Dupont. Eu fui sincero com você.

Senti a boca ficar seca. Ele queria que eu confessasse que gostava de homens? Em voz alta? Nunca fui capaz de dizer isso a meu respeito, não diretamente. Era um tabu e... e será que Henri só queria me humilhar? A promoção para me tornar valete seria uma armação elaborada para me repreender antes de eu ser despedido? Mas então por que ele admitiria que ele próprio gostava de homens? Para tornar a demissão mais palatável?

— Milorde, eu... eu preciso deste emprego — gaguejei, sentindo o desespero tomar conta do meu peito. Porém, recusei-me a deixar que aquela sensação ficasse mais forte. — Não sei o que o senhor acha que sabe, mas garanto que consigo cumprir todas as minhas obrigações. Como o senhor disse, o que eu consegui com a sua irmã...

— Claro que consegue cumprir com as suas obrigações — retrucou Henri, parecendo um pouco confuso. — Só quero saber se posso contar com você, Dupont. Quero ser capaz de confiar em você, mas isso vale para os dois lados. — Respirou fundo. — Agora, você é capaz de confiar em *mim*?

Por um momento, eu o encarei, e percebi que ele não se daria por vencido. Então, qual seria o sentido de adiar o inevitável? Porém, não consegui encarar seus olhos quando decidi falar.

— Eu gosto de homens.

Pareceu tão estranho dizer aquilo em voz alta, como se eu estivesse ouvindo a confissão de outra pessoa. Fiquei vermelho de tanta vergonha.

Henri deixou escapar um suspiro profundo.

— Não foi tão difícil, foi?

Muito a contragosto, os meus olhos se encheram de lágrimas. Eu as enxuguei com raiva.

— O senhor quer que eu faça as malas?

Henri bufou.

— Claro que não. Quer que eu também faça as minhas malas? — Ele deu um tapinha no meu ombro.

Então, Henri caminhou até a sua cama enquanto eu me recompunha. Respirei fundo algumas vezes para acalmar o meu coração acelerado. Mal podia acreditar que aquilo tinha acontecido.

— Desculpe — pediu Henri, sentado na beira da cama e me olhando. — Achei que precisávamos esclarecer as coisas. Não é muito melhor assim? — Ele sorriu para mim.

Não pude deixar de sorrir de volta. Eu ainda me sentia perturbado com o fato de aquele homem, que eu só conhecia havia alguns dias, um homem que estava pensando em assassinar o próprio tio, ter conhecimento do meu segredo tão obscuro. Como eu poderia me sentir seguro com aquelas informações pessoais em suas mãos? Mas eu também tinha conhecimento de um segredo dele. Foi estranhamente íntimo, como se uma barreira entre nós tivesse caído. Contudo, a confiança da qual ele tinha falado não era conquistada com tanta facilidade. Uma coisa era compartilhar um segredo, e outra era baixar a guarda perto de um homem capaz de pensar na possibilidade de atos diabólicos.

— E, por favor, me chame de Henri. Pelo menos quando estivermos a sós.

— Obrigado, Henri. Eu... eu não sei como você... soube.

Refletindo, Henri franziu os lábios.

— Estive observando você, Dupont. Consigo me ver em você. A sua luta para encontrar o seu lugar numa sociedade que o desonra por ser quem você é. Eu sei como é. Porém, também vejo um jovem determinado, superando a sua insegurança. Você é forte, Dupont. Mais forte do que pensa. Você é capaz de fazer esse trabalho. E será um valete maravilhoso.

O elogio de Henri me envaideceu, mas eu tinha as minhas dúvidas. Aquilo me dava a oportunidade de me aproximar da família e dos seus segredos. Porém, o meu próprio segredo também estava em jogo, e Henri já estava chegando muito perto de revelá-lo. O meu plano inicial de descobrir o que a família estava escondendo poderia ser frustrado antes mesmo de começar se eu não tomasse o devido cuidado.

— Obrigado, senhor. Vou dar o melhor de mim.

Henri concordou devagar.

— Eu também... Bem, acho você fascinante. Você é bonito, sagaz e... — Ele desviou o olhar, engolindo em seco. — Veja, vou ser sincero. Gosto de você, Dupont. Achei que se você assumisse esse cargo, isso talvez facilitasse as coisas... E talvez pudéssemos... nos conhecer melhor. Como valete, você viajaria comigo, seria o meu companheiro. É um disfarce perfeito para...

A voz de Henri foi sumindo à medida que ele foi se dando conta do meu olhar horrorizado. Eu não quis deixar transparecer o desconforto com as suas palavras. Percebi que eu gostava de Henri. Até o achei atraente. Porém, não conseguia me ver em algum tipo de relacionamento secreto com ele, sobretudo porque estava planejando chantagear o seu tio.

— O que foi? — perguntou ele, endireitando-se.

— Senhor, eu não poderia... Quer dizer, o senhor é o meu patrão e não seria considerado apropriado.

— Não seria considerado apropriado? — Henri bufou. — Pelas mentes limitadas desta sociedade? Claro que não. É por isso que somos forçados a viver nas sombras. É por isso que um gesto em público pode ser desastroso. É absolutamente ridículo. Mas é por isso que a nossa relação tem de ficar em segredo. Podemos encontrar conforto um no outro, mas fica aqui, dentro destas paredes.

Dei um passo para trás. Com a mente acelerada e o coração aos pulos. Eu não podia. Uma relação em segredo? Beijos furtivos em corredores e troca de olhares apaixonados em salões lotados? Isso daria a impressão de que havia algo de errado com o fato de dois homens estarem juntos. Não queria me sentir daquele jeito, como se eu fosse um segredo sórdido. E, no final das contas, aonde isso poderia nos levar? Na melhor das hipóteses, eu voltaria à minha antiga vida e receberia a minha herança quando completasse dezoito anos. Qualquer coisa com Henri só tornaria isso mais difícil. E na pior? Eu chantagearia o tio dele. Não sabia se eu conseguiria manter uma relação com alguém para quem eu estivesse mentindo.

— Não quero parecer ingrato, Henri, mas seria desigual. Eu estaria servindo você em público. Não haveria nenhuma esperança de levarmos uma vida em pé de igualdade. Nenhuma relação pode ter como base essas circunstâncias.

— Desigual? Você acabou de me dizer que gosta de homens. Eu vou cuidar de você. Farei com que você tenha uma boa vida. Será igual na medida em que nós dois estaremos cuidando um do outro. O que há de tão errado com isso?

Naquele momento, lembrei-me de Bram. Da sua gentileza, da sua alegria, da sua natureza delicada. Henri era... *arrogante*. Era a arrogância em pessoa. Como ele podia supor que eu concordaria com aquilo? Que eu deveria me sentir *honrado* de me encontrar no lado receptor da sua proposta?

Mantive a calma e criei coragem para tomar uma decisão desagradável.

— Sinto muito, senhor, mas não posso compactuar com isso. Eu estaria à sua mercê e não posso me comprometer dessa maneira.

— Você não pode ou não vai?

— Não vou. Eu... — comecei a dizer, mas hesitei e me forcei a olhá-lo nos olhos. — Eu gosto de você, Henri. Muito. Acho que poderíamos ser bons amigos. Mas não quero nada além disso.

Henri assumiu uma expressão sombria.

— Então é isso? Depois de tudo o que fiz para conseguir essa promoção para você, agora você não quer? Não posso simplesmente dizer para o meu tio que eu estava enganado a respeito de Fournier e fazer tudo voltar a ser como era. — Ele balançou a cabeça. — Não, nós estamos juntos nisto, Dupont, a menos que eu descubra um jeito de desfazer esta situação.

— Senhor, por favor... — Engoli em seco.

— Pense muito bem nisso, Dupont. Só quero que ajamos de acordo com o que estamos sentindo. Com os nossos impulsos. Com os nossos desejos. Não me interessa o que a sociedade diz sobre o amor entre dois homens. Nós merecemos experimentá-lo.

A raiva ferveu dentro mim. Henri falou de amor e o distorceu para atender às suas necessidades. Não pude aguentar mais a sua hipocrisia. Com determinação, olhei diretamente nos seus olhos.

— Quais sentimentos? Não conheço você e nem sei se quero.

— Suma da minha frente — rosnou Henri. — Não sei por que você está negando isso para nós. E me faça um favor: que isso fique entre nós. Afinal, você é um criado e eu não gostaria que se espalhassem rumores que fossem prejudiciais a você.

Eu o encarei, tentando ler nas entrelinhas.

Então, Henri levantou um dedo e apontou para a porta.

— Pense bem. E saia daqui.

Na afobação de sair do seu quarto, nem sequer me preocupei em fazer uma reverência. Fechei a porta atrás de mim e me apoiei nela, tremendo de indignação. Será que ele achou mesmo que poderia *exigir* que eu... me apaixonasse por ele? Será que ele realmente esperava que uma *ordem* poderia derreter um coração? Era chocante. Era *impensável.*

Aquele foi o único motivo da promoção, percebi num repentino horror. Fournier não tinha sido inepto. Henri havia apenas desejado que eu fosse o seu companheiro secreto. No que eu tinha me metido? Quais eram as minhas opções? Para onde eu iria se tivesse de partir? Henri era tão insensível e volúvel quanto o seu tio. Eu não queria saber de um homem que iria me manipular. Pensando com sinceridade, seria justificável despojar aqueles homens arrogantes da sua riqueza. Depois de uma proposta como aquela, eu era *credor* de alguma recompensa.

Atordoado, voltei cambaleante para o quarto. Depois de me deitar na cama, procurei ver da perspectiva de Henri. Ele devia se sentir preso. A sociedade não permitiria que ele seguisse o seu coração. Eu sabia muito bem como ele se sentia. Ele estava desesperado e... partindo para o ataque. Talvez depois que ele tivesse algum tempo para se acalmar, compreenderia que estava sendo irracional. Mas eu poderia correr o risco? Poderia *esperar* que ele mudasse de ideia? Ele era o meu patrão e tinha todo o poder nas mãos.

Parecia que o meu plano tinha saído pela culatra de forma espetacular.

7

Na manhã seguinte, molhei o rosto com água fria, limpando as remelas dos olhos. Desviei o olhar da bacia de água e mirei o espelho, vendo o rosto de um rapaz que estava a um passo de perder a cabeça. Não sabia o que fazer e não tinha ninguém com quem conversar a respeito. Só queria que Henri admitisse que não poderia me *forçar* a um relacionamento. Talvez depois de dormir, ele tivesse chegado a essa conclusão e me desse um pouco de espaço.

Ao me dirigir para o aposento de Henri, percebi uma grande agitação no castelo. Desviei de um bando de rapazes carregando flores pelo corredor, perguntando-me o que poderia estar acontecendo. Então, lembrei-me de que alguém tinha falado a respeito de um baile. Eu só não tinha me dado conta de que seria naquele dia. Montoni seria o anfitrião, é claro, assim a balbúrdia na forma de ordens podia ser ouvida ecoando por toda a grande casa.

Ao chegar diante do aposento de Henri, olhei para a porta por um instante, hesitando antes de entrar. Estava temeroso. Mas não adiantava adiar o inevitável. Bati na porta duas vezes com força antes de abri-la e entrar, preparando-me para enfrentar um conde furioso.

— Ah, aí está você. Como estou?

Parei na entrada antes de fechar a porta lentamente atrás de mim. Henri já estava trajado com um casaco cinza e botas de montaria. Fiquei surpreso, mas também aliviado. Ele parecia muito mais racional naquele momento.

— Muito elegante, milorde. O senhor vai cavalgar?

Ajustando o colarinho diante de um espelho, Henri olhou rápido para mim.

— Sim, com a minha irmã. Tudo isso… O *caos* é perturbador. Prefiro ficar longe até o baile desta noite. Vamos cavalgar até a cidade e almoçar num pub. Só voltaremos depois das quatro horas para nos trocarmos.

— Muito bem — respondi, observando o seu reflexo no espelho. Os nossos olhos se encontraram. — O senhor não esperou que eu o ajudasse a se trocar esta manhã. Devo ajudá-lo mais tarde?

Henri suspirou e pôs a mão na cabeça. Virou-se para mim e fechou os olhos por um instante antes de me olhar.

— Não quero deixá-lo constrangido, Dupont. Sei que me vestir deixa você desconfortável, então estou procurando amenizar um pouco até nos conhecermos melhor. Dei-me conta de que fui… agressivo ontem à noite.

E rude. Na verdade, sinto-me bastante envergonhado por causa das minhas ações. Não estou acostumado a ser rejeitado.

Suas palavras saíram às pressas e, quando eu as digeri, Henri já estava parado diante de mim, segurando as minhas mãos.

— Por favor, perdoe-me — disse ele. — Não quero começar com o pé esquerdo com você.

Pisquei estupidamente por um momento e, então, concordei.

— É claro, milorde.

— Henri — corrigiu ele.

— Henri. Alegro-me que você se sinta assim.

Henri abriu um sorriso encantador que fez o meu coração bater forte por um instante.

— Olhe, não estou desistindo de você. Apenas percebi que preciso conquistá-lo. Quero que você *queira* ficar comigo. E isso não vai acontecer se eu forçar. Por favor... me dê uma chance, Dupont. É tudo o que peço. Não se apresse. Observe. Você vai ver que sou digno da sua afeição.

Henri ainda estava segurando as minhas mãos. Então, eu delicadamente afastei as minhas das dele, com um sorriso estampado no meu rosto. Eu não sabia como receber essa súplica sincera. Ele estava tentando me manipular? Ou estava falando sério? Minhas primeiras impressões de Henri foram as de um homem perspicaz e calculista. Amigável e bonito, porém astuto. Eu não tinha certeza se podia confiar nele e, na noite passada, ele quase tinha me convencido disso. Naquele momento, eu já não tinha certeza. Mas podia fazer o que ele pediu e observar, mesmo que achasse que não adiantaria de nada. Afinal, poderia ser a oportunidade que eu estava esperando. Se eu concordasse com aquilo, poderia ganhar a confiança de Henri e ter melhores condições para descobrir os segredos de Montoni. Só tinha de dar as cartadas certas.

— Tudo bem — concordei. — Mas não posso prometer que vou passar a gostar dessa ideia.

— Você vai — afirmou Henri com confiança, lançando uma piscadela para mim e dando um tapinha no meu ombro.

Meu coração voltou a bater forte, como se fosse um traidor.

— Tire a tarde de folga — determinou Henri. — Faça o que quiser, desde que esteja de volta às quatro.

— Obrigado — disse, sinceramente satisfeito com a sua generosidade.

Henri abriu um sorriso largo ao passar por mim, deixando-me no meio do seu aposento, olhando para ele em silêncio.

Para aproveitar a folga, decidi ir até a cidade. Queria agradecer ao *monsieur* Valancourt por ter me levado à ópera. Achava que, devido ao meu cansaço, não lhe agradecera adequadamente quando ele me deixara no castelo. Considerei que poderia convidá-lo para almoçar comigo por minha conta. Para mostrar a minha gratidão.

Além disso, aquilo me serviria de desculpa para revê-lo.

Fiquei apreensivo ao me aproximar da sua casa, perto da rua principal. Não fazia ideia do motivo pelo qual estava nervoso, mas sentia certa agitação. E se ele não tivesse gostado do tempo que passamos juntos e recusasse com educação? Eu não tinha certeza de que conseguiria suportar.

Parei na esquina, criando coragem para encarar Bram. Então, notei um homem olhando para mim do outro lado da rua. Levei um susto ao perceber que se tratava do conde Montoni. Endireitando-me, comecei a erguer o braço para acenar para ele. No entanto, dei-me conta de que o conde não estava olhando para mim, mas sim para uma loja à minha frente.

Claro que ele não repararia em você, eu me repreendi. *Você é apenas um serviçal indigno da atenção dele.*

Mas por que ele estava observando a loja? Estiquei o pescoço e vi que era uma botica. O anúncio de um médium também estava pregado na vitrine. Então era alguma espécie de loja de ocultismo. Qual era o interesse de Montoni por um lugar tão estranho?

Olhei de volta para Montoni e o vi recuar para as sombras de um beco, mas ele continuou observando a fachada da loja. Talvez ele tivesse seguido alguém ali e estivesse esperando que a pessoa reaparecesse? Fosse como fosse, aquilo me perturbou. Mas resolvi seguir em frente antes que ele notasse a minha presença.

Pouco depois, eu estava diante da porta da casa de Bram. Antes que pudesse me convencer do contrário, ergui a pesada aldrava e a bati contra a porta. Estava pensando em bater de novo, mas então ouvi a fechadura ser destrancada. Uma mulher abriu a porta e ficou me observando.

— Posso ajudá-lo? — perguntou ela, olhando para mim. — Receio que o médico esteja num atendimento domiciliar no momento, mas se for urgente...

— Ah, não — repliquei, desculpando-me e dando um passo para trás. — Estou procurando por Bram, quer dizer, *monsieur* Valancourt. Não quero incomodá-lo.

— De modo algum. Ele deve estar no escritório. Por favor, entre.

— Obrigado. — Com um sorriso de agradecimento, segui a mulher por um corredor.

— Bram não recebe muitas visitas — revelou a mulher. — Ele está sempre muito ocupado com o trabalho, fazendo uma coisa ou outra. Acho que ele está querendo provar para o pai que está pronto para assumir maiores responsabilidades, mas tenho a impressão de que ele precisa sair mais. Seja como for, ele deve estar bem aqui. Meu nome é Sybille. Se precisar de alguma coisa, é só me chamar.

Ela empurrou uma porta que estava entreaberta e deu uma rápida olhada ao redor.

— Uma visita para o senhor — avisou Sybille e foi embora.

Então, entrei no pequeno escritório repleto de livros.

Bram estava sentado à mesa de trabalho, mas logo empurrou a sua cadeira para trás e ficou de pé ao me ver.

— Emile! Que surpresa agradável.

Cocei a nuca, um tanto tímido.

— Olá, Bram. Não queria interrompê-lo. Vim aqui para convidá-lo para almoçar comigo. É por minha conta. Como agradecimento.

Bram dispensou o gesto.

— Não há necessidade. Quer dizer, vou deixar você me pagar o almoço algum dia, mas não como uma retribuição. — Ele puxou uma cadeira para mim do outro lado da mesa. Em seguida, retornou ao seu lugar. — Eu já almocei hoje, lamento dizer — informou ele.

— Tudo bem. Outro dia, então.

Bram abriu um sorriso largo.

— Espero que seja uma promessa. Eu me diverti muito naquela noite.

— Eu também.

Por um instante, Bram me observou e então franziu a testa.

— Você tem dormido bem? — questionou Bram. — Parece abatido, com olheiras.

— Ah. — Eu me endireitei e esfreguei os olhos, como se aquilo pudesse ajudar. — Para ser sincero, nem tanto. Além da nossa noitada na ópera, algo inesperado aconteceu ontem à noite que me deixou muito agitado e me impediu de dormir.

— O que foi?

Abri a boca, mas logo a fechei, resolvendo não relatar o ocorrido.

— Não foi nada.

Bram se inclinou para a frente.

— Emile, você pode me contar tudo. Talvez falar a respeito ajude de alguma forma.

Engoli em seco e olhei Bram nos olhos. Eu me perguntei como aqueles belos olhos escuros contornados por aqueles longos cílios me encarariam se ele soubesse a verdade a meu respeito. Henri reagira de uma forma inesperada quando descobriu a verdade sobre mim. Nem todo mundo reagiria assim, mas aquilo me fez hesitar. Até porque Alexander quase havia me visto na ópera e estar prestes a ser descoberto fora um sinal claro o bastante. Eu não precisava atrair mais problemas para a minha vida. Revelar verdades a meu respeito só me deixaria mais exposto.

— Qual é a sua opinião sobre o conde Morano?

— Conde Morano. — Os cantos dos lábios de Bram se voltaram para baixo de forma quase imperceptível. — Eu tomaria cuidado com ele.

— Por quê? — perguntei, aprumando-me.

Bram hesitou.

— O conde Morano costumava me procurar com frequência, se você quer mesmo saber. Ele dava a impressão de gostar da minha companhia e me convidava para jantar com ele e sua irmã. Certa vez, depois de jantar com eles num pub, eu havia esquecido o meu chapéu e voltei para pegá-lo. Então, ouvi por acaso o conde falando a meu respeito para diversos homens no balcão. Ele disse que sentia pena de eu ser aprendiz de um homem que tinha métodos tão pouco convencionais para exercer a medicina, que os moradores da cidade eram *experimentos* para ele em sua tentativa de modernizar a prática. Alguns daqueles homens eram clientes do meu pai, veja bem, o seu ganha-pão. O nosso *ganha-pão*. O conde ainda disse que não confiaria a nós o seu cavalo, quanto mais a sua família, e que aqueles homens deveriam reconsiderar a quem estavam confiando a sua saúde.

— Que horror! — Estremeci.

Bram ficou inquieto, como se constrangido por relatar aquela situação para mim.

— Quando a família mais poderosa da cidade fala assim a seu respeito, a notícia se espalha. Perdemos a confiança de diversos pacientes. Ainda não recuperamos todos. Morano, pelo menos, teve a decência de parecer chateado quando percebeu que eu tinha ouvido a conversa, mas então ele disse: "Acho que não o veremos no jantar amanhã então". Como se aquela não fosse a minha profissão que ele estava pondo em dúvida. — Bram balançou a cabeça. — Aquele rapaz é inconsequente e não liga para as dificuldades que causa aos que o rodeiam.

Senti o estômago embrulhar. Esse relato serviu para confirmar a minha opinião sobre o caráter de Henri. Ele poderia desfiar belas palavras para encobrir mentiras horríveis, mas eu me manteria cauteloso perto dele. Se era daquele jeito que ele tratava os amigos, imagine como ele tratava os seus criados. Eu poderia me meter numa séria enrascada ali.

Bram se levantou.

— Emile? Aconteceu alguma coisa com o conde Morano?

Percorri o escritório com os olhos, procurando algo para mudar de assunto, mas minha mente girava e não conseguia me concentrar.

— Ei, o que houve? — perguntou Bram, aparecendo de repente ao meu lado e pondo a mão no meu ombro.

— Estou preocupado com o meu emprego — revelei, constrangido ao notar que estava chorando.

Bram tirou um lenço do bolso e me entregou. Eu o passei nos olhos, piscando para conter outras lágrimas.

— É uma bobagem, sério.

— Ei, não é nenhuma bobagem. Por favor, estou aqui para ouvir.

Estendi o lenço para Bram, mas ele o dispensou.

— Fique com ele.

Senti a minha boca seca. Não sei por que tive vontade de contar a verdade para Bram, mas ele não era como Henri. Bram tinha sido outra vítima do egoísmo de Henri, e ele não fora obrigado a relatar o que sem dúvida era uma questão constrangedora do seu passado para um estranho. Ele tinha me contado porque confiava em mim, e eu deveria ser capaz de retribuir essa confiança. Talvez Bram entendesse. Ele parecia muito compreensivo, o exato oposto de Henri. Bram poderia me achar repugnante, virar as costas para mim, e eu nunca mais o veria, mas seria mesmo uma amizade se ele me rejeitasse? Tudo o que eu sabia era que eu queria mesmo, *de verdade*, poder falar com alguém a respeito desse assunto.

— Tornei-me o valete do conde Morano. Eu não queria o cargo, mas também não pude recusar. E então descobri que isso aconteceu, porque ele gosta de mim. — Umedeci os lábios, observando Bram para avaliar a sua reação, mas ele pareceu mais confuso do que qualquer coisa.

— É óbvio que ele gosta de você. Tenho certeza de que todos gostam de você.

Fiquei olhando para ele por um instante antes de balançar a cabeça devagar.

— Não, quer dizer... ele prefere a companhia de homens. E ele gosta de *mim*.

Bram pareceu surpreso, mas não vacilou.

— Ele forçou você a fazer alguma coisa?

Fiquei paralisado.

— O quê? Não. Ele não fez nada. Ele disse que quer conquistar o meu coração ou algo assim. — Estendi a mão para tocar no braço de Bram. — Mas não conte para ninguém, por favor.

— Claro que não — concordou Bram, sentando-se na beirada da sua mesa e aparentando ponderar a respeito do meu apuro. — Como você se sente com isso?

Suspirei.

— Confuso. Frustrado. Já disse a ele que não, mas ele quer que eu pense a respeito.

— Bem, não pode deixá-lo coagir você.

— Eu sei, eu sei. Eu... bem, acho o conde Morano atraente. Eu também gosto de... homens — murmurei e me retraí de vergonha ao dizer as palavras em voz alta, ao admitir uma verdade tão surpreendente. Porém, Bram apenas acenou, como se já soubesse. — Mas eu só... acho que não posso ficar com ele do jeito que ele quer que eu fique. — Encolhi os ombros, impotente.

— Obrigado por me contar isso, Emile. Foi muito corajoso da sua parte. E, por enquanto, se ele parece satisfeito em tentar conquistá-lo, talvez você deva permitir isso ao mesmo tempo em que procura um emprego em outro lugar.

— Não, isso... isso não é possível. — Fiz um gesto negativo com a cabeça. — A carta de recomendação que consegui era falsa. Ou melhor, era real, mas foi escrita como um favor, e não posso reproduzir isso novamente. Não acredito que vou ser capaz de encontrar outro trabalho.

Bram franziu a testa.

— Emile. Você deu a eles o nome de Dupont, não foi? St. Aubert é o seu verdadeiro sobrenome.

— Sim. — Deixei escapar um suspiro profundo. — Sim. Estou me escondendo.

— De quem?

Levantei-me da cadeira, incapaz de permanecer parado enquanto fazia a minha confissão. Foi bom ter dito aquilo, mas também me deixou nervoso admitir aquelas coisas. Confiar em alguém era difícil. Porém, eu queria desesperadamente confiar em Bram.

— Da minha tia. Quando meu pai morreu, herdei tudo como o seu único herdeiro.

Bram semicerrou os olhos para mim.

— E isso não foi bom?

Comecei a andar de um lado para o outro.

— Não. Bem, sim e não. Sinto muito, Bram. Eu queria contar a você desde o início, mas não pude. Eu não podia chamar a atenção e precisava ganhar tempo até atingir a maioridade, em seis meses. Então, a minha tia não estará mais a cargo das minhas finanças. Vou me tornar o responsável e poderei cuidar da minha herança e... já não sei mais. De alguma forma, serei capaz de escapar das garras dela.

— Ei, espere! — interveio Bram, erguendo as mãos. — Quem é a sua tia?

Hesitei.

— Madame Cheron. Ela é irmã do meu pai. Ela é simplesmente... ela é terrível, Bram. Acho que ela se ressente pelo fato de o meu pai ter deixado tudo para mim, embora ela tenha o seu próprio dinheiro.

Bram contornou a mesa e se sentou de volta em sua cadeira, avaliando-me por sobre as mãos unidas. O escrutínio me deixou inquieto.

— Por que você tem tanto medo da sua tia, Emile? Acho que não estou entendendo alguma coisa. O que é o pior que ela pode fazer? Reter a sua herança?

Deixei escapar um suspiro profundo e voltei a me sentar.

— Pior. Ela ameaçou me internar num sanatório.

— O quê?! Com base em quê?

Lancei um olhar desalentado para ele.

— Desvio. Ela descobriu que gosto de homens. E se eu não renunciar aos hábitos e não me casar antes de completar dezoito anos, ela vai cumprir a sua ameaça.

— Então ela herdará os bens do seu pai em seu lugar. — Bram balançou a cabeça. — Inescrupuloso.

— Por isso, eu fugi. Achei que, se me escondesse até atingir a maioridade, poderia voltar para reivindicar a minha herança e dar o fora antes que ela tivesse a chance de contestar o fato. — Eu me retraí. — Não é o plano mais confiável, mas é tudo o que tenho. Não posso simplesmente fingir que não sou o que sou. Quão justo seria me casar com uma mulher se eu não seria capaz de amá-la? Ninguém merece um casamento sem amor.

— Muita gente se casa em busca de títulos e posses, sobretudo a nobreza. Dito isso, a sua tia é um monstro. Você tem o direito de amar quem você quiser.

— Mas se eu não me casar, a linhagem terminará comigo. Essa é a principal queixa da minha tia.

Bram coçou o queixo.

— Ela tem razão. Se ao menos houvesse um jeito de satisfazê-la sem que você vire as costas para quem você é.

— Não há jeito. E agora que penso nisso, provavelmente é isso o que Henri quer. Casar-se com uma mulher e me ter como o seu amante. As aparências seriam satisfeitas, assim como os próprios desejos dele. É de fato uma ideia brilhante, ainda mais se ele conseguir fazer isso com alguém tão próximo quanto o seu valete — desembestei a falar, sem conseguir evitar que o veneno escapasse em minha voz e enterrei a cabeça nas mãos. — Perdoe-me, Bram. Você não merecia ser enganado e não precisava carregar esse fardo. Era uma questão minha.

— Fico contente por confiar em mim — assegurou-me ele. — Eu queria muito a sua confiança.

— Obrigado. — Sorri.

— Não há de quê.

— E não me arrependo de ter fugido. Se não tivesse feito isso, nunca teria conhecido você.

Por um momento, Bram me observou, e então ajustou um documento em sua mesa.

— Bem, posso garantir que esse será o nosso segredinho.

Meu coração afundou. Eu esperava uma resposta mais calorosa. Meio que doeu, mas ele disse que queria a minha confiança. Pelo menos ele não me odiava, o que poderia muito bem ter sido o caso. No entanto, aquilo me fez pensar se ele se sentiria à vontade sozinho comigo novamente numa carruagem. Será que eu estava piorando a situação? Será que eu estava assustando o meu único amigo naquele canto do país?

Bram pigarreou.

— Se o conde Morano tentar qualquer coisa para forçar você a obedecer aos... *desejos* dele, me procure. Ajudarei no que puder.

— Fico agradecido. Mais do que você imagina.

Bram suspirou ao olhar para o seu relógio.

— Tenho de fazer um atendimento domiciliar em breve. Sinto muito.

— Não, está tudo bem. — Balancei a cabeça. — Obrigado por me ouvir. E por não me odiar.

— Eu nunca poderia odiar você, Emile. — Bram suspirou.

Afastei-me dele sentindo certa mágoa, mas sabia que poderia contar com ele caso precisasse de alguém. Eu não estava completamente sozinho. Era melhor que nada.

8

Virei-me de costas quando Henri começou a se despir. Distraí-me alisando as dobras do seu paletó, um tweed marrom que achei que combinaria bem com a cor da sua pele. Annette me ajudou a passar a sua camisa social mais cedo; uma das muitas lições que eu, sem dúvida, receberia dela. Porém, ela não deu grande importância a isso. Ela possuía os seus próprios deveres a cumprir e era eficiente em me mostrar o que tinha que ser feito.

— Receio que a minha irmã esteja com ciúmes por ela não poder pegá-lo emprestado esta noite — disse Henri, de repente ao meu lado. — Acho que a pobre Annette parece de segunda categoria agora, em comparação a você.

Ele estava sem camisa. Meus olhos vagaram pelos seus ombros largos e braços musculosos, concentrando a atenção no seu peito nu, com os pelos escuros espalhados de maneira muito atraente. É claro que ele notou o meu olhar e abriu um sorriso astuto quando lhe entreguei a sua camisa social. Enquanto ele a vestia, mantive o olhar no outro lado do cômodo. Eu não lhe ofereceria nenhum incentivo se pudesse evitar. Porém, aquele seu corpo dificultava muito.

— Você pode me ajudar?

Virei-me e o encontrei de camisa abotoada e segurando o paletó de tweed para mim. Pondo-me atrás dele, deslizei as mangas do paletó pelos seus braços. Contornei-o para encará-lo, tentando não notar a vista dos pelos em sua clavícula antes de fechar o botão na parte superior da camisa e ajeitar o nó do lenço. Durante o tempo todo, Henri ficou me observando, mesmo quando eu tentava ignorá-lo.

— Obrigado — disse ele, baixinho.

Seu olhar estava tão afetuoso que me peguei passando as mãos em seu paletó para alisá-lo e... persisti naquilo.

Eu me forcei a me afastar e pigarreei.

— Você está deslumbrante, milorde. As garotas vão ficar loucas por você.

— Como se eu me importasse — bufou ele, virando-se para o espelho para dar uma última olhada em seu visual. — Você faz um ótimo trabalho, Dupont.

Nos entreolhamos por um momento. Em seguida, Henri engoliu em seco e se virou.

— Preciso descer — informou ele. — Não posso me atrasar para o meu próprio baile.

— Isso não pode acontecer — concordei.

Henri deu uma risada.

— E se você não se importa, talvez seja bom que vá ver como a minha irmã está se saindo. Blanche fica muito ansiosa com nessas ocasiões.

Fiquei observando Henri sair antes de me sentar na beira da cama. O que foi aquilo? Vesti-lo tinha sido íntimo demais, quase insuportável. Meu coração continuava acelerado por conta da proximidade com ele, e do que aquilo havia provocado em mim. Talvez eu estivesse me derretendo em relação a ele?

Balancei a cabeça, lembrando a mim mesmo que eu era o *criado* de Henri. Mesmo que eu o achasse atraente, não poderia agir motivado por isso. Eu jamais teria esse tipo de existência. E de qualquer maneira, dentro de seis meses, eu estaria deixando o Château le Blanc para trás, assim como Henri. Se não antes.

Ao chegar ao aposento de Blanche, ela estava dando os retoques finais no cabelo.

— Ah, ótimo — suspirou Annette. — Veio me envergonhar de novo, não é?

— Annette, seja gentil — repreendeu Blanche com uma careta. Ela se aproximou de mim e deu uma girada. — O que acha?

Blanche estava usando um vestido rosa com pedrarias reluzentes e enfeitado com franjas. O decote era um pouco mais cavado do que talvez fosse apropriado para a sociedade, mas eu não ia apontar aquilo. Com toda a honestidade, não achei que a cor lhe favorecesse muito, mas ela era tão bonita que duvidei que faria alguma diferença.

— Acho que você vai ser a mais bela do baile mais uma vez — elogiei, inclinando a cabeça. — Ótimo trabalho, Annette.

Annette olhou nos meus olhos e me deu um relutante aceno de cabeça, até mesmo se dignando a sorrir levemente.

— É tão emocionante, não é? Tantos homens jovens e bonitos implorando para dançar comigo. Ah, e como eu gosto de dançar! — exclamou Blanche com os olhos brilhando. Então, ela fez uma demonstração, valsando pelo quarto e rindo ao cair na cama. Ela levantou os pés e se obrigou a calçar os sapatos. — E como está o meu irmão?

— Perfeito, é claro — respondi, seco. — *Eu* o vesti.

Annette bufou e Blanche revirou os olhos.

— Raios me partam se eu deixar aquele presunçoso pedante me ofuscar. — Blanche sorriu, levantando-se e ajeitando o cabelo por um instante. — Bem, me desejem sorte, queridos.

— Você quase não precisa de nenhuma — afirmei.

Blanche me soprou um beijo e saiu dançando do aposento.

Por um momento, Annette e eu ficamos olhando para Blanche.

— Ela consegue ser exaustiva.

— Ela tem muita energia. — Ri.

— É fogosa.

Trocamos olhares divertidos.

— Você gosta de trabalhar aqui? — arrisquei a perguntar.

Annette ergueu uma sobrancelha.

— Por quê? Tendo segundas intenções agora que você garantiu a sua grande promoção?

— Eu não estava atrás de uma promoção. Mas a família Montoni é intensa, não acha?

— Bem, o conde Montoni é — reconheceu Annette. — Mas Blanche e Henri são boas pessoas. Não sei quanto a ser valete, mas ser uma dama de companhia é um bom emprego. Você consegue ver o mundo. Deve ser o melhor que qualquer um de nós conseguirá dada a nossa sina.

— Não quis parecer ingrato. Fiquei curioso para saber o que você encontrou aqui.

Annette contorceu os lábios.

— Algumas coisas estranhas.

— Os talheres de ouro?

— Os talheres de ouro — concordou Annette, exibindo um sorriso travesso. — Mas mais do que isso. Aposto que você vai descobrir ainda esta semana. A criadagem terá uma noite de folga, mas nós vamos ficar aqui para servir Henri e Blanche. E o médico vai cuidar de Montoni.

— Quanta generosidade. — Fiz uma pausa, semicerrando os olhos. — O médico virá aqui? Você quer dizer o monge?

— Sim. A família passa mal, sabe. O médico aparece e... minha nossa, sinto um arrepio na espinha quando penso nele.

— Eles passam mal?

— Sim. Acho que é algo que o médico dá para eles. Era para ser uma limpeza, acho, e eles ficam suando a noite toda. — Ela acenou com a mão. — É muito esquisito, me deixa nervosa.

— Sim, imagino que sim. — Franzi a testa.

Talvez houvesse mais naquilo do que parecia. Talvez o trunfo que eu procurava fosse encontrado durante uma daquelas noites. Com o castelo quase vazio, isso me daria a oportunidade perfeita para bisbilhotar sem temer olhares indiscretos.

— E há o Castelo de Udolpho, é claro. Nunca é divertido se aventurar naquele lugar infernal.

— Castelo de Udolpho? — repeti, animado. Procurei não parecer interessado demais, mesmo que as minhas esperanças estivessem ligadas a ele. — O que é isso?

— Com o tempo, você vai descobrir. A família faz pelo menos uma viagem por ano para aquele monte de pedras sombrio. — Annette deu uma rápida olhada para a porta aberta antes de se inclinar para mim. — O lugar é mal-assombrado, sabe. Eu mesma já testemunhei isso. As próprias paredes gemem.

Senti um calafrio, tentando discernir se Annette estava brincando ou não. Ela parecia estar falando sério.

Mas mal-assombrado ou não, Udolpho poderia ser a minha melhor chance de independência. Ainda bem que eu não acreditava em fantasmas. Isso sem dúvida não tinha prejudicado a família de Montoni ao longo dos anos, afinal. Um castelo com correntes de ar estava fadado a ser melhor do que a cela de um sanatório.

De repente, uma figura apareceu no vão da porta, e nós dois olhamos com expectativa. Uma mulher que segurava um buquê de flores.

— Este é o aposento de lady Morano? Devo deixar estas flores para ela. — A mulher sorriu e entrou. — Talvez um de vocês possa buscar um vaso para mim.

Olhei para ela admirado. Seu cabelo ruivo contrastava bastante com o seu uniforme preto, e as sardas estavam espalhadas pelo seu nariz... Certamente ela não pertencia à criadagem da casa. A mulher havia sido enviada ao castelo para fazer aquela entrega? Semicerrei os olhos e, de repente, lembrei--me de onde já a tinha visto.

— O que está fazendo aqui? — perguntei, empertigando-me.

A mulher ficou tensa e, em seguida, fez uma cara feia ao me reconhecer do labirinto de sebes.

— Não precisa fazer uma cena — ela disse, jogando o buquê de flores para o lado e abandonando o tom agradável da voz. — Me dê um minuto sozinha no quarto dela e você nunca mais vai voltar a me ver.

Nunca mais vou voltar a vê-la? Eu não entendi a sua necessidade de subterfúgios, a menos que fosse por um motivo sinistro. Ela planejava fazer algo inconveniente no quarto? Um ato de vandalismo? Ou ela estava querendo roubar objetos de valor? Fiquei preocupado quando notei o brilho perigoso no seu olhar, como se ela não fosse hesitar em me prejudicar para fazer as coisas do seu jeito.

Encontrei o olhar assustado de Annette e acenei com a cabeça para ela. Annette franziu a testa, mas se dirigiu até a saída do quarto, mantendo distância da mulher misteriosa.

— Chame o Grimes. Rápido — disse assim que Annette atravessou o vão da porta.

A mulher grunhiu e se virou para Annette, mas ela já tinha disparado pelo corredor. Então, a mulher se voltou para mim. Eu estava brandindo a única coisa que encontrei ao meu alcance para me defender de uma pessoa perigosa: um atiçador de lareira. Eu o ergui em ameaça.

— Você pode ir embora agora, antes que ele chegue aqui — avisei.

A mulher olhou para o atiçador em minhas mãos e, depois, espreitou a penteadeira atrás de mim. Ela soltou um gemido de frustração e, então, virou as costas para mim e fugiu em direção ao corredor.

Fiquei parado por mais um minuto antes de espiar o corredor. A mulher misteriosa havia desaparecido, mas Montoni surgiu, vindo em minha direção, com Annette em seu encalço.

— Onde ela está? — perguntou Montoni ao chegar perto de mim, com o olhar dirigido para o atiçador em minha mão.

— Ela fugiu, milorde.

— E você não foi atrás dela? — esbravejou Montoni e me esbofeteou.

Senti a minha cabeça pender para o lado e ofeguei. Meu rosto ardia com a bofetada violenta. Coloquei a mão sobre o ponto em que fui golpeado, perplexo com a ação daquele homem.

Se pelo menos ele soubesse a quem tinha atacado com tanta brutalidade.

Quando voltei a erguer os olhos, Montoni estava arfando e com o rosto vermelho. De repente, entendi o medo de Blanche e Henri.

— Você — rosnou ele. — Foi você que encontrou a mão na estrada.

Montoni escarneceu do meu olhar surpreso, enquanto eu me perguntava como ele tinha descoberto esse detalhe. Grimes não tinha desejado que aquilo fosse mantido em segredo?

— A guarda me alertou a seu respeito — retrucou Montoni, como se ouvisse os meus pensamentos. — Os problemas têm a tendência de persegui-lo, não é? — Ele se inclinou para mim. Eu me encolhi, preparando-me para um novo golpe. — Estou de olho em você, *valete*. Se alguma coisa der errado por aqui, sei quem procurar.

Fiquei boquiaberto. Ele estava me ameaçando? *A mim*? Porque eu sem querer me deparei com uma mão decepada e tive a audácia de denunciar o fato, como era o meu dever? Ele deveria ter se dado conta de que eu tinha acabado de impedir uma intrusa de acessar o quarto da sua sobrinha, mas em vez disso ele me culpava pela situação? Era difícil não levar a agressão daquele homem para o lado pessoal. E agora eu estava sob o escrutínio de Montoni. Aquilo dificultaria descobrir qualquer coisa importante que ele pudesse estar escondendo.

E ainda havia aquele temperamento horrível.

— Tio?

Montoni virou a cabeça para o outro lado do corredor ao ouvir o sobrinho. Quando o conde Morano me viu segurando o rosto, a sua expressão enrijeceu.

— O que aconteceu?

— Uma mulher tentou invadir o aposento da sua irmã — respondeu Montoni, fazendo cara feia. — Esses dois a impediram.

— E isso rendeu uma surra a ele?

Montoni resmungou e se virou para mim.

— Como é que ela era?

Annette se adiantou.

— Cabelo ruivo, senhor. Tinha algo em torno de vinte anos, acho.

— Deixe-me adivinhar: ela tinha sardas no nariz.

Surpreso, pisquei e encarei Annette.

— Sim, senhor.

Montoni se afastou, furioso. Com certeza, ele sabia quem era a mulher misteriosa. Curioso. Talvez ela soubesse o segredo que eu esperava descobrir. Nenhuma pessoa iria tão longe quanto aquela mulher sem motivo. Porém, por que visar o quarto de Blanche? Toda a família estava envolvida em encobrir algo? O que exatamente estava acontecendo naquele lugar?

— Você está bem? — perguntou Henri.

De repente, ele estava diante de mim. Com cuidado, ergueu o meu queixo e virou o lado dolorido do meu rosto para si. Ele estremeceu.

— Você deveria aplicar um cataplasma nisto. — Seus dedos se desviaram para os meus lábios, mas logo Henri pareceu cair em si e se afastou. — Annette, creio que você pode cuidar dele.

— É claro, milorde. — Ela fez uma reverência e se colocou ao meu lado. — Vou levá-lo para a cozinha imediatamente.

— Ótimo.

Deixei que Annette me levasse embora, olhando para trás uma vez e vendo Henri observar o nosso afastamento com uma expressão preocupada. Senti o leve toque dos seus dedos em minha pele e me arrepiei, mas não sabia se era de medo ou de prazer.

9

NA COZINHA, ANNETTE ENCONTROU UM UNGUENTO, E EU SAÍ PARA O AR FRESCO da noite para aliviar o meu rosto dolorido. Encostei-me na pedra do castelo, deleitando-me com o frio entorpecente que encontrei ali. Montoni tinha sido surpreendentemente forte. E violento. Eu não tinha sentido medo dele antes, mas agora passei a sentir algo parecido com tal sentimento.

Enquanto eu circundava o castelo, os sons agradáveis de uma orquestra vinham do salão de baile e me confortavam. No pátio, parei junto a uma parede repleta de janelas. Vislumbrei as pessoas dançando através das cortinas e sorri da alegria dos convidados. Como eu queria estar ali, me divertindo. Sentia falta dos bailes, das fofocas e da boa música. Se eu pudesse estar no meio da algazarra, me reencontraria com a felicidade. Em vez disso, fui deixado de fora, no frio, torcendo para que o meu rosto não ficasse demasiado inchado durante o restante da noite.

Suspirei.

— Aí está você.

Afastei-me das janelas, como se tivesse sido flagrado espiando, que era, de fato, o que eu estava fazendo. Sorrindo, Bram se postou diante de mim. O sorriso desapareceu quando ele vislumbrou o meu rosto.

— Isso não parece nada bom.

Ele se aproximou e passou de leve o dorso dos dedos pelo meu rosto e contraiu os lábios em desaprovação. De repente, ele se ajoelhou e então percebi que ele estava com a sua maleta de médico. Após revirá-la à procura de algo, tirou um cataplasma e me entregou.

— Você é um grande salvador — afirmei, sorrindo agradecido.

Bram me levou até uma mureta para que eu me sentasse. Em seguida, segurei o cataplasma junto ao rosto. Depois de um minuto, senti algo como uma carícia refrescante em meu rosto. Pareceu celestial.

— O que está fazendo aqui? — perguntei enquanto ele me observava.

— Ah, você sabe. Eu estava na vizinhança… — Bram deu de ombros. Diante da minha expressão de dúvida, ele abriu um sorriso travesso. — Madame Mason desmaiou. Eu fui chamado. Depois que a reanimei, Annette me disse que você precisava de um cataplasma.

— Tive sorte de você ter um.

— Sempre venho preparado.

Por um breve momento, sorrimos um para o outro. Então, uma estrela cadente chamou a nossa atenção. Nós dois inclinamos as cabeças em direção ao céu noturno. As estrelas estavam deslumbrantes. Com o som da música ao fundo, era quase mágico.

— Uma noite e tanto. O céu está lindo — observou Bram.

— Não tão emocionante quanto o que está acontecendo lá dentro — respondi, apontando o polegar para as janelas.

— Você gosta desse tipo de coisa? Danças? Pessoas presunçosas da alta sociedade?

— Adoraria ser uma delas neste exato momento. — Suspirei.

Bram bufou.

— Não dava para imaginar. Você é o homem mais pragmático que já conheci. Prático, inteligente… — Ele desviou o olhar por um instante antes de sorrir. Bram ficou de pé e estendeu a mão para mim.

Ergui uma sobrancelha.

— O que foi?

— Dance comigo.

— O quê?

— Vamos. Aqui no pátio. Ninguém vai ver.

Fiquei contemplando a mão estendida de Bram e então sorri, deixando o cataplasma de lado. Peguei a sua mão e o segui até próximo da parede com as janelas.

— Uma valsa — anunciei, ouvindo a música. — Conhece?

Sem dizer uma palavra, Bram me enlaçou e me conduziu numa valsa, girando-me devagar e com cuidado pelo piso de pedra. Eu ri enquanto ele me rodopiava, sentindo as suas mãos segurando as minhas com confiança.

— Você é muito bom nisso — eu o elogiei.

— Meu parceiro facilita as coisas para mim.

Ergui uma sobrancelha, não muito convencido, e Bram riu quando me puxou para mais perto fazendo o nosso peito se tocar. Ele olhou nos meus olhos de modo tão ardente que me deixou sem fôlego.

E então Bram me beijou.

Fui pego desprevenido. Então, paramos de dançar por um instante, enquanto os seus lábios pressionavam os meus, implorando para que os meus encontrassem os seus. Eu me deixei levar pelo abraço de Bram e aprofundei o beijo, suave e incontrolável ao mesmo tempo. Quando nos afastamos, estávamos ambos sem fôlego.

— Eu não pensei que... Eu tinha esperança, mas... — balbuciei, encarando Bram com admiração.

Em resposta, Bram voltou a encaixar os lábios nos meus, pressionando-os com ainda mais urgência. Ele passou os seus braços em torno das minhas costas, puxando o meu corpo contra a sua compleição sólida. Então, suspirei junto à sua boca.

Bram me soltou e me encarou com um olhar penetrante.

— Está tudo bem? Não queria pegá-lo de surpresa assim. Mas você estava tão bonito, e me deixei levar pelo momento, e...

— Foi perfeito — respondi, ofegante, estendendo a mão de maneira um tanto hesitante para acariciar o seu rosto. Deslizei meus dedos até os seus lábios carnudos. — Você é perfeito.

Bram engoliu em seco.

— Já faz um tempo que queria fazer isso. Foi terrível saber o que Morano fez com você. — Bram agarrou as minhas mãos. — Foi ele que fez isso no seu rosto?

— O quê? — Pisquei. — Não. Henri não me bateria assim. Foi Montoni.

— Montoni. — Bram fechou a cara. — Precisamos achar uma maneira de tirar você daqui.

— Não, é... não acho que vai voltar a acontecer. Na verdade, Henri tem sido muito gentil comigo. Acho que ele pretende manter a palavra. Ele não vai me pressionar.

— Tem certeza? — questionou Bram, sem parecer convencido.

— Tenho. Estou seguro por enquanto. Aviso a você se isso mudar.

Com um suspiro, Bram soltou as minhas mãos.

— Muito bem.

Sorri.

— Obrigado por sua preocupação. Significa muito para mim. De verdade.

— Claro que estou preocupado — afirmou Bram, puxando-me para junto dele, seus braços me envolvendo mais uma vez.

A sua boca encontrou a minha num beijo lento e sensual. Senti-me como se estivesse em chamas no momento em que nossa boca se separou. Então, encarei os olhos que sabia que nunca me cansaria de admirar.

— Tenho que ir — disse ele com relutância. — Quando fui chamado, estava com meu pai numa fazenda, onde havia uma ninhada de crianças doentes. Tenho mesmo que voltar para ajudá-lo.

— Então vá. Ainda estarei aqui amanhã.

Bram ergueu a minha mão e a beijou com carinho.

— Bons sonhos.

— Boa noite. E boa sorte com a... *ninhada* — desejei, rindo.

Bram revirou os olhos, mas estava sorrindo ao me deixar no pátio, com a música suave ainda soando do salão de baile atrás de mim. Apoiei-me contra a mureta e recoloquei o cataplasma junto ao meu rosto. Eu me sentia como se estivesse num sonho. Aquilo tinha mesmo acontecido? Bram havia acabado de dançar comigo e me beijado? Eu nem sequer tinha certeza se ele gostava de homens e, de repente, eu estava em seus braços, mais seguro dele do que tudo na vida. Se eu havia sido relutante em me apaixonar por ele antes, permiti-me baixar a guarda agora. Bram era encantador, cordial, atencioso... Eu conseguia mesmo me ver com ele. E não era nada mal o fato de seu beijo ser incrível. Talvez eu pudesse continuar a vê-lo quando as coisas se acalmassem em relação à minha herança ou quando Udolpho estivesse em minha posse.

Suspirei, achando que eu deveria voltar para a sala da criadagem. No momento em que o conde Morano fosse se deitar, ele mandaria me chamar, e eu precisaria estar disponível. Provavelmente levaria horas ainda, e eu não recusaria um jantar tardio naquele meio-tempo.

Comecei a me dirigir para a entrada da criadagem quando alguém surgiu de repente.

Fiquei tenso, supondo encontrar a mulher misteriosa, esperando para me atacar pela interferência anterior. Porém, a pessoa que encontrei à espreita não era uma mulher. Admirei-me ao perceber que se tratava do conde Morano.

— Henri? — disse, semicerrando os olhos para ele.

Ele cruzou os braços.

— O aprendiz? Sério? Você se divertiu dançando com ele? Beijando-o? Rindo de mim pelas costas?

Dei um passo para trás, assustado.

— Henri, não foi nada disso. Nunca tive a intenção de magoá-lo. O que acabou de acontecer simplesmente... aconteceu. Não teve nada a ver com você.

Henri tensionou o maxilar e deixou escapar um som de desgosto.

— *Monsieur* Valancourt não poderá mais se aproximar do Château le Blanc. Amanhã, vou dar a ordem para mandá-lo embora se ele aparecer. De agora em diante, todos serão atendidos pelo padre Schedoni. O nosso médico de família deve ser bom o suficiente para o restante de vocês.

Estremeci.

— Henri, ele não fez nada de errado. E eu não sou sua propriedade. Tenho o direito de fazer o que quiser.

Henri fechou a cara para mim.

— Eu pretendo manter a minha palavra e deixar você mudar de ideia, mas a única coisa que proíbo é que você deixe aquele homem aparecer aqui. Fui claro?

A voz do conde estava grave e perigosa, como se estivesse prestes a explodir. Senti o medo se apossar de mim e concordei com a cabeça.

— Sim, milorde.

— Entre. — O rosto de Henri se contraiu.

Cambaleei em direção à entrada da criadagem, com os olhos cheios de lágrimas. Solucei ao me lançar para dentro e bati a porta atrás de mim.

10

Nos últimos dias, mantive-me ocupado com diversos afazeres. Da noite para o dia, parecia que a minha carga de trabalho havia triplicado, já que Henri exigiu que todo o seu guarda-roupa fosse meticulosamente organizado e remendado caso necessário. Foi uma boa oportunidade de aprendizado e passei a maior parte dos meus dias na companhia de Annette, que me ensinou a remendar furos, reforçar botões e costurar em geral. Naquele período, fiquei sem ver Bram, mas soube que ele estivera no castelo e fora mandado embora, a pedido do conde Morano. Como prometido.

Suspeitei que um dos motivos de eu estar sendo mantido tão ocupado era para não ter a oportunidade de ir até a cidade para visitar Bram pessoalmente. Era exasperante, e atribuí aquilo ao ciúme por parte de Henri. O conde estava agindo como uma criança. Estava longe de ser o tipo de comportamento que iria me conquistar tão cedo.

Certa tarde, Henri desceu para tomar chá e, enquanto eu examinava o seu guarda-roupa, encontrei um medalhão no bolso de um dos seus paletós. Sentei-me na beira da sua cama e abri o fecho, revelando o retrato de uma jovem de cabelo loiro e de um jovem com um sorriso descontraído. Estudei as duas figuras por um instante e reconheci a mulher como a mesma do retrato na biblioteca do andar de baixo. A mãe de Henri e Blanche. No retrato do medalhão, os seus olhos não estavam pintados com o mesmo verde etéreo, mas ainda assim eu a reconheci. Presumi que o homem fosse o pai deles. Era um homem bem-apessoado, com cabelo castanho cuidadosamente penteado e um bigode bem aparado.

— Eles formavam um belo casal, não é?

Ofeguei e deixei cair o medalhão, merecendo um olhar reprovador de Annette. Ela se abaixou para pegá-lo e sorriu para os retratos.

— A semelhança é muito notória, não é?

Levantei-me e espiei por cima do seu ombro. Naquele momento, consegui ver o queixo de Henri em seu pai e o nariz de Blanche.

— Você chegou a conhecer algum deles?

Annette deu um tapinha no retrato do homem.

— Eu conheci o conde Victor Morano. A condessa Helena Morano já tinha se matado quando fui contratada pela família para ser dama de companhia. Isso deve ter sido há uns cinco anos.

— Espere. A mãe deles se matou? — perguntei, surpreso. — Achei que tinha sido um acidente, que ela havia perdido o equilíbrio num penhasco.

— Deve ser mais fácil imaginar que a morte dela aconteceu dessa maneira — disse Annette, devolvendo-me o medalhão. — Mas ouvi de uma fonte confiável que ela se jogou daquele penhasco. Até ouvi dizer que ela estava fugindo do marido na época, mas acho que seja um floreio extravagante da história.

Segurei o medalhão mais perto da minha vista, observando a mulher sorridente com olhos muito parecidos com os de Henri. Era difícil acreditar que aquela jovem tão bela cometeria suicídio. Ou seria levada àquilo. Sentindo-me um pouco inquieto com a descoberta, fechei o medalhão.

— Como era o pai deles?

Annette sorriu.

— Ah, ele era um homem gentil. Imagine o exato oposto do conde Montoni. Generoso, cordial. Ele sempre dedicava um tempo para conversar com a criadagem e nos tratava muito bem. Mas receio que a morte da mulher o tenha afetado. — Ela encolheu os ombros. — Uma bala na cabeça. Que época terrível aquela. E muito difícil para as crianças. Henri, em particular.

— Que... horror — disse, baixinho, tentando imaginar uma versão mais jovem de Henri passando por tal tragédia.

Deve ter sido traumatizante. De repente, senti muita pena dele. Nenhuma criança deveria passar por tais tragédias.

Lembrei-me da mágoa, da traição, que percebi na expressão de Henri na noite do baile. Não a tinha reconhecido naquela ocasião, mas agora eu a reconheci. Ele nunca deve ter superado o trauma, e a minha rejeição estava trazendo à tona as velhas feridas, emoções que ele não queria experimentar novamente, de pessoas o abandonando. Com essa nova perspectiva, senti compaixão por Henri, mas não podia deixá-lo me controlar, mesmo que ele precisasse desesperadamente se sentir no controle da situação. Não seria justo para nenhum de nós.

— Mas chega de fofoca — declarou Annette. — Traga para baixo os outros paletós que precisam ser consertados e vamos terminar isso hoje. Então, você vai retribuir o favor e consertar algumas das coisas da condessa.

— Eu insisto.

Ela se virou para sair.

— Olhe, Annette — hesitei. — Posso pedir um favor?

— O que é? — Ela pareceu desconfiada.

Umedeci os lábios, sem saber como garantir a ajuda de Annette. Tinha chegado à conclusão de que, se quisesse descobrir algo desfavorável a respeito de Montoni, precisaria de ajuda. Se ele estava suspeitando de mim, era capaz de ter alertado outros criados, como Grimes, para me vigiar. Eu precisaria agir com cuidado se não quisesse ser mandado embora ou, ainda pior, ficar à mercê da guarda. Annette era uma integrante de confiança da criadagem doméstica. Ela era a candidata perfeita para me ajudar em minha busca. Mas como convencê-la...?

— O conde Montoni não me parece um homem muito nobre — comecei devagar. — Ele parece paranoico, como se estivesse escondendo algo... algo importante. Acho que estaríamos todos melhor se ele fosse convencido a deixar esta casa nas mãos de Henri e Blanche.

Não era bem uma mentira. Parte da minha negociação com Montoni, devido ao temperamento que havia testemunhado, precisava se estender aos seus sobrinhos. Eu não me sentiria bem em conquistar o retiro familiar se os deixasse para se defender da fúria de Montoni, sobretudo tendo em conta que eles pareciam dispostos a ir a extremos para minar qualquer problema em que o tio estivesse se metendo. Eu só precisava garantir uma maneira de fugir daquela família. Por mais cruel que Henri fosse, não precisava fazer dele um inimigo enquanto o seu tio era a ameaça mais premente, principalmente porque aquela família já tinha visto tragédias o suficiente.

Annette semicerrou os olhos.

— O que está querendo dizer, Dupont?

Dei de ombros.

— Só estou pedindo para você manter os olhos e ouvidos bem abertos. Entre nós dois, podemos descobrir o que Montoni está tentando manter em segredo. Essa informação pode ser suficiente para nos livrarmos dele. Todos nós. Basta imaginar como Blanche se sentiria mais leve sem o seu tio por perto.

— Sim, com certeza — avaliou Annette e cruzou os braços. — Posso perceber que você tem o seu coração no lugar certo. Não sei o que poderia ser tão importante que fosse capaz de afastar Montoni do castelo, mas também vi a maneira como ele o tratou junto ao aposento de milady. Sem dúvida, ele se sente ameaçado por alguma coisa. Acho que não me importo de ficar de olho, mas qualquer informação que você tiver, também quero saber. Se vou fazer isso, quero fazer de igual para igual. Estamos no mesmo barco.

Ergui uma sobrancelha.

— De acordo, Annette. Vamos compartilhar o que descobrirmos.

Annette sorriu.

— Vou tentar convencer Ludovico a também prestar atenção em qualquer coisa suspeita.

— Ludovico? — repeti, buscando identificar o nome.

— Esforçado, confiável. Um faz-tudo. Ele sabe guardar um segredo.

— Muito bem. Mas não fale sobre isso com mais ninguém. Nem mesmo com Blanche. Se Montoni descobrir sobre os nossos planos, não temos como saber o que ele é capaz de fazer.

— Não vou dar um pio. Mas atenção, não vou arriscar o meu pescoço nem xeretar sem necessidade. Não trabalhei para chegar a este cargo só para me mandarem para a rua.

— Perfeitamente compreensível.

Annette me deu uma piscadela conspiratória e saiu pela porta. Quando me vi sozinho outra vez, abri o medalhão e dei mais uma olhada no casal e, em seguida, fechei-o e o recoloquei no bolso onde o tinha descoberto.

Numa sexta-feira à noite, encontrei Fournier caminhando apressado pelo corredor, carregando uma mala.

— Fournier — chamei, dando passos largos para alcançá-lo. Ele parou e olhou para mim com hesitação. Tentei sorrir e cocei a nuca. — Queria deixar claro que não cobicei o cargo de valete.

Fournier abriu um sorriso largo.

— Ah, ainda preocupado com isso? Não se preocupe. Na verdade, até fiquei contente por deixar esse cargo.

— Ficou?

— Claro. Milorde é muito exigente. Sempre fiquei preocupado em falhar a respeito de alguma coisa. Ser ajudante é muito mais fácil. — Ele estendeu a mão e apertou a minha com alegria. — Sem ressentimentos, Dupont.

Fournier se virou e voltou a caminhar apressado pelo corredor. Eu o observei se afastar, ao mesmo tempo em que a sra. Blake também se dirigia para a porta com uma mala na mão.

— Sra. Blake? Para onde todos estão indo?

A sra. Blake sorriu.

— Ah, você é um dos azarados que vai ter de ficar aqui no castelo. A família dá uma noite de folga para a criadagem uma vez por mês. Eles até pagam uma hospedaria para nós na cidade. Bastante generoso da parte deles. — Diante do meu olhar surpreso, ela encolheu os ombros. — Há um peru na cozinha para o seu jantar. A família jantou cedo esta noite. Eu estarei de volta amanhã às oito da manhã para preparar o café, embora geralmente seja servido tarde nesses dias.

— Ah, tudo certo então.

— Tudo certo então — repetiu a sra. Blake, virando-se mais uma vez em direção à porta.

Eu a vi sair e, depois, caminhei para a cozinha. Era escura e pequena, mas assim que acendi uma vela, ficou muito mais convidativa. Encontrei o peru e alguns pães para o preparo de sanduíches. Estava me sentando para comer quando Annette entrou.

— É peru de novo? — resmungou ela, vasculhando a cozinha. — A sra. Blake precisa ser um pouco mais criativa, se quer saber. — Ela acendeu o fogo e colocou uma chaleira no fogão. — Um pouco de chá vai cair bem agora, não vai?

Ela se sentou diante de mim e fez um sanduíche para si.

— Somos só nós dois? — perguntei.

— Só nós dois até a chegada do padre Schedoni.

— E então?

— E então seremos você, eu e o monsenhor Schedoni.

— Obrigado por isso. Eu sei adição básica. — Revirei os olhos.

— Você não foi claro.

Bufei e ficamos sentados em silêncio pelo resto da nossa refeição. Annette me ofereceu um chá preto amargo ao qual acrescentei mel. Quando o sino tocou na biblioteca, nós dois nos entreolhamos.

— Você está preparado para uma longa noite? — perguntou ela, enquanto nos dirigíamos para a escada.

— Não sei o que esperam de mim.

— Schedoni vai lhe mostrar. O resto você vai dar um jeito. — Ela hesitou. — Não é agradável. Você precisa ser forte. Hargrove era um homem melindroso, mas aguentava firme quando era necessário.

Franzi a testa.

— Espere aí. Hargrove tomava conta de Henri nessas noites? Não era Fournier? Supus que fosse dever do valete.

Annette fez um gesto negativo com a cabeça.

— Não. O conde escolhe quem toma conta dele. Ele escolheu você.

— Nesse caso, sorte a minha. — Fiz uma pausa. — Hoje à noite será uma boa noite para conseguir informações.

— Se existirem — concordou Annette, sorrindo com malícia.

Parte de mim se sentiu um pouco mal por deixar de fora o fato de que a informação que descobríssemos poderia garantir o meu caminho para uma vida fora do alcance da minha tia, mas após Montoni ter me confrontado acerca da mão que eu tinha encontrado, estava começando a perceber que algumas coisas não deveriam ser ditas.

Chegamos à biblioteca e encontramos a família aguardando. O conde Montoni estava sentado diante de uma lareira com fogo crepitante, uma taça de vinho na mão, parecendo o mais à vontade possível. Quando me viu, lançou um olhar de desprezo. Henri e Blanche estavam sentados juntos num sofá, parecendo um pouco mais nervosos. O padre Schedoni estava à janela, fitando o céu. Ele era alto e magro e usava um manto marrom grosseiro. Seu capuz estava puxado para trás, revelando um homem na casa dos quarenta anos, com cabelo grisalho e barba aparada. Ao se virar para me encarar, os seus olhos pareceram escuros e penetrantes. Foi um olhar frio e tive que me conter para não estremecer visivelmente.

— O sol vai se pôr em breve — avisou Schedoni, voltando-se para a família. — É melhor vocês se retirarem para os seus aposentos. Annette, acredito que você saiba o que fazer.

Annette pegou um pequeno estojo de couro do monge antes de se juntar a Blanche e sair da biblioteca.

— Vou mostrar a você o que precisa ser feito — disse-me Schedoni de modo muito profissional. Ele não deu nenhum sorriso encorajador nem proferiu palavras gentis, mas foi eficiente em seus movimentos. — Voltarei para buscá-lo em breve, conde Montoni.

Montoni o dispensou com um gesto de mão e Schedoni conduziu a mim e a Henri para fora da biblioteca.

Henri estava pálido. Ao lhe lançar um olhar questionador, ele só reagiu com um sorriso forçado.

Assim que chegamos ao aposento de Henri, Schedoni colocou um estojo de couro numa mesa de canto e gesticulou para que Henri fosse para a cama. Ele tirou o paletó, revelando uma camisa de algodão de manga curta por baixo.

— Agora, vou aplicar a primeira injeção no conde — informou Schedoni, abrindo a tampa do estojo. — Você precisará aplicar uma injeção adicional a cada duas horas. Porém, se parecer que ele está piorando, especialmente se os vasos capilares dos olhos se romperem ou você notar sangue na boca, será necessário aplicar uma injeção antes de esse período se completar. Portanto, você deve ficar atento.

Fiquei horrorizado quando Schedoni revelou uma fileira de grandes seringas de vidro com êmbolos de metal. Dentro de cada uma havia uma substância escura que brilhava à luz com um tom esverdeado. O monge retirou uma das seringas e eu recuei um passo.

— Injeções? — indaguei, com a minha voz subindo uma oitava.

— Sim. No braço — respondeu Schedoni, observando-me com cautela. Ele deu um peteleco na seringa que estava segurando e pressionou o êmbolo o suficiente para que uma pequena quantidade de líquido saísse. — Comece assim para remover qualquer ar.

Concordei, arregalando os olhos ao vê-lo se aproximar de Henri e me mostrar onde sentir o antebraço dele em busca do local correto para aplicar a injeção. Eu estava suando quando Schedoni pressionou o êmbolo, esvaziando o conteúdo no braço do conde.

— Assim. Dessa forma. É muito simples — disse o monge, jogando a seringa vazia num cesto para lixo. Em seguida, ao olhar pela janela, percebeu que já estava escurecendo. — Agora tenho de ir ver o conde Montoni. Recomendo uma bacia de água e um pano para cuidar da febre que vem a seguir. Procure deixá-lo o mais confortável possível. Vai haver um momento em que o paciente será incapaz de falar ou comunicar as suas vontades.

Incrédulo, observei o padre Schedoni sair do aposento, deixando Henri sob os meus cuidados.

Virei-me para o conde e engoli em seco.

— Você será um ótimo enfermeiro — encorajou-me Henri com um sorriso enviesado. — Tenho fé em você.

Passei a mão pelo meu cabelo.

— Você deveria ter mandado chamar alguém mais experiente. Como Valancourt.

— Nunca mais quero ver aquele homem — disse Henri com uma expressão sombria.

Contraí os lábios, dirigi-me até as seringas e passei a ponta dos dedos nas agulhas.

— O que é isso?

— Um medicamento.

— Sim, mas que espécie de medicamento?

Henri não respondeu minha pergunta, apenas olhou para o teto.

— Sei que você deve me odiar agora. Sinto muito.

Observei-o por um momento. Era perceptível que ele estava tentando ser corajoso, mas estava inquieto.

— Posso sentir que está vindo — murmurou ele.

— Como você se sente? — Aproximei-me com cautela.

Henri grunhiu e, na sequência, as suas costas arquearam. Ele bufou e caiu de volta na cama, ofegante. Encostei a mão no seu ombro, onde pude sentir o calor da sua pele através da camisa.

— Meu Deus! — exclamei, recuando. — Eu… vou pegar água fria. Fique…

Saí correndo do quarto e desci até a cozinha para encher uma bacia. Quando voltei, a camisa de Henri estava encharcada de suor. Peguei um pano e me sentei ao seu lado, enxugando o seu rosto e afastando o cabelo da sua testa.

— Sinto muito que você tenha que… me ver assim — ele conseguiu dizer, cerrando os dentes por causa da tensão.

— Não se preocupe com isso agora — pedi. — Descanse. Não sairei do seu lado.

Henri se recostou, com os olhos fechados, aparentando sentir dor.

Virei-me para olhar as seringas e me perguntei que tipo de medicamento tradicional aquele monge estava ministrando naquela família.

Em seguida, voltei a olhar para Henri. Ele estava com os olhos arregalados e o verde tinha sido completamente tomado pelo preto.

Na verdade, parecia que suas íris estavam rodeadas de um dourado estranho. Recuei, trêmulo, enquanto Henri parecia lutar contra a dor, com o rosto contorcido e os olhos fechados mais uma vez.

— Henri? — chamei, hesitante. — O que posso fazer por você?

O conde tentou abrir a boca, mas só conseguiu ranger os dentes.

Eu não tinha ideia do que poderia fazer. Então, voltei a passar o pano molhado com água fria no seu rosto. Henri pareceu relaxar um pouco sob meu toque e, ao abrir os olhos novamente, eles apresentavam aquele tom de verde intenso que eu estava acostumado a ver, exceto que estavam desfocados e atordoados.

— Pronto — murmurei. — Você está bem.

Henri agarrou a minha mão livre e a segurou com força, olhando nos meus olhos. Sorri para ele e continuei a cuidar da sua febre. Chegou o momento em que eu teria de aplicar uma nova injeção nele. Olhei ansioso para a seringa, acostumando-me com a sensação dela em minhas mãos.

— Você está indo muito bem — afirmou Henri com a voz fraca.

Prossegui, inseguro.

— Segure a seringa — explicou ele. — Então, dê uma batidinha nela. Sim, desse jeito. Agora, pressione o êmbolo só um pouquinho para que uma pequena quantidade de líquido saia. Perfeito.

Segui as instruções de Henri, mas ainda não estava pronto quando me deparei com o seu braço nu. Sua pele estava escorregadia por causa do suor e fiquei com medo de piorar as coisas. O conde estava claramente sofrendo sob os efeitos do que quer que aquilo fosse, mas quem era eu para interferir? Naquele momento, interromper o processo poderia ser fatal e, até onde eu sabia, aquele era um tratamento para salvar vidas.

Lembrei-me das instruções de Schedoni. Então, cutuquei o braço de Henri esperando encontrar o local da última injeção, mas não tive sucesso. Apesar de ser uma agulha bastante grossa, não deixou uma marca muito visível.

Engoli em seco e enfiei a agulha no braço de Henri e, antes de conseguir pensar, pressionei o êmbolo de leve até esvaziar a seringa.

Soltei um suspiro entrecortado ao retirar a agulha, avaliando a expressão de Henri. Fiquei imaginando o que aconteceria se eu matasse um conde por acidente.

Porém, Henri apenas me deu um sorriso débil em resposta e recostou a cabeça no travesseiro.

Agitado, sentei-me ao seu lado, entendendo que aquela seria, de fato, uma noite extremamente longa.

11

Depois de duas horas, apliquei outra injeção em Henri. Parece que a sua dor diminuiu um pouco, mas ele continuou febril e ficou murmurando coisas desconexas, enquanto eu o observava.

No momento em que precisasse buscar uma nova bacia de água, decidi que consultaria o padre Schedoni para me informar a respeito daquele tratamento. Que tipo de doença era aquela? Assim como Montoni e Blanche, Henri aparentava estar bem até eu aplicar a injeção nele, como se o próprio medicamento fizesse mal a ele. Eu nunca tinha ouvido falar sobre aquela prática antes, que parecia bizarra e dolorosa. Não entendia por que a família suportava aquilo.

Quando Henri caiu num sono agitado, saí de fininho do quarto e me dirigi até a ala leste, onde ficava o aposento do conde Montoni. No caminho, percebi que aquilo me dava uma oportunidade. Com certeza se houvesse algo incriminador a ser obtido sobre o conde, seria em seu quarto, trancado numa gaveta ou enfiado num guarda-roupa, entre os seus pertences pessoais. Apenas precisaria fazer com que Schedoni me deixasse sozinho por um tempo para procurar. Não estava preocupado com Montoni, já que ele devia estar num estado semelhante ao do sobrinho, certamente não lúcido.

Eu poderia fingir que Henri estava pior do que de fato estava, como se fosse uma questão de vida ou morte, assim Schedoni teria de checar pessoalmente. Em troca, eu me ofereceria para cuidar de Montoni em sua ausência. Era perfeito!

Eu só havia estado naquela parte do castelo uma vez, e os pesados candelabros que ladeavam o corredor estavam acesos naquela ocasião. Agora, no escuro, só havia a claridade da lua para iluminar o caminho. Por sorte, era lua cheia e, assim, a luz se espalhava em abundância a cada janela pela qual eu passava.

Comecei a ficar apreensivo ao me aproximar do aposento de Montoni. Eu tinha de ser convincente com aquela mentira, e o padre Schedoni era uma figura intimidadora. Os homens santos sempre me deixaram desconfortável, mesmo quando eram amáveis. Schedoni não me parecia alguém assim.

Um pequeno corredor lateral levava ao aposento de Montoni. Assim como o corredor que precedia a sala de jantar, aquele era ladeado por armaduras, cujo metal reluzia ao luar que conseguia penetrar a escuridão até aquele ponto. Olhei para uma lança presa em uma das manoplas com garras e me arrepiei antes que o meu olhar se desviasse para uma maça — uma pesada bola de ferro dentada presa a uma corrente. A maioria das armaduras envergava espadas diante delas num repouso digno. Achei deprimente o fato de que aqueles trajes outrora protegiam os cavaleiros durante as batalhas e, naquele momento, permaneciam imóveis, deixados de lado, nos corredores escuros de castelos como aquele. Mereciam destino melhor.

Ao me aproximar, fiquei surpreso ao descobrir que a porta do quarto de Montoni estava entreaberta. Conseguia distinguir Schedoni andando de um lado para o outro ali dentro, seu manto marrom era um borrão em movimento sob a luz bruxuleante de velas mais adiante.

— Eu interceptei diversas cartas da família dele — disse o monge. — Estão ameaçando enviar um investigador. Pode ser necessário muito dinheiro para acalmá-los, se chegar a esse ponto. Muito dinheiro, veja bem.

— Eu sei, eu sei! — gemeu Montoni, como se estivesse sentindo dor. O gemido se converteu num grito de agonia. — Padre, eu não estou aguentando. Dê-me outra injeção, por favor. Eu lhe imploro.

— Preciso de você lúcido por mais algum tempo — afirmou Schedoni. — Supere a dor e se concentre. É importante. Você foi muito desleixado com Hargrove. Se outro incidente ocorrer em breve, não sei se todo o dinheiro do mundo pode manter o ajuste de contas sob controle. As pessoas já estão desconfiadas. As propinas não serão eficazes se as notícias se espalharem.

Afastei-me lentamente da porta, assustando-me quando me choquei com uma armadura. Olhei para o capacete com a parte da frente protuberante e rangi os dentes quando o visor se moveu, revelando uma escuridão vazia dentro daquela proteção para a cabeça.

Praguejei baixinho e me escondi atrás da armadura quando a porta do quarto de Montoni foi escancarada, inundando o corredor com uma luz tênue. Procurei manter a minha respiração rasa ao perceber Schedoni parado no vão da porta, com os olhos semicerrados, espreitando o corredor.

Algo roçou a minha mão e, ao abaixar os olhos, notei uma aranha rastejando sobre ela, parando para me encarar com os seus grandes olhos negros. E então senti um movimento sutil em meus ombros, e vi outra aranha empoleirada ali, com suas patas peludas em busca de algo em minha camisa.

Senti vontade de gritar e de me livrar das aranhas, mas não ousei me mexer. Por um momento, Schedoni voltou para o interior do quarto, mas não fechou a porta. Aproveitei a oportunidade para me livrar da aranha em minha mão, mas antes de ter tido a chance de desalojar a outra do meu ombro, o monge reapareceu, segurando um lampião. Prendi a respiração quando ele saiu para o corredor.

Dei-me conta das implicações do que tinha ouvido. Montoni havia assassinado Hargrove. Eu havia substituído um homem morto. E, provavelmente, acabaria tendo o mesmo destino se descobrissem que ouvi segredos não destinados aos meus ouvidos.

No corredor, Schedoni deu mais um passo hesitante, seus olhos tentavam se adaptar à escuridão com auxílio do lampião. Senti outros movimentos em meu braço e olhei incrédulo para a quantidade de aranhas que rastejavam ao longo dele e, então outras mais, rastejando pela lateral da armadura atrás da qual eu havia me escondido. Ergui os olhos e vi corpos peludos escapando com ímpeto pela abertura do capacete. Num instante, toda a armadura estava coberta por uma grande e ondeante infestação de aranhas, muitas delas corriam sobre a minha pele em sua determinação de abandonar o que provavelmente era um ninho que eu tinha perturbado sem querer.

Semicerrei os olhos e fechei a boca enquanto as aranhas desciam pelo meu rosto, com toques muito leves que me faziam querer sair correndo do meu esconderijo, arrancando o meu cabelo e as minhas roupas. Porém, permaneci imóvel, esforçando-me muito para não pensar no que estava rastejando por todo o meu corpo.

Então, a luz da lamparina se afastou do corredor lateral e, olhando de soslaio, descobri que Schedoni havia passado para o corredor principal. Com cuidado, saí do esconderijo de trás da armadura, ainda infestada de aranhas, e me coloquei atrás de outra armadura. Respirei fundo diversas vezes para me acalmar, sentindo as aranhas deslizando pelas pernas da minha calça, ainda que pudesse perceber, pela pressão que sentia ao longo do meu corpo, que várias ainda se agarravam a mim em diversos lugares, inclusive na nuca, onde uma pata peluda brincava no colarinho da minha camisa. Não ousei mais abusar da sorte tentando me livrar das aranhas, pois temia que o farfalhar das minhas roupas alertasse Schedoni a respeito da minha presença.

Ao não encontrar nada no corredor principal, ele voltou para o corredor onde eu estava. A aranha em meu pescoço decidiu que a minha camisa seria um lugar quente e aconchegante para se esconder. Mordi a bochecha por dentro quando a senti picar a minha pele. Outra aranha passou a examinar a minha orelha e contive um grito ao me perguntar se as aranhas podiam entrar nos ouvidos e depositar ovos ali dentro.

Permaneci o mais quieto possível quando a luz da lanterna de Schedoni se ergueu de repente e apontou para a armadura que parecia viva por causa das aranhas. O monge deixou escapar um som de nojo do fundo de sua garganta, com o qual concordei. Então, ele fez uma careta ao perceber que uma quantidade considerável de aranhas conseguira alcançar um dos seus pés. Schedoni deu um passo para trás, examinando as aranhas rápido e, num movimento repentino, pisou nelas com o seu sapato, esmagando-as com um estalo úmido. Um líquido amarelo-esverdeado escorreu por baixo do seu sapato. Em seguida, ele levantou o pé, revelando os pelos achatados e emaranhados de pus verde. Com um sorriso de escárnio, limpou o sangue restante do sapato num pedaço limpo do tapete e voltou para o quarto de Montoni, daquela vez batendo a porta com força.

Quando a porta se fechou, saí do meu esconderijo e agitei o corpo para arremessar as aranhas para longe de mim. Puxei a camisa para fora da calça e sacudi o tecido nas minhas costas com força, até sentir a aranha agarrada ali cair no chão. Balancei a cabeça por precaução e fiquei alisando a roupa por algum tempo. Então, saí desabalado do corredor, deixando para trás a armadura apavorante e me arrepiando com a lembrança das pernas peludas rastejando em minha pele.

Eu gostaria muito de tomar um banho, ou até mesmo rolar na grama ali fora, mas já tinha deixado Henri sozinho por mais tempo do que pretendia. Corri para a cozinha para pegar uma nova bacia de água. Quando voltei para o lado de Henri, ele suava bastante e se lamuriava baixinho. Não tinha certeza se ele estava dormindo, mas apertei a sua mão com cuidado e enxuguei a sua testa. Não tive coragem de voltar para o quarto de Montoni após quase ser flagrado e, depois do que havia entreouvido, não sabia se era corajoso o suficiente para vasculhar os pertences do conde enquanto ele estivesse no quarto, mesmo que estivesse confuso. Eu teria de esperar outra oportunidade.

Em comparação, o restante da noite passou com bastante mansidão. Continuei a aplicar as injeções e prometi falar com Henri acerca do que ele estava introduzindo em seu organismo. Ele teria de me dizer por que eu estava fazendo aquilo. Caso contrário, dali em diante, não poderia mais contar comigo.

Pouco antes do amanhecer, apliquei a última injeção. Exausto por conta da noite em claro e da preocupação constante, deixei-me cair na cama de Henri, aliviado por ter concluído a minha função. Queria perder os sentidos e não acordar por uma semana. Ao fechar os olhos, visualizei a imagem de aranhas escapando da boca do conde. Sobressaltei-me com a visão. Contudo, Henri estava bem. A sua respiração era regular e serena. Ele parecia quase em paz agora que havia adormecido. Voltei a fechar os olhos e esperei por um sono sem sonhos.

12

ACORDEI COM A LUZ DO SOL INUNDANDO O QUARTO. AINDA ME SENTIA EXAUSTO. Então, fechei os olhos de novo, desejando voltar a adormecer. Senti-me aconchegado e confortável ao acomodar a cabeça no travesseiro, embora não fosse tão macio quanto aquele ao qual estava acostumado. Comecei a relembrar os acontecimentos da noite e me dei conta de que ainda devia estar no quarto de Henri. Aquilo explicava a razão pela qual o aposento parecia tão iluminado. Meu quartinho no terceiro andar nem sequer janela tinha. Eu deveria ir para o meu quarto, mas talvez um pouquinho pudesse ficar mais...

Abri os olhos depressa ao ouvir um batimento cardíaco sob o meu ouvido. Pisquei algumas vezes antes de acordar por completo e encarei o peito sobre o qual eu estava deitado. Era um peito robusto, coberto de pelos escuros. Henri. Eu tinha dormido sobre o peito de Henri. Era acolhedor... e o seu braço estava em torno de mim, apertando-me contra o seu corpo. Respirei fundo, estremecendo de leve, porque me senti muito bem. Mas eu precisava ir.

Ergui a cabeça com cuidado para não acordar Henri, mas percebi que era desnecessário. Os olhos de Henri se abriram e um sorriso preguiçoso tomou o seu rosto.

— Olá — cumprimentou ele.

— Hum, oi — respondi com o coração aos pulos.

Eu nunca tinha acordado ao lado de outro homem antes. Mesmo que nada tivesse acontecido naquela noite entre nós. Também jamais sentira os braços de um homem em torno de mim daquela maneira. Era... tudo que eu tinha imaginado e muito mais. Só queria que as circunstâncias fossem diferentes.

Henri me puxou de volta para baixo e ficamos cara a cara. Seus olhos estavam fixos nos meus, e de repente, senti uma dificuldade imensa para respirar.

— Obrigado por cuidar de mim ontem à noite.

— Não há de quê — respondi, voltando a me sentar.

Senti o meu rosto ficar vermelho. Precisava sair dali. Olhei para além dele e vi a sua camisa encharcada de suor amassada ao lado. Henri deve tê-la tirado depois que eu havia adormecido.

— Não, não, não — Henri protestou, arrastando-me de volta.

Ele me puxou contra si e me abraçou com força, com segurança. Fechei os olhos, deleitando-me com a sensação de aconchego que se irradiava através de mim.

Percebi que poderia ter aquilo todos os dias se quisesse. Acordar ao lado de Henri, em seus braços. Ele tinha oferecido aquilo para mim, e naquele instante, era o que eu mais queria no mundo. Parecia tão certo. Relaxei e me permiti desfrutar daquele momento.

Quando acordei mais tarde, notei que o dia tinha avançado bastante. O quarto já não estava tão iluminado.

Algo tinha me acordado. Então, sentei-me e vi Henri vindo em direção à cama, segurando uma bandeja.

— O que é isso? — perguntei, avistando ovos mexidos, torradas e bacon.

— O café da manhã! — Henri apontou o óbvio. — A sra. Blake está acostumada com o fato de acordarmos mais tarde nesses dias. Então, o café da manhã é quase um almoço.

Olhei para a bandeja que ele colocou diante de mim, meu estômago roncou naquele exato momento para anunciar o quanto eu estava faminto. Para encobrir o som, pigarreei.

— Não deveria ser eu a ir buscar o café da manhã?

Henri sorriu.

— Queria deixar você dormir mais um pouco. Você precisava descansar. — Ele providenciou dois pratinhos, que serviu para cada um. Nós nos apoiamos nos travesseiros e passamos a comer. Fiquei surpreso ao constatar que o silêncio propiciava uma sensação reconfortante entre nós. Agradável, até. Será que eu gostava da companhia de Henri?

Depois de dar uma mordida numa torrada, Henri suspirou, satisfeito. Então, olhou para o seu prato.

— Sei que está chateado comigo. Por causa de Valancourt. Acontece que... eu gosto de você, Emile. Gosto de você ainda mais do que achava.

— Você não pode me controlar, Henri.

— Eu sei. — Ele passou a mão pelo cabelo. — Só não sei como ser o que as pessoas precisam que eu seja. — Ele olhou para mim. — Como você foi para mim ontem à noite.

— Você é o que a sua irmã precisa.

— Sim, mas isso é diferente. Ela é da família. — Ele balançou a cabeça, como se quisesse afastar um pensamento. — Fale-me da sua família.

— Eu... eu sou órfão.

— Sinto muito. — Henri pegou o cobertor. — Acho que temos isso em comum.

— Acho que sim — concordei, sentindo-me incomodado de repente. Levantei-me de forma brusca, sem querer que Henri entendesse o meu silêncio como consentimento para fazer perguntas complementares. — Devo limpar isto. Vamos causar um escândalo se ficarmos aqui mais tempo.

Henri bufou.

— É verdade. E não se importe se alguém olhar de soslaio para você. Acho que metade de criadagem pensa que praticamos orgias selvagens quando damos folga a todos.

— Você está falando sério? — perguntei, surpreso.

— Não sei. — Henri riu. — É o que eu pensaria.

Peguei um travesseiro e arremessei em seu rosto.

— A maioria das pessoas não tem mentes tão sujas, Henri.

— Ah, a minha mente é muito suja — admitiu Henri, sério, balançando a cabeça.

— Acredito nisso — repliquei.

Então, virei-me e comecei a sair do quarto sem olhar para trás.

Como todo o resto da criadagem foi dispensada na noite anterior, Annette e eu ganhamos uma folga no dia seguinte. Caminhamos até a cidade juntos, mas nos separamos num banco onde ela alegou ter algum negócio a tratar. Apesar de minha promessa anterior de compartilhar informações com ela, guardei só para mim o que tinha ouvido por acaso entre Montoni e Schedoni, dada a natureza sensível do assunto. Eu precisava processar a informação antes de fazer qualquer coisa com ela. Estava esperando que Bram tivesse alguma ideia a oferecer.

Segui pela rua principal, parando apenas ao notar algumas pessoas reunidas na esquina onde eu normalmente virava em direção à casa de Bram. Quando percebi que a guarda também estava ali, acelerei o passo, perguntando-me o que poderia ter acontecido. Esperava que o grupo de pessoas que estava vendo não fosse a borda de um grupo maior, já que a casa de Bram estava bem próxima.

Porém, não precisava ter me preocupado. O grupo de pessoas estava reunido diante de uma loja. Ao chegar mais perto, percebi que era a botica que Montoni havia observado alguns dias antes. Parei junto ao grupo de pessoas, esticando o pescoço para ver se conseguia descobrir o que havia ocorrido. Notei que a vitrine tinha sido quebrada, e parecia que a porta havia sido forçada, rachada quase em duas.

— Tudo bem, tudo bem — anunciou um gendarme, parando à frente da loja e erguendo as mãos. — Parem com isso agora! Não há nada para ver aqui. Afastem-se.

Em resposta, as pessoas resmungaram, dispersando-se a contragosto, enquanto eu caminhava devagar pela rua adjacente rumo à casa de Bram. Aquela era a minha primeira oportunidade de fazer contato com Bram desde que ele fora banido do Château le Blanc. Não queria deixá-lo em expectativa por mais tempo do que o necessário.

Quando Sybille abriu a porta para mim, ela me recebeu com um sorriso cordial.

— Ele está no escritório — informou ela, conduzindo-me pelo corredor. — Ultimamente, tem passado cada vez mais tempo lá. Espero que consiga tirá-lo de lá por alguns momentos. Seria bom para ele.

— Farei o possível — prometi.

Então, Sybille abriu a porta do escritório e vi Bram colocando uma cartola na cabeça.

— O senhor tem uma visita — anunciou a criada.

Surpreso, Bram se virou para nós. Sybille acenou com a cabeça e passou por mim dando uma piscadela em minha direção.

Bram sorriu.

— Emile! Você está bem? Estava ficando preocupado.

— Estou bem. — Ergui os olhos para os seus e percebi que havia sinceridade em sua preocupação. — Estive muito ocupado. De propósito, tenho certeza. Você ficou sabendo que o conde Morano o proibiu de frequentar o castelo?

— Sim, fiquei sabendo.

— Ele nos viu naquela noite — disse, baixando a voz e dando uma olhada no corredor, como se Sybille pudesse estar à espreita nas proximidades para descobrir os nossos segredos.

Bram franziu a testa.

— É mesmo? Não deve ter gostado do que viu.

— Com certeza. — Umedeci os lábios.

Bram fez um gesto com a cabeça para entrarmos no escritório e tirou a sua cartola.

— Estou interrompendo alguma coisa? — perguntei, observando-o fechar a porta atrás de nós.

— Eu ia comer alguma coisa. Você está convidado para vir junto. — Ele se virou para mim e me puxou para si.

— Acho que tenho algum tempo.

— Ah, é? — disse Bram, sorrindo.

E então sua boca encontrou a minha e senti os meus joelhos fraquejarem. Bram me empurrou contra a porta e pressionou os lábios nos meus com avidez. Corri as mãos pelo seu peito e pelo seu cabelo, percebendo que não conseguia ter o suficiente dele. Queria tocá-lo por inteiro e o puxei para mim com mais força.

Bram ofegou e se afastou, pigarreando e ajeitando o lenço.

— Eu… desculpe-me.

— Está tudo bem. Mais do que bem.

Bram deu uma risadinha, seus olhos se desviaram para a minha boca outra vez.

— Eu sei. Mas sou um cavalheiro e, como tal, devo mostrar pelo menos um pouco de moderação.

— Bem, contanto que seja apenas um pouco — brinquei.

Com um sorriso astuto, Bram voltou a abrir a porta.

— Vamos? Se tivermos um tempo, há um bistrô maravilhoso aqui perto.

— Vou cancelar tudo.

— Divirtam-se, vocês dois — disse Sybille enquanto saíamos.

Bram acenou para ela. Quando ele fechou a porta, lancei-lhe um olhar interrogativo.

— Ela sabe? — perguntei.

— Sobre nós dois? Não dá para esconder muita coisa de Sybille.

— Mas o seu pai...

— Não se importa com quem eu esteja, contanto que me faça feliz.

Tentei assimilar aquilo, pensando em como minha vida seria mais fácil se a minha tia tivesse adotado tal atitude.

— Deve ser bom.

— Bem, é bom não ter que manter isso em segredo da minha família, mas com o restante da sociedade é completamente diferente.

Começamos a caminhar pela rua até que Bram parou diante da botica.

— Parece que todos finalmente se foram.

— O que aconteceu? — perguntei, podendo olhar com atenção para a loja escura, já que não havia mais um grande grupo de pessoas encobrindo a minha visão. As prateleiras estavam tombadas, as tigelas de ervas, despedaçadas e os seus conteúdos, espalhados pelo chão. Parecia que a botica havia sido saqueada.

— Não sei. Estava desse jeito quando saí para uma consulta hoje de manhã.

Vi o gendarme que tinha me interrogado algumas semanas atrás dentro da botica, olhando para algo coberto por um lençol branco.

— Aquilo é um corpo? — perguntei, com os olhos arregalados.

Bram hesitou.

— Vou ver se precisam da minha ajuda. Não demoro.

Bram entrou pela porta, com cuidado para não a danificar ainda mais. Hesitei um instante antes de segui-lo. Olhei para a porta ao passar por ela. Parecia ter sido quebrada ao meio antes de parte dela ter sido arrancada e jogada na calçada. Fiz uma careta, percebendo a semelhança entre aquilo e o ato de arrancar a mão de um homem do seu braço. Pura força bruta. Mas um urso não poderia ter perambulado pela cidade e atacado aquela loja, deixando as outras intactas.

Pisei numa substância amarela pulverulenta e, com cuidado, segui até onde Bram estava conversando com o gendarme. O ambiente cheirava a ervas e especiarias, mas também havia um odor enjoativo que impregnava tudo. Dirigi o olhar para o lençol aos pés deles e me perguntei se o cheiro enjoativo que sentia era o de sangue.

Algo se mexeu nos fundos da loja. Um baralho de tarô caiu de uma caixa virada, espalhando as cartas em uma grande desordem. Percorri com os olhos as paredes da botica, detendo-me numa prateleira próxima. Apalpei um livro de curas medicinais antes de meus dedos passarem sobre um a respeito das deusas lunares, polvilhado com gesso. Lembrei-me das estátuas intimidadoras no labirinto de sebes. Interessante encontrar algo sobre as deusas ali. Talvez aquele livro se mostrasse esclarecedor. Discretamente, enfiei o livro no bolso e, então, olhei para cima e encontrei quatro marcas profundas de garras cravadas na parede. Arrepiado, virei-me e vi o gendarme estendendo a mão para puxar o lençol de lado, revelando um cadáver feminino. Os olhos da mulher encaravam o teto, e a sua pele estava anormalmente pálida. Aquilo fez com que as sardas em seu nariz parecessem muito mais pronunciadas. Engoli em seco e observei o cabelo ruivo, espalhado ao redor do seu rosto, como se o emoldurasse com sangue. A sua garganta tinha desaparecido, assim como a metade inferior do seu corpo, com os intestinos espalhados pelo piso de madeira.

Virei-me e saí cambaleando da botica, segurando um lenço na boca. A bile subiu pela minha garganta, e tive de respirar fundo diversas vezes para me recompor.

— Emile? Você está bem?

Abalado, vi Bram parado atrás de mim, assim como o gendarme carrancudo atrás dele.

— Estou. Obrigado — respondi quando Bram colocou a mão no meu ombro. — Só não esperava...

Metade do corpo da mulher estava faltando.

— Vamos — insistiu Bram. — Não há nada que eu possa fazer aqui. — Permiti que ele me conduzisse até uma carruagem. — É desagradável ver algo assim.

Fechei os olhos, tentando expulsar a imagem da mulher. Que maneira terrível de morrer.

— O que pode ter feito aquilo? — perguntei.

— Não sei. A guarda acha que foi um urso, o mesmo urso que atacou o forasteiro, na verdade. Ao que tudo indica, uma vez que um urso adquire o gosto por carne humana, ele continua a procurá-la.

— Você não acredita que foi um urso — rebati, não como uma pergunta, mas como uma afirmação.

— Não, não acredito.

Desembarcamos da carruagem e entramos no bistrô. Ali, Bram pediu sanduíches para nós. Também pediu uma taça de vinho para mim, para acalmar os nervos. Eu não estava com muita fome, mas me esforcei para comer.

— Entreouvi algo no castelo — falei depois de pegar o meu sanduíche.

— Ah, é?

— Uma conversa entre o conde Montoni e o médico dele, o padre Schedoni.

— Schedoni? — Bram torceu o nariz. — Sobre o que eles conversaram?

— Acho que eles mataram Hargrove. E acho que a guarda está sendo subornada para encobrir o caso.

Bram ficou em silêncio. Quando ergui os olhos, vi que estava me observando.

— Você os ouviu dizer isso? — perguntou ele, finalmente.

Franzi a testa, tentando lembrar as palavras exatas de Schedoni.

— Sim. Schedoni estava criticando Montoni por ter sido tão desleixado em relação a Hargrove. A família de Hargrove está ameaçando enviar um investigador. Eles falaram a respeito de suborno para fazer as perguntas desaparecerem.

Bram largou o sanduíche no prato e passou o dorso da mão sobre a testa.

— Eles são homens perigosos, Emile. Não quero que você se envolva, pelo menos não por enquanto. Seja como for, precisaríamos de mais do que a sua palavra para fazer qualquer movimento contra eles.

Engoli em seco.

— Isso não é tudo. Eu... conheço a mulher da botica. A mulher que... morreu.

Bram ficou imóvel, esperando que eu continuasse.

Umedeci os lábios, inclinei-me para a frente e passei a falar ainda mais baixo do que antes.

— Eu a encontrei no labirinto de sebes. Ela tinha deixado uma vela na janela do mausoléu. Acho que era um sinal para Hargrove encontrá-la. Na época, imaginei que era um encontro romântico, mas agora acho que era mais do que isso. Ela tentou entrar no aposento da lady Morano. Quando Montoni ouviu falar da intrusa, ele sabia exatamente quem ela era. E eu o vi observando a botica. É possível que também esteja envolvido nesse assassinato.

O garçom se aproximou da nossa mesa com a conta, e eu fiquei em silêncio, enquanto Bram pagava. Então, lembrei-me de que tinha prometido pagar o almoço. Franzi a testa. Eu teria de pagar da próxima vez.

Bram deixou o guardanapo na mesa e cruzou os braços, olhando para mim.

— Um homem não conseguiria fazer aquilo, Emile.

— Tem certeza? — perguntei. — Alguém não poderia fazer isso parecer um ataque de animal selvagem?

Bram se recostou na cadeira, pensativo.

— Talvez, mas criaria muitos problemas. Seria muito mais fácil encenar isso como um roubo que deu errado, não concorda?

— Concordo, mas não acredito que um urso tenha vagado pela cidade, atacado uma única loja e depois saído sem ninguém ter visto nada.

Com um suspiro, Bram se levantou e saímos do bistrô. Em vez de pegarmos uma carruagem, voltamos caminhando para sua casa.

— Quem era aquela mulher? — perguntou Bram. — Segundo a polícia, ela era apenas a dona de uma botica. Você acha que, por trás dessa fachada, ela também era uma assassina?

— Não sei — admiti. — Sei que é improvável, mas acho que as mortes estão ligadas. E imagino que aquela mão que encontrei pertencia a Hargrove.

— Ou era de alguém de passagem, como a guarda sugeriu.

Lancei um olhar de reprovação e Bram ergueu as mãos.

— Só estou tentando analisar isso de todos os ângulos. Você pode estar tirando conclusões precipitadas aqui.

— Não estou. Aquela mulher estava envolvida com Hargrove, quem sabe ele não estava espionando a família para ela. Então, Montoni o pegou e provavelmente a matou — emolhei para Bram. — Qual é a reputação de Montoni?

— Reputação? De apostar em jogos, com certeza. Ele é bem conhecido por isso. Mas nada tão sério quanto a de ser um assassino.

Jogos de azar. Assassinato. Suborno. Montoni não era um homem inocente. Se não teve escrúpulos em assassinar duas pessoas a sangue frio, não pensaria duas vezes antes de matar um chantagista. Eu precisaria pensar bem a respeito daquilo. Não conseguia ver como encontraria evidências de que Montoni havia cometido os assassinatos, mas ele tinha matado Hargrove e a mulher por algum motivo. Eu precisava descobrir que segredo seria desfavorável o suficiente para justificar os homicídios. Então, poderia usar essa informação em troca de Udolpho e do meu silêncio. Porém, tinha de ser uma prova contundente. Eu precisaria continuar investigando. Também teria de tomar cuidado para não me tornar outra vítima.

Olhei para Bram, imaginando-o comigo em Udolpho, em nosso castelo particular, onde talvez pudéssemos viver livres de julgamento, em isolamento. Seria perfeito se todas as peças se encaixassem. Quem sabe Bram pudesse começar a clinicar em qualquer vizinhança em que nos encontrássemos. Eu me perguntei se ele iria comigo se eu pedisse.

— Você notou mais alguma coisa suspeita no castelo? — questionou Bram, interrompendo os meus pensamentos.

— Sim.

Contei a respeito das injeções que o padre Schedoni havia aplicado na família, que adoecia em seguida.

— Não deixa de ser curioso — reconheceu Bram, um tanto perplexo. — Também parece bastante irônico que Henri tenha enquadrado a prática do meu pai como um experimento médico que prejudicaria as pessoas, ao passo que Schedoni parece estar fazendo exatamente isso com a família dele.

— Então é perigoso? — perguntei.

— Não sei. Parece quase uma espécie de doença debilitante na linhagem familiar. Não sabia desse histórico, mas talvez seja por isso que eles insistem em ter o próprio médico.

— Que espécie de doença?

Bram encolheu os ombros.

— Há muitas doenças por aí, Emile. Muitas delas são transmitidas às gerações subsequentes. Algumas doenças são mais raras do que outras. Sem mais informações, eu não poderia arriscar um palpite. No entanto, o tratamento parece extremo, em minha opinião.

Talvez o que eu tinha visto não fosse tão estranho quanto pensei.

— Veja, Emile, você está sob muita pressão agora. Por que não se concentra em cuidar de si mesmo?

— O quê? — Virei-me para encará-lo. — Do que está falando?

Bram se remexeu.

— Quero dizer que não quero que se meta numa situação mais difícil do que a em que já se encontra. Você precisa se concentrar no que está acontecendo com o conde Morano e com a sua herança. Isso é o bastante. A doença da família, os assassinatos... deixe isso para os especialistas. Eles têm um médico. Temos a guarda. É para isso que eles existem.

Deixei escapar um suspiro profundo.

— Suponho que tenha razão. Só não confio na guarda. Nem no padre Schedoni. Fico agoniado que essas coisas nefastas possam estar acontecendo bem debaixo do nosso nariz.

— Mas você precisa cuidar dos seus próprios problemas. Tudo bem deixar as coisas acontecerem. Outras pessoas podem lidar com as questões delas, e você não precisa se sentir culpado por isso.

Bram parou e percebi que já estávamos de volta a sua casa. Uma pequena multidão se reuniu mais uma vez na esquina quando o corpo da proprietária foi retirado num catre, com os restos mortais felizmente cobertos. Por um momento, ficamos observando. Em seguida, senti o aperto de Bram na minha mão.

— Pare de se preocupar com os outros — disse ele, baixinho. — Vale a pena lutar pela sua vida. E se, ao buscar a sua própria felicidade, você precisar ignorar algumas coisas ou magoar algumas pessoas, então talvez isso não seja uma coisa tão ruim.

— O que quer dizer? — perguntei, virando-me para ele.

Bram apertou a minha mão.

— Às vezes, é preciso se aproveitar das pessoas. Não se pode esperar que elas defendam os seus interesses ou que elas o protejam. A família Montoni não vai salvá-lo. Não importa no que eles se meteram. Encontre uma maneira de conseguir a sua herança, doa a quem doer. É isso que quero dizer. Não há problema em apenas cuidar de si mesmo.

— Você está dizendo que eu deveria ser mais egoísta? Porque ando tendo muitos pensamentos egoístas ultimamente.

— Sim. Continue tendo esses pensamentos. E siga por eles. Você merece um final feliz. Não deixe ninguém dizer o contrário. Faça o que for necessário para ter esse final, Emile. Agarre o que precisar, porque todos vão tentar tirar de você.

Apertei de volta a mão dele. Seu encorajamento foi bastante sincero. Ele queria mesmo o melhor para mim. Como eu poderia dizer a ele o que eu queria para nós? Que eu queria que ficássemos juntos, numa vida que conseguisse por meio de chantagem? Uma sensação de vergonha me atravessou, mas decidi seguir o conselho de Bram e me livrei dela. Eu teria de me acostumar com subterfúgios se quisesse ter alguma esperança de felicidade.

Abri a boca para dizer algo a respeito, mas fui interrompido pelo som alto de uma zombaria.

— Você está falando sério?

Ergui os olhos e vi o conde Morano vindo em nossa direção, com a mandíbula tensionada.

Por curto tempo, olhei nos olhos de Bram e engoli em seco antes de me voltar para Henri.

— Em que posso ajudá-lo, conde Morano? — perguntou Bram, animado, dando um passo à frente em sua direção.

— Não me venha com essa. — Henri fechou a cara, esquivando-se de Bram e se colocando diante de mim. Ofegante, ele me fuzilou com os olhos. — Você estava me enganando? Tudo o que queria de verdade era voltar para esse seu médico rural?

— Fale mais baixo — murmurou Bram, aproximando-se de mim. — Ou quer um escândalo público?

— Que me importa o escândalo? — bufou Henri. — Emile contou para você que passamos a noite juntos?

Bram piscou e olhou nos meus olhos, mas fiz um gesto negativo com a cabeça.

— Não foi assim — protestei, voltando-me para Henri. — Você sabe muito bem que não foi assim.

Henri abriu um sorriso perigoso.

— Mas você acordou em meus braços. Você não foi embora.

Hesitei.

— Você estava doente.

Henri balançou a cabeça devagar, sabendo que havia me pegado numa mentira. Ele não estivera doente naquele momento.

Bram cerrou os punhos, o rosto contorcido. Horrorizado, eu o observei.

— Emile não é sua propriedade. Ele pode me ver se quiser — interveio Bram com fúria contida e deu um passo para mais perto de Henri. — Ele apenas tem pena de você, sabia? Você é patético. Forçar alguém a amá-lo é patético. Sei que você tem problemas por causa do que aconteceu com os seus pais, mas isso não justifica o seu comportamento agora. Você é um homem. Aja como tal.

Henri olhou para mim.

— Então, esse é o seu príncipe encantado? Esse é o homem que capturou o seu coração?

Eu não conseguia olhar o conde nos olhos.

— Tudo bem. — Henri levantou as mãos, como se estivesse desistindo. — Tenha o seu amiguinho médico por hoje, mas lembre-se: você trabalha para *mim*, e precisa voltar para casa para *mim*.

Virou-se e se afastou, batendo o pé.

Senti vontade de chorar. Por Henri *e* por Bram. Eu nem fazia parte do mundo deles, não de verdade, e olhe o caos que eu estava causando. Eu iria embora em breve, em seis meses ou menos. Estava sendo injusto com todos naquela situação.

— Emile. — Bram pôs a mão no meu ombro.

— Estou bem — afirmei. — Só não vejo uma maneira de todos saírem ilesos. Também não é justo com ele.

Bram suspirou.

— Você não deve nada a ninguém, Emile. Principalmente a um conde mimado.

— Ele é apenas outro homem como nós, Bram — murmurei, sentindo os meus olhos lacrimejarem enquanto me afastava de Bram. — Um homem que não pode viver como quer. Se eu estivesse no lugar dele, não sei se agiria muito melhor. Ele já sofreu demais, e provavelmente vou magoá-lo mais antes de terminar. Já não posso dar a Henri o que ele quer, e não desejo piorar as coisas para nenhum de vocês.

— O que está dizendo?

Respirei fundo.

— Estou dizendo que precisamos respeitar os desejos de Henri. Quer você goste ou não, tenho de voltar para o castelo esta noite. Montoni é uma coisa, mas não quero causar mais danos a Henri e Blanche do que os que já foram causados.

— Então, você vai massagear o ego ferido dele.

— Sim. E preciso que você aceite isso.

Bram me olhou com cautela.

— Então, não se importa que ele use você? Ele vai se aproveitar da posição dele e você vai apenas deixar isso acontecer. Depois, vai agir como se fosse a vítima?

— Isso é o que pensa de mim? — perguntei, olhando para ele.

Bram franziu os lábios.

— Se você é capaz de voltar para esse... *predador*, que tem o que quer e descarta as pessoas quando não vê mais vantagens em tê-las por perto, então, sim, acho que você é um tolo. Você precisa colocar a cabeça no lugar, Emile, e ver esse sujeito pelo que ele realmente é.

Bram se virou e caminhou até a porta da sua casa. Com um último olhar para mim, ele entrou.

Por um momento, observei a porta se fechar. Então, Bram também estava com ciúmes? Eu entendia a sua animosidade contra Henri. Dado como Henri havia prejudicado o trabalho do pai dele, não poderia nem culpá-lo, mas o que Bram estava falando sobre Henri era alimentado por aquela história pessoal. De fato, o conselho de Bram acerca de cuidar de si mesmo provavelmente havia sido permeado pelo tratamento que Henri dera a ele, a sua traição. Porém, aquilo não significava que Bram não tinha razão. Na verdade, as suas palavras ressoaram em mim. A sociedade não era justa. Ela não permitia que o submisso prosperasse. Eu teria de agarrar o que queria se quisesse mesmo ter alguma coisa.

Chutei uma pedra e, frustrado, resmunguei, pois até mesmo ela se recusou a cooperar, ficando grudada obstinadamente ao chão. Meus olhos encontraram um grupo de pessoas reunido diante da botica, ainda que o corpo já tivesse sido removido. Não podia deixar aquele mistério acabar como Bram queria. Precisava descobrir o que Montoni estava escondendo. Bram não entendia quão difícil seria agradar a minha tia e receber a minha herança. Meu caminho para a felicidade seria muito mais complicado do que apenas agarrar o que eu queria. Eu arrancaria aquilo de mãos inimigas.

Tinha esperança de que Bram entendesse no final.

13

Henri me evitou pelo resto da semana. Quando eu aparecia para ajudá-lo a se trocar pela manhã, descobria que ele já havia saído. Quando ele tocava o sino à noite, uma pilha de roupas esperava por mim, para serem consertadas e passadas, mas Henri estava sempre ausente, geralmente no final do corredor junto ao aposento da sua irmã, falando com ela através da porta e me observando de soslaio.

Foram cinco dias assim, até que finalmente vi uma carruagem chegar para a hora do chá. Henri provavelmente estaria se trocando, então aproveitei a oportunidade e corri para o seu aposento, batendo uma vez antes de abrir a porta para que ele não tivesse a chance de recusar a minha entrada.

Henri fechou a cara quando me viu.

— O que foi, Dupont?

— Nós precisamos conversar.

— Agora? — questionou ele diante do espelho, ajustando o lenço.

Fiquei surpreso com o quanto me magoou a sua indiferença. Na realidade, Henri *era* um conde mimado, mas aquilo não significava que ele não tivesse sentimentos. Eu não precisava piorar as coisas sendo tão antagônico a ele enquanto planejava tirar Udolpho da sua família por meios escusos. Eu até gostava de algumas coisas a respeito dele e precisava contar com a sua boa vontade até ter mais informações sobre Montoni. E, para isso, tinha de ser gentil com ele, mesmo que às vezes quisesse estapeá-lo por seu comportamento obstinado.

Quebrei a cabeça em busca de algo para lhe dizer para acertar as coisas entre nós, mas nada me ocorreu. Em vez disso, aproximei-me dele e o enlacei pela cintura.

— Senti saudades — disse, por fim.

Quando as palavras escaparam da minha boca, dei-me conta de que havia verdade nelas. Eu sentia saudades da companhia de Henri quando ele era o conde amável e galanteador. Porém, detestava o ciumento.

Henri ficou rígido com meu abraço e se virou para me encarar.

— O quê?

Encostei o rosto em seu peito, preocupado com o fato de que ele pudesse perceber a falsidade em meus olhos. Eu me senti mal por causa da dissimulação, mas era necessária. Era apenas uma representação. Um exagero dos meus sentimentos. Eu precisava fazer com que Henri acreditasse que eu gostava dele mais do que de fato gostava, mas tinha de manter aquela distância entre nós.

— Senti saudades. Por favor, não fique assim. Desculpe. Sei o quanto você se machucou no passado, e não quero ser outra fonte de dor para você. Eu só... gosto muito de você.

Retraí-me por dentro, com medo de ter exagerado. Henri não poderia ser tão egocêntrico a ponto de acreditar que eu pediria desculpas a *ele*.

— Gosta?

Henri relaxou e senti os seus braços me enlaçarem. Eu me deixei levar pelo seu abraço, enterrando o rosto em seu pescoço. Está bem, talvez ele *fosse* bem egocêntrico. Talvez isso fosse mais fácil do que eu imaginava.

— Estou confuso demais, Henri. Estou sendo tão injusto com você e Bram. Acho que nem sei mais o que quero. — Afastei-me e olhei para ele, arregalando os olhos para impressioná-lo. — Mas sei que não suporto que você fique chateado comigo.

A expressão de Henri se suavizou, e ele segurou o meu rosto.

— Também senti saudades, Emile.

O nosso rosto estava tão próximo um do outro. Prendi a respiração quando desviei os olhos sem querer para os seus lábios. Minha boca traiçoeira queria encontrar a dele. Parte de mim se empolgou com a ideia de beijá-lo, mesmo quando a minha mente me advertiu que eu estava seguindo uma trilha muito perigosa entre convencer Henri de que eu o queria e me convencer do mesmo.

Ao ouvirmos uma leve batida na porta, nos separamos depressa. Henri pigarreou com os olhos ainda grudados em mim.

— Sim?

Annette entrou, animando-se quando me viu.

— Ah, você está aí. — Ela olhou para Henri. — Perdoe-me, milorde, mas Dupont tem uma visita.

— Tenho? — perguntei, dando um passo à frente.

Achei que Bram tivesse sido banido por completo do castelo, mas talvez ele tenha perguntado especificamente por mim, então foi autorizado a entrar. Alegrei-me, sobretudo porque não me sentia bem acerca de como as coisas ficaram entre nós quando nos vimos pela última vez.

Henri estendeu a mão e agarrou o meu braço.

— Emile, não. Apenas... vá. Nem mesmo pegue as suas coisas. Saía pela porta da criadagem agora. Vá embora e não olhe para trás.

Lancei um olhar confuso para ele.

— Henri, você não precisa ter tanto medo de *monsieur* Valancourt, garanto. Não acabei de deixar isso claro?

Henri engoliu em seco e, parecendo só então se dar conta da presença de Annette, largou o meu braço.

Fiz menção de sair do cômodo com Annette quando Henri se colocou ao meu lado.

— Vou com você — disse ele.

— Não sei se seria uma boa ideia. — Estremeci.

Henri hesitou.

— Vou embora se você quiser. Prometo.

Franzi os lábios, sem saber por que ele estava agindo de forma tão estranha. Eu era tão bom ator assim? Talvez eu *tenha* exagerado.

— Muito bem. Mas seja gentil.

Henri pegou a minha mão, entrelaçando os seus dedos com os meus. Tentei me livrar, mas ele a apertou com ainda mais força. Mesmo quando passamos por uma criada, que se curvou para o conde, ele não a soltou. Ele *estava disposto* a causar um escândalo?

Annette bateu rápido à porta da biblioteca, entrou e me anunciou.

— O sr. Dupont, milorde.

Finalmente, Henri soltou a minha mão e sorriu ao entrar no recinto.

— Ah, eis o homem do momento — saudou-me o conde Montoni.

Por um instante, fiquei confuso. Blanche estava sentada no sofá e sorriu de um jeito tenso, mas percebi que Bram não estava na biblioteca

Montoni me examinou, como se estivesse me vendo pela primeira vez.

— Pelo visto você preocupou muitas pessoas nas últimas semanas, *marquês* St. Aubert.

Meus passos vacilaram com suas palavras; ao mesmo tempo, notei a pessoa sentada numa poltrona de frente para o conde. Fiquei apavorado quando a porta se fechou atrás de mim. Pelo jeito, Alexander Westenra tinha me visto na ópera.

Tia Cheron se levantou da poltrona e abriu um sorriso divertido e triunfante para mim.

— Que prazer revê-lo, Emile. — Ela me avaliou antes de acrescentar: — Belo uniforme.

PARTE II

14

— Sinto muito — disse Henri junto ao meu ouvido enquanto me conduzia às minhas novas instalações.

Agarrei-me à minha pequena trouxa de pertences recolhidos do meu antigo dormitório como se fosse uma tábua de salvação, sentindo-me entorpecido, à medida que me concentrava em dar um passo após o outro ao longo do corredor. Meu novo aposento, um dos quartos de hóspedes, ficava entre os de Henri e Blanche. Quase não notei quando Henri abriu a porta e me vi num recinto tão bonito quanto o do conde.

Enquanto eu estava parado no vão da porta, Henri pegou o meu embrulho e o colocou na cama.

— Vamos cuidar disso mais tarde — prometeu ele, tentando dar um sorriso. — Por ora, vamos vestir você para o jantar. Você tem quase o meu tamanho. Tenho certeza de que algo vai servir.

Em seguida, Henri me levou ao seu quarto, fechou a porta com firmeza e se encostou nela por um momento para olhar para mim.

Dirigi-me até a sua cama e me sentei na beirada. A minha mente estava a mil. Não conseguia acreditar que estava tudo acabado. Tia Cheron havia me encontrado — não graças ao insuportável Alexander Westenra —, e o estratagema tinha chegado ao fim. Então, o que aconteceria com a minha herança dependeria dela. O que aconteceria *comigo* dependia dela. Certamente fugir e assumir a função de criado a ajudaria a forjar um caso de insanidade contra mim.

Henri se ajoelhou diante de mim e segurou as minhas mãos.

— Sinto muito, Emile. Eu não sabia que era tão ruim assim.

Engoli em seco, com lágrimas ameaçando rolar pelo meu rosto.

— Quando vi o seu retrato na agência do correio, senti-me traído. Já estava com muita raiva de você, e... achei que só estava se rebelando e precisava ser posto em seu lugar. Eu não sabia que a sua tia era tão fria, e insensível, e... Eu simplesmente não sabia.

Pisquei e olhei para ele.

— Como é que é?

— Quero dizer, você é um marquês! Você fez a mim e a minha família de idiotas. E então você escolheu Bram em vez de mim, e... pensei em mandar você para a sua casa e pronto. Não pensei no motivo de você ter fugido. — Henri desviou o olhar. — Sinto muito.

Afastei as minhas mãos das dele e o fuzilei com o olhar.

— *Sente muito*? Você faz ideia do que ela vai fazer comigo? Minha tia vai me internar. Vou passar o resto dos meus dias na cela de um hospício, porque *feri os seus sentimentos.*

— O quê? — Henri se levantou de súbito, parecendo chocado. — Do que está falando? Ninguém mencionou nada a respeito de hospício. Que motivo ela poderia apresentar para fazer isso com você?

— Desvio — respondi, cuspindo a palavra com raiva. — Ela sabe que eu gosto de homens.

— Eu... eu não vou deixar isso acontecer — afirmou Henri, com os olhos arregalados.

— E você acha que pedirão a sua opinião sobre o assunto?

Coloquei a mão na cabeça. Estava tremendo de tanto medo. E se eu fugisse naquele momento? Simplesmente saísse correndo pelas portas, como Henri havia sugerido. Mas, é claro, eu não teria mais o elemento surpresa a meu favor. Eles me encontrariam em pouco tempo.

O comportamento estranho de Henri fazia mais sentido agora. Ele tinha descoberto. E havia *informado* à minha tia que eu estava no castelo. E eu tinha sido estúpido o bastante para achar que *eu* estava manipulando *o conde.*

— Você me arruinou — falei, categórico. — Espero que esteja feliz.

— Não! — Senti o peso de Henri quando ele desabou sobre a cama, sentando-se ao meu lado. — Farei tudo o que estiver ao meu alcance para evitar que isso aconteça. Você está me ouvindo? Não vou deixar que seja internado em lugar nenhum.

Tirei a mão dos olhos e o encarei, percebendo a sua sinceridade, seu maxilar cerrado. Ele estava determinado. Mas só isso não seria suficiente. Engasguei com um soluço, e Henri me abraçou. Ele me puxou para o seu peito e me enlaçou, enquanto eu chorava. Eu queria bater nele. Queria golpear o seu peito, mas não consegui encontrar forças para protestar. Vários minutos se passaram e, então, senti-me exausto pelo desabafo emocional, mas Henri ainda não me soltou.

— Vou dar um jeito nisso — jurou ele em meu ouvido. — Vou encontrar uma maneira. Prometo.

Me afastei, sem acreditar que ele pudesse fazer algo para mudar a minha situação. Mas eu precisava de um fio de esperança, e o fato de ele cuidar de mim era algo ao qual eu podia me agarrar.

— *Desvio.* — Henri fechou a cara e cruzou os braços. — Este mundo é muito cruel.

— Tenho de me vestir para o jantar — lembrei-o, com a voz rouca.

Sequei o rosto coberto de lágrimas e caminhei até o espelho. Meus olhos estavam inchados. Minha aparência, horrível.

Henri tirou um terno do seu guarda-roupa e, quando não fiz menção de me trocar, ele me ajudou a tirar a minha roupa e vestir a que ele havia escolhido. Ele foi cuidadoso ao passar meus braços pelas mangas e enxugou o meu rosto com um lenço. Fiquei sentado passivamente, deixando-o fazer tudo aquilo. Estava apático demais para lutar ou para fazer qualquer coisa.

— Emile.

Pisquei e baixei os olhos para a mão de Henri que envolvia a minha, então ergui o olhar para seu rosto.

— Henri.

— Você pode me perdoar, Emile? — indagou ele. Sua voz embargou no meio da pergunta. Henri virou o rosto para o outro lado, e eu soube que ele estava escondendo as lágrimas.

Coloquei automaticamente a mão em suas costas. A névoa que cobria a minha mente se dissipou durante o tempo em que afaguei devagar as suas costas. Quando avaliei a minha situação, fiquei paralisado de pavor, mas assim que me concentrei em outra pessoa, foi como se a minha mente se restabelecesse.

Dei-me conta de que ainda poderia fazer o meu plano alternativo dar certo. O segredo de Montoni permanecia oculto, à espera de ser descoberto. Eu ainda poderia me apoderar do Castelo de Udolpho. A chegada da minha tia não precisava mudar tudo. Contanto que eu continuasse fingindo e fizesse o que ela pedisse, até conseguir ganhar o controle da situação, poderia sair ileso disto. Poderia me safar da minha tia e garantir uma vida tranquila por meio da chantagem. Só precisaria impedir que a minha tia me internasse num sanatório. Afinal, havia sido capaz de enganar Henri com certa facilidade. Tia Cheron era astuta, mas eu tinha de tentar agradá-la por meio de alguma tramoia. Era a minha única opção.

— Você não sabia — disse, suspirando com força. — Você não poderia saber, porque eu estava escondendo coisas de você. A culpa também foi minha.

Henri pareceu se acalmar, mas balançou a cabeça.

— Não, a culpa foi exclusivamente minha. Eu deveria ter sido um amigo melhor.

— Você está sendo agora.

Henri sorriu.

— Juro que serei um bom amigo para você.

O olhar caloroso de Henri me provocou uma pontada de culpa, mas eu suportei.

— Tenho certeza. — Olhei para a porta, meu estômago se revirou por ter de encarar a minha tia novamente em breve. — Agora, vamos acabar logo com isso.

Percorri o corredor que levava à sala de jantar, sentindo um medo crescente no peito. Ao chegar junto à porta, parei e me virei para Henri, pálido.

— Não sei se consigo fazer isso.

— Você consegue — garantiu ele. — Estarei lá com você. — Henri pegou a minha mão e a apertou. Eu precisava desse apoio. Eu podia estar pregando uma peça em Henri, mas a sua força era tudo o que estava me mantendo firme naquele momento. — Basta olhar para mim se você sentir angustiado ou ansioso.

Respirei fundo. Meus olhos vagaram por um instante para as armaduras enfileiradas. Por um momento, lembrei-me das aranhas nas armaduras no corredor de Montoni. Eu já tinha tomado conhecimento de alguns segredos dessa família. Só precisava continuar até conseguir o suficiente para obter a minha liberdade. Eu podia fazer isso. Eu *precisava* fazer isso.

Antes que eu pudesse me convencer do contrário, entrei na sala de jantar.

— Ah, já não era sem tempo! — exclamou o conde Montoni assim que entrei, com Henri logo atrás de mim. — Estávamos prestes a enviar alguém para resgatá-lo.

Grimes deu um passo à frente e ficou paralisado ao me ver. Piscou antes de olhar confuso para Montoni.

— Milorde?

— Ah. — Montoni sorriu, irônico, como se estivesse saboreando a minha humilhação. — Você não ficou sabendo, Grimes? O nosso valete aqui é, na verdade, um marquês disfarçado. Como um personagem saído de um daqueles romances baratos que as damas leem hoje em dia. Muito chocante, não acha?

Grimes me encarou e pareceu ficar num estranho tom de verde antes de fazer uma reverência.

— Ah, deixe disso — falei.

— Não, não — tornou Montoni, levantando-se da cadeira. — Todos nós devemos ficar de pé para saudar o marquês St. Aubert. — Virou-se para a minha tia, sentada ao seu lado. — Exceto madame Cheron, é claro.

Tia Cheron, inclinou a cabeça e abriu um sorriso forçado, enquanto Blanche se levantava. Ao observar enquanto eu me aproximava da mesa e me sentava ao lado de Henri, seus olhos se encheram de compaixão.

— Você deve ter tido algumas aventuras — disse Montoni, voltando a se sentar e pegando um prato oferecido por Grimes.

— De fato — concordou tia Cheron. — Você escolheu uma maneira indireta de conhecer o mundo, se é isso o que você pretendia, sobrinho.

Ergui o queixo.

— Aprendi muito nas minhas viagens. A casa do conde Montoni tem sido muito generosa. Aprendi a pregar botões, costurar, limpar botas e até a acender uma lareira. A senhora sabe como é difícil acender uma lareira?

Cheron franziu a testa para mim.

— Por que diabos um marquês desejaria aprender a acender uma lareira?

Sorri de leve para ela.

— Às vezes é bom saber que sou capaz de realizar uma tarefa que até mesmo uma criança pode executar.

Blanche deu uma risadinha e, depois, fez o possível para disfarçar com uma pequena tosse. Ela não foi muito convincente. Percebi que Montoni cravou os dedos na mesa.

— Isso é ouro de verdade? — perguntou tia Cheron, pegando um garfo e o examinando. — Não fazia ideia de que estivesse tão bem, conde.

— Nós temos os nossos recursos — retorquiu Montoni, claramente aliviado pela mudança de assunto. — Desejamos o melhor se temos uma bela dama como convidada no Château le Blanc.

— Ora! — Cheron exclamou, corando e desviando o olhar com discrição.

Olhei para a minha tia. Sério? Ela estava flertando na minha frente agora? Eu teria de me sujeitar a isso? Talvez ser internado não fosse uma opção tão ruim, afinal.

— Então, Emile vai herdar a fortuna do falecido marquês quando atingir a maioridade. E a senhora cuidará dela enquanto isso? — perguntou Montoni, endireitando-se na cadeira.

Cheron tomou um gole de vinho.

— Sem dúvida. Naturalmente tenho a minha própria casa para cuidar. Fiz um bom casamento, sabe.

— Ah, e o seu marido é...?

— Faleceu. Há mais de dez anos.

— Sinto muito — declarou Montoni, embora não parecesse. Na verdade, parecia o exato oposto. Eu quase podia ver cifrões brilhando em seus olhos. Uma vez viciado em jogos, sempre viciado em jogos, supus, e uma viúva era o prêmio perfeito para continuar alimentando o vício nefasto.

Cheron virou-se para mim, e eu cortei a comida, fingindo estar comendo, ainda que estivesse sem fome.

— Tive de deixar La Vallée vazia na ausência do marquês, é claro. Não havia necessidade de criadagem com a casa vazia — explicou ela.

Ergui o olhar e pisquei.

— La Vallée está vazia?

— Ah, sim. Toda a criadagem foi despedida.

— Mas a senhora não pode fazer isso! — exclamei, deixando o talher cair no meu prato.

— *Claro* que posso. — Tia Cheron estreitou os olhos. — Estou no controle das suas finanças e não vou esbanjar dinheiro enquanto você brinca de ser criado.

Cerrei a mandíbula e olhei para Henri. Seus olhos verdes denotavam expectativa. Transmitiam-me a sensação de que ele estava do meu lado durante toda a provação. Senti-me mais tranquilo com sua atenção, uma estranha tranquilidade, e continuei a olhar para ele. Seu cabelo caía sobre os olhos, e eu resisti ao impulso de estender a mão e levar a mecha desgarrada para trás. Presumi que ele era um rosto amigável num mar de inimigos. Eu precisava daquilo naquele momento. A culpa por enganá-lo me atravessou. Talvez Henri não fosse tão mau, pensei. Ele havia me manipulado e tinha tirado proveito da minha condição de inferioridade desde que eu o conheci, mas eu estava fazendo o mesmo, não? Na verdade, admirava bastante a sua astúcia. No final das contas, talvez não fôssemos tão diferentes.

A conversa recomeçou ao meu redor enquanto eu observava Henri voltar a comer. Segui o seu exemplo, continuando a observá-lo durante todo o jantar. Eu não tinha muito mais a dizer, e a minha tia parecia satisfeita com a companhia de Montoni. Por mim, tudo bem.

Ao fim do jantar, senti-me exausto de novo, mas também contente por ter conseguido suportar. Henri tivera um papel importante naquilo. Eu não podia ignorar a sua gentileza, mesmo que aquela situação fosse em parte, se não principalmente, culpa dele.

Deixamos tia Cheron e Montoni a sós. Durante o trajeto até os nossos aposentos, Blanche pegou o meu braço e se inclinou para mim, apoiando a sua cabeça em meu ombro.

— Então, você ajudou *mesmo* a sua mãe a se preparar para bailes e jantares festivos.

— Sim — concordei, suspirando. — Peço desculpas pela mentira.

Blanche bufou.

— Você deve estar brincando. A sua presença aqui é a maior emoção que tive em muito tempo. Mesmo antes de a sua vida secreta ser revelada. Como marquês, quero dizer. Não o seu *outro* segredo.

Lancei um olhar para Henri, que caminhava ao meu outro lado.

— Blanche sabe a meu respeito. — Henri deu de ombros.

— E eu soube a seu respeito porque você não se apaixonou perdidamente por mim. — Blanche suspirou. — Essa seria sem dúvida a única razão pela qual você não demonstrou interesse.

— Sem dúvida — concordei, sorrindo em resposta.

Henri pegou o meu outro braço e também apoiou a sua cabeça em meu ombro. Sorri com malícia para ele, que deu de ombros novamente, então ergueu a cabeça depois de um momento, sem soltar o meu braço.

— Você sabe que estamos do seu lado, não sabe? — perguntou-me Blanche.

— Ah, você também?

— Claro que sim. Pode contar comigo. Ainda tenho uma dívida com você, está lembrado?

— Acho que sim.

Os irmãos me fizeram sentir um pouco melhor, mas eu ainda estava em pânico com a minha situação. Ao voltar para o quarto, desfiz a minha pequena trouxa, sobretudo artigos de toalete, e me sentei na cama. O livro que havia pegado na botica também estava entre os meus pertences. Eu ainda não havia tido a chance de folheá-lo.

Pisquei quando algo correu pelos lençóis e percebi que era uma aranha.

— Não, não, não — choraminguei, apressando-me para pegar um copo. — Você não vai botar ovos nos meus ouvidos esta noite. Já tenho problemas demais com que me preocupar.

Capturei a aranha e a levei para o andar de baixo. Quase peguei a escada dos criados, mas me dei conta de que não seria mais bem-vindo ali. Era esperado que eu usasse a escada principal e os recintos da família. Eu precisaria me adaptar a isso.

Perto da porta da frente, um criado se aprumou junto à entrada. Ele me lançou um olhar curioso. Eu o reconheci, mas achei que nunca tinha trocado uma palavra com ele. Acenei com a cabeça em cumprimento, e ele entrou no meu caminho.

— Senhor, caso precise de algo lá fora, posso buscar.

Pisquei e logo me dei conta de que ele estava vigiando a porta. É claro. Assim eu não fugiria no meio da noite.

Balancei a cabeça.

— Só quero deixar esta aranha lá fora. — Mostrei o copo, no interior do qual o aracnídeo podia ser visto se debatendo.

O criado hesitou e, em seguida, me escoltou porta afora. Então, abaixei-me e soltei a aranha. Eu a observei fugir pela relva, demorando-me ali, sabendo que eu teria de voltar ao meu quarto como um bom marquês em prisão domiciliar.

Suspirei, sentindo-me ridículo por estar de repente com inveja de uma aranha.

De volta ao meu aposento, joguei-me na cama e peguei o livro da botica. Comecei a ler, mas não conseguia me concentrar. O livro só parecia repassar mitos das deusas lunares que eu já conhecia. Deixei-o de lado com a desesperança perturbando os meus pensamentos, envolvendo-me como um casulo.

Uma batida leve me fez sentar, e Henri deslizou para dentro, sorriu e fechou a porta atrás de si.

— Aconteceu alguma coisa? — perguntei e, em seguida, bufei. — Quer dizer, *outra* coisa?

Henri se aproximou de mim com uma vela e a colocou na mesa de canto.

— Queria ver como você estava, como está se sentindo.

— Você sabia que estão vigiando as portas?

Henri passou a mão pelo cabelo.

— Suspeitei que iriam fazer isso.

Voltei a me deitar na cama.

— Estou bem, apesar de tudo. Só estou esperando as coisas piorarem. Em breve, tia Cheron vai trazer à baila a questão da herança e as condições para que eu possa reivindicá-la.

Henri pegou a minha mão, e eu apertei a dele de volta.

— Obrigado — murmurei. — Acho que eu não teria suportado aquele jantar hoje sem a sua presença.

— Estamos nisto juntos. Não vou deixar nada de mau acontecer a você.

A culpa voltou a revolver as minhas entranhas. O conde estava sendo bastante sincero. Gostaria de ter visto mais desse Henri antes do meu plano ter começado de fato. Talvez as coisas tivessem progredido de forma diferente entre nós.

— Você quer companhia esta noite? — perguntou Henri, baixinho.

Abri a boca para dizer que não, mas logo percebi que queria, e muito. E queria a companhia dele. Não porque achava que poderia obter informações, mas porque eu o *desejava* ali.

Concordei com a cabeça.

Henri se apressou em se deitar na cama ao meu lado e passou um braço em torno de mim. Eu estava me acostumando com a sensação dos seus braços. Eu gostava deles, mas não tinha certeza do que aquilo significava. Ele me puxou ao seu encontro e senti o seu calor por todo o meu corpo.

Isso não é bom, disse a mim mesmo, mas ignorei a advertência. Eu precisava de aconchego naquele instante. Precisara de amparo quando os meus pais morreram, e não recebera nenhum da parte da minha tia. Henri também devia ter precisado de acolhimento quando os seus pais morreram, mas fora empurrado para o gélido e rude Montoni. Nós dois devíamos ter ansiado por uma ligação verdadeira devido às nossas perdas. Nesse sentido, não éramos tão diferentes, o que me fez sentir ainda pior pela forma como eu o tinha ludibriado. Talvez não fosse tarde demais.

— Só fique com a sua camisa desta vez — disse, semicerrando meus olhos para ele.

Ele soltou um riso abafado, bem fundo na garganta, fazendo o meu coração palpitar.

— Tudo bem. Por hoje.

Satisfeito, sorri e fechei os olhos, fazendo com que ele me abraçasse com mais força.

15

Os dias se passaram e a semana terminou. Embora eu não estivesse ansioso por um confronto com a minha tia, quase queria acabar com aquela situação de qualquer jeito. Porém, ela passava os dias suspirando pelo conde Montoni, que parecia sinceramente satisfeito com as atenções dela.

Durante aquele período, não tinha ouvido falar de Bram, e me perguntava o que ele devia estar pensando, se a notícia da vinda da minha tia tinha chegado até ele, ou se ele havia me tirado da sua cabeça nesse momento, achando que eu estava com raiva dele.

— Você deveria estar realmente grato pela hospitalidade do conde Montoni nessas últimas semanas. Ele é um homem generoso, mantendo você até agora, apesar do seu subterfúgio — disse tia Cheron, girando a sua sombrinha, enquanto caminhávamos sem pressa pelo labirinto de sebes. À luz do dia, os corredores pareciam muito mais largos e tudo era tão verde e exuberante que dava a impressão de ser um ambiente muito diferente. — Estou sinceramente surpresa com o fato de ele não ter expulsado você no mesmo instante. Uma demonstração de seu agradecimento está por vir, suponho.

— Sim, tia.

Cheron me lançou um rápido olhar de desaprovação.

— E enquanto estivermos aqui, chame-me de Abigail. Referindo-se a mim como a sua tia evoca imagens de solteironas idosas. Não quero que o conde Montoni tenha uma ideia errada a meu respeito. Fui casada e ainda tenho muito a oferecer a um homem nesta fase da vida.

Esforcei-me para não revirar os olhos e inclinei a cabeça em aquiescência.

Entramos no centro do labirinto. As estátuas das três deusas também pareciam menos sinistras banhadas pela luz do dia. Ao me aproximar, notei discos de prata no fundo da fonte, refletindo o sol. Semicerrei os olhos quando percebi que o reflexo da lua na água era provavelmente a causa de as estátuas parecerem brilhar com alguma luz sobrenatural. Isso me lembrou de que eu ainda tinha o livro da botica para ler. Não entendia o significado delas ali, mas talvez o livro me oferecesse uma ideia.

— Haverá um baile amanhã à noite. O conde fez de tudo para conseguir um convite para você.

— Um baile? Por que eu iria querer ir a um baile?

— Porque você está procurando uma esposa. Ou você já se esqueceu do nosso acordo? — Cheron torceu o nariz. — Acho que fui muito clara sobre o assunto. Pensei que estivesse ansioso por arranjar uma mulher, considerando sua outra opção.

Engoli em seco. Enfim, ali estava.

— Eu me pergunto o que o meu falecido pai pensaria a seu respeito caso a senhora internasse o único filho dele num hospício. Você acha que ele se orgulharia do seu comportamento?

Cheron recuou como se tivesse recebido um soco, mas logo se virou para mim com um sorriso de escárnio.

— O meu irmão teria ficado muito decepcionado com você. O seu *estilo de vida* significaria o desaparecimento da nossa linhagem. Nunca tive filhos, por mais que tentasse. Culpa do meu falecido marido, é claro, porque eu certamente cumpri o meu dever de esposa. — Um músculo se contraiu em sua mandíbula. — Esta família não terminará com um escândalo de um fedelho ingrato.

Franzi os lábios, reprimindo uma resposta da qual sabia que me arrependeria. Fuzilei a minha tia com os olhos e, então, notei o queixo do meu pai em seu rosto e os olhos azuis deslumbrantes dele. Meus olhos. Desviei o olhar. Não parecia justo essa mulher, tão fria comigo, fazer parte da minha família. Porém, estava ali, bem em seu rosto. Fiquei profundamente entristecido ao me dar conta de que ela era a minha única ligação com a minha antiga vida, com os pais que eu tanto amava.

— Irei ao baile — peguei-me dizendo.

Por um momento, Cheron me observou e, em seguida, disse:

— Muito bem! E não se aflija. Eu também não me casei por amor. Essa não é a questão que envolve unir duas casas. É uma questão que envolve manter e fortalecer as nossas famílias. Uma boa união é uma aliança de poder. Contanto que você seja discreto, não me importa o que mais você faça, desde que gere um herdeiro. E não acho isso descabido. É o seu dever.

Mordi o lábio. Senti as lágrimas chegando. Tudo o que eu não queria era chorar na frente daquela mulher que tinha os olhos do meu pai. Ela não tinha percebido como eu seria profundamente infeliz numa vida que fosse uma mentira. Pensei em Bram, em seu afeto, em como ele era autêntico, e consegui ver uma vida simples com o médico. Simples, mas feliz, livre de julgamentos e da paranoia constante de ser descoberto por uma família a qual tivesse sido forçado a constituir, uma família da qual só viria a me ressentir. Eu nunca poderia me casar com outro homem, é claro, mas ainda poderíamos ficar juntos, felizes, pelo fato de sermos um do outro. O fato do pai de Bram só querer a felicidade do filho provava que aquilo era possível. Mas não para mim, não sob a ameaça da tia Cheron.

A menos que eu conseguisse assegurar Udolpho.

Por enquanto, eu fingiria que concordava. Talvez eu pudesse satisfazê-la, fosse com um falso noivado ou ficando tão ocupado com aqueles bailes inúteis que poderia ganhar o tempo necessário para descobrir os segredos de Montoni. Mas eu não me casaria. Não queria ter um lembrete constante de como eu poderia fracassar e viver uma mentira. Isso poderia ser um destino pior do que um hospício.

Eu só queria um amor. Um amor de verdade. Era pedir muito?

Naquela tarde, diversos baús chegaram de La Vallée, e Annette me ajudou a deixar apresentáveis as roupas contidas neles, o que consistia em passar muitas delas. Ela pareceu agitada enquanto conversávamos com uma nova criada que trabalhava conosco, sob o olhar atento de Annette. Ao nos aproximarmos do fim do nosso trabalho, ela dispensou a criada, suspirando de cansaço quando a porta se fechou.

— Parece que ela vai pegar o jeito das coisas — observei.

Annette balançou a cabeça.

— Ela vai. Não tem as aptidões de que eu gostaria, mas vai servir. — Ela olhou para mim com um sorriso tímido. — Perdão. Eu deveria estar me dirigindo a você como "milorde" agora.

— Pare com isso — respondi fazendo uma careta. — Mas obrigado por me deixar fazer algum trabalho. Eu precisava de uma distração e não poderia ir aos aposentos da criadagem pedir um espanador.

— Grimes teria um ataque — Annette disse, dando uma risada. — De qualquer maneira, eu queria mostrar uma coisa, mi... quer dizer, Emile.

Ergui uma sobrancelha quando Annette tirou uma faca para manteiga do seu uniforme.

— Se você planeja me matar, confesso que não tenho dinheiro no momento, e você deveria usar um instrumento mais afiado.

— Não se preocupe, milorde. Se eu estivesse planejando matá-lo, faria isso bem rápido no meio da noite. — Annette revirou os olhos.

— Ah. — Pisquei. — Bom saber.

Com um sorriso perverso, Annette aproximou a faca do meu rosto.

— Não, seu bobo. Olhe bem para ela.

Semicerrei os olhos para a faca, notando que o ouro estava manchado. Então franzi a testa. Não estava manchado. Estava... descascando, revelando prata sob o exterior dourado.

— O que é isso? — perguntei, pegando a faca, raspei uma unha sobre ela e revelei mais prata.

— Tinta dourada — respondeu Annette, observando as lascas caírem no meu colo.

— Sim, já percebi, mas por quê? — Olhei Annette nos olhos.

— Alguém está roubando os talheres de ouro e os substituindo por imitações baratas. Deve estar recebendo uma boa quantia por eles.

— Você já chamou a atenção de Grimes?

— Ainda não. Por enquanto, deixei de lado as falsificações, até decidirmos o que fazer com isso.

Dei batidinhas no queixo com o dedo indicador, imaginando se aquilo era mesmo obra de um criado. E se Montoni estivesse em pior situação financeira do que deixava transparecer? Quem sabe as suas dívidas de jogo tivessem levado a melhor sobre ele. Se ele precisasse de mais dinheiro para subornos, o ouro em sua casa seria um lugar lógico para começar. Assim como uma viúva vulnerável que tinha a sua própria fortuna. Tia Cheron podia achar que o conde me mantinha ali por bondade do seu coração, mas eu não era tão ingênuo. Montoni estava armando o seu próprio plano.

— E então? — Annette me cutucou. — O que eu faço com isso?

— Por enquanto, deixe de lado. Vamos pensar a respeito — respondi, sorrindo. — Ótimo trabalho, Annette.

Annette fez uma reverência para mim e saiu, deixando-me a sós com os meus pensamentos.

Blanche estava nas nuvens com o fato de eu ir ao baile com ela e Henri e insistiu em me ajudar a escolher meus trajes.

— Vamos ser o único assunto sobre o qual todos vão falar — comentou Blanche tão determinada enquanto vasculhava as minhas roupas. — Quando se trata de Henri e de mim, os cochichos nos seguem por onde passamos. Somos as pessoas mais cobiçadas do salão. Mas nós três! Uau! — ela soltou um gritinho. — Imagino os olhares das garotas ao entrar no salão com dois dos homens mais bonitos em meus braços. Ninguém será capaz de nos ignorar.

Divertindo-me, eu a observei da beira da cama.

— Então, eu sou apenas um acessório bonito para você?

Blanche fez uma pausa e olhou para mim, com um sorriso largo.

— Um muito, muito bonito.

Eu ri e balancei a cabeça.

— Às vezes, você é exagerada demais. Não consigo imaginar nenhum homem satisfazendo os seus rigorosos padrões para ser seu marido. Como você espera encontrar um?

Blanche interrompeu a sua busca, virou-se para mim e se apoiou no guarda-roupa, parecendo pensativa.

— Tenho padrões elevados, mas é mais do que isso. Preciso de alguém que me aceite e seja forte o suficiente para ser o meu igual. É muito difícil para uma mulher. A maioria dos homens quer mantê-la presa, quieta e solícita. Eu não quero isso. Preciso de alguém que me deixe brilhar e não tenha o orgulho de me manter trancada a sete chaves. O ciúme é a ruína de todos os homens.

Lembrei-me de Bram e Henri, e nas manifestações de ciúmes deles.

— Sou obrigado a concordar com você.

— Mas também preciso de um homem que me entenda, que possa… — Blanche engoliu em seco e veio se sentar ao meu lado. — Ele precisa ser capaz de aceitar tudo de mim. Mesmo as partes que nem sempre são evidentes. Nós todos temos… segredos. Temos demônios que tentamos manter a distância. Preciso de um parceiro capaz de olhar para esses demônios e não ter medo deles.

Acho que entendia. Com certeza, existiam partes de mim das quais sentia vergonha, e características das quais não gostava, que não eram admiráveis. Encontrar um parceiro que percebesse essas partes feias e ainda fosse capaz de amar, admirar, até… Isso era o que contribuía para um amor honesto e duradouro. Ultimamente, a minha vida estava cheia de maquinações, e não havia ninguém tão astuto quanto Henri. Com certeza ele entenderia aquela parte feia de mim. Porque também existia nele. Ele era trapaceiro, mas também era sensível. Além disso, cuidara de mim quando estive no fundo do poço. Não podia ignorar aquela gentileza. Ele pode ter informado a minha tia a respeito do meu paradeiro, mas as minhas manipulações talvez fossem tão ruins quanto, se não piores. Udolpho deveria fazer parte da sua herança, e eu estava planejando roubá-la debaixo do seu nariz.

Da mesma forma, Bram também seria capaz de enxergar além das minhas características vergonhosas. Ele tinha praticamente me estimulado a abandonar o jogo limpo. Bram era inteligente e sabia o que era ter toda uma sociedade contra nós.

— Eu entendo — disse, agarrando as mãos de Blanche.

— Eu sabia que você entenderia, Emile. — Ela acariciou o meu rosto, voltou para o guarda-roupa e tirou um paletó marrom. — Agora, vista isto. Quero ver como você fica com ele.

Eu obedeci. E acabou sendo o paletó que usei no baile do dia seguinte.

Fiquei nervoso enquanto a nossa carruagem esperava na fila à entrada de uma elegante mansão. Havia uma eletricidade no ar, algo cheio de vida. Se eu não estivesse indo ao baile sob essas circunstâncias, imaginei que estaria ansioso por aquilo, sobretudo devido à minha atual companhia.

— Está uma linda noite, não é mesmo? — falou Blanche, inclinando-se para ter uma visão melhor das portas da mansão cada vez mais próximas.

— Vai ficar ainda mais linda com você lá dentro, irmã — tornou Henri, sorrindo com uma empolgação sincera.

Ele me olhou nos olhos e piscou.

Engoli em seco e desviei o olhar. Henri usava um paletó azul-cobalto forrado de tecido dourado. Era impressionante por si só, mas feito sob medida para Henri… eu mal conseguia olhar para ele. Fiquei pensando nele sem camisa e como era bom estar em seus braços. Desde aquela primeira noite após a chegada da minha tia, tínhamos dormido em quartos separados, mas eu estaria mentindo se dissesse que não havia pensado em dar uma escapada até o quarto de Henri no meio da noite. Só para ter alguém ao meu lado.

Eu ainda não tinha resolvido os meus sentimentos confusos em relação a Henri, mas ele estava me cativando, apesar de tudo. A tentativa de manipulá-lo saiu pela culatra quando comecei a conhecê-lo melhor. Agora eu o admirava, enquanto no começo eu o tinha desprezado.

— Parece que faz séculos que não vou a um baile — comentei.

— Gostaria de poder dançar com você na pista — afirmou Henri, baixinho.

Concordei, sem confiar em mim mesmo para olhar para ele. Notei que Blanche inclinou um pouco a cabeça para o irmão, captando o desejo no tom de voz dele. Era difícil não reparar.

— Mas com certeza Emile será o meu primeiro par — disse Blanche, olhando para mim. — Não vai, Emile?

— Será um grande prazer. — Sorri para ela. E falei com sinceridade.

Depois que fomos anunciados, de fato dancei com Blanche, mas os seus pretendentes não viam a hora de arrebatá-la de mim. Ela ficou ocupada com eles pelo restante da noite. Blanche estava de tirar o fôlego num vestido fúcsia. Eu havia arrumado o cabelo dela de novo. Então, como era de se esperar, Blanche estava um deleite para os olhos. Porém, o seu sorriso sempre presente e a sua alegria sincera eram o que realmente a faziam brilhar. Ela não estava apenas se gabando ao dizer que todos os olhares a seguiriam.

Henri permaneceu ao meu lado o máximo que pôde, mas também fomos bastante requisitados naquela noite. Fiquei confuso, tentando me lembrar de todos os nomes e rostos das garotas às quais fui apresentado. Convidei várias para dançar, pois sabia que a minha tia estava presente em algum lugar, e eu precisava mostrar a ela que estava pelo menos tentando conhecer algumas mulheres.

Depois que uma garota com uma capacidade aparentemente inesgotável de resistência enfim me deu a chance de recuperar o fôlego, me vi tomando um gole de champanhe e observando os dançarinos com um sorriso. Apesar de tudo, eu estava me divertindo de verdade.

Avancei para ter uma visão melhor da orquestra e quase me choquei com uma garota de vestido azul-claro. Seu cabelo dourado estava preso num coque que eu nunca tinha visto antes. Parei para admirá-lo, contemplando para tentar decifrar como era feito.

— Olá — cumprimentou ela depois de eu encará-la por um bom tempo. Ela arqueou uma sobrancelha para mim.

— Perdão — disse, ficando vermelho. — O seu cabelo está incrível.

— Obrigada — agradeceu, hesitando ao tocar o cabelo e sorrindo com satisfação. — É a última moda em Paris. Não sabia se a minha criada faria tudo certo, mas ela nunca me decepciona. — Ela me lançou um rápido olhar antes de estender a mão enluvada. — Carmilla.

— Emile — apresentei-me e levei a sua mão aos meus lábios.

— Encantada. — Ela olhou em volta e fixou o olhar nos convidados no meio da pista de dança. — Com certeza, é uma festa animada.

— É, sim. Estou me divertindo muito. — Hesitei e apontei para a pista. — Você gostaria de...?

Deixei a minha voz diminuir, Carmilla me ofereceu um sorriso deslumbrante e pegou o meu braço. Não pude deixar de pensar que talvez Blanche tivesse alguma concorrência, afinal.

Enquanto levava Carmilla para a pista, avistei a minha tia ao lado do conde Montoni. Ela estava olhando diretamente para mim. Fingindo não notar a atenção dela, arrastei a minha parceira para uma dança graciosa. Era uma música animada, que exigiu que trocássemos de parceiros mais de uma vez, mas no final estávamos de volta à orbita um do outro. Quando a música ficou mais lenta, passei um braço em torno dela, sorrindo. Dançar me deixava feliz de verdade.

A gola do vestido de Carmilla tinha entortado e eu a arrumei, roçando os dedos em sua pele, que, para minha surpresa, estava fria demais. O salão parecia bastante abafado, mas talvez Carmilla tivesse ficado durante algum tempo do lado de fora, no inverno, já que sua pele estava tão gelada.

Ela dirigiu o olhar para além de mim e, ao me virar, descobri que a sua atenção estava concentrada em Blanche, que conquistava a admiração de muitos convidados ao seu redor. Não podia culpar Carmilla por observá-la, ou talvez por estar com ciúmes, mas o seu olhar não denotava nada do tipo. Era um olhar mais melancólico. Era o tipo de olhar que eu havia notado no rosto de Henri quando nossos caminhos se cruzaram na pista em meio aos convidados que dançavam. Uma melancolia que me fez acreditar que talvez eu tivesse mais afinidade com esta garota do que havia imaginado a princípio.

— Você precisa de uma pausa? — perguntou-me Carmilla depois de um minuto. — Talvez eu tenha exaurido você.

Ofereci um sorriso a ela e a conduzi para fora da pista, fazendo uma reverência em agradecimento.

— Você dança muito bem. E gostei muito de conhecê-la.

— Igualmente — respondeu, com os olhos brilhando com algo quase predatório. — Talvez eu veja você por aí, Emile.

— Será um prazer, milady.

Carmilla inclinou um pouco a cabeça e se afastou, olhando para trás uma vez e abrindo um sorriso malicioso para mim.

Passei a mão pelo cabelo e me dirigi para os fundos do salão para me refrescar. Pouco depois, Henri me encontrou.

— Bela garota — elogiou ele.

Ergui uma sobrancelha.

— Você está me espionando agora, é?

— Nem tanto. — Henri sorriu, tomando um gole de champanhe. — Só quando vejo você dançando. É como se todo mundo deixasse de existir.

— Sou tão bom assim, é? Deveria ter seguido carreira.

— Não posso deixar de sentir ciúmes das pessoas com quem você dança. Quero ser o único que segura você em meus braços, fazendo-o sorrir daquele jeito. — Sua mão roçou a minha por um instante. — Seja como for, aquela garota parecia uma meretriz.

Dei uma risada.

— Bem, como você é um especialista em mulheres, vou aceitar o seu conselho.

— Você deveria.

— Conde Morano! — exclamou uma garota, aproximando-se. Ela era muito bonita, tinha cabelo preto com cachos que roçavam os ombros de forma sedutora. — Quase não reconheci você.

— Octavia — cumprimentou-a Henri. — Que bom revê-la.

— Dance comigo, Henri. Vamos matar a saudade.

— Tão ousada. — Henri remexeu as sobrancelhas. — Gosto disso.

Então, ele me entregou a sua taça de champanhe quase intocada e deixou que Octavia o puxasse para a pista.

Eu observei enquanto se afastavam e senti um leve aperto no coração quando eles começaram a dançar juntos. Henri sorriu para ela, claramente se divertindo. De repente, entendi o que ele quis dizer. Eu também estava com ciúmes. Queria estar com ele ali.

Tomei o restante do champanhe de uma vez e fui em busca de um lugar para aliviar minhas necessidades fisiológicas. Fora do salão de baile, vi algumas pessoas reunidas e conversando, mas não reconheci ninguém. Caminhei na direção de um criado parado do lado de fora de um local discreto, que supus ser onde um penico ficava à espera.

— Emile.

Parei à frente de um recinto que não tinha notado, com a porta entreaberta. Semicerrei os olhos quando a pessoa pôs a cabeça para fora e gesticulou para mim. Recuei e, surpreso, pisquei para o rosto na sombra. Espere um pouco, era...

— Bram?

Com uma rápida olhada ao redor para ver se alguém estava observando, entrei no que era sem dúvida um grande armário de casacos. Quando a porta se fechou, olhei para o médico com espanto e admiração.

— Bram? O que você está fazendo aqui?

— Vim encontrar *você*. — Ele suspirou. — Não tive meios de saber como estava quando tomei conhecimento de que a sua tia havia aparecido.

Sob a luz fraca, olhei para ele e sorri.

— É muito bom rever você. Não gostei de como as coisas ficaram entre nós.

— Nem eu — disse ele, agarrando as minhas mãos. — Desculpe. Fiquei muito preocupado.

Engoli em seco.

— Estou preso em casa. Não consegui mandar notícias. Eu teria escrito.

— Eu sei, eu sei. — Bram dispensou as minhas explicações. — Mas como *você* está? A sua tia fez alguma referência às exigências anteriores dela?

— Ah, sim. Por que acha que estou aqui?

Bram suspirou.

— Já imaginava. — Ele estendeu a mão e tocou o meu rosto. — Senti saudades.

— Eu também senti — afirmei, com o coração começando a disparar no peito.

Eu me inclinei para ele e me alegrei quando Bram finalmente passou um braço em torno da minha cintura. Ergui o olhar para a sua expressão preocupada e com um toque de tristeza. Seus olhos ainda me atraíam, assim com os seus lábios. Naquele momento, perguntei-me se a única razão pela qual eu estava me aproximando cada vez mais de Henri ultimamente era porque sentia a falta de Bram. Henri estava sempre por perto, uma conveniência.

Sim, Henri era muito bonito, e eu gostava demais da sua companhia, mas não conseguia esquecer completamente as suas ações contra mim. Ao passo que Bram era confiável e encantador, além de ser incrivelmente atraente. Sentia que podia confiar nele de uma maneira que não podia em relação a Henri, mesmo que tivesse passado a ver Henri como uma espécie de protetor.

— Vamos encontrar uma saída para isso — murmurou Bram junto ao meu cabelo. — Prometo.

— Eu sei... é só que... me sinto desesperançoso. Às vezes, acho que deveria ceder às exigências da minha tia, mesmo sendo infeliz.

— Talvez você devesse rever as circunstâncias em torno desse acordo. Você pode se surpreender e encontrar uma maneira de satisfazer a sua tia e conseguir o que quer no final. Pode requerer apenas um aprimoramento. — Bram recuou e ergueu o meu queixo. — Seja forte, está bem?

Sorri, embora Bram claramente não tivesse ideia de como a minha tia poderia ser obstinada.

— Sim. Tudo bem.

Ele correspondeu ao meu sorriso e, em seguida, inclinou-se para me beijar. Senti uma promessa em seu beijo. De que não seria o nosso último. Que ele encontraria uma maneira de ficarmos juntos.

— Lamento ter mentido para você — deixei escapar.

Bram piscou para mim.

— Mentiu? Sobre o quê?

— Sobre quem eu era. — Passei a mão pelo cabelo. — Eu queria ter contado a você. Diversas vezes, quase deixei escapar, mas... eu não queria que você me tratasse de forma diferente quando ficasse sabendo.

— Ficasse sabendo... — Bram inclinou a cabeça. — O que quer dizer?

Minha respiração ficou presa na garganta. *Ah.* Ele não sabia.

— Bram... — Umedeci os lábios, sentindo a boca ficar seca de repente. — Eu... achei que você tivesse tomado conhecimento quando a minha tia chegou. Eu... eu sou o marquês St. Aubert.

Bram me observou, com um sorriso se formando no canto dos seus lábios, como se estivesse esperando eu terminar de contar uma piada. Quando não continuei, sua boca se transformou numa linha fina.

— Marquês? Você?

Fiz que sim com a cabeça.

— Sinto muito, Bram. Eu deveria ter contado.

Bram balançou a cabeça devagar, como se estivesse processando a informação. Então, um sorriso se espalhou por seu rosto.

— Espere um pouco. Você é um marquês. E você está literalmente servindo a um conde? Sendo superior a ele? — Bram tampou a boca como se estivesse sufocando uma risada.

— Não é engraçado — protestei, dando uma palmada em seu ombro.

— É um pouco engraçado, sim — disse Bram, com uma risada abafada.

— Tudo bem. Talvez seja um pouco.

Sorrimos um para o outro.

— Isso muda alguma coisa entre nós…? — perguntei com hesitação.

— Se muda alguma coisa? Muda *tudo* — respondeu Bram, fazendo uma reverência exagerada. — Meu marquês. Sinto-me honrado com a sua atenção.

— Estou falando sério.

— Eu também. — Bram se aprumou e balançou a cabeça. — Não sei o que dizer a você, Emile. Sou um médico aprendiz. Achei que estava cortejando um criado ou talvez alguém com um pouco de dinheiro. Eu não… foi mais do que uma mentira. É um abismo que se abriu entre nós.

— Por favor, não diga isso — pedi, agarrando a sua mão e a apertando. — Sou o mesmo homem de antes. Sim, vou receber uma grande soma de dinheiro. Sim, tenho um título. Mas o meu coração ainda sabe o que quer.

Bram engoliu em seco.

— Não sei o que isso significa para nós, Emile. Estou sendo honesto com você. Já não conseguia ver como faríamos as coisas darem certo para nós antes, e agora… isso agrava o problema. Como marquês, terá todos os olhos voltados para você. O que espera que eu faça?

— Apenas prometa que não vai desistir — respondi. — Por favor. Você é o meu único amigo de verdade e… eu preciso de você. Estou cercado de inimigos, e ainda preciso chegar aos meus dezoito anos sem ser acorrentado a uma vida repugnante. Preciso encontrar uma maneira de escapar do meu dever. Então, pelo menos, haverá opções diante de mim.

Por um instante, Bram fechou os olhos e acenou com a cabeça para si mesmo. Deixou escapar um suspiro e os seus olhos pareceram mais claros quando os reabriu.

— Você consegue escapar no meio da noite se tiver um cavalo esperando?

Fiz um gesto negativo com a cabeça.

— As portas estão sendo vigiadas.

Bram mordeu o lábio inferior, parecendo pensativo.

— Será necessária uma distração. Vou ter de pensar em algo. Talvez eu possa providenciar uma intoxicação alimentar.

— *Bram!* — exclamei, chocado.

— *Se* precisar chegar a esse ponto. Se a sua tia decidir levá-lo de volta para La Vallée, pode ser tarde demais até eu ficar sabendo.

— Eu encontraria um jeito de mandar uma mensagem.

— Tente fazer isso. E se houver uma forma de tirá-lo daquele castelo infernal, encontrarei uma maneira de avisá-lo. Apenas esteja preparado a qualquer momento. Deixe uma bagagem pronta. Pode fazer isso por mim?

Concordei com a cabeça.

— Bom garoto. — Bram olhou em meus olhos, novamente preocupado. — Por favor, tome cuidado, Emile.

— Tomarei. E obrigado.

Bram estava rígido, o que me deixou um pouco tenso. Eu não podia suportar a ideia de ele me tratar de forma diferente agora que sabia que eu era um marquês. Porém, aquilo era uma conversa para outra ocasião, e não para uma breve troca de palavras num armário de casacos.

Eu teria de me contentar em saber que a nossa oportunidade de conversar de verdade sobre o nosso futuro ainda estava por vir.

— Prometa que não vai fazer nada imprudente por mim — pedi. — Pode ser tarde demais para mim, mas não vou deixar que jogue fora o seu futuro. A medicina precisa de você. Esta cidade precisa do seu médico.

Bram apertou a minha mão e gesticulou em direção à porta do armário.

— Alegro-me em ver que você está bem e pretendo mantê-lo assim.

Entreabri a porta e olhei ao redor antes de sair. Só quando eu estava no meio do caminho me dei conta de que em nenhum momento Bram tinha prometido não se colocar em perigo.

16

— Tenho uma surpresa para você.

Tirei os olhos de um exemplar desgastado de *O castelo de Otranto* e vi Henri sorrindo para mim com malícia.

— Ah, é? — Deixei o livro de lado e esperei que ele continuasse.

— Você tem agido de maneira estranha desde o baile. Achei que uma mudança de cenário talvez lhe fizesse bem.

Ergui uma sobrancelha. Era mesmo verdade que, naqueles últimos dias, eu andava perdido em meus pensamentos, mas era só porque estava preocupado com Bram e com o que ele poderia estar planejando. Também estava confuso acerca dos meus sentimentos por Bram e Henri. De vez em quando, eu me perguntava se casar, mesmo que para ser infeliz, seria um alívio só para não ter de magoar nenhum do dois.

— Acho que a minha tia não permitiria uma viagem — afirmei. — Sobretudo uma improvisada.

— Não, mas... nós não vamos muito longe. — Ele estendeu a mão, e eu a peguei, permitindo que Henri me ajudasse a ficar de pé. Não pude evitar em ceder diante do fato de ele estar agindo de modo tão misterioso.

Henri pegou uma sacola antes de sairmos do castelo e, em seguida, nos dirigimos para os fundos da propriedade. Ao chegarmos ao estábulo, perguntei-me o que ele tinha em mente.

— Dois cavalos, Cyrille — ordenou ele, dirigindo-se ao cavalariço.

Cyrille piscou para nós, depois cruzou os braços, seu olhar se demorou em mim.

— Desculpe, milorde, mas o conde Montoni me proibiu expressamente de dar um cavalo ao marquês.

Por curto instante, Henri perdeu o sorriso, mas logo o recuperou.

— Muito bem. Então, dê um cavalo a *mim*.

Cyrille encolheu os ombros e selou um dos cavalos. Era um alazão que parecia ter um temperamento tranquilo, apesar do nome.

— A velha Tempestade será a ideal para o senhor. Pode não ser a égua mais veloz, mas é confiável e leal ao extremo.

Sorrindo, estendi a mão e acariciei o pescoço de Tempestade. Ela me olhou com os seus olhos escuros, enquanto Henri prendia a sua sacola na frente da sela e, em seguida, montou na égua. Uma vez acomodado, ele ordenou que eu montasse às suas costas.

Cyrille franziu os lábios, mas não disse nada ao me ver montar em Tempestade.

Eu estava acostumado a montar sozinho. Então, não sabia bem o que fazer, até que Henri estendeu a mão para trás e agarrou um dos meus braços, envolvendo-o em torno da sua cintura.

— Você vai precisar se segurar — instruiu ele.

Concordei e, em seguida, pôs Tempestade para cavalgar a trote. Eu me agarrei a ele, algo que suspeitei de que tenha gostado bastante. Inclinei-me em suas costas, apoiando a lateral do meu rosto sobre os seus ombros, e suspirei. Era bom sair do castelo, mesmo que fosse um curto passeio até a encosta vizinha.

— Podemos sempre tentar fugir — disse Henri de repente.

— O quê? — perguntei, surpreso.

Ele deu de ombros.

— Basta montarmos em Tempestade e partir. Chegar o mais longe que pudermos. Atravessar o país, talvez cruzar a fronteira com a Itália. Poderíamos nos esconder, nos tornar outras pessoas. Não teríamos as nossas riquezas ou os nossos títulos, mas talvez pudéssemos ser felizes.

A ideia me fez sorrir. Fiquei quase tentado, mas logo me dei conta de que não poderíamos.

— E Blanche?

Henri ficou em silêncio, e eu soube que tinha abordado a maior falha do seu plano. Blanche gostava da sua vida. Contanto que ela encontrasse o marido certo, imaginei que ela continuaria sendo muito feliz. Uma vida de trabalho árduo como camponesa não era para ela. E Henri não podia abandonar a irmã, nem por sua própria felicidade.

— É uma bela fantasia — falei junto às costas de Henri. — Acho que valeria a pena desistir de tudo por você.

Henri endireitou-se, virou a cabeça e olhou para mim.

— Você acha?

Fiz que sim com a cabeça e percebi que fui sincero.

— Poderíamos ser livres, sem termos que nos preocupar com as nossas obrigações e apenas... ser nós mesmos. Juntos.

— E Bram?

Meu sorriso desapareceu, Henri acenou com a cabeça para si mesmo e se virou para tornar a observar o caminho.

Por mais vinte minutos, cavalgamos em silêncio antes de pararmos e Henri desmontar. Ele me ajudou a descer. Percorri com os olhos as colinas ondulantes, perguntando-me onde estávamos. Havia uma grande árvore nas proximidades e, após Henri pegar a sacola que tinha trazido, seguimos em direção a ela. Além da árvore, havia um declive íngreme que permitia uma vista magnífica dos campos de alfazema. E ao longe, consegui distinguir a cidade.

— Henri — disse, sem fôlego e com os olhos arregalados. — É... lindo.

Inclinei-me para ele e apoiei a cabeça em seu peito. Por alguns minutos, ficamos olhando para a cidade antes de Henri se afastar, deixando-me cobiçar a beleza diante de mim. Enfim saciado, virei-me e vi Henri me observando, sentado sobre uma tolha estendida no chão. Ele tinha um piquenique espalhado ao seu redor.

— O que é tudo isso? — perguntei, surpreso.

— A nossa escapada. — Henri deu de ombros e gesticulou para eu me aproximar da toalha ao seu lado. — Achei que merecíamos uma pausa ou pelo menos uma distração.

Aceitei um prato que Henri fez para mim. Era uma refeição simples. Peru frio, pãezinhos, queijo, biscoitos com geleias e alguns croissants. Mas também era perfeita. Para arrematar, Henri nos serviu um vinho doce de morango.

— Sinto-me tão mimado — admiti. — Você não precisava fazer tudo isso.

— Mas eu quis fazer.

Levantei a cabeça e nos entreolhamos. Henri estava com um olhar cintilante e intenso. Ele parecia realmente feliz por eu estar satisfeito. Após um momento, ele desviou os olhos, corando, e ergueu a taça de vinho.

— Ao nosso futuro. Que seja brilhante e o que queremos que seja — propôs ele.

Brindamos e tomei um grande gole.

Quando terminamos de comer, nos deitamos na toalha e, sonolentos, fitamos o céu. Eu me aconcheguei na dobra do seu braço, observando as nuvens se deslocarem preguiçosamente.

— Henri — disse depois de um tempo.

— Sim?

— Já faz um tempo que estou querendo perguntar isso para você. Não quero estragar o bom ânimo, mas preciso saber: para que servem aquelas injeções? Por que deixam você tão mal?

Observei Henri, notando seu pomo de adão se mover quando ele engoliu em seco.

— Não quero falar sobre isso. Por favor.

Por mais um momento, eu o observei e, depois, suspirei.

— Está bem, então.

Henri nunca foi de revelar segredos de família, por mais que eu tentasse. Não esperava que fosse diferente naquele momento.

— Mas não estou... é só um remédio. Preciso passar por aquilo para me manter saudável, mas *estou* bem. Todos nós estamos.

— É um transtorno que acomete a sua família?

Henri sorriu de forma um tanto melancólica.

— Sim. É de família.

Dei uma tapinha em sua mão. Ele agarrou a minha e a apertou com força.

— Nunca conheci ninguém como você, Emile. Espero que saiba como você é especial.

— Você também é especial. — Virei-me para encará-lo. Henri também se virou e nos entreolhamos. — Depois que se supera o muro que você ergueu para se proteger, você é muito amável e atencioso. — Estendi o outro braço e passei a mão pelo seu cabelo.

E então eu o beijei.

Eu não compreendi o que estava fazendo até estar feito. Meus lábios encontraram os de Henri, e senti uma corrente elétrica me atravessar. Foi um beijo lento e sensual, que me fez querer tocar ainda mais o corpo dele. As minhas mãos encontraram o seu peito, os seus braços, as suas costas. Nós nos abraçamos com força, o desejo cada vez mais ardente, até ambos ficarmos sem fôlego e ansiar por ar. Mesmo assim, só dei espaço suficiente para conseguirmos respirar. Encarei os seus olhos, brilhantes e tão afetuosos que dissolveram as minhas últimas reservas.

— Henri — sussurrei.

O beijo seguinte foi demorado. O tempo pareceu perder todo o sentido, chegando naquele ponto singular onde nossos lábios se tocavam. Foi uma sensação que nunca tinha sentido antes. Nem mesmo com Bram.

Quando voltei a me afastar, engoli em seco, sentindo como se tivesse feito algum tipo de descoberta sobre o mundo, ou sobre o *meu* mundo, pelo menos.

— Emile — murmurou Henri. — Eu... quero que saiba o quanto estou arrependido pelo meu comportamento passado. Fui grosseiro e abusei de você quando nos conhecemos. — Ele passou uma das mãos pelo cabelo. — Estive tão solitário por tanto tempo e só queria algo pelo menos uma vez na vida. Foi errado da minha parte. Peço perdão.

Absorvi suas palavras, sem saber se conseguiria perdoá-lo por suas ações com tanta facilidade.

Como se estivesse lendo a minha mente, Henri suspirou.

— Eu sei que isso não é suficiente. Vou mostrar a você que mudei. E eu... — Ele pegou a minha mão e eu olhei para baixo por um instante antes de voltar a encarar os seus olhos intensos. — Você me faz querer ser um homem melhor, Emile. Estou tentando. Acho que você traz à tona o melhor de mim. Quero que saiba que continuarei a me esforçar.

Fiquei comovido com as suas palavras. Uma pontada no peito me fez querer correlacionar as palavras de Henri com uma confissão minha, mas não consegui admitir que eu mesmo o estava manipulando.

— Bem... — Henri umedeceu os lábios, afastou-se e olhou para o relógio. — Está ficando tarde. — Sentou-se e começou a recolher os restos do nosso banquete. Por um momento, eu o observei, querendo saber se poderia recomeçar de uma maneira diferente com Henri. Conseguia perceber que ele estava se esforçando, e o considerava meu amigo agora. Contudo, eu ainda estava tentando usá-lo para os meus próprios fins. Entre nós dois, talvez eu fosse o pior naquele cenário, e aquilo me incomodava.

Naquela noite, observei a névoa espessa e sobrenatural cobrir as terras do Château le Blanc como as águas de uma enchente. Engoliu a relva e a estrada, como se o mundo inteiro estivesse sendo apagado.

Arrepiei-me ao observar o movimento lento e assombroso da bruma, como um rio moroso, transformando tudo o que tocava em algo fantasmagórico.

Após o nosso beijo, Henri e eu nos evitamos pelo resto do dia. Ele nem sequer foi capaz de me olhar nos olhos durante o jantar. Eu me perguntei o que aquilo significava. Da minha parte, fiquei tentando clarear os meus sentimentos, enquanto a minha mente espiralava sem parar, como costumava acontecer sempre que eu precisava refletir sobre assuntos do coração. Com a distância, imaginei se não foram as circunstâncias que me fizeram sentir algo a mais por Henri. Às vezes, meu coração parecia inconstante, pois me peguei desejando Bram mais uma vez. Todo aquele tempo passado na companhia de Henri foi injusto em relação a Bram, e me perguntei se o fato de o meu apreço por ele ter diminuído era por não poder vê-lo. Porque quando eu estava com Bram, sentia uma vibração intensa e irradiante. Senti algo ao beijar Henri, mas algo diferente. Diferente e semelhante ao mesmo tempo. Porém, mesmo enquanto eu pensava em Bram, não conseguia esquecer aquele beijo que troquei com Henri. Havia passado semanas em sua companhia, e nunca tínhamos nos beijado. O que eu tinha sentido foi apenas o auge de passar um mês desejando sentir os lábios de Henri nos meus? Todo o meu corpo havia reagido, e eu queria beijá-lo novamente.

Grunhi e coloquei a mão na cabeça. Eu estava desesperado. O que eu *queria*?

Passei a ler o livro que subtraí da botica para distrair os meus pensamentos. Apreciei bastante a força das deusas, sentindo-me atraído principalmente por Ártemis, que era amável e sensível, mas também feroz e tenaz. Porém, eu ainda não estava aprendendo nada digno de nota, o que era frustrante.

Inquieto, passei a vagar pelos corredores escuros do castelo até sair para a varanda para tomar um pouco de ar. Olhei para o chão abaixo para ter uma visão melhor da névoa, rodopiando como se estivesse viva. Tive a impressão de que ela queria me devorar por completo.

Ao erguer a cabeça, percorri com o olhar o labirinto de sebes e vi o mausoléu, onde, para o meu total espanto, avistei uma vela queimando em seu interior. De novo.

— Mas o que é aquilo? — murmurei, endireitando-me e semicerrando os olhos para enxergar melhor na escuridão.

Se a garota misteriosa havia acendido a vela antes, e tinha morrido, quem poderia estar lá fora naquele momento? Havia outra pessoa? Seria uma coincidência. Acreditei que a vela tinha sido um sinal para Hargrove se encontrar com ela no labirinto de sebes. Um sistema semelhante estava sendo usado por outras pessoas? E para quê?

Peguei a escada para o primeiro andar, com a intenção de investigar, mas avistei um criado parado à porta, parecendo meio adormecido. Praguejei baixinho e, então, decidi arriscar o corredor da criadagem para ver se também estava sendo vigiado. Por sorte, a porta estava desguarnecida. Um descuido por parte de Montoni e da minha tia, ou talvez falta de disciplina por parte dos criados. De qualquer forma, a falha me beneficiava naquele momento, e a anotei mentalmente caso precisasse escapar da minha situação vigente num futuro próximo.

Alguém tinha deixado uma capa pendurada num gancho perto da porta. Peguei a capa e a joguei em volta de mim. Saí pela porta da criadagem sem quaisquer impedimentos. Dirigi-me ao labirinto de sebes, mas decidi contorná-lo, caminhando direto até o mausoléu e a luz misteriosa. A cada passo, meus pés desapareciam na névoa, que se enrolava ao meu redor em tentáculos enervantes. A neblina parecia me testar a cada movimento, como se estivesse buscando alguma fraqueza, mas eu sabia que estava imaginando coisas. A névoa era apenas névoa, por mais inquietante que fosse.

Ao me aproximar do mausoléu, passei a andar mais devagar, procurando por qualquer sinal de intrusão, mas, pelo que pude perceber, a área estava silenciosa, e eu estava sozinho. Avancei lentamente até a entrada, deslizando as mãos pelo mármore frio e encontrando condensação na superfície. Antes de perder a coragem, enfiei a cabeça ali dentro e dei uma olhada geral, com o coração aos pulos. Mas não havia ninguém no recinto.

Deixei escapar um suspiro e entrei, com os olhos fixos na vela, ainda acesa e posta numa reentrância da janela, tremeluzindo por causa de uma leve brisa.

Caminhei devagar pelo pequeno espaço. Havia placas em nichos da parede, provavelmente onde as cinzas dos membros da família foram colocadas. No centro do mausoléu, havia dois sarcófagos, situados lado a lado. Hesitei ao me aproximar, encontrando os nomes gravados em cada um deles: Victor e Helena Morano. Os pais de Henri e Blanche.

Engoli em seco e examinei mais de perto, encontrando a tampa da tumba de Helena torta. Arregalei os olhos e fui até o seu lado. Consegui distinguir o interior do sarcófago.

Estava vazio.

Talvez eu estivesse enganado. Será que seu corpo nunca foi recuperado? Ela tinha caído de um penhasco, de propósito ou não. Teria caído no mar? Eu não tinha informações suficientes a respeito das circunstâncias para saber ao certo. De qualquer modo, recoloquei a tampa no lugar.

Hesitante, dirigi-me ao jazigo de Victor. Será que seu corpo também não estaria na tumba? Com certeza, o seu corpo tinha sido recuperado. Era um sacrilégio, mas eu precisava saber. Reuni as forças antes de poder refletir sobre o desrespeito que estava prestes a infligir ao pai de Henri e empurrei a tampa. De algum modo, pareceu mais pesada que a de Helena. Tive de usar bastante força para fazê-la se mover. Assim que uma abertura surgiu, senti um cheiro de putrefação. Resmunguei, sem vontade de olhar dentro da tumba. Então, recoloquei a tampa. Pelo menos, o pai dos irmãos estava em seu devido lugar.

Voltei a observar a vela e fiz uma careta. Sem dúvida, quem tinha acendido a vela não estava no mausoléu. Então, era improvável que fosse uma visita tardia de um familiar. Isso significava que devia ter sido utilizada como antes, mas por uma pessoa diferente. Como um sinal. E, se quem colocou a vela na reentrância da janela seguiu o padrão utilizado pela mulher misteriosa, então devia estar no labirinto de sebes.

Respirei fundo para reunir coragem e saí do mausoléu, dirigindo-me para a entrada do labirinto. A estátua da Medusa não vigiava o espaço ali, mas um único braço se estendia das sebes, como se tentasse escapar, mas sendo puxado de volta para dentro, engolido pelos arbustos. Eu nunca tinha usado aquela entrada antes e, assim, não havia notado a peculiaridade, mas era um toque macabro que não apreciei naquele momento, com a cerração sugando cada passo que eu dava.

Entrei no labirinto de sebes, procurando me lembrar de como ele parecia à luz do dia, convidativo com corredores largos e vegetação alegre. Era difícil imaginar que aquele era o mesmo lugar. Como se estivesse vivo, o chão ondulava por causa da névoa densa. As sebes escuras pareciam muros de prisão impenetráveis, altos e imponentes, ameaçadores. Senti que o labirinto me devoraria se eu entrasse, mas eu ficaria extremamente aflito se deixasse aquele mistério sem solução.

Determinado, avancei pelo labirinto. Não encontrei um único beco sem saída. Ou seja, aquela metade do labirinto com certeza era idêntica à outra. Pelo visto, a imaginação do criador terminou com a representação das estátuas por toda parte.

A clareira estava em silêncio quando a alcancei, e a névoa fazia com que parecesse mais onírica do que antes. A base da fonte estava encoberta e, assim, parecia que as estátuas das deusas estavam literalmente de pé sobre uma nuvem.

Circundei a fonte com cautela, mantendo-me alerta em relação a qualquer um que pudesse estar à espreita nas proximidades, mas ninguém parecia estar por perto. Mas se não havia ninguém ali, onde estava a pessoa que tinha acendido a vela?

Franzi a testa, percorrendo a área com um olhar mais atento, quando avistei algo no banco sob o qual eu tinha me escondido enquanto espiava Henri e Blanche. Aproximei-me dele, esperando encontrar um cachecol descartado ou algo frívolo das caminhadas da minha tia. Em vez disso, o que vi fez meu sangue gelar.

Parei a poucos passos do banco e percebi um braço largado sobre o assento, como se estivesse se agarrando desesperadamente a ele, tentando puxar o seu dono da bruma faminta. Por alguns instantes, não me movi. Minha respiração ficou suspensa, considerando quem eu poderia encontrar do outro lado daquele braço. Eu não queria descobrir e, no entanto, precisava.

Ao voltar a respirar, forcei os pés a se moverem. A névoa se abriu à minha frente como um navio singrando o mar, de modo que, quando alcancei o braço, a pessoa a quem ele estava preso não foi ocultada pela névoa por um breve período.

Fiquei nauseado e tive que engolir em seco algumas vezes para não vomitar. O braço não estava preso ao corpo do homem cujos olhos contemplavam o céu sem ver; estava largado casualmente sobre o banco, com o sangue escorrendo do ombro. O homem ali caído tinha cabelo ruivo e sardas espalhadas pelo rosto. Nunca o tinha visto, mas a sua semelhança com a mulher misteriosa era inegável. Um irmão ou um primo. Eu não tinha a mínima ideia a respeito do que ele estava fazendo ali no lugar dela, mas o seu peito estava exposto ao ar noturno, com as costelas arrancadas, como se o que quer que tivesse feito aquilo com ele desejasse chegar ao seu coração.

Retrocedi um passo. Sentia-me zonzo, como se fosse desmaiar, mas cravei as minhas unhas na palma das mãos para me manter alerta. Contornei o banco, como se pudesse encontrar uma pista do motivo pelo qual o rapaz estava ali, e o que havia feito aquilo a ele. Então, a neblina revelou outro segredo de suas profundezas. Fournier. A garganta do ex-valete tinha desaparecido, mas além daquilo, não parecia haver outros ferimentos. O sangue escorria dos cantos da sua boca e, como o rapaz misterioso nas proximidades, os seus olhos miravam o nada.

Enquanto contemplava o homem com quem trabalhei no início da minha estada no castelo, ouvi um barulho provindo das sebes à minha volta. Pisquei e dei um passo vacilante para trás quando o identifiquei como um rosnado. O rosnado ameaçador de algum animal.

Deve ser a mesma fera que tinha matado os homens perto de mim.

Desejei que a névoa me devorasse como havia feito com os cadáveres por algum tempo, mas ela girava indolentemente ao meu redor, pouco cooperativa. Com muito cuidado, para fazer o mínimo de ruído e, com sorte, não alertar a besta assassina quanto à minha presença, dirigi-me para a saída a partir da clareira.

Ao pisar sobre um galho, aquilo pareceu uma explosão de pólvora no escuro. Estremeci e olhei para a escuridão.

O rosnado tinha parado. E num instante, em seu lugar, consegui distinguir um estalo no labirinto.

A criatura tinha me ouvido. E estava vindo atrás de mim.

17

DEIXEI DE LADO TODA A PRETENSÃO DE DISCRIÇÃO E COMECEI A CORRER.

Em minha fuga, não estava prestando atenção para onde ia. Senti-me confuso quando cheguei a um beco sem saída e fui forçado a dar meia-volta. Amaldiçoei-me, ouvindo o som de galhos se partindo cada vez mais próximo.

Em pânico e sem pensar com clareza, acabei em outro beco sem saída. Eu queria gritar, mas aquilo só pioraria a minha situação.

Eu me acalmei um pouco quando o som de destruição cessou atrás de mim. Engoli em seco e me virei, mas não havia nada no caminho. Porém, não confiava que a criatura não estivesse por perto, à espreita. Senti o chão ao meu redor e, então, abaixei-me para que a névoa girasse sobre mim e me cobrisse, assim como tinha feito com os cadáveres na clareira. Aproximei-me o máximo possível da sebe e recolhi as minhas pernas para junto do corpo, rezando para que a cerração fosse suficiente para me esconder.

Alguns galhos estalaram além de uma curva no labirinto. Eu me concentrei em manter a respiração regular e baixa para não me denunciar. Sem erguer a cabeça, não havia como saber onde estava a fera, mas, com sorte, ela estaria num estado de incerteza semelhante. O único problema era que, se o animal chegasse muito perto de mim, a névoa que me cobria se dispersaria, deixando-me desprotegido. Tinha que esperar que aquilo não acontecesse.

Durante alguns minutos, fiquei ali, esforçando-me para ouvir qualquer barulho que a noite me apresentasse, mas não ouvi nada. Eu não podia ficar ali para sempre. A fera tinha desistido e ido embora? Ou estava fazendo uma busca minuciosa no labirinto? Se assim fosse, acabaria por me encontrar. Afinal, eu não fazia ideia de quanto tempo aquela bruma duraria.

De forma hesitante, ergui a cabeça e, por um momento, permiti que a minha visão se adaptasse à escuridão. Em seguida, fiquei de pé. Prendi a respiração, esperando que algo viesse me atacar vindo das sebes, mas nada aconteceu. Contudo, não ia baixar a guarda. Com muito cuidado e em silêncio, escolhi o meu caminho pelo labirinto, lembrando a posição dos corredores para não ter de fazer nenhuma correção de rota desnecessária. Decidi que seria melhor sair do labirinto o mais próximo do castelo e, ao me esgueirar pelo último corredor, quase chorei de alívio. Eu estava quase em segurança, a menos que a criatura estivesse esperando do lado de fora.

No fim do corredor, coloquei apenas a cabeça para fora e, ao não ver nada, dei um curto passo adiante. E depois outro. Ouvi algo estalar atrás de mim e comecei a correr, mas nada me perseguiu. Ainda assim, atravessei a porta da criadagem e a fechei com força e com a respiração ofegante.

Ao subir a escada de volta ao meu aposento, as minhas mãos tremiam. Contudo, em vez de me trancar por causa do medo, dirigi-me ao aposento de Henri e bati à porta.

Após cerca de um minuto, a porta se abriu e Henri apareceu diante de mim usando uma calça que deve ter vestido às pressas para poder me atender. Distraí-me ligeiramente com a visão do seu peito nu, mas afastei os sentimentos que se agitavam em meu interior, estendi a mão e agarrei o seu braço.

— Henri, eu estava no labirinto de sebes. Há algo lá. Matou Fournier e outro homem.

Henri arregalou os olhos e me puxou para o seu quarto, fechando a porta. Ele me agarrou pelos ombros e me encarou.

— O que estava fazendo lá fora? Você precisa ficar no castelo à noite.

— Vi uma luz no mausoléu. Tive de averiguar.

Henri passou a mão pelo cabelo.

— Eu... Me dê um minuto. Ainda estou despertando.

Eu o segui até o seu guarda-roupa, de onde ele tirou uma camisa folgada e a vestiu.

— Fournier, você disse? Tem certeza de que ele estava morto e não bêbado ou inconsciente?

— Ele estava morto — insisti. — A garganta dele tinha... desaparecido. E o braço do outro homem foi arrancado do corpo, e acho que a criatura também levou o coração.

— Você viu quem fez isso? — perguntou Henri, encarando-me.

— Não. Ouvi um barulho no labirinto. A criatura estava rosnando. Mas não acho que era um urso.

Henri concordou com um gesto lento de cabeça.

— Será que foi um homem com um cachorro?

Pisquei. Eu não tinha pensado nisso.

— Eu... sim, acho que é possível. — Senti um calafrio. — Afinal, um homem pode estar por trás dos assassinatos. Se treinasse um cachorro ou mesmo um animal selvagem...

Henri pôs a mão no meu ombro e me olhou fixamente.

— Vou dar uma olhada. Fique aqui no meu quarto, e tranque a porta até eu voltar. Não abra para mais ninguém.

Retrocedi.

— Você não pode ir até lá, Henri. E se estivermos enganados e o animal ainda estiver por aí?

— Vou levar uma arma, por via das dúvidas.

— Henri... — disse, puxando a sua manga. — Por favor, não vá.

Henri tensionou a mandíbula.

— Eu irei, Emile. Fique aqui.

Eu o soltei e, em silêncio, observei-o sair do quarto. Ele olhou para mim uma vez antes de fechar a porta. Corri para trancá-la.

Na hora seguinte, andei de um lado para o outro, incapaz de ficar parado, preocupando-me com Henri. Já fazia muito tempo que ele estava sozinho no labirinto. E se ele precisasse de mim? Eu deveria ter ido com ele em vez de me esconder em seus aposentos como um covarde.

Justo quando tinha resolvido chamar o próprio conde Montoni, alguém bateu com força na porta.

— Emile, sou eu.

Suspirei de alívio e senti a tensão se desfazer no peito enquanto destrancava a fechadura e abria a porta. Passei os braços em torno dele.

— Graças a Deus.

Henri riu e deu um tapinha em minhas costas.

— Está tudo bem. Estou ótimo.

— E os corpos? — perguntei, olhando para ele.

Henri hesitou, mas balançou a cabeça.

— Emile, não havia nenhum corpo.

Com os olhos arregalados, recuei.

— Nenhum corpo?

— Procurei em todos os lugares possíveis.

— Na clareira? O braço estava no banco.

— Não havia nada no banco. Fui meticuloso, Emile. — Henri franziu os lábios. — A névoa dificultou, mas acho que se os corpos estiveram lá, não estão mais.

— *Se* eles estiveram lá?

Henri estremeceu.

— Não foi isso que eu quis dizer. Trata-se de uma noite pavorosa e às vezes vemos coisas...

— Eu não estava imaginando.

— Tudo bem, tudo bem. — Henri me puxou para perto de si. — Se você diz que estavam lá, então estavam lá. Alguém deve tê-los removido. Isso não é algo que um animal faria, a menos que estivesse planejando devorá-los. E mesmo assim, teria deixado alguns sinais.

— Então, há um homem por trás disso — murmurei.

Lembrei-me da caixa torácica do homem, despedaçada para expor o seu peito, onde estivera o seu coração. Um animal não teria feito aquilo. *Não poderia.* Só um homem, um homem sádico, poderia.

Olhei para Henri e percebi que ele estava evitando o meu olhar. Franzi a testa. Ele não estaria escondendo algo de mim, estaria? Perguntei-me para onde todo aquele sangue poderia ter ido em tão pouco tempo. Deveria haver vestígios de *alguma coisa.* Mas o que Henri ganharia mentindo acerca daquilo? Tentar impedir que eu ficasse muito impressionado? Ou ele sabia de algo? Aquilo fazia parte do que Montoni estava escondendo?

— O que podemos fazer? — perguntei com cautela.

Impotente, Henri deu de ombros.

— Sem evidências, acho que não há nada que *possamos* fazer.

Suspirei de tristeza e balancei a cabeça enquanto mantinha um olhar atento em Henri.

— Pobre Fournier.

— Você tem alguma ideia de quem era o outro homem?

— Ele se parecia com a garota. Aquela que tentou entrar no quarto da sua irmã.

— Um parente?

— Suponho que sim.

Henri franziu a testa, pensando no assunto. Aquilo era algo que ele desconhecia, a menos que fosse de fato um bom ator. Por outro lado, talvez ele estivesse dizendo a verdade, e eu estava imaginando a sua dissimulação. Gostaria de poder confiar nele por completo.

Após um momento, Henri balançou a cabeça.

— Bem, você vai ficar comigo esta noite. Não vou deixá-lo sozinho de jeito nenhum.

— Eu estava esperando que você dissesse isso — afirmei e sorri com alívio.

— Sério?

— Sério. — Desviei o olhar. — Sei que tem sido estranho desde que nós...

— Nos beijamos — completou Henri.

— Sim, desde que nos beijamos. Eu só... espero não ter arruinado nada ou...

— Emile, você não arruinou nada. Eu só não confio em mim mesmo quando estou perto de você. Não quero me machucar de novo. Me aproximar de alguém é muito difícil para mim. E eu sei que ainda sente algo por Bram.

— Henri, eu...

— Está tudo bem, Emile. Quero que descubra o que quer. Não quero forçá-lo a escolher. Desde o começo, disse a você que iria conquistá-lo, e isso significa permitir que tome a decisão.

Por um instante, eu o observei em silêncio. Henri não era mesmo o que eu esperava. Eu queria aliviar as suas hesitações naquele momento, mas também sabia que ele tinha razão. Eu precisava tomar uma decisão. E adiar não era justo. Se ao menos eu pudesse ver Bram naquele meio-tempo para ajudar a serenar o meu coração.

— Vamos. — Henri acenou com cabeça em direção à porta. — Podemos dormir no seu quarto.

Sorri. Caminhamos para o meu aposento e, quando abri a porta, senti que alguma coisa estava errada. Havia algo no ar, algo ameaçador, certa tensão.

Devagar, dirigi-me até a minha cama e levantei a minha lamparina.

Os lençóis estavam em pedaços.

Henri empalideceu e me segurou junto a ele, observando a cena com horror.

— Vou falar com o meu tio pela manhã — prometeu ele com a voz vacilante. — E você *não* vai dormir sozinho nesta casa de novo. Entendeu?

Agradeci e apoiei o rosto em seu ombro.

18

— ACHO QUE FOI UM AVISO — DISSE-ME HENRI NO DIA SEGUINTE AO NOS SENTARmos para jantar, esperando que os outros se juntassem a nós.

Concordei com um gesto lento de cabeça.

— Você falou com o seu tio?

— Ah, sim, trocamos algumas palavras. Não vou permitir que você corra perigo nesta casa. — Henri se endireitou. — Mas não contei a ele sobre os corpos. Acho melhor não mencionarmos nada a esse respeito por enquanto.

— Você ainda acha que eu estava vendo coisas.

— Estou tentando mantê-lo seguro, Emile — sibilou Henri, inclinando-se para mim. — Há um equilíbrio bastante delicado na situação do castelo. Por favor, confie em mim por ora. Ficar calado acerca dos corpos é conveniente para você.

Tensionei a mandíbula.

— Tudo bem. Por ora — disse, embora quisesse saber de que tipo de equilíbrio Henri estava falando. Ele estava tentando enfrentar Montoni? Aquilo remontava ao que ele e Blanche conversaram no labirinto de sebes quando eu os ouvi por acaso semanas atrás?

— Mas contei ao meu tio sobre os seus lençóis. Ele me disse que um criado estava vigiando a porta e, assim, ninguém poderia ter entrado no castelo sem ser visto.

Blanche escolheu aquele momento para entrar e fez uma reverência considerável diante de mim.

— Marquês — disse ela.

Revirei os olhos.

— Ah, pare com isso.

Blanche deu um sorriso malicioso e, então, notou as nossas expressões preocupadas.

— Interrompi alguma coisa?

Enquanto a sua irmã se sentava ao seu lado, Henri pigarreou.

— Estávamos discutindo como o criado que vigiava a porta não viu ninguém entrar no castelo ontem à noite.

— Ninguém viu quando *eu* saí, não é? — zombei.

— Você saiu do castelo ontem à noite? — perguntou Blanche, parecendo interessada. — Para ver Valancourt?

— Falo com você sobre isso mais tarde — tornou Henri a ela com um olhar significativo.

— Você vai contar *tudo* para ela? — perguntei. — Ou só a parte sobre os lençóis?

— Sim. Annette estava em polvorosa esta manhã por causa do estado deles — comentou Blanche, com uma expressão preocupada.

Ela trocou um olhar rápido com Henri. Havia algo naquela expressão que me deixou um pouco inquieto.

Inclinei-me para Henri.

— O criado também não me viu lá fora, Henri.

Henri hesitou.

— Não, não viu. Mencionei isso para o meu tio. Ele também vai mandar alguém vigiar a entrada da criadagem, por precaução. Mas acho que é mais para ficar de olho em seus movimentos. Deve ser melhor assim, pois você está mais seguro no castelo à noite. Não quero mais que perambule lá fora, sobretudo sozinho.

Infelizmente, isso também acabou com a minha única rota de fuga.

— Então, o seu tio também não acredita em mim.

— *Eu* acredito em você. Eu vi os seus lençóis. A criadagem também. Você não inventou isso.

— Suponho que o seu tio acredita que eu mesmo os tenha rasgado?

Henri engoliu em seco e olhou para a irmã.

— Acho que todos nós sabemos que coisas estranhas acontecem por aqui.

Fiz cara feia por causa da evasiva de Henri.

— Coisas estranhas acontecem por aqui — disse o conde Montoni, entrando na sala de jantar de braços dados com a tia Cheron e parecendo presunçoso. — Ora, ainda ontem à noite, Fournier foi embora do castelo. Ele levou todas as coisas dele e deixou para trás um pedido de demissão urgente. Não há nada nefasto nisso, a menos que se leve em conta a ingratidão de um criado.

Olhei nos olhos de Henri, e ele desviou o olhar, sentindo-se culpado. Fournier... *foi embora.* Que conveniente. O que Henri sabia acerca disso? Ele estava tramando com o seu tio? Por que ele faria isso se o odiava tanto? De qualquer modo, um assassinato acabara de ser encoberto, e Henri sabia algo sobre aquilo.

Blanche torceu o nariz.

— Mas, tio, Fournier não iria embora assim. Ele estava com a nossa família desde sempre. Acho que conhecemos o caráter dele muito bem. Ele foi valete do Henri durante...

— Ele foi embora exatamente por isso — interrompeu-a Montoni, sentando-se. — Ele não gostou de ser rebaixado de posição, e acreditou que foi alvo de chacota, visto que um marquês disfarçado assumiu os seus deveres anteriores.

— Isso não é justo — retrucou Henri.

— Parece bastante certo para mim — afirmou a minha tia, dando de ombros. — Eu não culpo o pobre sujeito.

— Mas e se houve alguma situação delituosa no trabalho aqui? — perguntei de forma provocativa, ignorando Henri quando ele fez um gesto negativo com a cabeça. — As preocupações de Blanche não devem ser ignoradas.

Montoni suspirou.

— Então eu diria que a névoa da noite passada o afetou. Mal posso culpá-lo, ainda mais depois da brincadeira que fizeram em seu aposento. Incita a imaginação de qualquer um.

— Brincadeira? É assim que o fato será tratado? Algum tipo de retaliação da criadagem?

Tia Cheron confirmou.

— Certa vez, jurei que vi uma cartola andando pela rua sem que ninguém a usasse. Claro que estava escuro, mas durante anos, acreditei no que vi. A mente nos prega peças terríveis quando estamos sob pressão.

— A menos que haja outra razão pela qual você suspeita de alguma situação mais grave — retorquiu Montoni, lançando um olhar fortuito para Henri, antes de concentrar a atenção em mim.

Henri estava olhando com tanta intensidade para mim que era como se eu pudesse sentir seu olhar.

— De jeito nenhum — afirmei.

Remoí a minha raiva, mas fiz tudo o que pude. Não entendi a insistência de Henri em manter em segredo o que eu tinha visto, mas respeitaria. Mesmo que ele estivesse claramente me escondendo algo, eu acreditava que quisesse o melhor para mim. Só não entendia de que forma. Talvez fosse melhor manter quaisquer outras observações para mim. De qualquer modo, ninguém parecia acreditar em mim, e a honestidade estava começando a parecer mais superestimada a cada dia. Parecia apenas gerar novos problemas.

A conversa evoluiu para outros tópicos, mas continuei pensando em Fournier e Hargrove, e na facilidade com a qual a morte dos dois foi encoberta. Se Montoni foi o responsável pelo assassinato de Hargrove, como o padre Schedoni insinuou, então era lógico que o conde estava mentindo acerca de Fournier para encobrir outro homicídio. Poderia ter sido Montoni no labirinto de sebes na noite passada? Ele poderia ter escondido um cachorro em algum lugar da propriedade, adestrando-o para ser capaz de despedaçar um homem? Aquele era o segredo dele? Não me surpreenderia se tivesse sido ele.

Ergui os olhos quando o conde Montoni tilintou o seu copo com um garfo e se levantou da cadeira.

— Peço a atenção de todos vocês, por favor. Gostaria de fazer um anúncio.

Franzi a testa e troquei um olhar com Blanche.

— É com grande satisfação que comunico o meu noivado com lady Abigail Cheron — declarou Montoni.

Fiquei boquiaberto. Eu tinha ouvido isso direito?

Henri parecia tão embasbacado quanto eu.

— Tão rápido? — perguntou ele assim que recuperou o juízo.

O conde Montoni sorriu de alegria.

— Sim. Decidimos que não vale a pena adiar. Nós nos apaixonamos no instante em que nos conhecemos e temos sido muito felizes nessas últimas semanas. Queremos estender esta felicidade para o resto da nossa vida.

Olhei para minha tia e, por um momento, Cheron sustentou meu olhar, como se me desafiasse a fazer um escândalo. Já que fiquei calado, ela sorriu e desviou o olhar, triunfante.

Bem, não seria eu quem iria denunciar o vício em jogos de azar de Montoni, nem os seus possíveis problemas financeiros. Claro que ele imaginava que a minha tia fosse rica, mas eu duvidava de que ela tivesse o dinheiro que ele tinha em mente. Na melhor das hipóteses, a fortuna dela era modesta. Mas achei que eles se mereciam, então, quando Henri se pôs de pé para beber pela saúde do casal, eu o imitei, acenando com a cabeça para minha tia, que parecia sinceramente surpresa com a minha aprovação.

Infelizmente, os meus planos para me apossar de Udolpho pareceram ficar mais desanimadores. Montoni talvez não tivesse os recursos financeiros para ajudar o meu plano de chantagem, mesmo que eu descobrisse algo que valesse a conquista do castelo. E com a minha tia se juntando à família dele, Udolpho ficaria na mira dela. Eu não seria capaz de passar despercebido da atenção dela como havia planejado.

Provavelmente era melhor assim, pois buscar as respostas para os mistérios daquela família estava ficando cada vez mais perigoso. Afinal, proteger a minha vida era mais importante do que perder a minha liberdade. No fim, o que adiantaria falar a respeito do corpo de Fournier, além de mais escrutínio? Minha tia poderia até usar isso para aumentar as suas objeções à minha sanidade. Talvez Henri tivesse razão. Eu deveria ouvi-lo, acreditar em sua astúcia. No fim, isso poderia me tirar daquela confusão.

— Quando será o casamento? — perguntou Blanche quando todos voltamos a nos sentar.

— Não queremos esperar muito — respondeu tia Cheron. — Duas semanas devem ser tempo suficiente para providenciar tudo. Eu já tive o meu grande casamento. Neste momento, um menor parece bastante aprazível. Não concorda, conde?

O conde Montoni fez que sim e deu um tapinha na mão da noiva.

— Sem dúvida. Será o início de algo muito bonito.

Contive-me para não revirar os olhos.

Na manhã seguinte, convenci Blanche a se aventurar comigo ao ar livre, já que Henri estava na cidade a serviço do tio. Caminhamos pelo labirinto de sebes, analisei a área ao redor do banco onde tinha visto os corpos de Fournier e do rapaz misterioso. Não encontrei nada que pudesse indicar que eles estiveram ali. Também visitamos o mausoléu, onde Blanche fez uma oração para os pais. Notei que a vela tinha sumido da reentrância da janela.

— Recebi uma carta ontem — informou Blanche quando entramos na biblioteca.

Grimes tinha feito chá e serviu uma xícara para cada um de nós. Ele não entregou a minha xícara como fez com a de Blanche. Uma das muitas desfeitas que sofri dele desde que tinha sido revelado que eu era um marquês. Não que eu pudesse culpá-lo. Ele deve ter ficado constrangido com o meu subterfúgio.

— Ah, é?

Observei Blanche adicionar os seus três cubos de açúcar habituais e mexê-los. Ela sorriu graciosa para Grimes e nos sentamos no sofá. Vi três morcegos empalhados perto do teto, num dos cantos da biblioteca, o que me fez sorrir, como se estivessem me lançando piscadelas.

— Sim. De Carmilla. Suponho que se lembre dela.

— Você não está falando sério, está? — resmunguei.

— Ela insinuou que gostaria de receber um convite para jantar conosco. — Blanche sorriu para mim. — Você, caro Emile, tem uma admiradora.

— Já tive admiradoras. E eu realmente retribuo o afeto.

Blanche tomou um gole de chá e, então, cuspiu o líquido com uma exclamação de dor, levando a mão à boca.

— Você se queimou? — perguntei, preocupado.

Com os olhos lacrimejando, Blanche confirmou.

— Sinto muito — disse ela, levantando-se e ainda mantendo a mão no rosto.

— O que posso fazer? — indaguei, ficando de pé junto a ela.

Ela balançou a cabeça e olhou para Grimes.

— Livre-se deste lote de chá imediatamente. Todo ele.

Com os olhos arregalados, Grimes viu Blanche sair correndo da biblioteca. Um momento antes de ele sair para satisfazer a vontade dela, eu o encarei.

Sentei-me lentamente no sofá e, em seguida, contemplei a minha xícara de chá intocada. Franzi a testa, peguei a xícara e cheirei o chá. Tinha um cheiro forte, mas nada digno de nota me chamou a atenção. Tomei um gole hesitante e me arrepiei. Tinha um sabor estranho. Levemente amargo e metálico. Deixei a xícara de lado.

— Ah, aqui está você — disse Henri, entrando na biblioteca com um sorriso e tirando as luvas de montaria. — Foi o Grimes que vi sair correndo daqui? — Seu sorriso se tornou perverso. — Você o assustou?

Fingi me sentir ofendido.

— Não exatamente. Sua irmã se queimou com o chá. Espero que ela esteja bem.

— Ela se queimou? — Henri olhou para trás quando a campainha da porta da frente tocou.

— Sim. E então ela ordenou que Grimes jogasse fora o lote do chá.

— Ora, o chá também é horrível? Golpe duplo.

— Não é dos melhores. — Dei de ombros.

Henri sentou-se diante de mim.

— Como está sendo o seu dia?

— Mais do mesmo. E a cidade?

Henri se inclinou para a frente e olhou em volta como se pudéssemos ser ouvidos.

— Há uma notícia estranha circulando. O irmão da dona da botica está desaparecido. Alguns acham que toda a família se envolveu em algo bastante desagradável.

— Como o quê?

— Jogos de azar, contrabando. Ninguém sabe. São apenas fofocas. Sinceramente, não sei como alguns desses rumores começaram. — Henri encolheu os ombros.

Perguntei-me se o desaparecido poderia ser o garoto morto que eu havia encontrado no labirinto de sebes. E em caso afirmativo, qual foi o crime tão terrível que o levou a ser assassinado?

— Escute aqui — disse Grimes, seguindo um homem de terno até a biblioteca. — Você não tem o direito de estar aqui. Já lhe disse uma vez e vou repetir: você está na casa errada.

O homem sorriu de leve para Grimes.

— E eu lhe digo, senhor, que não estou — afirmou ele.

Então, ele parou diante de uma mesa de canto, escreveu algo num papelzinho e o deixou ali. Em seguida, escreveu em outro papelzinho e o prendeu na luminária sobre a mesa.

Troquei um olhar com Henri.

— Está tudo bem, Grimes?

O mordomo parecia aflito.

— Só não deixe esse homem vagar pela casa desacompanhado. Vou chamar o conde. — Ele saiu correndo da biblioteca, deixando Henri e eu boquiabertos.

Vimos o homem parar diante de um quadro. Ele reservou um momento para examiná-lo e, então, voltou a escrever algo num papelzinho e também o prendeu ali.

— O que ele está fazendo? — perguntou-me Henri.

Confuso, dei de ombros. Levantei-me depois que Henri foi inspecionar os papeizinhos que o homem havia escrito. Ao me aproximar, Henri tirou o pequeno pedaço de papel da luminária e me mostrou. Era uma etiqueta ostentando o número trinta e cinco.

Henri caminhou até o homem, que, naquele momento, estava analisando um candelabro.

— Diga-me, o que significa isto?

O homem fechou a cara ao ver a etiqueta na mão de Henri.

— Se não se importar em deixá-la no lugar, eu lhe agradeceria. Estou etiquetando todos os bens da casa. Eles serão leiloados.

— Leiloados? — Henri arregalou os olhos. — Acho que Grimes está correto. Você está no endereço errado.

— Gostaria que fosse o caso. Infelizmente, o bom conde Montoni está tão endividado que precisa pagar as dívidas vendendo os seus bens.

Henri ficou pálido quando o conde Montoni irrompeu na biblioteca, com o rosto vermelho e retorcido de raiva.

— Como se atreve?! — berrou Montoni. — Você vai deixar esta casa imediatamente.

— Não vou — rebateu o homem. — Tenho o direito legal de estar aqui. Vamos realizar uma exposição pública para vender os seus bens dentro de cinco dias. O senhor poderá estar presente, caso deseje, mas eu recomendaria se poupar da indignidade.

Montoni abria e fechava a boca, enquanto o homem anotava um número no pedaço de papel para as cortinas.

— Olhe aqui, vou me casar daqui a duas semanas.

— Parabéns.

— O que quero dizer — continuou Montoni, pondo a mão no ombro do homem — é que vou me casar com uma mulher abastada e poderei pagar a minha dívida. Não há necessidade desta demonstração. Eu entendo a ameaça.

O homem parou e olhou para Montoni, que tensionava o maxilar. Ele cruzou os braços e deu de ombros.

— Duas semanas será tarde demais. Se não conseguir pagar a sua dívida em dez dias, não poderei fazer nada além de prosseguir com as medidas que estabeleci.

Montoni concordou com a cabeça.

— Ótimo. Vou falar com a minha noiva. Tenho certeza de que ela não criará problemas em antecipar o casamento. Será como você diz.

Durante um minuto inteiro, o homem observou Montoni com atenção antes de concordar.

— Muito bem. Dez dias. Se não aparecer em meu escritório até lá, nenhum tipo de prostração me fará adiar a cobrança por mais tempo.

— Obrigado — redarguiu Montoni, fazendo uma reverência, enquanto o homem se dirigia para a porta.

Assim que o homem partiu, o conde arrancou todas as etiquetas do mobiliário, deixando escapar um fluxo contínuo de xingamentos dos lábios. Ao notar que Henri e eu estávamos olhando embasbacados para ele, Montoni parou e apontou um dedo em nossa direção.

— Vocês dois, prestem atenção: nem um pio a respeito disso. Se a sua tia ficar sabendo, Emile, vou despedaçar você membro por membro, e isso não é uma ameaça vã. Vocês entenderam?

— Perfeitamente — respondeu Henri.

Um músculo se contorceu no rosto de Montoni ao sair às pressas da biblioteca.

Henri soltou um suspiro profundo.

— Então, é verdade. Meu tio nos arruinou.

— Apostas?

Henri olhou para mim e, em seguida, disse:

— Receio que sim.

— Você ainda está planejando matá-lo?

— O que você disse? — Henri piscou.

— Certa noite, eu estava no labirinto e ouvi por acaso uma conversa entre você e Blanche.

Henri franziu os lábios e se virou.

— Não é o que você está pensando, Emile.

— Eu sei — afirmei e coloquei a mão nas costas de Henri. — Eu confio em você, Henri. Seja o que for, é assunto seu, não meu.

— Acho que você coloca muita fé em mim às vezes — bufou Henri. — Não mereço a sua estima.

— Discordo.

Henri me encarou e, após uma rápida olhada para a porta, puxou-me para um beijo. Um beijo intenso que me deixou ruborizado. Quando separamos nossos lábios, agarrei-me a ele, sem vontade de soltá-lo. Henri me encarou com uma expressão voraz e eu só queria continuar preso em seus lábios. Porém, estávamos em público e não podíamos arriscar mais nenhum contato.

— Hoje à noite, vamos continuar de onde paramos — disse Henri, baixinho.

Engoli em seco.

— Isso soa como uma ameaça.

— Ah, é. Uma ameaça e uma promessa.

— Por favor, conde, me ameace mais um pouco.

Henri gargalhou.

Eu só pude refletir o desejo que vi em seus olhos em meus próprios.

Eu queria Henri. Ele por inteiro. Porém, sabia que não poderia ceder aos meus impulsos até falar com Bram. Ele merecia pelo menos isso.

Henri pareceu ler os meus pensamentos.

— Não quero pressioná-lo, é claro. Vou deixar você ditar o tom. Afinal, você é o marquês.

— Ah! — resmunguei e coloquei a mão na cabeça. — Você e a sua irmã nunca vão parar de me provocar, não é?

Henri voltou a sorrir.

— Claro que não.

Ele segurou o meu rosto e me deu um beijo na testa.

Então, saiu da biblioteca, deixando-me sozinho e completamente corado.

19

NAQUELA NOITE, DURANTE O JANTAR, FOI ANUNCIADO QUE O CASAMENTO SERIA na manhã seguinte. Eles estavam tão apaixonados que mal podiam esperar para se casarem.

— Apaixonado pelo dinheiro dela — comentei com Henri.

Henri reprimiu uma risada.

Qualquer pensamento de me corromper com beijos foi adiado, já que ambos precisávamos dormir para acordar cedo no dia seguinte.

Pela manhã, nos reunimos na capela próxima ao castelo, onde o próprio padre Schedoni celebrou o casamento entre o conde Montoni e a minha tia. A cerimônia foi pequena, apenas Henri e Blanche, eu e os criados, mas a minha tia não pareceu se importar. Ela estava sorrindo de orelha a orelha, e eu quase me senti... *feliz* por ela. Foi um sentimento estranho. Minha tia fora uma fonte de ansiedade e medo por muito tempo, mas ela era da família, e vê-la casada foi estranhamente emocionante. Eu sabia que ela não seria, de fato, feliz com Montoni. O conde ficaria desanimado quando soubesse que a minha tia provavelmente não tinha o dinheiro necessário para saldar as suas dívidas de jogo. Ela não teria acesso à minha herança, exceto à quantia necessária para manter La Vallée, que ela havia achado por bem abrir mão. Eu não tinha certeza do que aquilo significava para o Château le Blanc, ou para Henri e Blanche. Só podia esperar que as coisas dessem certo de alguma forma, ou que dinheiro suficiente fosse obtido da minha tia para afastar os credores por algum tempo.

Naquela noite, foi oferecido um banquete. Diversos vizinhos compareceram para compartilhar o jantar de celebração. Em certo momento, Montoni desapareceu em seu escritório. Algum tempo depois, tia Cheron, ou melhor, tia *Montoni*, foi chamada para vê-lo. Logo em seguida, Henri, Blanche e eu fomos convocados a ir até a biblioteca para uma reunião familiar.

Grimes estava lá quando chegamos, conversando com um enfurecido Montoni, que rangia os dentes.

— O que é isso agora? — perguntou Henri, sentando-se ao lado da irmã. Sentei-me numa cadeira perto da minha tia, que parecia perturbada e um pouco pálida.

Grimes olhou para Henri, depois para Montoni, como se estivesse pedindo permissão para falar. Montoni acenou com a mão para ele.

Grimes pigarreou.

— Quando o quarto de Fournier estava sendo limpo, algumas coisas muito preocupantes foram encontradas.

Eu me animei. Talvez ainda houvesse evidências do seu assassinato.

— Elas indicam o seu paradeiro atual? — indagou Blanche.

— Hum, não. Havia um pouco de tinta dourada e um estoque de talhares de prata debaixo da sua cama.

Eu já esperava por algo assim. Eu dera a Annette a permissão para informar Grimes a respeito do esquema que tínhamos descoberto, já que eu não via sentido em adiá-lo por mais tempo. O que eu não esperava era o envolvimento de Fournier.

— Tinta dourada? O que isso significa? — perguntei, fingindo ignorância.

Olhei para Henri e notei que ele tinha ficado pálido, assim como Blanche. Eu estava deixando escapar alguma coisa?

— Significa que Fournier estava planejando pintar talheres de prata de dourado e trocá-los por alguns dos nossos caríssimos conjuntos de ouro — respondeu Montoni, irritado.

— Então, ele era um ladrão — minha tia disse, fungando. — Faz todo o sentido que ele tenha fugido.

Captei uma troca de olhares entre Henri e Blanche antes de Henri abrir um sorriso forçado.

— Eu gostaria de saber por que ele iria embora sem fazer a troca primeiro. Fournier deve ter perdido muito dinheiro — disse ele num tom provocativo, como se tentasse incitar uma resposta do tio.

Que curioso.

— A questão não é essa — rosnou Montoni. — Um dos nossos criados achou por bem tentar nos roubar debaixo do nosso nariz. E esse é um dinheiro que não podemos nos dar ao luxo de perder, caso as contas que examinei esta noite sirvam de indicação.

Blanche franziu a testa.

— O que o senhor está dizendo, tio?

— Que *madame* Cheron pode ter *exagerado* o tamanho da sua fortuna.

— Eu só disse que estava bem de vida — protestou a minha tia. — Nunca disse que estava nadando em dinheiro. E não esperava me casar com um homem tão endividado a ponto de precisar de mim para safá-lo dos credores.

Blanche levou a mão à cabeça.

— A sua jogatina infernal. Por que o senhor teve de se arriscar dessa maneira, tio?

— Não se atreva a me dizer como devo me portar — menosprezou Montoni. — Foi por minha caridade que você pôde participar dos bailes desta temporada. Eu poderia ter me livrado de você e a enviado para um seminário feminino. Ou talvez para um convento. O padre Schedoni ficaria feliz em preservar a sua virtude, tenho certeza.

Mortificada, Blanche desviou o olhar.

— Eu exerço todo o poder aqui. Vocês precisam se lembrar disso. Sou mais poderoso do que vocês dois juntos. Andem na linha ou serei forçado a demonstrar essa força.

Naquele momento, até Henri pareceu frágil. Suas mãos estavam um pouco trêmulas, mas logo ele deu a impressão de recuperar a compostura. Eu me perguntei que poder Montoni tinha sobre o sobrinho. O poder dele sobre Blanche era evidente.

— Não é culpa da minha tia que o senhor tenha se casado com ela por causa do dinheiro dela — declarei, incitando a ira do conde.

Montoni bufou.

— Não me casei com madame Cheron por causa do dinheiro dela. Eu amo a querida criatura. Só estou decepcionado.

Minha tia sorriu. Um sorriso amarelo.

— Mas o que isso significa, tio? — perguntou Henri. — Há dinheiro suficiente para satisfazer os credores por enquanto?

— Não, não há. — Montoni suspirou. — Vou arrendar o Château le Blanc por algum tempo. Os meus credores concordaram em usar o dinheiro do aluguel para saldar a minha dívida. Deve levar um ano ou mais.

— O que vamos fazer enquanto isso? — questionou Blanche, parecendo assustada de verdade.

— Também vou alugar La Vallée em troca de uma renda adicional— afirmou minha tia. — E se Emile receber a herança, suponho que ele manterá o arrendamento da propriedade, e talvez compartilhe uma parte da sua fortuna para saldar a dívida mais depressa. — Ela olhou nos meus olhos.

Pisquei. Minha tia poderia muito bem ter me internado numa instituição para doentes mentais e reivindicado a minha herança para si mesma de imediato. O fato de ela falar como se a herança fosse uma coisa garantida me deu esperança. Também me fez acreditar que ela estava me protegendo de Montoni.

Eu não sabia por que seria esse o caso, tendo em vista a nossa história, a menos que a minha tia tivesse percebido a índole de Montoni com mais astúcia do que eu imaginava. Ela não deveria ter ficado feliz com o fato de Montoni precisar imediatamente da sua ajuda financeira para saldar as dívidas do vício de jogo dele. Qualquer um se sentiria usado.

— Mas para onde iremos se não podemos ficar aqui? — quis saber Blanche.

— Udolpho, é claro — respondeu o conde Montoni e abriu um sorriso sombrio.

Henri tremeu visivelmente. Da minha parte, senti o meu ânimo desabar. Que ironia o fato de o porto seguro almejado por mim naquelas últimas semanas acabar sendo o próprio lugar para o qual eu seria forçado a ir naquele momento difícil.

— Udolpho? — questionou minha tia.

Sorrindo, o conde Montoni se virou para ela.

— Claro, minha querida. Você não achou que este castelo era a minha única propriedade, achou? Tenho outro castelo na Itália, apenas esperando por nós para habitá-lo.

— Outro castelo? — Os olhos da minha tia brilharam.

Henri e eu nos entreolhamos. Embora parecesse resignado, o sorriso que ele me ofereceu foi tímido.

Montoni tomou um gole de vinho.

— Estava planejando passar a nossa lua de mel em Udolpho. O interior da Itália é deslumbrante. Pitoresco. Esse contratempo que estamos vivendo vai prolongar a nossa estada, mas não será um período desagradável para nós.

Tia Cheron, pois ainda não conseguia pensar nela como tia Montoni, mostrou-se radiante.

— Sim parece uma grande aventura. Não acha, Emile?

— Uma aventura — repeti com falso entusiasmo.

— Quando partiremos? — perguntou Henri.

— Em dois dias. Ao amanhecer — respondeu Montoni.

— Dois dias?! — exclamou Blanche, endireitando-se. — Isso quase não nos dá tempo para colocar as nossas coisas em ordem.

— Sim, melhor começar a escrever para amigas e pretendentes imediatamente. Sei que você consegue lidar com isso. A sua dama de companhia arrumará a bagagem para você — afirmou Montoni. — A criadagem será mantida para ajudar os arrendatários, é claro. Vamos levar Annette, que também cuidará do bem-estar de madame Montoni, assim como o meu próprio valete, Cavigni. Fiquei pensando que talvez devêssemos levar Ludovico para dividir os deveres de valete entre Henri e Emile. Isso parece justo?

Todos concordamos com um gesto de cabeça, embora meus pensamentos estivessem acelerados a respeito dos preparativos e da jornada pela frente. Com tudo aquilo acontecendo, eu corria o risco de não ter chance de falar com Annette até chegarmos a Udolpho.

— Por que devemos partir tão rápido? — indagou Blanche. — Não podemos esperar mais alguns dias, pelo menos?

— Já estamos em cima da hora — respondeu Montoni. — O nosso medicamento precisará ser aplicado dentro de uma semana. É claro que o padre Schedoni nos acompanhará e ficará conosco para cuidar da nossa saúde.

Senti um calafrio ao pensar em ter Schedoni por perto num futuro próximo. E, em seguida, eu me dei conta, com um sobressalto, de que aquilo significaria que estaria deixando Bram para trás. E se fôssemos partir em dois dias, como eu poderia falar com ele? A criadagem provavelmente estaria muito ocupada, organizando a viagem para conseguir ir até a cidade para mim.

Depois que fomos dispensados, caminhei com Henri em direção aos nossos aposentos. Ou melhor, o aposento *dele*.

— Você está muito calado — observou ele.

— É muita coisa para assimilar — disse e procurei tranquilizá-lo com um sorriso, mas que foi muito tímido. — Também estou preocupado.

— É natural, mas vai ficar tudo bem. Udolpho é... Não vou mentir, é deprimente. Mas vamos estar juntos. — Ele estendeu o braço e pegou a minha mão. — Estou convencido de que podemos enfrentar qualquer coisa juntos, você e eu.

Sorri de verdade com isso.

— Concordo.

— Ótimo. Então não há nada com o que se preocupar. — Henri suspirou. — Mas vou sentir falta das minhas criações.

— Criações?

Ele confirmou.

— Com certeza você já as viu. Tenho interesse por taxidermia.

— São obras suas? — Arregalei os olhos.

Henri soltou uma risadinha.

— Claro. Quem você achava que as tinha criado?

Franzi os lábios. Não eram do meu gosto, mas, com o tempo, passei a gostar das cenas.

— São animais mortos. Isso não é um tanto mórbido?

— Entendo que você veja dessa maneira. Prefiro pensar que estou dando aos animais uma segunda vida.

Caminhamos mais devagar ao nos aproximarmos de uma dessas cenas. Uma raposa estava saltando para fora de uma relva alta sobre um porco-espinho desatento. A raposa estava com as patas estendidas e a boca aberta em um rosnado. Estendi o braço e passei a mão ao longo do pelo vermelho e branco da sua cauda.

— Sim, mas você está apresentando cadáveres — insisti.

Henri suspirou.

— Sei que é difícil de entender, mas criar essas cenas me faz sentir... Não sei, mais perto do mundo natural. Acho que às vezes esquecemos que, por trás das formalidades da hora do chá, das boas maneiras e dos trajes extravagantes, somos todos animais, uma parte da natureza. Isso me acalma. — Ele pôs a mão na cabeça da raposa, quase com carinho. — Estou honrando a vida deles ao preservá-los. Me sinto bem em fazer algo por essas criaturas. Elas são lindas e merecem ser admiradas na morte, não apenas jogadas numa pilha de lixo depois de ter a sua carne cortada.

Não queria fazer Henri sentir que precisava se defender. Se aquele era um hobby de que ele gostava e lhe dava satisfação, queria apoiá-lo.

— Gosto dos morcegos na biblioteca. Acho que eles proporcionam um toque de fantasia.

Henri ergueu os olhos e sorriu.

— Obrigado. Sempre gostei de morcegos. São criaturas muito mal compreendidas. — Ele suspirou e se endireitou. — A maioria dos animais que empalho é mal compreendida.

Por um instante, achei que Henri pareceu um tanto triste, mas não soube dizer o motivo. Talvez pelo fato de que ele teria de deixar as suas criações para trás? Ele precisava confiar que a família que arrendasse o castelo as respeitaria e não as prejudicaria.

Recomeçamos a percorrer o corredor.

Pigarreei. Não queria incomodar Henri com algo tão pessoal, mas não via outra saída.

— Quero saber se você poderia fazer um favor para mim.

Henri ergueu uma sobrancelha.

— Gostaria de escrever ao *monsieur* Valancourt para informá-lo dos nossos planos. Ele tem o direito de saber.

Henri respirou fundo e deixou escapar um suspiro. Ele apertou a minha mão.

— Acho que é justo.

— Sério? — Pisquei, surpreso.

— Bem, ele não terá muitas chances, já que muito em breve vocês não estarão sequer vivendo no mesmo país — disse Henri, puxando-me para me deter e me virando para encará-lo. — E de qualquer forma, eu já não ganhei o seu coração?

Coloquei a mão livre em seu peito.

— Talvez você esteja se aproximando.

— É mesmo? — perguntou ele, trazendo o rosto para perto do meu e olhando para os meus lábios.

— Bem, eu realmente gosto quando você me abraça.

— Isso é tudo?

Engoli em seco quando os lábios de Henri roçaram os meus. Inclinei o meu corpo para ele e quase perdi o ar quando ele se afastou e seguiu pelo corredor sem mim.

— Foi o que pensei — disse ele, casualmente.

Olhei irritado para as suas costas.

— Provocante.

— Ah, *eu sou* provocante?

PARTE III

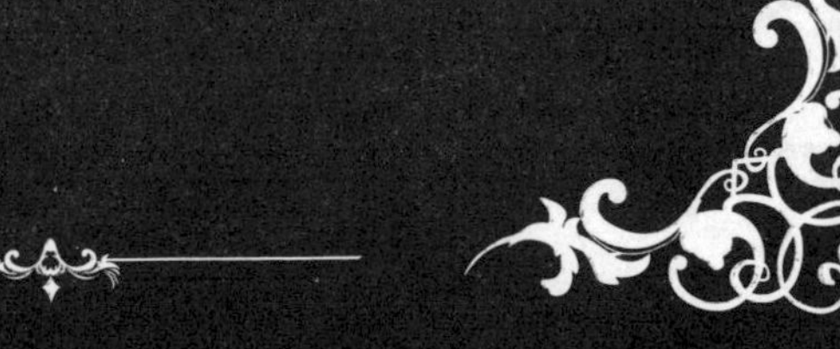

20

— Isto é para o senhor, milorde — um belo jovem me disse, sorrindo ao erguer o meu pesado baú com facilidade e entregá-lo ao cocheiro.

— Obrigado — agradeci, sentindo-me constrangido por não saber seu nome. Ele era familiar, mas não era capaz de identificá-lo. Jamais tinha sido muito bom com nomes.

— Meu nome é Ludovico, milorde — informou, percebendo o meu desconforto. — Não se preocupe. A criadagem é numerosa, então, vou perdoá-lo desta vez. — Ele deu uma piscadela.

Senti o meu orgulho crescer com a atenção. Henri vislumbrou minha breve vaidade e balançou a cabeça para mim.

Em resposta, sorri para ele.

Montoni, a minha tia e o padre Schedoni estavam na primeira carruagem do nosso comboio, enquanto os criados estavam na última. Aquele arranjo deixou a carruagem do meio para Henri, Blanche e eu, exatamente como eu queria.

— É bem emocionante! — exclamou Blanche, sorrindo e se acomodando na carruagem. Em seguida, lançou um olhar ansioso pela janela para o Château le Blanc. — Adoro viajar. É uma pena que esta viagem acabe naquele lugar horrível.

— Udolpho é tão ruim assim? — perguntei, incrédulo.

— Tudo o que você imaginar, Udolpho é pior — brincou Henri. Ou melhor, achei que fosse uma piada.

— Melhor reduzir as suas expectativas. — Blanche examinou as unhas. — Não haverá bailes nem festas.

Recostei-me no assento, que era duro e desconfortável. Mudei de posição até ficar satisfeito.

— Então, não será nada divertido.

— Nem um pouco.

— Bem, eu pretendo me divertir — disse Henri, tocando a sua mão de leve na minha coxa. — Bastante, na verdade.

Golpeei a sua mão, afastando-a.

— Patife.

Quando a carruagem se pôs em movimento, dei-lhe um beijo rápido no rosto.

Henri sorriu de alegria para mim.

— Não vai ser assim a viagem inteira, vai? — questionou Blanche, olhando de nariz empinado para nós. — Se for, acho que vou me arriscar na carruagem do padre Schedoni e dos recém-casados.

— Não vai, não — retrucou Henri com desdém.

— Não, não vou mesmo. — Blanche sorriu em concordância.

Ao começarmos a nos afastar do castelo, nós três espiamos pela janela. A construção foi ficando cada vez menor. Então, uma curva na estrada a escondeu de vista.

Henri suspirou.

— E lá se foi o castelo.

Blanche afagou o joelho do irmão.

— Essa casa nos proporcionou inúmeras boas lembranças.

— E mesmo um velho e sombrio castelo como Udolpho nos proporcionará muitas mais.

— Juntos sempre — pronunciou Blanche.

— Juntos sempre, irmã.

Ao margearmos a cidade, observei cada edificação pela qual passamos, como se nunca mais fosse vê-las, o que poderia muito bem ser o caso. Fiquei curioso em saber o que Bram estava fazendo naquele momento. Talvez ele estivesse observando o comboio de carruagens, que me levava a lugares desconhecidos.

— Ele recebeu — informou-me Henri.

— Você mesmo entregou para ele? — perguntei, sorrindo, melancólico.

— Sim. Eu teria ficado para observar a decepção dele, mas estava com pressa.

— Sério? — Ergui uma sobrancelha. — Achei que você se alimentava do sofrimento dos outros.

— O senhor me ofende. — Henri pôs a mão sobre o coração.

— Por falar a verdade? — perguntou Blanche inocentemente.

— É assim que vai ser, então? — Henri franziu os lábios. — Vocês dois se unindo contra mim? Talvez eu deva me jogar da carruagem agora e acabar logo com isso.

Troquei um olhar conspiratório com Blanche.

— Isso pode ser divertido — disse ela num falso sussurro.

— Concordo plenamente — sussurrei de volta.

Henri apenas balançou a cabeça e sorriu.

Na primeira e na segunda noites, dormimos numa hospedaria. Na terceira, estávamos longe demais no interior para conseguir aquele tipo de estabelecimento. Então, Montoni apelou a alguns amigos os quais ele sabia que nos abrigariam.

Os irmãos Ugo e Bertrand eram donos de uma casa modesta. A criadagem seria obrigada a dormir no celeiro, enquanto o resto de nós dormiria em quartos duplos. A casa tinha apenas um criado, que se encarregou de todo o nosso bem-estar, o que eu sabia que era exigir demais. Normalmente, uma mulher do vilarejo vinha três vezes por semana para cozinhar e, naquela circunstância, foi chamada para nos preparar carne tenra de cordeiro com verduras, o que foi mais do que satisfatório em tão pouco tempo.

— Está com um cheiro ótimo — elogiei ao ser servido. Observei a comida com algum receio, mas comeria sem reclamar, depois de ter sobrecarregado bastante os nossos anfitriões.

— Excelente — concordou Blanche, sorrindo de uma forma que, se eu não a conhecesse bem, pareceria sincero.

— Minha filha, onde estão as suas luvas? — perguntou o padre Schedoni, observando Blanche com a testa franzida.

Surpreso, olhei para os braços nus de Blanche. Normalmente, ela usava luvas fora de casa. Ao olhar em volta da mesa, percebi que Montoni, minha tia, Henri e Schedoni estavam usando luvas.

Montoni estreitou os olhos para a sobrinha.

— Que descuido da sua parte.

Blanche levantou-se, desculpou-se e ficou vermelha sob o escrutínio dos demais.

— Vou pegá-las imediatamente.

— Eu também não estou usando luvas — afirmei, levantando-me com Blanche. — Vou acompanhá-la.

Montoni me lançou um olhar de relance, acenando com a cabeça.

Ao sairmos da sala de jantar, Blanche me deu um sorriso de agradecimento.

— Isso foi constrangedor.

Cocei a cabeça.

— Você sempre usa luvas fora de casa, não é?

— Nas refeições — respondeu Blanche. — Certa vez, o meu tio se infectou com uma lasca de prata. Ele quase perdeu a mão. Desde então, fomos instruídos a usar luvas quando somos convidados para jantar. É incômodo, mas nós o satisfazemos.

— Estranho.

Blanche sorriu, agarrando a minha manga.

— Obrigada. Por ter vindo comigo. Receio que você esteja na companhia de uma família estranha. Temos as nossas peculiaridades.

— Como empalhar animais?

— Sim. — Blanche suspirou. — Henri é louco por isso. Acho que o processo lhe dá uma sensação de controle e um escape para a criatividade. Espero que os animais não tenham assustado você. Entendo que eles podem ser um pouco excessivos.

— Na verdade, eles são muito impressionantes.

— É um talento estranho — reconheceu Blanche. — Mas o meu irmão é habilidoso para isso. Henri sempre foi apaixonado por animais.

— Vocês deveriam ter um animal de estimação.

Blanche ergueu uma sobrancelha.

— Você acha mesmo que o meu tio permitiria um animal dentro de casa?

Ela tinha razão. Não conseguia imaginar Montoni aceitando um animal de estimação. Ele tenderia mais a chutar um cachorrinho do que acariciá-lo.

Quando voltamos à sala de jantar, Bertrand estava falando em voz baixa.

— Sim, é melhor ter cuidado na floresta ao redor daquele castelo. Ouvi dizer que é um refúgio de assassinos e bandidos. Não é um lugar para cavalheiros corretos, nem para mulheres. Mantenham-se nas estradas principais e não caiam em truques de carruagens avariadas ou coisas do gênero. Cuidem da sua vida e vocês vão chegar ao seu destino sem problemas.

— Não temos medo de bandidos nem nada do gênero — desdenhou Montoni. — Conheço bem a área ao redor de Udolpho e as pessoas que moram lá. É cruel preocupar a minha nova esposa dessa maneira.

— Peço o seu perdão, milady — replicou Bertrand, olhando para a minha tia com hesitação.

Em resposta, Cheron apenas assentiu.

Bandidos e ladrões. Para que tipo de lugar Montoni estava nos levando? Parecia cada vez mais ser um canto silencioso para nos afastar do mundo.

— Há muito em matéria de sociedade, então? — perguntou minha tia a Montoni, e eu me inclinei para a frente, curioso de verdade.

— Infelizmente, não — respondeu Montoni, soprando um pedaço de carne antes de removê-lo com cuidado do garfo com os dentes. Reparei que Henri comia com o mesmo cuidado e quase bufei. Ele parecia achar que o cordeiro poderia ressuscitar e dar-lhe uma mordida. Também notei que Blanche não tinha comido nada; apenas cortou a carne e empurrou os pedaços pelo prato. Talvez não fosse do agrado deles? Para o meu gosto, a carne estava malpassada demais, mas não estava ruim.

— O castelo é cercado pela floresta em três lados e construído na encosta de uma montanha — continuou Montoni. — O percurso é mais traiçoeiro do que eu gostaria, mas a vista é simplesmente espetacular. Como retiro tranquilo, não se parece com nada que você já tenha experimentado. É o cenário perfeito para uma lua de mel.

Minha tia sorriu, mas de maneira fraca e pouco convincente. Até ela estava tendo dúvidas. O Castelo de Udolpho parecia isolado como uma prisão.

E eu havia esperado me apossar dessa propriedade, tinha apostado nisso. Era estranho como as coisas aconteciam. Por mais entediado que eu estivesse com a árdua viagem que estávamos fazendo, de repente desejei que ela se prolongasse para evitarmos chegar ao nosso destino tão rápido.

Depois de mais dois dias de viagem, avistamos a cordilheira dos Apeninos a distância, marcando quase o fim da nossa jornada. Atravessamos diversos vales, alguns desprovidos de vegetação, rochosos e implacáveis, enquanto outros estavam cobertos de pinheiros ou campos de relva alta. Passamos por um pequeno vilarejo com cerca de trinta casas e uma taverna, mas, fora isso, os únicos sinais de civilização eram algumas casas de fazenda aqui e ali. Nós nos aventuramos por uma imensa floresta de pinheiros e, em seguida, por um desfiladeiro, que tivemos de atravessar por uma ponte coberta, com as suas tábuas de madeira bambas sob as rodas das nossas carruagens. Era mesmo uma área bem remota, mas precisava admitir que Montoni tinha razão acerca da paisagem. Era majestosa e belíssima, elevando o meu ânimo, apesar da situação em que nos encontrávamos.

— E aqui está — disse Henri depois de algum tempo. Não consegui ver ao que ele estava se referindo. Então, movi-me para o seu lado e me curvei para espreitar pela janela da carruagem. A noite estava caindo depressa. O sol parecia estar sendo engolido pelos picos montanhosos à nossa frente. Era uma bela imagem; tons rosados e laranja viravam roxo e brincavam sobre a face rochosa. Construído na encosta de uma das montanhas que se erguiam ainda ao longe, estava o castelo. Contemplei com melancólico assombro a enorme estrutura. Apesar das belas cores ao seu fundo, elas pouco iluminavam a majestade gótica do castelo, que parecia tragar a luz em suas paredes de pedra cinzenta em decomposição. Enquanto observava, as luzes da montanha se extinguiram de uma só vez, espalhando sombras que correram sobre o castelo, como se perseguidas por espectros. Captei os trechos de muralhas, as torres imponentes, os torreões que se projetavam da penumbra, e pensei em como aquele lugar parecia solitário. Escuro, sombrio e solitário. Ao chegarmos aos gigantescos portões do castelo, alguns detalhes começaram a se destacar para mim, como as figuras encurvadas ao longo das ameias, hediondos monstros deformados de pedra, que eram páreo duro para as gárgulas de Notre-Dame. Eles espreitavam, como se vigiassem os forasteiros ali embaixo e os alertavam para que se afastassem.

O Castelo de Udolpho era mais imponente do que eu imaginara, mas também confirmava o que já havia suspeitado: era escuro, antigo e sombrio. Tinha a aparência exata de como um lugar mal-assombrado seria.

Depois que os portões foram abertos por dentro por criados fora de vista, percorremos o pátio repleto de ervas daninhas e relva. Ao que tudo indicava, por dentro seria tão sombrio quanto por fora.

— Lar, doce lar — disse Henri, com um leve sorriso.

— Mas talvez não por muito tempo — afirmou Blanche, oferecendo um farol de esperança.

Nenhum de nós respondeu.

As carruagens chegaram ao final do pátio, parando diante de duas grandes portas com aldravas em forma de cabeça de lobo. Sentia-me inquieto e zonzo por causa dos longos dias de viagem e fiquei grato pela ajuda de Ludovico para desembarcar da carruagem.

Apesar de ter acabado de anoitecer, o ar gelado já tomava conta do ambiente. Segui o cortejo dos meus companheiros de viagem e passamos pelas portas principais, conduzidos por um homem baixo e roliço chamado Bertolino, que não parava de se curvar para Montoni, como se o conde pertencesse à realeza.

— Você vai cuidar dos cavalos? — perguntou Montoni, enquanto Bertolino nos levava para uma sala de estar, onde nos sentamos em cadeiras de espaldar rígido que já tinham visto dias melhores. As paredes de pedra escura estavam cobertas com tapeçarias na tentativa de ocultar suas características gélidas. Uma lareira tinha sido acesa. O calor era muito bem-vindo, e olhei ao redor, pouco à vontade, encontrando o olhar da minha tia, que logo o desviou.

— Temos um novo cavalariço muito capaz, milorde — informou Bertolino ao conde. — Embora a sua mensagem tenha sido uma surpresa, não faltam pessoas no vilarejo em busca de emprego. O senhor reconhecerá muitos rostos familiares de anos anteriores, quando Udolpho era utilizado com mais regularidade. Tivemos poucos dias para nos prepararmos para a sua chegada, mas acho que o senhor ficará satisfeito com o resultado. Normalmente, mantemos a ala leste toda fechada, com o mobiliário protegido. As áreas comuns foram arejadas de antemão, incluindo a galeria.

— Ótimo, Bertolino. Apresento-lhe lady Montoni, a minha nova esposa. Ela será a senhora do castelo e você cuidará do bem-estar dela. O outro rosto desconhecido é o seu sobrinho, o marquês St. Aubert. Não deixe de dar a ele o quarto vermelho na ala leste.

Bertolino fez uma reverência exagerada para a minha tia e, em seguida, para mim. Então, lançou um olhar confuso para Montoni.

— O quarto vermelho, senhor?

— Foi o que o conde disse — confirmou o padre Schedoni, enfático.

Bertolino hesitou, mas cedeu.

— Vamos providenciar roupa de cama limpa. O restante da sua família ficará em seus aposentos habituais na ala oeste?

— Sim — respondeu Montoni, acenando com a mão.

Henri se aprumou.

— Posso ficar em um quarto na ala leste, para fazer companhia a Emile. Não será problema.

— Não vamos complicar ainda mais as coisas — afirmou Montoni com uma veemência que não admitiria discussão. — Bem, acho que estamos todos cansados da nossa viagem. — Com acenos de mão, apresentou novas ordens para Bertolino. — Você pode mostrar a lady Montoni o aposento dela e encaminhar as bagagens para os seus destinos apropriados. Em seguida, envie algo para comer para cada um de nós em nossos quartos.

— Muito bem, milorde. — Bertolino fez uma reverência e conduziu a minha tia para os seus aposentos.

Inseguro e desconfortável naquele castelo grande e desconhecido, juntei as mãos com força diante de mim. Apesar da lareira, ainda sentia uma corrente de ar muito forte na sala de estar, e me perguntei se todo o castelo era tão gélido, como se o frio estivesse impregnado no lugar.

— Vou lhe mostrar o seu quarto — ofereceu Henri, colocando-se de repente diante de mim. Ele não olhou para Montoni para confirmar se a ação era aceitável, em vez disso, me ajudou a ficar de pé e me levou para fora da sala, segurando uma lamparina para iluminar o caminho.

Os corredores eram escuros e estreitos. Procurei prestar bastante atenção para onde estávamos indo para não me perder durante a noite. Fiquei dizendo a mim mesmo que o castelo pareceria mais um lar à luz do dia, mas não tinha certeza. Não parecia nada hospitaleiro.

— Irei ao seu quarto logo que conseguir — disse Henri, olhando brevemente para trás em minha direção, a luz da lamparina criando sombras no seu rosto. — Não sei por que o meu tio designou um quarto tão distante de todos os outros para você, mas *é* um quarto bem grande. Você vai se sentir muito bem nele, tenho certeza.

— Tenho certeza — repeti.

Henri parou e se virou para mim. Ele colocou a mão em meu ombro e abriu um sorriso encorajador.

— Sei que parece sombrio agora, mas não será tão ruim assim. Estaremos juntos. Há muita coisa para explorar e nos manter ocupados. Vou lhe mostrar a biblioteca amanhã de manhã. É imensa.

— Uma biblioteca? — perguntei, animando-me.

Eu já não era mais um criado disfarçado e não tinha compromissos sociais. Portanto, teria tempo para tais diversões.

O sorriso dele se ampliou.

— Esse é o meu garoto!

Ele se inclinou até as nossas testas se tocarem e olhou-me nos olhos.

— Você não está sozinho aqui. Não quero que se sinta preso. Sempre que se sentir assim, quero que me procure, está bem?

Soltei um suspiro profundo.

— Obrigado.

Henri se afastou de mim e continuamos pelo caminho até o meu quarto. No exato momento em que achei que o castelo não poderia se estender mais adiante, subimos uma escada e paramos diante de uma porta com maçaneta de latão.

Prendi a respiração quando Henri entrou e começou a acender as velas. Era um recinto espaçoso com uma janela estreita na outra extremidade.

A cama com dossel tinha lençóis e cortinas vermelhos, enquanto um tapete também vermelho cobria quase todo o chão de pedra, lembrando uma poça de sangue. Havia uma mesa perto de uma grande lareira, com um tabuleiro de xadrez de aparência antiga sobre o console, com as peças espalhadas nele como se estivesse no meio de um jogo acalorado.

— Vou pedir para Ludovico vir até aqui para acender a lareira — ofereceu Henri. — Vai parecer menos lúgubre dessa forma.

— Tudo bem.

— A menos que você queira acender sozinho. Ouvi dizer que você consegue um fogo crepitante.

Bufei.

— Sou conhecido por acender uma lareira de vez em quando.

— Você conhece os segredos do ofício. Muito másculo.

— Sou mesmo. Másculo, da cabeça aos pés.

Sabia que Henri estava tentando aliviar a tensão, que queria que eu me sentisse à vontade, mas eu não estava muito propício a isso. Involuntariamente, comecei a tremer. Não sabia se era por causa do frio do quarto ou do medo e da tensão. Então, Henri logo se aproximou de mim e passou as mãos quentes sobre os meus ombros. Ele se inclinou e me beijou suavemente, com os seus olhos cheios de ternura.

— Eu estou bem — garanti. — Vou me acostumar a isso. Só... estou cansado e com fome.

Por um instante, Henri me observou.

— Acho que estamos todos cansados e famintos. Quando Ludovico vier para acender a lareira, farei com que ele traga o seu jantar. — Ele hesitou. — Quem sabe seja melhor eu deixar você sozinho esta noite, já que o meu tio talvez esteja mais atento do que o normal. Tudo bem?

— Sim, é claro. Como eu disse, estou cansado. Devo me deitar logo depois do jantar.

— Está certo — replicou Henri, deu um rápido aperto na minha mão e se dirigiu para a porta. Parou na soleira. — Boa noite, Emile. Vejo você de manhã.

Em seguida, ele me deixou sozinho.

Depois de soltar um suspiro, comecei a circular lentamente pelo quarto. Pelo menos, estava limpo e bem cuidado. Quando a lareira fosse acesa, seria de fato aconchegante.

Parei de caminhar ao notar uma segunda porta no aposento. Não sabia aonde levava, mas não gostei da ideia de alguém ter acesso ao quarto através de outra parte do castelo. Aproximei-me da porta e toquei o ferrolho, que parecia precário e enferrujado. Duvidei que seria muito útil se eu o trancasse, mas, mesmo assim, fiz aquilo.

Levou menos de meia hora para que Ludovico chegasse com uma refeição fria e uma taça de vinho. Fiquei mais agradecido pelo vinho do que qualquer outra coisa, deleitando-me enquanto o seu calor se espalhava pelo meu peito. Foi útil para me relaxar e, depois que a lareira foi acesa e o fogo começou a crepitar, pedi para Ludovico ficar comigo por um tempo.

— Annette me falou muita coisa a seu respeito, milorde — Ludovico arriscou a dizer, ao mesmo tempo em que recolocava as peças de xadrez no tabuleiro em suas posições iniciais.

Estreitei os olhos para ele.

— Em relação a Annette, isso pode ser positivo ou negativo.

— É uma grande verdade. E ela provavelmente vai ralhar comigo por dizer isso, mas acho que Annette tem o senhor em grande estima, milorde.

— Por favor, me chame de Emile — pedi, feliz em saber que Annette tinha tanta consideração por mim. — Sei que você e eu ficamos trocando informações por intermédio de Annette por um tempo. Já era hora de nos conhecermos.

— É verdade. Mas, infelizmente, acho que não ajudamos muito. Se Montoni está escondendo algo importante, nós não descobrimos. — Ludovico inclinou a cabeça, terminando de arrumar as peças de xadrez. — Se o senhor não se importa com o meu conselho, eu tomaria cuidado ao investigar o conde enquanto estiver em Udolpho. O castelo parece ter olhos e ouvidos por toda parte. E estamos bastante isolados aqui.

Concordei com um gesto lento de cabeça.

— Vou me lembrar disso.

Ludovico sorriu.

— Annette me pediu para tomar conta do senhor. Então não pense que não tem aliados aqui.

— Fico contente por poder contar com você, Ludovico.

— O senhor joga? — perguntou, apontando para o jogo de xadrez.

— Sim, mas não muito bem. O meu pai sempre me trucidava.

— Bem, se o senhor sentir vontade de jogar algum dia, prometo não liquidá-lo. Posso até ajudá-lo a se aprimorar, se quiser.

— Gostaria muito disso. Acho que vi um jogo de xadrez no escritório de Bram… quer dizer, no escritório do dr. Valancourt.

Ludovico me lançou um olhar matreiro.

— Ah, sim. Annette me contou acerca de Valancourt. Lady Morano e o seu irmão falaram bastante sobre ele.

— É mesmo? — perguntei, aprumando-me.

Ludovico abriu um sorriso malicioso.

— Como o senhor se sente por estar tão longe dele agora?

Com um suspiro de tristeza, eu me joguei na cama, alisando distraído os lençóis.

— Sinceramente, não sei o que poderá acontecer conosco. Já sinto saudade dele, muita saudade. Ele é tão caloroso e verdadeiro, e quando fica animado com algo, fica tão empolgado. Você deveria tê-lo visto a caminho da ópera... — Balancei a cabeça. — Mas essa pode muito bem ser uma causa perdida. Gostaria que Bram estivesse aqui, mas ele não está.

— Mas o conde Morano está.

— O conde Morano *está* aqui — concordei e olhei nos olhos de Ludovico. — E eu também gosto muito dele, por razões diferentes. Acho que o meu tempo aqui será melhor aproveitado me familiarizando com ele do que ansiando por um homem que não tenho esperança de ver por um bom tempo.

— Não há problema em sentir saudade de Valancourt — disse Ludovico. — Ele ainda estará lá quando o senhor deixar este lugar.

Sorri de leve, sentindo uma dor se formar em meu peito.

— Espero que esteja certo.

Depois de algum tempo, Ludovico se retirou, e fiquei agradecido por sua presença ter conseguido me animar, apesar de me lembrar da minha separação de Bram. Eu tinha esperança de que ele esperasse por mim, por mais egoísta que aquilo fosse, mas eu também deveria ser realista. Bram tinha parecido cético quanto a um futuro entre nós da última vez que eu havia falado com ele, quando ele descobrira que eu era um marquês. Talvez aquele fosse mais um sinal de que não estávamos predestinados a ficar juntos, mesmo que o pensamento me desse vontade de me encolher e chorar.

Tranquei a porta assim que Ludovico saiu. Aquela, pelo menos, tinha um ferrolho resistente. Então, olhei fixamente para o fogo ao terminar de comer, desejando ter mais vinho para me ajudar a passar a minha primeira noite. Quando me deitei sob os lençóis frios da cama, ouvi o vento uivando pelo castelo e me lembrei do alerta de Annette a respeito de Udolpho ser um lugar mal-assombrado.

— Um lugar é apenas um lugar — disse a mim mesmo e fechei os olhos, exausto. — E um lugar não pode machucar ninguém.

21

NÃO FAZIA IDEIA DO QUE HAVIA ME ACORDADO. UM BARULHO, TALVEZ, OU UMA vaga sensação de que eu estava num lugar desconhecido. De qualquer forma, eu me peguei sentado ereto na cama, olhando para os cantos do quarto escuro, onde o calor das brasas moribundas do fogo não conseguia mais alcançar. Demorei um pouco para me lembrar de onde eu estava, e então a lembrança pouco fez para me tranquilizar.

Ouvi um uivo do lado de fora e puxei os lençóis até os meus olhos, perguntando-me se o barulho vinha do vento, como antes, ou de lobos que rondavam a floresta. O som pareceu muito real para não ter vindo destes últimos.

Ao olhar para a lareira, decidi que podia jogar mais lenha para expulsar algumas das sombras do quarto. Talvez aquela pequena consolação fosse suficiente para acalmar os meus pensamentos acelerados e impedir que a minha imaginação desandasse.

Arrastei-me pelo quarto e, em seguida, adicionei mais lenha, certificando-me de que as novas toras se incendiassem e reavivassem o fogo. Após mexer nas brasas com um atiçador durante algum tempo, dei um passo para trás e me deleitei com o calor das chamas. Desviei o olhar para a segunda porta do quarto e franzi a testa. Dirigi-me até a porta e toquei no ferrolho. Poderia jurar que o tinha trancado, mas agora estava aberto.

Sentindo-me apreensivo, fui até a porta principal e a encontrei trancada. Não devo ter trancado a segunda porta. Aquela era a única explicação. Havia apenas as duas portas e, se eu tivesse trancado as duas, ninguém poderia ter obtido acesso ao meu quarto durante a noite.

Então, ouvi algo através da segunda porta. Um gemido. Mas não, não tinha vindo da porta, mas das próprias paredes. Recuei, todo arrepiado.

O vento. Tinha de ser o vento. Havia uma espécie de fresta na parede e, quando o vento soprava através dela, soava como um gemido. Acontecia em casas velhas o tempo todo.

Engoli em seco, com o pânico rasgando meu peito, apesar de tentar afastar os meus medos. Devido ao meu cansaço, achei que talvez tivesse fechado o ferrolho sem de fato tê-lo fechado. Ninguém poderia ter entrado no meu quarto enquanto eu dormia. E tinha sido o vento soprando pelo castelo que havia me despertado.

Um verdadeiro pavor começou a tomar conta de mim quando percebi o quanto eu estava longe do restante dos habitantes naquele castelo desconhecido. Passei a suar frio quando a paranoia se manifestou. Sabia que não poderia ficar naquele cômodo nem por mais um minuto.

Vesti uma capa, acendi uma vela e fugi do quarto, sem deixar de bater a porta com força ao passar. Quando alcancei o corredor, olhei ao redor, apreensivo. Tudo estava quieto e escuro demais. Era uma sensação estranha, e eu não gostei nem um pouco. Por que Montoni havia me mandado para tão longe dos outros quartos? Foi cruel. Não sabia se seria capaz de suportar.

Controlando os nervos da melhor maneira possível, desci a escada e segui pelos corredores do jeito como me lembrava, para voltar à sala de estar principal. Felizmente, não me perdi e, assim, vi-me no lugar exato que havia pretendido ir.

— Milorde?

Sobressaltei-me quando uma sombra pairou sobre mim. Então, virei-me e vi Annette me encarando com uma sobrancelha erguida.

— Você me assustou, Annette. Faça algum barulho da próxima vez.

Annette bufou.

— Também não conseguiu dormir, não é, senhor?

— Dormi um pouco.

— Mais do que eu. — Annette balançou a cabeça. — Estar de volta a este lugar… credo. Como eu odeio isto aqui. É tão deprimente. — Ela semicerrou os olhos para mim. — Você não viu nenhum fantasma, viu? Porque parece que sim.

— Eu… não. Não vi nenhum fantasma — respondi.

Talvez eu tivesse ouvido um, mas não iria encorajar Annette a alimentar a minha imaginação já exacerbada. Annette deu de ombros.

— Bem, dê tempo ao tempo. Afinal, é apenas a primeira noite. E você está no quarto vermelho.

Franzi a testa.

— O que há com o quarto vermelho?

— Nada — respondeu Annette, inocentemente.

Semicerrei os olhos.

— Falei com Ludovico — prosseguiu ela, mudando de assunto. — Qual é o plano agora que estamos no Castelo de Udolpho? Não vejo como encontrar algo sobre Montoni aqui que nos dê alguma vantagem.

Percorri a sala com os olhos, lembrando-me do alerta de Ludovico acerca de olhos e ouvidos.

— Você tem razão. Acho que não há nada a ganhar aqui.

Ela semicerrou os olhos para mim.

— O que exatamente esperava encontrar sobre ele? E chega de guardar segredo como você fez com o seu título. Esse não é o tipo de coisa que parceiros escondem um do outro. Não inspira muita confiança.

— Tem razão, Annette — disse, retraindo-me. — Peço desculpa por isso. Para mim era da maior importância manter esse detalhe em segredo. De todos.

— Sim, tenho tido o *prazer* de tratar da sua tia. Eu mesma teria fugido se estivesse no seu lugar. Ela e Montoni se merecem, se quer saber a minha opinião.

— Não sei se alguém merece sofrer nas mãos de Montoni, nem mesmo a minha tia. — Suspirei. — Lamento de verdade pelo subterfúgio, Annette. Você pode me perdoar?

Por um instante, Annette me observou e, em seguida, concordou com um movimento pronunciado de cabeça.

— Muito bem. Mas estou arriscando o meu pescoço por você. Então, espero alguma transparência. Claro, o plano quanto aos talheres de prata não levou a lugar nenhum. — Ela balançou a cabeça. — Continuo sem acreditar que Fournier teve algum envolvimento no caso.

Hesitei, perguntando-me se deveria informá-la de que Fournier estava morto e que acreditava que Montoni estava encobrindo o assassinato dele.

Então, decidi compartilhar alguns dos meus pensamentos sobre o assunto. Afinal, concordei em compartilhar informações com Annette. Mas talvez eu pudesse omitir os detalhes mais preocupantes.

— Não acredito que Fournier simplesmente tenha ido embora do castelo. Acho que ele foi afastado por Montoni.

— Mas por quê?

Dei de ombros. Com certeza, ele estava se encontrando com o rapaz ruivo no labirinto de sebes. Ainda não tinha certeza do significado daquilo.

— Não sei. Mas encontrar os talheres de prata no quarto de Fournier certamente foi conveniente. Não me surpreenderia se tivessem sido plantados lá para explicar o seu sumiço.

Ao assimilar essa informação, Annette franziu os lábios.

— E o que espera conseguir agora que estamos em Udolpho, milorde?

— Acho que a minha única esperança agora é esperar os próximos cinco meses até poder reivindicar a minha herança. Agradeço a sua ajuda, Annette, mas não sei se há mais alguma coisa a ser feita.

Annette inclinou a cabeça para o lado.

— Milady me disse que você precisaria se casar para receber a sua herança.

— Eu… sim, esse é o desejo da minha tia, mas não há bailes nem festas aqui. Não há damas adequadas para cortejar. Acho que eu não tenho que me preocupar com isso agora.

— Pode ser, mas Montoni é astuto. Eu não descartaria algum novo plano, sobretudo se ele estiver desesperado por dinheiro. — Annette se aproximou de mim, baixando a voz. — Talvez eu fique de olho, por via das dúvidas. Sempre gostei de Fournier, e se Montoni tiver algo a ver com o desaparecimento dele, gostaria de desvendar isso pessoalmente.

— Só não corra riscos desnecessários. Eu odiaria que qualquer coisa acontecesse a você.

— Ah, senhor, está me fazendo corar. — Annette abriu um largo sorriso. — Mas chega de conversa. Você veio aqui à procura da cozinha?

— Não. Eu estava indo ver o conde Morano. Preciso falar com ele.

— Se você diz, milorde — retrucou ela, com um sorrisinho malicioso.

— É o que digo.

Revirando os olhos, ela se virou e foi para uma porta do outro lado da sala de estar.

— Siga-me.

O percurso para os quartos da ala oeste era bem menor do que para os da ala que me foi designada. Annette apontou para os aposentos de cada um dos hóspedes, caso eu precisasse deles. Então, me desejou boa-noite, deixando-me por minha conta.

Até ter a certeza de que Annette havia ido embora, esperei do lado de fora da porta de Henri. Então, dei uma batida hesitante. Agora que estava ali, achei bobagem incomodá-lo. Henri pensaria que eu não conseguia passar nem um momento sequer sem ele, e ele já tinha um ego inflado o suficiente. Porém, quando Henri não respondeu, bati com mais força na porta e, em seguida, tentei abri-la. Ela cedeu e eu entrei, encontrando um fogo minguante na lareira.

Olhei para a cama, sentindo-me apreensivo.

— Henri? Você está dormindo?

Atravessei o quarto, fazendo o menor barulho possível. Talvez eu pudesse me deitar ao lado dele. Talvez ficar com ele por algum tempo me tranquilizasse. Porém, quando cheguei à sua cama, eu a encontrei vazia.

Confuso, percorri o aposento com os olhos. Aqueles eram os baús de Henri. Aquelas eram as suas roupas espalhadas pelo chão. Mas onde ele estava? E àquela hora da noite?

Ouvi um barulho no corredor e saí do quarto, pensando que seria Henri que estava voltando de alguma breve incumbência, mas era Bertolino, parado à entrada do quarto de Montoni.

— O que quer dizer com "desaparecido"? — Era a voz de Montoni, que soou alta o bastante para eu ouvir.

Encostei-me na parede, para evitar ser visto. Eu estava longe demais para ouvir a maior parte do que estava sendo dito, mas captei alguns trechos da conversa. "Quem estava de vigia?" e "uma busca minuciosa pela manhã" foram outras partes que consegui distinguir. Sem dúvida, algo havia sido roubado. Algo valioso. Talvez um dos criados tenha tirado proveito do caos da nossa chegada para mascarar o crime. De qualquer forma, Montoni não pareceu satisfeito. Ao ouvir uma taça bater na parede, entrei às pressas no quarto de Henri, permanecendo ali por alguns minutos antes de voltar ao corredor.

Um uivo do lado de fora me arrepiou. Em rápida sequência, outros uivos se juntaram ao primeiro, perseguindo-me durante todo o caminho de volta ao meu quarto.

—

— Ontem à noite? — Henri sorriu para mim na manhã seguinte. Ele pairou sobre a minha cama, segurando uma bandeja de café da manhã. — Você estava finalmente planejando fazer aquilo comigo? E eu perdi?

— Não tem graça. Fiquei morrendo de medo. — Suspirei.

Henri sentou-se na beira da cama e deixou a bandeja sobre ela. Olhei para os ovos com bacon com desejo, mas me recusei a comer qualquer coisa até descobrir por que Henri não estava em seu quarto na noite passada.

— Não tive a intenção de minimizar como você se sentiu — afirmou ele, colocando a mão no meu braço. — Normalmente, sou eu que vou até você. É uma boa mudança.

— E você estava…?

Henri deu de ombros.

— Pegando um copo de leite, esvaziando o meu penico... Inúmeras coisas. — Ele inclinou a cabeça. — O que você achou que eu estava fazendo? Dando uma escapada para um encontro secreto com outro rapaz? Não há ninguém num raio de centenas de quilômetros que me interessaria.

— Não? Nem mesmo Ludovico?

Henri bufou.

— Não me leve a mal: dá gosto olhar para ele. Mas ele está louco pela Annette.

— Annette? — Arregalei os olhos. — Sério?

— Sério.

— Ela... sabe?

Henri revirou os olhos.

— Sim, ela sabe. A menos que ela seja irremediavelmente idiota — avaliou ele. — O que talvez ela seja.

— Ela não é. — Dei um tapa no seu braço. — Annette é uma garota esperta.

— Eu sei. — Henri sorriu para mim. — Mas o que quero dizer é que, por estas bandas, só tenho olhos para você, porque você é tudo o que está disponível.

— É assim que vai conseguir aumentar a minha confiança. E se eu fosse o último homem numa ilha deserta, você também me escolheria, suponho?

— Está vendo? Você também é esperto. — Henri me observou comer e pegou uma torrada para si. — O que queria me perguntar?

— Perguntar a você? — Ergui uma sobrancelha.

— Ontem à noite, quando foi até o meu quarto.

Comi um pouco de bacon. Na verdade, estava me sentindo bastante envergonhado acerca da noite anterior. Obviamente, ninguém tinha estado no meu quarto e, sem dúvida, eu não havia ouvido um fantasma. Tudo tinha sido fruto da minha imaginação desenfreada. Não precisava que Henri zombasse de mim a respeito de como eu tinha medo do escuro ou algo do tipo.

— Eu não me lembro bem — respondi.

Henri apoiou a mão no meu joelho.

— Se quiser aparecer no meu quarto à noite, não precisa inventar desculpas.

— Vou me lembrar disso. — Meu rosto queimou.

— Por favor, lembre-se, sim.

Durante o restante do dia, Henri se ofereceu para me mostrar o castelo para eu me familiarizar melhor com o ambiente. Sem querer ficar de fora, Blanche se convidou para o tour.

A primeira coisa que fizemos foi subir a escada até as muralhas. O dia estava agradavelmente quente e, ao olhar para além do castelo, contemplei a floresta de pinheiros e a paisagem acidentada. Era uma vista de tirar o fôlego. Eu havia me interessado por pintar antes da morte do meu pai e pensei que talvez pudesse voltar a praticar essa atividade. Naquele lugar, não faltaria inspiração. Olhando para trás, vi as montanhas pairando sobre o castelo. Precisei esticar o pescoço para absorver toda a sua majestade.

— Está vendo? — perguntou Henri, passando os braços em torno da minha cintura. — Não é tão ruim assim.

Sorri, recostando-me nele.

— Pode ser — respondi.

A verdade era que, à luz do dia, o castelo conservava o seu ar de terror e melancolia. No entanto, as superstições e os medos que atormentavam as pessoas à noite foram expulsos para as sombras. Eu não estava com medo do castelo, e isso era importante para a minha felicidade e bem-estar.

Observei uma das gárgulas com interesse. Era redonda e vagamente semelhante a uma coruja, com uma cauda de diabo e um focinho, mas, na verdade, era bem simpática. Menos assustadora e mais curiosa.

— Está vendo aquela torre? — indagou Henri.

Olhei para cima e segui com os olhos para onde ele estava apontando, para a ala leste, perto de onde ficavam os meus aposentos. Uma torre fina e esguia se erguia do castelo como um penacho vulcânico.

— Sim, estou vendo.

— Nós nunca entramos nela. É o único lugar que não conhecemos.

— Ah, é?

— Não foi por falta de tentativa — informou Blanche. — O lugar está trancado. Certa vez, tentamos arrombar a porta e nos metemos em apuros por causa disso. De alguma forma, a fechadura é reforçada.

— Não cedeu de jeito nenhum — concordou Henri. — Eu gostaria de encontrar uma maneira de entrar. Talvez durante a nossa estadia desta vez.

Voltei a olhar para a torre, protegendo os olhos do sol.

— O que acha que há nela?

— Não deve haver nada. Mas pretendo investigar mesmo que seja a última coisa que eu faça.

— Você é tão aventureiro. — Sorri para ele.

— Sou mesmo — afirmou Henri, estufando o peito. — Aventureiro, ousado, charmoso…

Revirei os olhos, ganhando uma risadinha dele.

— O que achou do quarto vermelho? — perguntou Blanche casualmente, inclinando-se sobre a pedra para avaliar o tamanho da queda.

— Por que o quarto se chama assim? — questionei, curioso, afastando-me de Henri. — E por que Bertolino ficou tão assustado com o fato de eu ter de ficar lá?

Virei-me e notei a inquietação de Henri.

— É que… — Henri coçou a nuca.

— Era o quarto dos nossos pais — soltou Blanche. Desviou o olhar. — Eles foram muito felizes naquele quarto. Fica isolado dos outros quartos, mas eles preferiam assim.

Concordei com um gesto lento de cabeça.

— Aconteceu alguma coisa estranha naquele quarto?

— O quê? — Henri franziu a testa. — Não, por quê?

Blanche inclinou a cabeça.

— Foi onde o nosso pai... — Ela ergueu os olhos e capturou o olhar de Henri. Logo em seguida, desviou os olhos.

Ainda que ela tenha deixado a sua voz sumir, minha mente preencheu a lacuna. Foi no quarto vermelho que o pai de Henri e Blanche havia se matado. Eu não sabia como deveria me sentir dormindo num lugar onde um homem tinha morrido, mas eu não acreditava em fantasmas. Era apenas um cômodo.

— Você prometeu me mostrar a biblioteca — lembrei a Henri, mudando de assunto.

Agradecido, Henri sorriu.

— Você vai adorar! — exclamou ele, puxando-me para junto de si e afastando uma mecha do cabelo do meu rosto. — Só não fique tão envolvido com os livros a ponto de não ter tempo para mim.

— Nunca — prometi, olhando em seus olhos.

Era estranho como as coisas tinham se tornado fáceis entre nós. Os meus temores quanto a Henri pareciam insignificantes em relação aos perigos do meu ambiente atual, mesmo que eu sentisse que ele estava escondendo algo. Se ele sabia o que o seu tio havia feito no Château le Blanc, eu não conseguia entender os seus motivos para proteger aqueles segredos. Não pela primeira vez, perguntei-me se havia uma chance de um futuro com ele. Eu tinha dúvidas de como aquilo poderia acontecer. Eu precisaria garantir a minha herança antes de considerar os próximos passos, mas achei que talvez valesse a pena prosseguir. Eu não estava mais tentando roubar a herança de Henri, e provavelmente nunca teria pensado naquela possibilidade se tivesse visto Udolpho de antemão. Então, eu não queria que a minha vida com ele fosse construída com base em mentiras. Porém, ainda havia um mistério que o envolvia, e que eu achava necessário ser desvendado.

A biblioteca era impressionante. Possuía dois andares ligados por uma escada em caracol. Eu nunca tinha visto tantos livros num só lugar antes. Havia de tudo, desde histórias de obscuras tribos africanas até primeiras edições de romances raros. Debrucei-me sobre as lombadas durante horas, receoso que Henri e Blanche fossem ficar entediados. Deixei uma pequena pilha de livros que havia escolhido numa mesa no primeiro andar, diante de um globo terrestre que tinha metade da minha altura.

— Vou voltar para pegá-los — falei, afagando os livros. Eu ainda tinha uma quarta parte do livro sobre as deusas lunares para terminar, mas calculei que, se íamos ficar ali por vários meses, não seria mal estocar material de leitura naquele momento.

Blanche piscou preguiçosamente para mim.

— Não, por favor, por que não os ler agora? Quero saber exatamente como um tour com Henri pode ser chato.

— Seja boazinha — disse Henri. — E de qualquer forma, não me lembro de ter pedido para você vir junto.

— Certo. Porque eu deveria ir me divertir com o padre Schedoni. Com certeza, ele é a alma da festa.

Naquele momento, as portas da biblioteca se abriram e três criados entraram, entre eles Bertolino.

— Bom dia, milordes. Bom dia, milady — cumprimentou-nos Bertolino. Ele gesticulou para os outros dois subirem a escada com ele para o segundo andar.

— O que é isso? — questionou Henri.

— Inspeção. Estamos assegurando que o castelo esteja em perfeito estado para os nossos hóspedes. Nada pode ser esquecido.

Semicerrei os olhos. Aquilo devia fazer parte da busca pelo objeto desaparecido a respeito do qual entreouvi Bertolino e Montoni conversarem. Enquanto observava Bertolino andar pelo recinto, perguntei-me o que poderia ter sumido. Ele não estava sendo muito meticuloso. Estava mais preocupado com as cortinas, as enormes estantes e os baús do que com a escrivaninha ou as próprias prateleiras. Então, não poderia ser um objeto pequeno.

Em poucos minutos, os criados foram embora.

— Que estranho — disse Blanche, olhando com inquietação para o irmão. — Será que deveríamos nos preocupar?

— Claro que não — respondeu Henri. Sorriu e pôs a mão na parte inferior das minhas costas. — O que acha de irmos até a torre nordeste? Era um dos meus lugares favoritos na infância. Há um telescópio, sabia?

— Ah, é?

Deixei que ele me levasse para fora da biblioteca, sabendo que passaria muito tempo ali no futuro próximo.

Quando a noite caiu sobre o castelo mais uma vez, encontrei-me sentado numa sala sem graça e sem janelas para jantar. No alto, um lustre de vidro soturno nos observava, com as velas ao longo dos seus braços, enviando sombras dançantes através da mesa. Velas adicionais iluminavam o espaço em candelabros alinhados ao redor do perímetro. Apesar das centenas de chamas, ainda podia sentir a obscuridade da noite sufocando o castelo ao nosso redor.

— O que a senhora está achando do castelo até agora, madame Montoni? — perguntou Blanche à minha tia, enquanto as saladas eram servidas para começar a nossa refeição.

A minha tia mastigou devagar, como se estivesse elaborando os seus pensamentos antes de engolir.

— É muito maior do que eu imaginava. Deve ter sido difícil construí-lo tão longe.

Tentei conter o sorriso. Nada nas palavras dela poderia ser considerado um elogio. Bastante diplomático.

— As pedras foram extraídas da própria montanha — revelou Montoni. — Acho que não foi tão difícil construí-lo dado o material disponível aqui. — Ele tomou um gole de vinho. — Esse castelo existe há séculos. É uma fortaleza, capaz de resistir ao cerco mais perigoso.

Eu me abstive de revirar os olhos. Sem dúvida, o castelo existia havia séculos. Bastava um olhar para constatar. Era completamente medieval.

— Você acha que vai gostar daqui, Emile? — perguntou a minha tia, mudando a conversa para mim.

Engoli uma folha de alface e dei um sorriso forçado.

— Adorei a biblioteca. Só experimente me fazer abandoná-la.

Minha tia notou a minha resposta igualmente ambígua e ergueu a taça para mim, como se eu tivesse marcado um ponto.

— Sim, vamos todos brindar a este grande castelo — afirmou Montoni, erguendo a sua taça. — À grandiosidade do nosso lar ancestral. Ao Castelo de Udolpho.

Todos nós obedecemos.

— Ao Castelo de Udolpho — repeti, com a minha voz se misturando com a dos presentes. Percorri a mesa com o olhar e franzi a testa, notando de repente a ausência do monge. — Onde está o padre Schedoni? Ele não vai se juntar a nós?

— Não, não vai. Ele está cuidando para que os nossos aposentos estejam prontos para as injeções de amanhã à noite.

— Amanhã à noite? Já? — perguntou Blanche, estremecendo.

— Tio, não podemos abrir mão das injeções amanhã à noite? Afinal, estamos em Udolpho. Aqui é tão isolado — disse Henri, olhando para o próprio prato.

— O que tem isso a ver? — retrucou Montoni, ríspido, olhando para a minha tia. — Não é uma questão de quem está por perto. As injeções são para o nosso próprio bem. Além disso, você se esqueceu das pessoas do vilarejo abaixo? Não estamos completamente sozinhos.

Henri lançou um olhar rápido para mim. Detestava ter que vê-lo sofrer de novo em tão pouco tempo, mas também me senti orgulhoso pelo fato de ele ter tocado no assunto com o tio. Porém, o desfecho não foi inesperado.

Montoni pigarreou. Em seguida, olhou para mim.

— A sua tia e eu temos conversado sobre o seu futuro, Emile.

Quando seus olhos encontraram os meus de maneira penetrante e sombria, fiquei tenso. Mantive-me em silêncio, esperando que ele continuasse a falar, notando a minha tia se mexer desconfortavelmente com o canto do meu olho.

— Como não há vida social nesta área remota, e como gostaríamos de que você se casasse ao atingir a maioridade, determinamos uma solução elegante para você.

— Determinaram para mim? — repeti, engolindo em seco.

— Sim. Você precisa de uma esposa, e a minha sobrinha precisa de um marido. Uma união entre vocês dois entrelaçaria ainda mais a nossa vida. Seria muito vantajoso.

Os talheres tilintaram na mesa. Ergui os olhos e vi Blanche empalidecer, com o garfo caindo da sua mão.

— Isso não tem graça nenhuma, tio — disse Henri, fuzilando Montoni com os olhos.

— Não é uma piada — afirmou Montoni, sorrindo. — Todas as nossas finanças serão combinadas e teremos quatro propriedades para administrar no total, dando a cada um de nós casas para supervisionar, e Udolpho continuará a ser um refúgio. Lady Morano e o marquês já se conhecem e gostam um do outro, a menos que eu esteja enganado. Não vejo por que essa não deveria ser a mais feliz das ocasiões.

Voltei a ficar tenso ao ver Blanche virar a cabeça e piscar para conter as lágrimas.

— Não — neguei, recostando-me na cadeira.

— Não? — repetiu Montoni, dando a impressão de estar se divertindo. — Você acha que tem escolha?

— Sim. Não vou assinar nenhum documento para legalizar o casamento. Não quero me casar com ela. Só me casarei por amor.

— Por *amor* — zombou a minha tia. — Você sabe muito bem que isso nunca poderá acontecer.

Senti que ruborizava quando Montoni me encarou com frieza.

— A sua tia tem razão. Um homem com o seu título deve ser pragmático. A sociedade exige o máximo. Você não pode levar o seu coração em conta nisso. — Ele girou o vinho em sua taça. — E o quanto antes você assinar esses papéis e se casar com a minha sobrinha, mais cedo vocês poderão voltar para a França. Você poderá até optar em relação às propriedades.

Tia Cheron se endireitou, olhando nos meus olhos.

— Eu sempre lhe disse que não me importa como você leva a sua vida, desde que não se envolva num escândalo. Você e lady Morano podem não se amar, mas é a base perfeita para a felicidade.

— E quanto a mim? — perguntou Blanche. — Alguém se importa com o que eu penso? Quero um casamento de verdade!

— E se não há amor entre vocês dois, tenho certeza de que ambos poderão encontrar alguém que lhes apeteça — afirmou Montoni com desdém. — Apenas mantenham isso em segredo e providenciem um herdeiro para a família.

Blanche esmurrou a mesa e saiu correndo da sala.

Montoni gesticulou na direção dela.

— Ela vai superar isso. Você, Emile, deve tomar uma decisão. Espero que não nos desaponte com uma resposta desfavorável.

— Receio que os meus sentimentos estão em consonância com os de sua sobrinha — disse para ele, ficando de pé e jogando o guardanapo no prato. — Boa noite.

Saí da sala e me apoiei na parede depois de me afastar o suficiente. Respirei fundo diversas vezes. Então, finalmente tinha acontecido. O ultimato estava diante de mim, e Blanche foi pega no fogo cruzado. Por que a minha tia estava insistindo no casamento? A única razão pela qual aquilo estava acontecendo naquele exato momento era por causa dos problemas financeiros de Montoni. Ele deveria ser o único forçado a enfrentar as consequências, e não o restante de nós.

Como eu odiava Montoni. E a minha tia. Eles esperaram até que estivéssemos *isolados* para me fazer aquela exigência. Eu estava à mercê deles, em território inimigo, e encarcerado numa prisão em forma de castelo.

E não via qualquer saída.

22

— É TÃO INJUSTO — CHORAMINGOU BLANCHE, ENXUGANDO OS OLHOS NA tarde seguinte.

— Eu sei — afirmei, recostando-me nos travesseiros dela, chafurdando em nossa tristeza juntos.

— Eu tinha tantos sonhos — confessou Blanche. — Um homem que permitisse que eu fosse *eu mesma*. Viveríamos aventuras juntos e seríamos incontroláveis. Ele supriria a minha força com o seu próprio fogo.

— Os seus sonhos serão realizados, Blanche. Não vou assinar os papéis.

Blanche não pareceu ter me ouvido.

— Agora, querem me rebaixar a um... um adereço para ajudar a garantir a fortuna da família, como uma vaca premiada, entregue ao primeiro homem que aparecer. — Ela olhou para mim. — Sem querer ofendê-lo.

— Não me senti ofendido.

— Mas uma vez que o meu tio toma uma decisão, ele consegue o que quer. Você deve sentir que somos prisioneiros aqui. Ou usamos o casamento para sair daqui ou não sairemos de jeito nenhum.

— Estou preparado para o que pode acontecer comigo — afirmei, balançando a cabeça. — Mas você não precisa compartilhar um destino infeliz por minha causa.

— Como assim?

— Quero dizer que, se eu me recusar a me casar com você, serei internado num sanatório. Mas talvez isso seja inevitável. Pelo menos assim, a sua vida também não será arruinada.

— Emile. — Blanche sentou-se ereta e cobriu a minha mão com a sua. — Você não vai para um hospício. Não diga tolices. Estou disposta a abrir mão da minha felicidade para evitar isso.

— É muita gentileza sua, mas receio que as duas opções diante de mim levem ao sofrimento. O meu destino não será bom. A sua vida ainda apresenta possibilidades, desde que eu não concorde em me casar com você.

Blanche franziu os lábios.

— Sinto muito, Emile. Odeio ser a causa das suas preocupações. Mas eu gosto de você. Quero que saiba disso. Não o culpo por nada.

— Eu sei. — Suspirei. — Também gosto de você, mas tenho a mesma opinião. Não quero ter que mentir a minha vida toda. Não quero ser coagido a um casamento sem amor.

Blanche apertou a minha mão.

Uma batida na porta interrompeu o nosso desprezo compartilhado por Montoni. Então, Henri enfiou a sua cabeça para dentro.

— Ah! — exclamou Henri, surpreso em me ver. — Fiquei sem saber para onde você tinha ido.

— Ora, se não é o meu futuro cunhado. — Sorri de leve, e Blanche fechou a cara.

Henri nos lançou um olhar solidário e, em seguida, mostrou um embrulho.

— Trouxe os livros que você deixou na biblioteca ontem — disse ele.

Peguei o embrulho com um interesse fortuito.

— Muito atencioso da sua parte. Obrigado.

— Vamos, o que é isso? — Henri olhou para nós dois.

— Ah, só nos entregando à nossa tristeza mútua — respondi.

Henri passou a mão pelo cabelo.

— Sabe, fiquei pensando sobre o nosso dilema. Talvez não seja tão ruim quanto imaginamos.

— Ah, é? — Blanche bufou. — Gostaria de ouvir o que você pensou.

Henri se colocou ao lado da irmã.

— O problema que enfrentamos é que vocês estarão unidos em matrimônio. É isso. A vida de vocês estará sempre ligada. Contudo, isso é assim tão terrível?

— Claro que não. Mas é muito mais do que isso. — Olhei para Blanche.

— Na mente de vocês, talvez seja terrível — disse Henri e pôs uma das mãos no braço da irmã. — Mas mesmo se você estiver casada, ainda poderá conquistar qualquer homem que desejar. Você pode se apaixonar, perder a cabeça por algum homem e fazer tudo o que sempre quis. Você nem sequer terá que ficar na mesma propriedade que Emile. Poderá viajar pelo mundo, e príncipes estrangeiros se apaixonariam perdidamente por você.

Blanche soltou uma risada áspera.

— Você tem razão. Por que não pensei nisso antes? Tudo o que preciso fazer é abrir mão da minha integridade e trair o meu marido a todo momento.

— Às vezes, a sociedade não dá muita escolha às pessoas — retorquiu Henri. — Quantos casais vivem em casamentos sem amor? Quantos homens casados pagam prostitutas e têm amantes? É um segredo de polichinelo.

— Claro. Prostitutas e amantes. Você tem uma opinião muita elevada a meu respeito, Henri — retrucou Blanche.

Henri resmungou.

— Você sabe o que eu quero dizer. A vida não termina com o casamento. O amor não precisa estar fora do seu alcance só porque você se casou. Não é uma sentença de morte, e você não precisa se sentir infeliz. — Ele apontou para mim. — Você se casaria com o seu melhor amigo e teria essa segurança. Ao mesmo tempo, a vida não vai escapar de você. Inúmeras mulheres souberam encontrar a felicidade enquanto casadas. Por que não você?

Blanche pareceu avaliar o que Henri estava dizendo, mas não ficou convencida.

— E quanto a mim? — perguntei.

Henri deu um sorriso largo.

— Não é óbvio? Poderíamos ficar juntos para sempre. Você e eu. — Ele agarrou a minha mão, e eu a puxei de volta.

— Você está falando sério?

— Bem, quer dizer, isso vai acontecer. Eu só quero...

— Forçar-me a um casamento sem amor? Com a sua irmã?

Henri respirou fundo e deixou o ar escapar lentamente.

— Podemos fazer todas as coisas que você também quer fazer. Por que vocês dois estão tão preocupados com a legitimidade desse casamento?

— Você quer que Blanche e eu joguemos para o alto o que é decente? — Fiz uma carranca. — Não gosto disso, Henri. Parece muito errado. Como eu poderia me entregar a algo que é tão falso e manipulativo... pareceria mais como se eu estivesse desistindo do que vivendo. Quero ter uma vida autêntica.

— Tudo bem. Então se case com o amor da sua vida.

— O quê? — Franzi as sobrancelhas.

— Case-se com o amor da sua vida. Quando você decidir quem você ama.

Pouco me importei com a irritação que vi no rosto de Henri.

— Pare de falar bobagens. Você sabe que não posso me casar com quem eu amo, seja quem for. Homens não podem se casar com homens.

— Exatamente. Você nunca poderá ter a sua vida autêntica, Emile. Sinto muito, mas simplesmente não é possível. — Ele se virou para Blanche. — E quantos casais você conhece que são felizes de verdade no casamento?

— Meus pais eram — respondi.

— Assim como os nossos — disse Blanche, com um sorriso triste. — E esse é o tipo de vida que eu quero, meu irmão. A felicidade que os nossos pais compartilharam.

— Bem, a nossa mãe não estava tão feliz quanto aparentava, estava? Ou ela não teria se jogado de um penhasco.

Blanche empalideceu.

— E você. — Henri apontou um dedo para mim. — O que espera que ocorra? Não importa o que aconteça, você não conseguirá a vida que quer. Essa é uma solução que vai funcionar.

— Você acredita mesmo que seríamos felizes? — perguntei, fechando a cara.

— Claro que podemos ser felizes! Teremos um ao outro. — Henri pegou a minha mão. — Eu quero ficar com você, Emile. Detesto ser rude, mas você precisa saber que os seus sonhos nunca vão se tornar realidade. Isso é o melhor que podemos esperar.

— Então, eu devo me comportar como um adulto e arruinar a vida da sua irmã?

A bochecha de Henri se contraiu.

— Blanche também ficará satisfeita. Vou garantir que ela seja feliz.

Blanche recostou-se nos travesseiros e olhou para o teto.

— Talvez eu possa ser feliz. Não é o que eu queria, mas... — Ela suspirou e se virou para mim. — Temos algum tempo para chegar a soluções alternativas, Emile. Mas não muito. Vamos pensar nisso. E enquanto isso, talvez nós... avaliemos essa. Tente se reconciliar com isso.

Saltei para fora da cama dela e me dirigi para a porta.

— Emile! — chamou-me Henri.

Mas eu não parei. Não parei até chegar ao meu quarto e me jogar na cama. Henri estava manipulando a situação. Ele tinha percebido que a proposta de Montoni era vantajosa para ele e, então, estava tentando nos convencer de que era a melhor opção. Henri não se importava se a sua irmã seria feliz de verdade. Ele também não se importava comigo. Estava apenas sendo egoísta.

O que eu não queria era encarar a verdade. Henri tinha razão. Eu não poderia me casar com quem eu amava. Minha vida nunca seria a versão idealizada que havia evocado em minha mente. A sociedade simplesmente não permitiria isso. O plano de Montoni poderia funcionar a nosso favor. Era verdade. Talvez até gostasse do tipo de vida que Henri imaginou para nós, mesmo que não fosse uma felicidade tradicional. Poderíamos ser felizes juntos, num cenário em que todos éramos parte da vida um do outro, mas cumprindo certas obrigações sociais. Poderíamos levar a nossa vida real longe dos olhos do público.

No plano de Henri, a única falha era que eu não confiava em Montoni. Como poderia acreditar que, depois de assinar a certidão de casamento, Montoni não me mataria em seguida? Ele já tinha feito isso antes, provavelmente em diversas ocasiões. Se ele estivesse preocupado com a minha tia ou com outras testemunhas, ele poderia facilmente recorrer a me internar numa instituição. Em ambos os casos, a minha propriedade e a minha herança estariam nas mãos de Blanche, e Montoni assumiria o controle delas.

Eu não poderia permitir que ele tivesse esse poder sobre mim.

Coloquei um travesseiro sobre o rosto e gritei. Essa família... Toda esta situação... Eu precisava fugir dali. Precisava escapar, desaparecer no anonimato, até poder reivindicar a minha herança, como era o meu plano original. Era a única maneira de sair disto são e ser capaz de levar a vida como *eu* desejava.

Só não sabia como iria fazer isso acontecer.

— Você está atrasado.

Livrei-me do meu paletó e observei o padre Schedoni jogar uma seringa vazia num cesto de lixo.

— Você precisa levar isso a sério, garoto. Haverá graves consequências se deixar de cumprir os seus deveres — avisou ele, encarando-me.

Olhei para além de Schedoni e vi Henri deitado na cama, apoiado em seus travesseiros, sem camisa e já suado.

— O senhor está se dirigindo a um marquês — disse a Schedoni. — É melhor se lembrar disso, padre.

— Um marquês — zombou ele. — Sim, milorde.

Schedoni saiu do quarto, e fiquei contemplando as seringas que ele havia deixado para trás, assim como para a bacia de água na mesa de canto, preparando-me para mais uma longa noite.

— Sei que você está chateado comigo — falou Henri, com a voz fraca. — Desculpe, Emile. Quero que seja feliz. E acho que posso fazê-lo feliz. As circunstâncias para fazer isso acontecer nunca serão perfeitas.

Bufei.

— Bem, então parece que concordamos em algo.

— Por favor, Emile. Por favor, pense bem. Para vivermos o resto da nossa vida juntos, não consigo vislumbrar alternativa, você consegue?

Fechei os olhos, sem querer pensar em como a sociedade tinha virado as costas para nós por causa de quem amamos. Não era correto. Por esse motivo eu estava naquela situação, à mercê de um homem calculista, que queria que eu me casasse com a sua sobrinha por causa da minha fortuna. Não queria nada mais do que rejeitar essa sociedade pelo que tinha feito.

— Você se lembra de quando eu disse que deveríamos simplesmente escapar? — perguntou Henri. — Quando pegamos aquela égua e fizemos um piquenique?

Continuei encarando a parede, recusando-me a olhar para Henri.

— O nome dela era Tempestade.

— Tempestade, isso mesmo. — Henri sorriu, tímido. — Eu disse que poderíamos recomeçar em algum lugar. Seríamos apenas nós dois, amando um ao outro, mesmo não tendo dinheiro.

Senti um nó crescer na garganta com as suas palavras. Eu lembrava, é claro. Foi a primeira vez que tinha considerado que Henri poderia ser o meu futuro.

— Só quero que sejamos felizes, Emile. Quero que fiquemos juntos.

Suspirei e coloquei a mão na cabeça.

— Eu sei que quer, Henri. Mas não confio na palavra do seu tio. — Virei-me para ele. — Estaríamos à mercê dele. Eu nunca seria capaz de baixar a guarda. Ele poderia mudar de ideia e desaparecer comigo como fez com Fournier, ou mesmo me internar num sanatório, e nós seríamos impotentes para detê-lo. O que vai acontecer quando ele gastar o meu dinheiro, e eu não for mais útil para ele? Você acha que ele vai nos deixar em paz?

O sorriso tenso de Henri se transformou em uma careta, e ele jogou a cabeça para trás, soltando um suspiro agudo.

Fui para o seu lado no mesmo instante e passei um pano úmido em sua testa.

— Você está bem?

Henri concordou.

— A janela. Feche a janela.

Fui até a janela e olhei para a escuridão ao redor do castelo. Estava tão escuro que não consegui distinguir nada, exceto as estrelas no alto. E a lua. A lua estava cheia e brilhante, como se dotada de uma energia mística, pulsando, enquanto observava o mundo silencioso.

Fechei as cortinas, virei-me e encontrei Henri meio para fora da cama.

— Henri! — Corri em sua direção, enquanto ele vomitava no tapete.

Eu o reacomodei na cama e limpei a sua boca. Ela parecia muito mal. Com o cabelo grudado na testa pelo suor, ele parecia incapaz de se concentrar em mim. Beijei a sua testa.

— Você vai ficar bem — afirmei. — Estou aqui, está bem?

Henri não respondeu, mas balançou a cabeça para a frente e para trás.

Hesitei, perguntando-me se deveria chamar o padre Schedoni. Dei uma olhada para o vômito no tapete, percebendo que também teria de limpá-lo. Surpreso, encarei o sangue, misturado com muco, que tinha um brilho prateado.

— Emile — murmurou Henri. — Eu... preciso de outra injeção.

— Mas já? — perguntei, olhando para ele, preocupado. Pus a mão na sua testa. Ele estava ardendo em febre. — Eu... vou chamar Schedoni.

— Não. — A mão de Henri encontrou a minha. — Não, por favor. Fique comigo.

Inseguro, engoli em seco. Sentei-me na beira da cama de Henri e observei os seus olhos. Estavam completamente pretos e pareciam brilhar nas bordas, um amarelo infiltrado, como eu havia notado uma vez antes. Talvez ele precisasse de outra injeção.

Um ruído distorcido saiu da boca de Henri, e me dei conta de que ele estava tentando falar.

Balancei a cabeça, decidindo que eu precisava aplicar mais uma injeção nele. Preparei uma seringa e a enfiei em seu braço. Após cerca de um minuto, Henri pareceu relaxar, ainda que a sua respiração continuasse difícil. Ele fechou os olhos, mas eu tinha vislumbrado o retorno deles à cor normal antes disso.

No momento livre, comecei a fazer a limpeza do tapete, esperando que aquilo tivesse sido o pior de tudo.

Depois de me ocupar com o tapete por algum tempo, percebi que precisaria de algum tipo de solução de limpeza para salvá-lo. Como Henri parecia estar bem naquele momento, percorri o corredor e desci a escada que levava à cozinha e ao espaço destinado aos criados. Devo ter me enganado no caminho, pois de repente me vi numa galeria, com a luz da lamparina iluminando fracamente a escuridão.

Entrei devagar no recinto, erguendo a lamparina para ver retrato após retrato, certamente ancestrais da família. Parei ao me aproximar do retrato da condessa Helena Morano, a mãe de Henri e Blanche. Ela parecia a imagem da beleza e estava evidentemente feliz com um sorriso largo; um sorriso que me lembrou um pouco de Henri.

Dei um passo para trás e admirei a pintura. Não pude deixar de me perguntar se havia algo a mais na história da condessa. Eu próprio estava numa situação delicada, e mesmo as pessoas de quem eu gostava estavam me introduzindo a uma vida que eu não tinha vontade de assumir. Apesar disso, eu não me mataria para escapar daquele destino.

Balancei a cabeça, sabendo que nunca teria conhecimento da resposta, não de verdade. O que estava se passando pela cabeça da mãe de Henri e Blanche quando ela se jogou do penhasco era algo que só ela sabia e que havia morrido com ela.

Ouvi um farfalhar à frente e pisquei. Ergui a lamparina, mas é claro que a luz não penetrou muito na escuridão. Achei que estava sozinho, mas talvez estivesse sendo observado por alguém, talvez um criado, embora não soubesse por que ele não teria uma luz para guiá-lo.

— Olá? — chamei, hesitante. — Tem alguém aí?

Nenhum outro som me alcançou, mas eu sabia que tinha ouvido alguma coisa. Dei mais alguns passos pelo cômodo, iluminando outros rostos sombrios e olhos assombrados. Na janela do outro extremo da galeria, vi um reflexo do luar se formar no chão após uma nuvem se afastar.

Detive-me, prestes a voltar para tentar localizar a área da criadagem mais uma vez, quando meus olhos pousaram numa tapeçaria na parede. Ela ondulava, como se agitada por uma brisa, revelando uma cavidade na parede. Dei um passo nessa direção, imaginando se talvez existissem passagens dentro das paredes do castelo que ninguém conhecia. Talvez eu pudesse utilizar aquela passagem para fugir do castelo. Porém, ao chegar mais perto, controlei as minhas expectativas. Era mais provável que fosse um pedaço danificado da parede que havia sido revestido. Não devia ser nada importante.

Estendi a mão para a tapeçaria e a puxei para o lado.

Horrorizado, arregalei os olhos e fiquei boquiaberto. Um cadáver. Eu estava olhando para um cadáver.

Contive um grito. Segurei a lamparina com mais firmeza enquanto, entorpecido, captava a forma esquelética diante de mim. Era o corpo de uma mulher num vestido lilás puído, com o cabelo loiro grudado ao couro cabeludo em tufos. A pele estava bem esticada em seus braços ossudos. No rosto, os olhos encovados estavam fechados e os lábios e os dentes repulsivos, retraídos. Ela tinha uma cor amarela anormal e estava sentada na cavidade, com as pernas puxadas para o peito, a cabeça apoiada nos joelhos, como se estivesse apenas dormindo. Em volta do pescoço, havia um medalhão semelhante ao que eu tinha encontrado no bolso de um paletó de Henri certa vez.

Curioso, estendi a mão para o medalhão, minha mente ainda não aceitava o fato de estar encarando um cadáver. A centímetros de distância, hesitei, lembrando a mim mesmo. Eu não conseguiria tocar num cadáver, não importava o quanto eu quisesse dar uma olhada naquele medalhão.

De repente, os olhos do cadáver se abriram e olharam para mim. Sua boca se abriu num gemido.

Caí no chão, inconsciente.

23

Ao voltar a mim, encontrei-me na escuridão. A minha lamparina tinha se apagado. Por cerca de um minuto, fiquei deitado no chão, atordoado. Então, lembrei-me de onde estava e o que havia visto.

Sentei-me às pressas, observando a tapeçaria pendurada na parede e respirando fundo o ar frio. Eu tinha mesmo visto aquilo? Ou havia sido a minha imaginação, provocada pela atmosfera gótica do lugar?

Estendi a mão e, contra todo o meu bom senso, joguei a tapeçaria de lado.

A cavidade estava vazia.

Suspirando, caí de volta no chão. Fiquei olhando para o teto, perguntando-me se talvez eu tivesse imaginado o cadáver. Afinal, um cadáver não podia se mexer, e aquele sem dúvida era um cadáver. Nenhuma pessoa poderia ter vivido com a aparência que ela tinha.

Assim que me acalmei, refiz os meus passos de volta ao quarto de Henri. Desisti de procurar algo para limpar o tapete. Os criados teriam de cuidar daquilo pela manhã.

Henri estava num sono agitado quando o vi. Desde a última vez que havia aplicado uma injeção nele, quase duas horas tinham se passado. Então, apliquei outra.

Henri acordou quando tirei a seringa do seu braço. Sorri para ele, alisando o seu cabelo para trás.

— Oi — eu disse.

— Oi — respondeu, observando-me jogar a seringa na lixeira. — Por quanto tempo dormi?

— Algumas horas. Feche os olhos. Durma mais um pouco.

Henri balançou a cabeça.

— Sinto como se eu estivesse queimando de dentro para fora. Odeio isto, Emile. Não quero ter que fazer isto todo mês. Prefiro ficar acorrentado.

Peguei um pano úmido e passei na testa dele.

— Estou aqui com você, Henri. Descanse.

— Eu sou um monstro, Emile — disse Henri, recostando-se no travesseiro. — Você precisa ouvir isto dos meus lábios se quiser ficar comigo. Eu sou um monstro, e fico louco de ciúmes, e sinto raiva, e sou cruel. Eu não mereço alguém como você na minha vida. Nem um pouco.

— Henri, você está com febre. Pare de falar.

— Quase não entreguei a sua carta para Valancourt. Estava com tanto medo de que você ainda o escolhesse em vez de mim. Pensei em rasgar a carta e deixar Valancourt na expectativa. Mas eu tinha de entregar a ele. Você me fez prometer.

Engoli em seco.

— Agradeço pelo que fez, Henri. Deve ter sido muito difícil para você.

— Eu sou uma pessoa terrível — gritou Henri, dando-me as costas. — Se eu não fosse tão covarde, seguiria o exemplo dos meus pais.

Fiquei chocado com aquele desabafo e agarrei a mão de Henri, apertando-a com força.

— Você nunca deve pensar nessas coisas, Henri. Prometa-me que não vai levá-las em consideração. Sei que vai manter a sua promessa.

O lábio inferior de Henri tremeu.

— Eu prometo, Emile.

— Ótimo — respondi e continuei segurando a sua mão.

Em pouco tempo, Henri voltou a dormir e me recostei com um suspiro de alívio. Não era de se admirar que eu tivesse imaginado esqueletos vivos, pensei, esgotado, enquanto esfregava a testa. Eu estava sob muita tensão. Era um milagre que eu não tivesse sucumbido à pressão muito tempo antes.

Quando o sol finalmente lançou raios de luz pelos corredores escuros de Udolpho, arrastei-me até a cama e me pus ao lado do conde ainda adormecido e o abracei. Ele cheirava a suor, mas não me importei quando me aconcheguei a ele. Apoiei a mão sobre o seu coração e senti uma pulsação constante sob os meus dedos.

Eu ainda estava chateado com Henri por tentar me convencer a aceitar aquele casamento arranjado com Blanche, mas eu não conseguia odiá-lo. Eu entendia o seu ponto de vista, mas isso não significava que eu cederia aos seus desejos. Pelo contrário, o fato de ele apoiar o plano de Montoni era um sinal de que eu precisava deixá-lo. Eu precisava deixar aquele lugar, mesmo que tivesse que fazer isso sozinho.

—

Naquela tarde, comecei os meus preparativos para fugir de Udolpho. Separei um estoque de comida, coloquei-o numa bolsa e a escondi debaixo da minha cama. Escrevi uma carta para Henri, sabendo que não poderia ir embora sem dizer algo a ele. Porém, ainda precisava encontrar uma saída do castelo que não fosse vigiada. Sabia que provavelmente não conseguiria escapar naquela noite, mas se encontrasse um ponto fraco nas defesas do castelo, queria estar pronto para aproveitá-la de uma hora para outra.

Perambulei pelo castelo com um livreto de anotações, escrevendo sobre os corredores, os aposentos, as escadas e as portas. Se fosse para encontrar uma saída, precisaria ter algum conhecimento básico da área. O castelo era muito grande e aquilo era um problema. Porém, percebi que era por causa do seu tamanho que eu provavelmente encontraria uma rota para fugir. Com tanto espaço para vigiar, os criados estariam espalhados. Eu só precisaria tirar proveito disso num lugar onde a fuga fosse possível.

Levei pouco mais de uma semana para elaborar um mapa coerente do castelo, entre as minhas obrigações de comparecer às refeições e evitar Henri. Sabia que não podia lhe dar a chance de me fazer mudar de ideia. Entendia o motivo pelo qual ele não se opunha aos planos de Montoni, mas eu não podia aceitar, dada a inconfiabilidade de Montoni.

Eu não havia me esquecido dos meus pensamentos anteriores de que talvez houvesse passagens em Udolpho desconhecidas pelos moradores. Um castelo antigo como aquele devia possuir um caminho oculto para poder ser abandonado em caso de cerco e ataque. Procurei primeiro no porão, mas só encontrei barris de vinho, um canhão de arpão empoeirado e mobiliário mofado. Investiguei a ala leste, que Bertolino dissera que havia sido fechada durante a ausência de Montoni, cogitando que houvesse algum ponto fraco a ser explorado.

No meu oitavo dia de investigação, quando o sol começou a se pôr, me vi de repente num pátio que não sabia que existia. Consegui acesso por uma porta perto do meu quarto, surpreso ao me ver do lado de fora assim que passei por ela. O pátio era pequeno, e a relva crescia nas rachaduras entre as pedras, prova do descaso com que era tratado. Parte do castelo tinha desabado nas proximidades, e eu examinei a área, mas ela não pareceu valer muito em termos de possibilidades de fuga.

Algo que achei bem peculiar, no entanto, foi a presença de três estátuas no centro do pátio. Eram semelhantes às estátuas do labirinto de sebes do Château le Blanc: Selene, Hécate e Ártemis. As deusas lunares. Contemplei as estátuas de perto, notando que apresentavam basicamente as mesmas posturas das do castelo francês, exceto que, em vez de Ártemis examinar uma flecha apontada para o céu, ela tinha uma encaixada num arco e apontada para o céu.

— Por que vocês estão aqui? — perguntei para as estátuas.

Mas as figuras de pedra não responderam, é claro.

Naquela noite, resolvi terminar o livro que tinha subtraído da botica, sobre as deusas lunares. A aparição delas ali era muita coincidência. Elas precisavam ter algum significado especial para a família, e fiquei curioso demais para ignorar aquilo, mesmo que me desviasse por um tempo da minha busca imediata.

Grande parte do livro referia-se a tradições e lendas das deusas e, quando cheguei aos capítulos finais, concluí que não teria nenhuma informação de valor. Mas então me detive num trecho que mencionava os "filhos de Hécate". Eram bruxas e bruxos, jurados às deusas lunares, talvez até descendentes de suas linhagens. A missão deles era procurar e desmascarar os inimigos das deusas, para "nunca deixar que tivessem um minuto de sossego", caso encontrassem conforto no mundo, já que "a morte foi misericordiosa demais para os seus crimes". Em troca, segredos adicionais do ocultismo foram concedidos aos bruxos.

Ao que tudo indicava, o mundo dos mortais não era digno de atenção das deusas e, assim, elas tinham os seus subordinados para fazer o trabalho sujo para elas. Elas teriam dado boas aristocratas.

Estava terminando o livro quando uma batida de leve na porta do meu quarto me forçou a colocá-lo de lado. Hesitante, sentei-me na cama, imaginando se seria Ludovico ou algum outro criado.

Ao abrir a porta, deparei-me com Henri me encarando com um sorriso torto.

— Você tem me evitado — acusou ele, abrindo caminho.

Henri deu uma volta pelo quarto, como se estivesse procurando alguma mudança que eu tivesse feito. Ele parou diante do tabuleiro de xadrez.

— Você joga?

— Muito pouco. Ludovico prometeu jogar comigo, mas o seu tio o mantém bastante ocupado. Acho que o jeito como jogo, você chamaria de desastrado.

Henri riu.

— Ótimo. Eu odeio perder.

— Já percebi.

O sorriso de Henri desapareceu.

— Não vamos falar sobre isso agora. Sei que isso o chateia e... podemos apenas ficar um com o outro agora?

Mais do que tudo, eu queria esquecer os meus problemas, mas Henri fazia parte deles. Na semana anterior, havia pensado nas possibilidades de vida com Henri, dando-me conta de que o plano de Montoni funcionaria muito bem se não fosse pelo envolvimento do próprio Montoni. Porém, não havia solução para aquilo. Então, todo o plano teve de ser jogado fora e, talvez, a minha felicidade também.

Notando minha distração, Henri se aproximou de mim.

— Tenho uma surpresa para você.

— O quê? — Semicerrei os olhos, desconfiado.

— Você vai ter que me seguir para descobrir.

Fechei a cara e o observei caminhar até a porta, sorrindo ao olhar de volta para mim da soleira antes de sair para o corredor, deixando a porta entreaberta.

Jamais fui bom em deixar algo inacabado. Eu era curioso demais. Então, eu o segui. Assim que peguei o corredor, Henri se pôs ao meu lado, passando o seu braço em torno da minha cintura.

— Sei que este castelo sombrio pode ser enervante. Só quero lembrá-lo de que não é só isso que você encontrará aqui.

Fiquei em silêncio, enquanto ele me conduzia pelos corredores soturnos com uma lamparina na mão. Subimos até as muralhas, onde uma brisa agitou as minhas roupas. Estava escuro e silencioso, lembrando-me de como o castelo era isolado. Apenas o fogo de algumas lareiras brilhava nos andares inferiores.

— Falta muito para chegarmos? — perguntei, exasperado.

— Não muito.

Ele me levou até uma torre e subimos uma escada em espiral. Era um lugar que ele tinha me mostrado antes, com um telescópio e cartas celestes nas paredes. Era um espaço encantador, mas eu não estava com paciência para aquilo no momento.

— Henri, eu não…

Parei de falar quando ele abriu uma cortina, revelando outra escada. Mas já não estávamos no alto da torre? Franzi a testa.

Com um aceno de cabeça, Henri apontou para a escada e estendeu a mão.

— Venha.

Com relutância, cedi, e ele me conduziu escada acima.

Saímos no topo da torre, com um muro de pedra irregular obscurecendo um pouco a visão ao nosso redor. Perguntei-me o que Henri poderia ter reservado para mim quando notei cobertores no chão.

— O que é isso? — perguntei, surpreso.

— Um alívio em relação ao seu melancólico aposento lá embaixo — anunciou Henri, caminhando até os cobertores e colocando um sobre os ombros.

Eu fiz o mesmo, protegendo-me do frio da noite.

— Na infância, quando este castelo se tornava insuportável, eu escapava para cá — confessou ele. — Não foi só o telescópio que me fez gostar desta torre. Também foi esta vista, a liberdade que encontrei ao escapar das pedras escuras e das sombras. — Ele respirou fundo, exalando com os olhos fixos ao alto. — Eu deitava aqui e observava o céu durante horas até adormecer.

Levantei os olhos e perdi o fôlego. Não tinha percebido o esplendor do céu antes. Era como se o universo tivesse vindo exibir a sua beleza para nós naquela noite. Roxos e azuis iluminados por milhões de pontinhos brilhantes. Era algo vasto e atordoante. Achei que mal podia compreender o que eu estava contemplando.

Virei-me para encarar Henri. Ele estava mais perto do que eu supunha.

— Nem tudo é horrível no mundo, Emile. — Henri afastou uma mecha de cabelo do meu rosto.

Engoli em seco.

— Henri, eu...

Então a minha fala foi interrompida quando os lábios de Henri cobriram os meus num beijo lento e delicado que me queimou de dentro para fora. Eu estava ofegante quando terminou, mas Henri não forçou mais nenhum outro beijo. Ele me aconchegou na dobra do seu braço, e ficamos observando o céu noturno juntos, aquecidos sob os nossos cobertores.

No dia seguinte, vasculhei a biblioteca, esperando descobrir algum portal ao pressionar uma estante ou mexer em um romance em particular, mas nada aconteceu. Estava prestes a desistir da minha busca quando me lembrei da cavidade na parede da galeria. Arrepiei-me ao me recordar do esqueleto que parecia ter ganhado vida, mas sabia que era apenas delírio. Nenhuma visão me atormentaria no meio do dia, com a luz do sol entrando pelas janelas. Contudo, a cavidade era real.

Refiz os passos até a galeria, refletindo sobre a noite anterior com Henri. Desejei contar tudo o que estava sentindo para ele, pensei em implorar para que ele fugisse comigo, mas não tive coragem. Não podia confiar que Henri não impediria a minha fuga. Por mais que eu gostasse da sua companhia, e de como ele me tratava com tanto carinho, não poderia me entregar completamente a alguém que, com certeza, ainda guardava segredos de mim. Eu não sabia da extensão do conhecimento de Henri a respeito das atividades de Montoni, incluindo os assassinatos cometidos pelo seu tio. Aquilo não me agradava. Até que Henri revelasse tudo o que estava escondendo, não seria capaz de deixá-lo entrar na minha vida do jeito que ele queria.

Suspirei, tentando me livrar da sensação de aconchego que se insinuava em mim ao pensar nele. Não podia deixar a minha determinação vacilar. Se a noite anterior havia esclarecido algo, era o perigo representado por Henri. Ele conseguia me fazer esquecer de mim mesmo. Não podia permitir isso. Nem agora, nem nunca. Eu encontraria uma saída daquele lugar infernal nem que fosse a última coisa que fizesse, mesmo que aquilo significasse magoar Henri e deixá-lo para trás. Esse não tinha sido o conselho de Bram? Agarrar o que for preciso para ser feliz e não haver nenhum problema em apenas cuidar de si mesmo acima de todos os outros?

A lembrança de Bram me causou uma profunda tristeza. Eu sentia saudade dele. Do seu bom coração, dos seus conselhos inteligentes. Bram parecia ter a capacidade de aliviar a minha confusão mental, de chegar à verdade com pouco esforço. Caso ele estivesse ali naquele momento, descobriria uma maneira de sair daquela bagunça com facilidade. Se eu conseguisse escapar, poderia encontrar o caminho até ele sem que os homens de Montoni me capturassem? Se eu fosse perder Henri, não queria perder Bram também. Sentia um grande aperto no coração diante da ideia de perder qualquer um deles, mesmo que fosse a consequência inevitável de um coração dividido entre dois homens.

Ainda tentando deixar de lado os meus pensamentos românticos, entrei na galeria. Continuava escura e sinistra durante o dia, mas o pouco de luz que adentrava o lado oposto do recinto era suficiente para fomentar a minha determinação. Fui direto à cavidade antes que pudesse pensar no que estava prestes a fazer, ou no que poderia encontrar, e afastei a tapeçaria para o lado.

A cavidade estava vazia. Claro que estava. Ao examinar o pequeno espaço, não percebi nada que indicasse que um corpo tivesse ocupado o nicho recentemente, nem mesmo um fio de cabelo. Começando a trabalhar, apalpei o interior do espaço, empurrando e cutucando. Após cerca de um minuto, perguntei-me o que eu estava procurando de fato. Uma mola escondida? Um botão? Os livros de terror baratos que eu tinha lido ao longo dos anos foram vagos a esse respeito. Por fim, pressionei a parte de trás da cavidade e me surpreendi ao descobrir que se moveu sob o meu peso. Parei e percorri a galeria com os olhos para ter certeza de que estava sozinho. Então, contorci-me para entrar na cavidade, empurrando a parede do fundo enquanto o fazia. O movimento gerou um rangido, que me deixou nervoso. Quando me dei conta, a parede tinha se movido mais ou menos dois metros, revelando uma passagem escancarada à direita. Hesitei apenas um instante antes de deslizar para dentro.

Havia espaço suficiente para eu me levantar e, então, me endireitei até ficar totalmente de pé. Em seguida, ouvi um som de pedra raspando atrás de mim, chamando minha atenção de volta à cavidade. Era a parte de trás do nicho voltando à sua posição inicial. Engoli em seco quando o último vestígio de luz desapareceu, deixando-me na escuridão total. Havia sido uma tolice me aventurar sem uma lamparina e, pelo jeito, eu pagaria por aquele erro. Apalpei ao longo da parede que tinha se fechado diante de mim e encontrei uma pedra que se moveu ao meu toque. Pressionando-a, o fundo da cavidade começou a retroceder outra vez. Satisfeito por não estar completamente preso, virei-me para examinar a passagem à minha frente antes que a luz voltasse a desaparecer. Foi quando notei uma tocha empoleirada num suporte preso na parede. Sorri ao pegar a tocha e procurei algo para acendê-la no meu bolso. Felizmente, tive a precaução de manter uma pederneira à mão.

Acendi a tocha antes que a luz desaparecesse outra vez atrás de mim, e ainda assim hesitei em avançar rumo ao desconhecido. Contudo, tinha de fazer aquilo se quisesse encontrar um jeito de sair do castelo e escapar dos meus algozes. Murmurando uma oração absurda bem baixinho, segui pelo corredor secreto.

Deparei-me com diversas curvas e voltas e, às vezes, o caminho me levava a subir ou descer escadas, mas nunca se ramificava. Então, não fiquei preocupado em me perder. Muitas vezes, detive-me ao encontrar pontos luminosos nas paredes. Da primeira vez que notei um feixe de luz atravessando o espaço escuro à frente, parei para examinar a sua origem. Ao alinhar os meus olhos com o buraco, me peguei espiando um escritório. Não sabia de quem era, ou onde ficava no castelo, mas fiquei intrigado e tomei nota do conteúdo do recinto, caso o visse do outro lado. Após essa descoberta, contemplei uma sala de estar, a sala de jantar e, em seguida, um quarto. Eu sabia onde ficava a sala de jantar e fiquei angustiado ao imaginar alguém espionando a família ao se sentar para comer, mas fiquei ainda mais perturbado com a visão do quarto. Pelos baús, consegui concluir que aquele era o quarto de Blanche. Então, eu estava na ala oeste. E ao avançar pelo corredor, fui capaz de ver os aposentos de Montoni, de Schedoni e até de Henri. Eu me irritei ao contemplar o quarto de Henri. Ele estava prostrado na cama, lendo. Não parecia certo que alguém pudesse observá-lo sempre que quisesse. Por outro lado, alguém poderia fazer o mesmo comigo, supus.

Sentia arrepios à medida que continuava minha caminhada pela passagem. Deparei-me com portas, todas trancadas, e outras brechas para espionagem. Então, finalmente, cheguei a uma visão com a qual estava familiarizado. De volta à ala leste, contemplei o meu próprio quarto. Do ponto de vista proporcionado a mim, avaliei que estava olhando na direção da lareira. Vi uma porta nas proximidades, mas não estava localizada corretamente para ser a segunda porta do meu quarto. Eu ainda não fazia ideia de para onde aquela porta levava.

Não tinha caminhado muito mais pelo túnel quando cheguei a um beco sem saída. Apalpei a parede como tinha feito no início daquela caminhada e, mais uma vez, encontrei uma pedra que se moveu. Depois de empurrá-la, um som de atrito ressoou e, então, uma cavidade se revelou para mim. Não perdi tempo em me contorcer para entrar no espaço, ansioso para sair daquele túnel escuro. Apaguei a tocha e a joguei de volta ao corredor antes que ele se fechasse para mim. Então, saí da cavidade e me vi num recinto circular. Havia uma porta à minha frente, e uma escada em espiral que subia e se perdia na escuridão. Tentei abrir a porta e a encontrei destrancada. Após empurrá-la, vi-me do lado de fora, perto do pátio que descobrira antes com as estátuas das deusas. Olhei de volta para o recinto do qual tinha acabado de sair e levantei a cabeça, seguindo uma torre de tamanho considerável que se projetava para o alto.

Então, naquele momento, eu já sabia duas maneiras de entrar nos túneis secretos. Foi um bom começo.

Antes que sentissem a minha falta, apareci para tomar chá na sala de visitas com a minha tia. Blanche tocava piano, com a atmosfera de Udolpho evidentemente matizando as suas escolhas musicais, que soavam melancólicas e sombrias. Ela não saiu do seu lugar durante todo o tempo em que fiquei no cômodo. Concluí que devia ser porque ela não queria falar comigo. O que foi bom.

Eu queria fazer outra visita à passagem secreta antes de a noite cair, mas primeiro parei no meu quarto para examinar a lareira. Foi necessário um exame minucioso, mas finalmente encontrei dois pequenos buracos na lateral do conduto da chaminé. Eu os tampei com dois lencinhos. Se alguém quisesse me espionar, teria dificuldade em localizar os buracos e deixaria evidências para trás.

Em seguida, abri o ferrolho da segunda porta do meu quarto e me dirigi até uma escada em espiral. Franzi a testa e subi a escada no mesmo instante, chegando a uma porta que descobri que dava para as muralhas. Satisfeito, desci a escada, passei pela minha porta e segui até o degrau mais baixo, onde havia outra porta. Essa dava no corredor que ficava abaixo do meu quarto. Comecei a subir a escada para o meu quarto, quando notei uma cavidade na parede semelhante à da torre, de onde tinha saído depois de percorrer a passagem secreta. Hesitante, apalpei a cavidade e empurrei a parte posterior contra o suporte de pedra. Ela se moveu com facilidade.

Empolgado com essa nova descoberta, voltei ao meu quarto para pegar uma lamparina. Pouco depois, empurrei o fundo da cavidade o suficiente para permitir que eu me contorcesse para entrar na passagem perpendicular. Como a outra, consegui ficar de pé dentro da abertura e olhar para um corredor estreito. Aquele, porém, não foi muito longe. Logo me vi diante de uma porta.

Estava trancada.

Frustrado, balancei a maçaneta da porta, em vão. Em seguida, suspirei e me encostei nela. Por um instante, fiquei ali e, então, ouvi algo atrás dela. Eram vozes?

Encostei o ouvido junto à porta e consegui distinguir alguns sons baixos, como gemidos. Uma pessoa estava trancada no aposento? Afastei-me e olhei para a parede. Eu deveria gritar? Se fosse Montoni ou algum outro pilantra, estaria abrindo mão da minha vantagem, mas se outra pessoa estivesse em apuros, eu não poderia simplesmente abandoná-la, poderia?

Arrisquei.

— Olá? — gritei. — Tem alguém aí?

Não houve resposta. Voltei a apoiar o ouvido no batente sólido da porta e continuei a ouvir sons atrás dela, abafados e perturbadores.

Ao colocar o meu olho junto ao buraco da fechadura, tentei observar o interior do lugar, mas só consegui ver uma névoa amarelada. O recinto estava iluminado, o que indicava que estava ocupado ou, pelo menos, em uso. Franzi a testa ao ficar de pé, perguntando-me como poderia entrar ali. Mas, pouco depois, desisti, decidindo que teria que pensar a respeito.

Como ainda tinha muito tempo antes do jantar, percorri novamente o primeiro túnel que havia descoberto, parando para ouvir em todas as portas que encontrava. Quem sabe descobrisse que um número maior de recintos estava ocupado e que talvez mantivesse prisioneiros. Afinal, Udolpho era um castelo. Os castelos não tinham masmorras?

Não descobri nada de novo daquela vez. Dediquei algum tempo para observar cada aposento pelos orifícios, mesmo quando me dei conta de que, ao fazê-lo, estava invadindo a privacidade alheia, uma ideia que eu abominava caso fosse feito comigo. Mas não consegui evitar. E de qualquer forma, não tive intenções maliciosas.

Annette estava escovando o cabelo de Blanche. A dama de companhia não parava de falar, mas lady Morano não parecia estar ouvindo. Ela estava olhando para o seu reflexo no espelho, como se estivesse perdida em pensamentos. O seu olhar parecia triste e cansado. Fiquei imaginando no que ela estava pensando. A vida que ela estaria abrindo mão se cedesse às exigências do seu tio? Blanche era tão vítima daquela situação quanto eu. Eu me identificava com ela, mas tinha de pensar em mim em primeiro lugar. Mesmo que ela vislumbrasse alguma vantagem em nossa união, não poderia permitir que o meu futuro bem-estar acabasse nas mãos de Montoni. Mesmo que para a felicidade dela.

Henri não estava em seu quarto. Nem o padre Schedoni. No entanto, a minha tia e Montoni estavam, e o assunto da conversa deles era interessante, pois dizia respeito a mim.

— Não vejo vantagem em deixar que isso se arraste — dizia o conde. — Se o seu sobrinho não concorda em se casar com a minha sobrinha, não há mais nada a dizer sobre o assunto. Vamos precisar nos livrar do garoto.

Tia Cheron tensionou a mandíbula.

— Ah, é? E esses documentos que você quer que eu preencha são para a nossa futura felicidade, por acaso? Sempre me preparei para entregar Emile aos cuidados de um sanatório caso não conseguisse controlar as perversões dele, ou pelo menos gerar um herdeiro, mas isso sempre foi concebido como uma medida temporária. O que você está propondo é cruel.

Montoni fungou.

— É apenas mera formalidade. Se você receber a herança, precisamos estar preparados para qualquer eventualidade. Caso você morra, o dinheiro vai precisar ir para algum lugar. Acho que você gostaria que o seu marido o herdasse.

— E confiar que você não usará esses documentos para se livrar de nós dois? Você deve achar que eu sou uma imbecil.

— Não. Acho que você é tão cabeça-dura e desconfiada quanto o seu sobrinho.

Minha tia fechou a cara.

— E de qualquer forma, esses documentos não tratam do fato de que não há herdeiro para a minha linhagem. Após uma permanência temporária num hospício, tenho certeza de que o meu sobrinho sentiria muito medo de voltar à instituição. Ele criaria juízo e cumpriria o seu dever.

Fechei os olhos. Então, Montoni queria que eu ficasse preso pelo resto da minha vida. Isso era o que me esperava se eu não cedesse às exigências dele e me casasse com Blanche. De fato, um futuro desolador.

— Não vou correr esse risco — respondeu o conde. — E as nossas famílias estão unidas sob o nosso casamento, madame Montoni. Não se esqueça disso. Meus sobrinhos também são sua família agora. Você deve pensar neles tanto quanto pensa em Emile.

— Emile é sangue do meu sangue. Ele sempre virá em primeiro lugar. Não posso esquecer que o meu irmão o colocou sob os meus cuidados. Vou fazer o que é certo para ele e para a linhagem. E assinar esses papéis não é vantagem para ele nem para mim.

Só consegui perceber que a minha tia havia sido esbofeteada quando ela caiu sobre a cama, com a mão no rosto. Horrorizado, vi quando Montoni abaixou devagar a palma da mão aberta. Ele a fuzilou com os olhos.

— Eu tenho maneiras de fazer as pessoas mudarem de ideia — afirmou ele, rangendo os dentes. E então Montoni saiu do quarto, batendo a porta.

Minha tia foi para cama e soluçou sobre os travesseiros, enquanto eu a observava, impotente.

Se antes eu não tinha ideia do grau de crueldade de Montoni, naquele momento pude ter certeza. Ele era um monstro. E não tinha em mente o melhor para mim nem para a minha tia. Ele só queria saber de ficar com a minha herança para si, como eu havia suspeitado.

De repente, uma mão tapou a minha boca e, antes que eu me recuperasse da surpresa para poder lutar, braços fortes prenderam os meus próprios braços contra mim, puxando-me para longe das brechas de espionagem em direção à escuridão.

24

Percebi tarde demais que Montoni devia conhecer aquelas passagens e lutei contra ele, enquanto era arrastado pela passagem. Com horror crescente, sabia que se eu morresse ali, meu corpo nunca seria encontrado. Ninguém saberia o que tinha acontecido comigo.

Mas dominado pelas garras de ferro do meu inimigo, eu estava impotente.

— Quieto! — sussurrou uma voz junto ao meu ouvido. — Sou eu.

Pisquei quando senti cócegas na minha orelha provocadas pela respiração do meu raptor. Embora ele tivesse falado com a voz baixa e rouca, eu a reconheceria em qualquer lugar e relaxei sob o seu domínio.

Ele me soltou e me virei para encontrar Henri sorrindo para mim, com um dedo sobre os seus lábios, pedindo silêncio. Ele apontou para os buracos de espionagem e me dei conta de que ele tinha tapado a minha boca para me impedir de gritar e me delatar. Havia ficado tão absorto observando Montoni e a minha tia que não o tinha ouvido se aproximar.

Dei um tapa no peito de Henri.

— Você me assustou — articulei quase sem som.

O sorriso de Henri só se alargou. Ele me puxou para si, voltando a levar a sua boca perto do meu ouvido.

— Desculpe. Perdoe-me.

Estremeci e me afastei dele.

— O que está fazendo aqui?

— Poderia perguntar o mesmo a você.

Franzi os lábios e vi Henri se aproximar dos orifícios através dos quais eu tinha observado a minha tia chorar em sua cama.

— O que aconteceu? — perguntou ele, dando um passo para trás.

— O seu tio vai me internar num hospício pelo resto da minha vida e matar a minha tia para poder ficar com a minha herança.

— Espero que esteja brincando. — Ele semicerrou os olhos.

— Não, não estou. — Hesitei. — Quer dizer, é o que parece, considerando os documentos que Montoni quer que a minha tia assine.

— Isso não vai acontecer — resmungou Henri, agarrando o meu braço. — Emile, eu vou proteger você. Até mesmo do meu tio, se necessário.

— Mesmo se eu não me casar com a sua irmã?

Henri suspirou e passou a mão pelo cabelo.

— Quero que pense nisso e o que isso pode representar para o nosso futuro.

— Você não vai me convencer a levar essa ideia adiante — respondi, irritado.

— E eu estou convencido de que você vai mudar de ideia. Blanche já mudou.

— Sério? — Torci a boca em decepção. — Isso é lamentável.

— Não, não é.

Balancei a cabeça.

— Como ficou sabendo sobre estas passagens?

Henri revirou os olhos para a minha mudança de assunto.

— Passava um tempo aqui quando era mais novo. É óbvio que eu as conheço.

— Espere! Você estava *me observando*?

— Claro que não. Eu sou um cavalheiro.

Ele ergueu uma sobrancelha.

Percebi o sentido das palavras de Henri. *Eu* tinha sido pego observando as pessoas. Não era uma prática louvável e, em resposta, fiquei vermelho. Eu era duro com as manipulações de Henri, mas, no final das contas, ele respeitava a privacidade dos outros, e eu não. Eu tinha passado a admirar a astúcia de Henri, mas talvez tivesse sido muito influenciado por ela e tenha ido longe demais. Não queria pensar em mim como uma má pessoa, mas uma boa pessoa ficaria bisbilhotando os outros como eu havia feito? E ali estava Henri, me flagrando e perdoando o meu comportamento sem nem sequer ser perguntado. Ele me entendia.

Henri acenou com a mão.

— De qualquer forma, sei como é engenhoso e sabia que você encontraria este túnel, no mínimo.

— *Este* túnel? — Dei um passo à frente. — Então, há outros?

— Claro. Este castelo é muito antigo, e ter túneis era politicamente vantajoso. Reis e rainhas se hospedaram aqui. Assim como generais e comandantes. Os meus ancestrais os construíram para descobrir os segredos de todos eles.

Por um instante, hesitei.

— O seu tio também tem conhecimento destes túneis, não é?

— Até onde sei, não desta passagem em particular. Eu só o vejo usando... — Henri deixou a sua voz sumir.

Cruzei os braços. Mais segredos. Claro.

— Tudo bem. Só me diga uma coisa: existe uma saída secreta do castelo?

— Não. Não que eu saiba — respondeu Henri, com uma expressão sombria, e notei um músculo se contorcer em seu rosto.

— Jura?

— Juro.

Então, virei-me e comecei a caminhar de volta pelo túnel.

— Obrigado por sua preocupação, Henri. Vejo você no jantar.

Henri agarrou o meu braço.

— Não fuja. Por favor. Nós vamos encontrar outro jeito.

— Você já deixou claro qual é esse jeito, e não estou interessado — disse, livrando-me dele.

Comecei a me afastar, mas, dessa vez, Henri não tentou me deter.

Naquela noite, enquanto Ludovico atiçava o fogo na lareira do meu quarto, pairei sobre ele, olhando para o local onde havia tampado os orifícios. Eles ainda estavam cobertos. Então, pelo menos ninguém tinha me observado enquanto eu me trocava antes do jantar.

— Há quanto tempo você trabalha para a família? — perguntei ao criado.

— Seis anos, milorde — respondeu Ludovico, erguendo o olhar.

Seis anos? Então, ele deve ter começado a servir a família muito jovem.

— Você já esteve em Udolpho antes?

Ludovico confirmou.

— Sim. Venho pelo menos uma vez por ano.

— E já ouvir falar de passagens secretas? — perguntei casualmente, examinando as minhas unhas. — Ou de quartos secretos?

Ludovico olhou para a segunda porta do meu quarto, mas logo desviou o olhar.

— Não, milorde. Por que o senhor pergunta?

— Você não sabe mentir, Ludovico. O que você sabe? — Semicerrei os olhos.

— Nada. Juro.

— Pela vida de Annette?

Os olhos de Ludovico se iluminaram.

— Isso não é justo. Só ouvi rumores sobre eles. Eu mesmo nunca vi nada.

Sorri com ar de triunfo, batendo na segunda porta.

— O que sabe sobre isto?

— Leva a uma escada.

— E a um túnel secreto.

Ludovico franziu a testa.

— Não sei de nada sobre isso. Annette abriu a porta no alto da escada. Leva para as muralhas.

Eu me endireitei, examinando Ludovico sob uma nova perspectiva.

— Annette é capaz de arrombar fechaduras?

— Arrombar fechaduras, senhor? Minha Annette? Dificilmente. Ela tem uma chave mestra.

— Uma chave mestra?

Ludovico fez que sim com a cabeça e olhou para mim com uma expressão desconfiada.

— Por quê?

— Porque... você irá buscá-la imediatamente. Mas não diga nada a ela ou à família sobre isso.

Ludovico franziu os lábios.

— Milorde, eu... preciso deste emprego. Assim como Annette.

— Vocês não vão perder os seus empregos. Se formos descobertos, direi que coagi vocês e assumirei toda a culpa.

— Isso tem algo a ver com as passagens secretas?

— Sim — respondi, observando um lampejo de animação iluminar os olhos do criado.

Ludovico fingiu indiferença.

— Tudo bem.

Após a saída dele, sorri, vesti uma capa e peguei uma lamparina. Tive a impressão de que esperei um tempo enorme até ele voltar com a dama de companhia, que estava visivelmente irritada com a minha convocação.

— O que foi agora? — perguntou ela, encarando-me. — Suponho que queira que eu fique sentada bem empertigada para você brincar com o meu cabelo e experimentar maquiagem em minha pele clara.

— Pele clara? — perguntei de uma forma inocente, enquanto ela me olhava furiosa. Eu simplesmente não conseguia me conter quando se tratava de Annette.

— Ele quer que você empreste a chave mestra — Ludovico disse a ela, encantado. — Ele encontrou uma passagem secreta.

— O quê? Você não pode estar falando sério. — Annette semicerrou os olhos para mim. — Ou está?

— Estou — respondi. — Encontrei uma porta e acho que alguém precisa de ajuda do outro lado.

— Então por que você não mandou chamar o conde Morano?

— Porque não confio nele. Não completamente.

— E lady Morano?

Encolhi os ombros, desviando o olhar.

— Ela tem as suas próprias preocupações no momento.

— Tem mesmo — concordou Annette e me encarou. — Esta chave me foi confiada, milorde. Não gosto de abusar dessa confiança.

— Ela abre qualquer porta do castelo? — perguntei, imaginando se poderia tentar abrir todas as portas que encontrasse na passagem secreta.

— Não todas, mas a maioria. Preciso dela para as salas da criadagem e similares. Diversos criados têm essas chaves mestras. Só o conde Montoni e Bertolino têm as chaves mestras que abrem todas as portas.

Concordei.

— Seria muito importante que você me ajudasse e talvez a outro pobre coitado preso neste castelo.

Annette deu de ombros.

— Tudo bem. Sei que estas paredes guardam segredos. Não me importo de conhecer pelo menos um deles em troca do uso da minha chave. Talvez ainda encontremos algo incriminador sobre Montoni.

— Obrigado — disse e sorri para ela.

Então, abri a segunda porta do quarto e nós três seguimos escada abaixo. Engatinhei para o interior da cavidade e empurrei a parte de trás. Enquanto isso, Annette e Ludovico ficaram observando com espanto.

— É mesmo uma passagem secreta! — Annette constatou o óbvio e engatinhou atrás de mim e até o corredor mais adiante.

Assim que Ludovico nos seguiu, a cavidade se fechou atrás de nós. Então, contamos com a luz da lamparina para nos levar até a porta que eu descobrira antes. Encostei o ouvido nela e voltei a ouvir os gemidos. Estavam mais baixos do que antes, mas ainda eram audíveis. Uma espiada rápida pelo buraco da fechadura confirmou a presença de luz, mas também de algo queimando.

Annette tirou uma chave do bolso da saia e abriu a fechadura dramaticamente.

— Uma porta destrancada ao seu dispor, milorde.

— Obrigado, Annette.

Dei um passo à frente e girei a maçaneta. Senti um calafrio com o guincho das dobradiças, mas empurrei a porta até abri-la, revelando um pequeno laboratório. Franzi a testa ao entrar, olhando para as tochas acesas nos suportes das paredes. Havia outra pequena chama numa grande mesa no centro do recinto, sob um béquer de vidro. Havia tubos e globos de vidro cheios de líquidos de diversas cores, alguns borbulhavam e outros permaneciam em plácida imobilidade.

— O que é tudo isso? — perguntou Annette, passando por mim.

Entre os vários livros e diários para anotações que estavam sobre a mesa, ela pegou um e espiei por cima do seu ombro quando ela o abriu, descobrindo que continha inúmeras fórmulas químicas. Cada fórmula fora assinada por um Henry, mas não da maneira que o conde Morano assinava o seu nome, nem era a sua caligrafia.

— É como se um cientista maluco morasse aqui — observou Ludovico.

Me distraí enquanto circulava pelo local, perguntando-me a origem dos gemidos que tinha ouvido. Existiam mais duas portas ali, então poderiam ter vindo de qualquer uma delas, mas tive a leve suspeita de que os gemidos eram, na verdade, o borbulhar daqueles diversos líquidos.

De repente, algo assustou Annette, e eu corri para o seu lado. Ela tinha aberto um estojo de couro, encontrando oito seringas, idênticas às que eu tinha usado para aplicar o medicamento em Henri. Havia um líquido preto dentro delas, parecendo verde em certos momentos quando a luz do fogo tremeluzia. Por um instante, Annette ergueu os olhos para encontrar os meus.

— É daqui que vem aquele medicamento? — questionou ela.

— Parece que sim — respondi, engolindo em seco. — Mas ainda não sei o que é.

Ocorreu-me que poderia ser algo incriminador para usar contra Montoni. A fuga estava se mostrando difícil, mas se Montoni ameaçasse me matar ou me internar, talvez eu pudesse encontrar algo para dissuadi-lo, algo que assegurasse que eu poderia arrastá-lo comigo se ele não cedesse.

Comecei a vasculhar as gavetas e Annette, parecendo entender, começou a fazer o mesmo. Ludovico continuou folheando o caderno, examinando as páginas com a testa franzida. Infelizmente, não encontrei nada útil nas gavetas, exceto mais equipamentos.

Dirigi a minha atenção para uma das portas e girei a maçaneta. Estava destrancada e, então, enfiei a cabeça ali dentro. Logo, porém, ouvi vozes se aproximando atrás da outra porta.

— ... Preciso garantir que haja o suficiente para mais um ano. — Ouvi alguém dizer. — Não podemos ficar indo e vindo do Château le Blanc para Udolpho constantemente.

Fiquei apavorado. Eu sabia de quem era aquela voz. Era de Montoni.

Gesticulei depressa para Annette e Ludovico, e eles vieram correndo para junto da porta onde eu estava. Então, ouvimos uma chave raspar em uma fechadura. Assim que fechei de leve a porta que dava para fora do laboratório, ouvimos a outra porta se abrir. Com um arrepio, apaguei a lamparina, mergulhando-nos na escuridão, exceto pela luz dourada que vazava por baixo da porta.

Com os olhos arregalados, Annette olhou para mim, enquanto Ludovico agarrou o meu braço com tanta força que fez a minha mão ficar dormente.

— Claro que vamos precisar de outros doadores para produzir antídoto suficiente — disse outra voz no laboratório, ao mesmo tempo em que ouvimos dois passos pelo cômodo.

Arrepiei-me ao reconhecer a voz do padre Schedoni. Aquele era o medicamento que ele fornecia e, assim, fazia sentido que ele estivesse envolvido.

— E ainda não há avanço na cura? — perguntou Montoni.

— Receio que não. Tenho alguns dos homens com as mentes mais brilhantes trabalhando nisso. Henry é o principal, mas também Griffin, Lidenbrock, Moreau, Clerval... Não progredimos muito. Neste momento, não sei se será possível alcançarmos a cura, pelo menos não com as ferramentas atualmente disponíveis.

— Sim, mas eu tenho tempo suficiente para esperar que a tecnologia avance, não é?

— Espero que sim, milorde.

Com curiosidade, inclinei a cabeça. Não era Schedoni que desconfiava dos avanços médicos modernos? Ele não remontava ao tempo da medicina tradicional? Sendo assim, por que ele se aconselhava com cientistas?

Os passos se aproximaram da porta atrás da qual nos escondíamos. Ainda que Montoni e Schedoni não pudessem me ver, agachei-me enquanto me aventurava mais para dentro do espaço, Annette e Ludovico me seguiram com cuidado. Senti um pilar próximo, e o alívio tomou conta de mim quando nos escondemos atrás dele. Apoiei-me no pilar, tentando ver através da escuridão total do lugar, sem saber o que estava à minha frente.

De repente, a porta pela qual tínhamos saído começou a se abrir, e Annette fechou os olhos com força, escondendo o rosto no peito de Ludovico quando a luz invadiu o aposento. Uma lamparina foi trazida ali para dentro, afugentando as sombras, mas, felizmente, quem a segurava permaneceu do outro lado do pilar e não nos viu. Ainda.

— Este aqui não vai durar muito — disse Schedoni sem rodeios, e ele e Montoni pararam logo na saída do laboratório. — Garantir três novos indivíduos seria o ideal.

— Hum. É claro. Mande Orsino com alguns homens. E diga a eles para se afastarem o suficiente de Udolpho para não levantar suspeitas.

— É claro, milorde. Isso será feito.

Ouvi com muita atenção e espiei Ludovico, com Annette ainda debruçada nele. O próprio Ludovico estava lívido e olhava fixamente para a frente com os olhos arregalados, abrindo e fechando a boca como se fosse um peixe em busca de ar.

Franzindo a testa, segui o olhar de Ludovico e senti o meu estômago se revirar. Diante de nós, havia grades de ferro, separando o restante do espaço. Dentro daquele recinto, existiam oito compartimentos menores, também dotados de grades, como celas de prisão, com bancos, colchões imundos e algemas penduradas nas paredes. Uma masmorra. Então, o castelo tinha uma, afinal.

Desviei o olhar para a única cela ocupada. Um homem estava encostado na parede do fundo com os braços presos acima da cabeça pelas algemas ali existentes. Ele estava nu, mas não consegui ver a sua pele real, pois o prisioneiro estava coberto com pequenos abcessos pretos e verdes da cabeça aos pés.

Senti um aperto no coração, e arrepios percorreram todo o meu corpo ao olhar para aquele homem, o qual só pude dizer que se tratava de um homem por causa do tufo de cabelo preto no alto da sua cabeça. Um gemido escapou do pobre prisioneiro, levando-me a um estado de ainda maior descrença.

Engoli em seco.

Annette começou a levantar a cabeça, mas estendi a mão para impedi-la. Se ela testemunhasse aquela visão monstruosa adiante, não imagino que conseguiria deixar de gritar, e nos delataria. Eu mesmo não estava longe de fazer aquilo.

O prisioneiro soltou outro gemido e se mexeu, fazendo as algemas retinirem. Quando ele voltou a se acomodar, notei que os abcessos estavam se movendo, se contorcendo. Lembrei-me das aranhas escapando das armaduras no Château le Blanc e senti arrepios, mas logo me dei conta de que aquilo que estava cobrindo a pele daquele homem era ainda pior. Os abcessos se contorciam e se enrolavam como se fossem larvas com a pele escura e escorregadia.

Eram sanguessugas!

Não me contive. Levei a mão à boca para me impedir de gritar. Ludovico pressionou a mão na minha perna, mantendo-me firme. Não consegui desviar o olhar do homem, cujo corpo inteiro pareceu vivo de repente com as sanguessugas. A luz da lamparina de Montoni as fez brilhar como lantejoulas num vestido, mas vivas e afundando ainda mais na pele do homem.

Senti que a minha respiração estava ficando mais pesada, e temi que fosse nos denunciar. Então, a luz da lamparina finalmente se retirou e a porta se fechou atrás de Montoni e Schedoni. Voltamos à escuridão total, mas fiquei grato por ela naquele momento, pois significava que não conseguia mais enxergar o infeliz sendo drenado vivo, alimentando com o seu sangue centenas de parasitas que se contorciam.

Estava zonzo e me apoiei em Ludovico, até as vozes de Montoni e Schedoni desaparecerem e o som da outra porta se fechando sinalizar a partida deles.

— Eles foram embora? — perguntou Annette depois de mais alguns minutos.

— Foram, sim — confirmou Ludovico, levantando-se. — Vocês estão bem?

Fiz que sim com a cabeça, mas logo me dei conta de que ele não veria o gesto no escuro.

— Na medida do possível — respondi com a voz trêmula.

Minhas mãos também tremiam ao tentar reacender a minha lamparina. Precisei de três tentativas até conseguir, iluminando o cômodo com uma luz pálida.

— Não, não olhe — Ludovico disse a Annette, virando o rosto dela para o outro lado quando o prisioneiro deixou escapar outro gemido.

— Como ele ainda está vivo? — perguntei, engolindo em seco.

— Por isso precisam de outros prisioneiros. Distribuído por três pessoas, elas podem viver mais tempo, sobretudo se existirem intervalos entre as sangrias — informou Ludovico.

Fiquei nauseado e caminhei cambaleante até um canto discreto, onde vomitei.

— Meu Deus! — exclamou Annette, confirmando que tinha visto o prisioneiro. — Não podemos... fazer algo por ele?

— Como poderíamos tirá-lo escondido do castelo? — perguntou Ludovico.

— Nem eu mesmo consigo escapar — respondi, limpando a boca e olhando para Annette. — Somos todos prisioneiros aqui. Alguns de nós mais do que outros.

Pálida, Annette respirou fundo.

— Milorde, o senhor... tem que escapar. Tenho ouvido coisas sobre o que o conde quer que a sua tia faça.

— Eu sei. — Desviei o olhar. — E estou tentando, mas simplesmente não consigo encontrar uma saída.

— Montoni é um vilão — declarou Ludovico, balançando a cabeça. — Pensei que ele fosse só um homem insensível, sem coração. Mas ele... está planejando sequestrar pessoas. Ele está matando pessoas. E para quê?

Annette e eu nos entreolhamos.

O antídoto.

Balancei a cabeça devagar. O que estava acontecendo ali? Para que serviam aquelas sanguessugas? Para extrair sangue das suas vítimas? Para usar aquele sangue como antídoto? Ou o sangue era para algo totalmente diferente? E por que não extrair o sangue de forma mais direta? Afinal, por que usar sanguessugas?

— Vamos ajudá-lo a escapar do castelo — afirmou Annette.

— O quê?

— Vamos ajudá-lo, senhor — Annette repetiu, agarrando o braço de Ludovico.

— Mas... como?

— Eu tenho uma ideia. Dê-me uma semana para colocar o plano em ação.

Senti o coração acelerar. Annette estava falando sério? Ela poderia me ajudar? A esperança se apossou de mim e sorri para ela, agradecido.

— Obrigado, Annette.

— Não nos agradeça ainda. — Os lábios de Annette formaram um sorriso tenso. — Uma vez fora do castelo, você vai estar por conta própria.

E estamos muito longe da verdadeira civilização. O resto vai depender de você.

— Eu vou conseguir — assegurei a ela. — Afinal, eu consegui fugir uma vez antes.

— Sim, mas faça um trabalho melhor desta vez de permanecer escondido.

Concordei com um aceno de cabeça.

— Sim, senhora.

25

MAIS TARDE NAQUELA SEMANA, QUEIXEI-ME DE DOR DE CABEÇA DEPOIS DO JANTAR e me deitei mais cedo. Deixei um bilhete para Henri na minha cama, onde não passaria despercebido, e me dirigi até o átrio principal. Como prometido, Bertolino não estava à vista, provavelmente sendo distraído por Annette.

Pendurei a bolsa nas costas. Eu a deixei o mais leve possível, mas ainda assim continha comida suficiente para uma semana. E também um dos diários de anotações do laboratório. Ainda não havia encontrado nada de condenável em seu conteúdo, mas considerando o que tinha visto na masmorra, acreditava que algo em suas páginas pudesse ser o bastante para justificar uma investigação. Era simplesmente o trunfo de que precisava para me livrar dos planos malévolos de Montoni se conseguisse escapar com ele.

Com uma capa sobre a minha roupa mais quente, saí pela porta e me dirigi para o pátio mais adiante. Mantive-me nas sombras o melhor que pude, percorrendo o caminho para os portões principais do castelo. Uma vez ali, esperei por Ludovico. Dez minutos depois, finalmente o vi. Corri até ele. Ludovico olhou em volta, como se estivesse procurando por sinais de ter sido descoberto.

— Então, tudo bem? — perguntei.

Ludovico fez que sim com a cabeça.

— Os guardas estão todos dormindo por causa do sonífero que Annette me deu para colocar no chá deles. Todos estão fora de ação, mas duvido que continuem assim por muito tempo.

Agradecido, dei um tapinha no seu ombro.

— E os portões?

— Eu os abri apenas o suficiente para o senhor sair. Assim que tiver se afastado, vou fechá-los.

— Obrigado, Ludovico — disse, suspirando de alívio e lhe dando um abraço rápido. — Vou achar um jeito de recompensá-lo um dia.

Ludovico abriu um sorriso tímido.

— Não há necessidade, milorde. Tenha cuidado e fique o mais longe possível do castelo ao amanhecer.

— Com certeza. Agradeça a Annette por mim. E... — Hesitei. — Diga a Henri que sinto muito. A Blanche também.

Ludovico concordou e, então, eu me virei para escapar pelos portões do castelo. Dei uma última olhada ao redor do pátio e parti. Os portões se fecharam atrás de mim e saí correndo de Udolpho, tropeçando em pedras e detritos. Alcancei alguns pinheiros nas proximidades e, sob a sombra das árvores, olhei para trás e, pela última vez, fiquei contemplando o Castelo de Udolpho, com a sua terrível imponência. Em seguida, mergulhei na escuridão da noite para desaparecer.

Caminhei durante horas até que os meus pés começaram a doer, porém procurei não pensar nisso. Mantive um ritmo constante, usando a luz da lua para me guiar. Naquele momento, permaneci na estrada principal, embora, se eu percebesse algum sinal de perseguição, teria de me refugiar na floresta. Mas fosse como fosse, eu precisaria cruzar o desfiladeiro à frente, e a única maneira possível era pela ponte coberta que utilizamos na viagem de ida. Esse seria o único lugar em que eu poderia ser facilmente emboscado. Depois de passar pela ponte, eu poderia seguir em qualquer direção que quisesse e, provavelmente, não seria mais descoberto.

Com o avanço da noite, à medida que a temperatura caía, a minha respiração começou a escapar em baforadas de nuvens brancas, mas permaneci alerta e ansioso quanto à caminhada adiante. A liberdade estava ao meu alcance, e eu só precisava seguir em frente para alcançá-la.

Eu conseguiria. Eu escaparia. Sem hospícios. Sem ameaças. Sem Montoni com a minha vida em suas mãos. Eu deixaria tudo aquilo para trás, assim que conseguisse abandonar aquela parte do país.

Um lobo uivou para a noite. Um uivo longo e triste, que ganhou a resposta de vários outros lobos. Estremeci com o som e, então, dei-me conta, de repente, dos sons da floresta. Quando havia imaginado a fuga do castelo, não tinha considerado que, além de ter de lidar sozinho com as intempéries, também teria de enfrentar as criaturas famintas que habitavam a natureza selvagem. Fechei os olhos ao me lembrar da mão que encontrei uma semana depois da minha chegada ao Château le Blanc. Resultado de um ataque de urso, segundo a versão da polícia. Mesmo que eu suspeitasse que a mão pertencia a Hargrove, não poderia negar o real perigo de viajar sozinho e indefeso pelo país à noite.

De repente, senti como se estivesse sendo observado. Parei e olhei para trás, para a floresta de onde vim. Tive apenas lampejos de coisas no meio da noite, mas nada nítido o suficiente para dar forma, se é que havia mesmo alguma coisa. No entanto, o pavor que senti me pressionou a acelerar o passo. Sem dúvida, a minha imaginação estava me levando a ver coisas que não existiam, mas os meus instintos clamavam para eu correr, correr, correr.

Com o cabelo açoitado pelo vento, eu me apressava e tropeçava de vez em quando. Então, saí de repente da floresta e me vi diante da ponte coberta.

Aliviado, quase chorei e corri para o abrigo da estrutura de madeira com as pernas trêmulas.

Algo rosnou atrás de mim na floresta, e, ao olhar para trás por cima do ombro, vi olhos amarelos me encarando das sombras das árvores com fúria e expectativa.

Quase me choquei com a parede da ponte, mas consegui acessá-la, de modo que fiquei sob o seu teto, uma sensação de segurança se apossando de mim. Respirei fundo e o meu coração retornou ao ritmo normal. Porém, quando olhei de volta para o meu caminho de origem, percebi que não estava fora de perigo. Na verdade, a ponte coberta não era um abrigo. Os animais deviam usá-la para cruzar o desfiladeiro. Qualquer ilusão de proteção que estivesse sentindo era apenas isto: ilusão. Eu teria de me apressar, pelo menos até chegar ao vilarejo, se quisesse encontrar algum tipo de segurança verdadeira.

Após tomar fôlego, virei-me e caminhei sem pressa pela ponte, com as tábuas de madeira rangendo sob meu peso. Naquele momento em que o céu não estava visível acima de mim, um breu se acumulou ao meu redor. Mais à frente, vi a luz da lua ressurgir além da ponte, mas algo acerca da escuridão me inquietou de repente.

Um som de arranhões ressoou atrás de mim. Parei e olhei de volta para o meu caminho de origem, esperando ver um animal, um urso talvez, parado na entrada da ponte, mas não havia nada ali.

— Controle-se — murmurei, ajustando a bolsa nas minhas costas.

Balancei a cabeça e voltei a atravessar a ponte. Parei quando algumas pancadas chamaram a minha atenção por cima da minha cabeça. Parecia que havia algo no teto.

Engolindo em seco, inclinei a cabeça para ouvir melhor, mas o barulho cessou. Um filete de suor se acumulou na minha testa e escorreu pelo nariz. Limpei com um gesto irritado. Tive a impressão de que estava sendo seguido. Algo estava brincando comigo. Mas aquilo devia ser uma irracionalidade ridícula.

Continuei a caminhar pela ponte. Logo em seguida, as pancadas recomeçaram. Acelerei o passo, e os sons também ganharam força. Comecei a correr. Mas então os barulhos cessaram.

Detive-me a apenas quinze metros da saída da ponte pelo outro lado. Levantei a cabeça.

— Olá? — gritei, sentindo-me um imbecil. Se fosse um animal, eu esperava mesmo que ele respondesse?

Mas, de certa forma, obtive uma resposta. Garras grossas rasgaram a lateral da ponte, estilhaçando a madeira com a força do golpe.

Soltei um grito e corri para o outro lado da ponte, como se a segurança estivesse magicamente me esperando ali. A poucos metros de distância, uma figura escura surgiu em meu caminho, agachada e ameaçadora. Parei, contemplei o animal com os olhos arregalados e senti o ar faltar.

Era um demônio coberto de pelo preto, que me encarava com olhos amarelos incandescentes. Suas orelhas eram longas e pontiagudas e o seu focinho lembrava o de um lobo. Quando ele se ergueu em toda a sua altura, percebi que tinha mais de dois metros e era extremamente musculoso. Suas patas pareciam punhos cerrados com garras afiadas. Enquanto eu observava, horrorizado, a fera abriu a bocarra, revelando fileiras de dentes pontiagudos destinados apenas a arrancar carne dos ossos.

Retrocedi até as minhas costas se chocarem com a parede da ponte. Então, o animal ergueu a cabeça e soltou um uivo sobrenatural que fez todo o meu corpo tremer.

Eu ia morrer. Estava olhando para um monstro e ia morrer.

Quando ele abaixou a cabeça e voltou a me encarar, juro que o seu focinho se retorceu num sorriso. Não ousei me mover, mas no momento em que a fera deu um passo em minha direção, lancei-me de volta para o meu caminho de origem, atravessando a ponte a toda velocidade. A bolsa caiu das minhas costas, mas eu mal reparei ao movimentar os braços. Tentava escapar do animal, mesmo que não tivesse nenhuma esperança de sucesso.

A princípio, não ouvi o monstro me perseguir, como se tivesse ficado surpreso por eu ter ousado fugir. Porém, no meio da ponte, ouvi-o cravar as suas garras na madeira em meu encalço. Ele rosnou nas minhas costas e, quando deixei a cobertura da ponte, senti o bafo da sua respiração na minha nuca.

Senti a força espantosa da criatura quando ela me deu uma patada. Caí no chão, sem fôlego, rolando até conseguir parar com um gemido. Contorci-me para voltar a ficar de pé, mas o monstro já estava ali, rosnando e com a saliva escorrendo da sua mandíbula escancarada.

Soube que estava prestes a morrer ao ver a criatura se preparar para saltar. Logo em seguida, ela se lançou em minha direção. Fechei os olhos com força, esperando pelo golpe que acabaria com a minha existência. Mas em vez disso, ouvi um grunhido assustado e um baque surdo quando o corpo da fera se desviou do curso.

Ao abrir os olhos, vi que outro monstro, de cor marrom-chocolate, estava lutando contra o demônio negro que tinha me perseguido. Os dois rosnavam enquanto se arranhavam, com as bocarras bem abertas em busca de carne na qual cravar os dentes.

Fiquei paralisado de medo ao vê-los envolvidos na batalha, mas então percebi que era o momento de que eu precisava para escapar. Senti as minhas pernas fraquejarem um pouco até conseguirem suportar o meu peso novamente, mas assim que aconteceu, corri de volta para a ponte, esperando atravessá-la e desaparecer na floresta antes que os monstros terminassem a luta. Com um pouco de sorte, o vencedor se contentaria com a carcaça do seu inimigo para o seu sustento e permitiria que eu desaparecesse na escuridão da noite.

Era tudo o que eu poderia esperar, porque se eles decidissem me perseguir, eu não teria nenhuma chance.

Antes mesmo de eu alcançar a ponte, ouvi um gemido agudo. Não olhei para trás, recusando-me a encarar a morte tão cedo outra vez, mas como um felino gracioso, um dos demônios surgiu em meu caminho, impedindo-me de escapar.

Era o monstro negro.

Virei para trás e vi o demônio marrom tombado de lado, embora não estivesse mais na forma de um demônio, mas sim de um grande lobo. Um sangue escuro escorria de uma ferida em seu pescoço. Ele olhava para mim, com a boca aberta, ofegando por ar.

Engoli em seco e encarei o demônio mais uma vez, mas, então, surpreso, vi o pelo negro submergindo em sua pele. As orelhas afundaram no crânio, assim como o focinho. Os dentes se retraíram para caber em uma boca de aparência humana. A estatura se reduziu conforme as patas estalavam e rachavam a tempo de os ossos se readaptarem às novas formas. Dei um passo para trás quando as garras recuaram e se converteram em dedos humanos, comuns com as unhas cortadas. Vi o amarelo desaparecer dos olhos daquele rosto que eu conhecia, uma expressão de total frieza voltando ao seu lugar, como se nunca tivesse saído.

— É hora de voltar para Udolpho, Emile — disse o conde Montoni, encarando-me e com ar de superioridade. — Agora, levante-se.

PARTE IV

26

Ajoelhei-me na estrada, passando a mão no pescoço do lobo ferido. *Lobisomem*, dei-me conta, olhando para Montoni, que me observava com os dentes cerrados. Ele estava nu e parado no meio do caminho, como se nada estivesse acontecendo. Como se ele não fosse um monstro.

Voltando a minha atenção para o lobo marrom, examinei com cuidado a ferida em seu pescoço. Parecia que tinha parado de sangrar, mas era uma ferida feia. A pele tinha sido rasgada cruelmente pelos dentes impiedosos de Montoni.

O lobo ganiu fundo em sua garganta, enquanto eu passava a mão em seu focinho, ganhando uma lambida. Semicerrei os olhos.

— Quem é você? — perguntei.

Fiquei de pé e olhei para o lobo, que me encarou com os seus olhos amarelos. Virei-me para Montoni.

— Quem é ele? — indaguei, ainda que, em meu coração, eu já soubesse.

— Ora, quem você acha que é? — zombou Montoni. — É o meu sobrinho, claro. Fazendo péssimas escolhas, como de costume.

— Você mataria o seu próprio sobrinho?

— Ele vai viver — respondeu Montoni com desdém e olhou furioso para Henri. — Transforme-se! Agora!

Os estouros e estalos que ouvi me deixaram tenso, mas permaneci imóvel, fechando os olhos e sem vontade de me virar e observar o corpo de Henri recobrar a sua forma humana. Quando os barulhos cessaram, virei-me e vi Henri deitado nu com os olhos fechados.

— Henri! — exclamei e corri para o seu lado, agarrando-o pelos ombros e o sacudindo com força.

— Ele só está desmaiado. — Montoni suspirou, como se eu estivesse testando a sua paciência. — É preciso mais do que isso para matar um de nós.

Vi as pálpebras de Henri tremularem depressa e, em seguida, notei o seu peito se expandindo e se contraindo. Montoni tinha razão. Henri estava vivo. Contudo, estava com um péssimo aspecto, com a pele pálida e viscosa e a ferida no pescoço, empastada de sangue e inacreditavelmente retalhada. Engoli a bile que subiu pela minha garganta. Então, percebi o quanto Henri estava nu. Pelado mesmo.

Virei o rosto, mas eu não precisava ter ficado tão envergonhado. As pernas de Henri estavam viradas e ocultavam a sua genitália. Ainda assim, era mais do que eu já tinha visto antes, e minha mente não pôde deixar de notar o rastro de pelo que levava cada vez mais baixo em seu torso.

— Coloque-o nas minhas costas — ordenou Montoni. — Vou carregá-lo.

Olhei para cima para perguntar o que ele queria dizer e encontrei seu corpo se transformando novamente. Não consegui assistir. Enquanto Montoni se metamorfoseava, tirei a capa de cima da minha roupa e a coloquei em torno de Henri o melhor que pude. Quando Montoni se abaixou ao lado do sobrinho, ergui seu peso morto, seu corpo surpreendentemente pesado, e o coloquei sobre o lobo negro que era o seu tio.

Com um rosnado de advertência, Montoni ficou de pé e me olhou com o seu olhar animal. Então, entrou na floresta e eu o segui, tremendo por causa do ar gélido.

Ao nos aproximarmos de Udolpho, ergui a cabeça e vi aquela aterrorizante construção de pedra da qual tinha fugido recentemente e me arrepiei. Agora, quando eu passasse por seus portões, eu seria um prisioneiro, vigiado com rigor, sem nenhuma chance de escapar. Antes, pelo menos a ilusão tinha me dado esperança. Agora, eu não tinha nenhuma. Eu estava de fato à mercê do conde Montoni. O monstro. Um monstro de verdade.

Estive à espera de descobrir algo comprometedor contra Montoni, mas estive à espera de algo mais prosaico. Aquilo estava além da minha capacidade de compreensão. Além disso, havia Henri.

Engoli em seco e olhei para Henri, que ainda estava com os olhos fechados e com o rosto encoberto por sombras. Então, desviei o olhar. O meu Henri era... Era impossível me conformar com isso. Ele também era um monstro. Uma abominação. Todas aquelas vezes que ele tinha tentado me alertar a respeito do monstro que era... Foi isso que ele quis dizer. Era isso que ele tinha escondido de mim. O monstro dentro dele era o lobo, e eu tinha visto isso com os próprios olhos algumas horas atrás. E ainda assim Henri havia tentado me proteger. Mesmo sob a forma de um demônio, ele tinha se colocado entre mim e Montoni, havia lutado por mim. Mesmo que não tenha surtido tanto efeito.

— Você vai entrar agora.

Eu me virei e descobri que Montoni tinha retornado à sua forma humana e segurava o sobrinho inconsciente nos braços.

Hesitei, ele me fuzilou com os olhos.

— Não me faça ir atrás de você de novo. Da próxima vez, não serei tão misericordioso.

Concordei sem ânimo, descobrindo-me incapaz de falar na presença de Montoni. Fiquei tremendo de medo ao vê-lo caminhar casualmente junto ao muro do castelo, provavelmente para ingressar na propriedade por uma entrada mais discreta, uma passagem secreta que Henri ou eu não conhecíamos.

Reunindo as minhas últimas forças, aproximei-me do portão e acenei para um homem nas muralhas, que sinalizou para que o portão fosse aberto.

Logo que entrei, fui recebido por Bertolino, que me olhou de cara feia.

— O senhor causou uma grande comoção — ralhou ele e gesticulou para os homens ao seu redor. — E todos eles são uns inúteis. Pegando no sono em vez de vigiarem as saídas. Não sei o que tem acontecido neste lugar ultimamente.

Não respondi, mas permiti que ele me escoltasse para dentro, onde me sentei num sofá na sala de estar perto da lareira para aquecer os meus ossos frios e fatigados. Mas isso pouco ajudou a derreter o meu pavor.

Lobisomens. *A família é constituída de lobisomens. Henri é um lobisomem.*

Eu mal sabia o que pensar. Lobisomens eram criaturas de lendas. Não eram reais. Porém, a não ser que os meus sentidos tivessem me ludibriado, eu tinha me enganado. As criaturas existiam. Isso me fez pensar que outras coisas horríveis tidas como contos de fadas também eram verdadeiras.

Afundei a cabeça nas mãos, incapaz de me livrar da visão do focinho asqueroso de Montoni e daquelas garras cruéis. Como eu poderia dormir sabendo que estava sob o mesmo teto que aqueles monstros?

— Olá, Emile.

Levantei os olhos e me arrepiei ao ver Blanche na entrada da sala. Ela notou a minha reação e desviou o olhar.

— Suponho que você também seja um deles, não é? — perguntei.

Blanche suspirou e entrou na sala, sentando-se na poltrona diante de mim. Por um momento, ela me observou e, então, respirou fundo.

— Emile, você entende que não podíamos contar para você? Não importa o quanto quiséssemos, principalmente Henri.

Devolvi seu olhar sem vacilar, absorvendo a sua aparência humana. Ela parecia uma garota bela e inofensiva. Porém, sob aquela pele impecável, um monstro estava à espreita. Um monstro capaz de despedaçar um homem.

Diante do meu silêncio, Blanche recostou-se na poltrona.

— Há muitos anos, há séculos, um ancestral nosso se deparou com uma jovem sozinha na floresta, passeando sob a luz da lua cheia. A sua pele brilhava com a intensidade de um corpo celestial. Talvez ela fosse a mulher mais bela que ele já tivesse visto. Como não havia mais ninguém por perto, ele achou que podia se aproveitar do isolamento dela e coagiu a mulher, sem saber quem ela era e sem se importar.

— O que isso tem a ver? — perguntei, franzindo a testa.

Blanche abriu um sorriso melancólico e continuou:

— A mulher que veio passear entre os humanos durante a noite era Selene, a deusa da lua. Quando ela foi atacada por meu ancestral, a sua irmã, a deusa Ártemis, procurou ajuda e a encontrou em Hécate. Ao voltarem para junto de Selene, Ártemis disparou uma flecha no braço do homem, enfeitiçada com um veneno, enquanto Hécate evocou uma magia terrível para amaldiçoar o tolo por ter se atrevido a atacar a irmã delas. E assim, o homem foi amaldiçoado, bem como todos os seus descendentes. Eles conheceriam o medo e a dor quando a lua cheia aparecesse no céu. Os seus corpos se contorceriam e se metamorfoseariam na forma de lobos, e eles destruiriam o mundo dos homens ao redor deles num atordoamento de raiva e fome insaciável.

Inclinei-me para a frente.

— Você está me dizendo que as deusas lunares realmente amaldiçoaram o seu ancestral? Para transformá-lo em lobisomem na noite de lua cheia?

— Sim. Nas proximidades deste mesmo castelo.

Olhei nos olhos inertes de Blanche com horror, mas também com incontrolada curiosidade. A sua história era absurda, mas, por outro lado, vi o resultado da suposta maldição com os meus próprios olhos.

— Não há lua cheia hoje à noite — assinalei. — Mas Montoni virou um... — Deixei a minha voz morrer.

Blanche concordou com a cabeça.

— Sim. Na lua cheia, a mudança é imposta a nós. De outro modo, somos capazes de nos transformar à vontade e manter o nosso juízo. Podemos mudar de pessoa para lobo, e vice-versa. Porém, na lua cheia, não passamos de animais, incapazes de nos lembrarmos da destruição e do caos que provocamos.

— Ainda assim vocês não... Espere! O medicamento. Ele interrompe a transformação.

— Sim. É bastante penoso, mas impede que sejamos forçados a nos transformar em bestas irracionais.

Passei a mão pelo cabelo. Era muito estranho falar de coisas tão fantasiosas como se fossem reais. Porque elas *eram* reais.

— O que é esse medicamento?

Blanche encolheu os ombros.

— O padre Schedoni o obtém para nós. Não faço ideia do que seja, mas queima como prata sob a minha pele. Todo o meu corpo parece derreter.

— Os talheres! — exclamei e me sentei reto. — É por isso que são de ouro no Château le Blanc e aqui. Não é para serem ostentados, mas para permitir que vocês comam sem restrições.

— Sim. E é por isso que devemos usar luvas quando comemos fora de casa. É mesmo a única vez que isso acontece.

— Mas por que prata? — Franzi a testa.

Blanche deu de ombros.

— Não sei. Alguns especularam que é porque pode refletir a força plena da lua. Talvez haja outro tipo de ligação que desconhecemos. Só sei que não consigo suportar. — Ela fez uma pausa. — E pode nos matar.

— Pode? — Engoli em seco.

— Sim. Através do coração, através da cabeça. Eu mesma vi o resultado.

Levantei-me e comecei a andar de um lado para o outro.

— Espere aí. Fournier foi acusado de tentar roubar os talheres de ouro, mas isso não é verdade, é? O que foi que aconteceu?

Blanche suspirou, recostando-se na poltrona.

— Ele ia trocar os talheres de ouro pelos de prata para nos desmascarar.

— Mas por quê?

— Pelo mesmo motivo que vim a descobrir que Hargrove estragou diversos lotes de chá com pequenas quantidades de pó de prata. Se fôssemos desmascarados, se a criadagem presenciasse algo sobrenatural, isso chamaria a atenção para nós. Podemos até nos transformar por causa da surpresa e da dor. E então, seríamos forçados a nos esconder. Teríamos de deixar os confortos que tínhamos garantido para nós ao longo dos anos.

Franzi os lábios.

— Eu não entendo. A criadagem estava suspeitando de algo? Eles... — Pisquei. A mulher misteriosa no labirinto de sebes. Seu irmão. Eles estavam se encontrando com Hargrove e Fournier. A própria mulher tinha tentado entrar no quarto de Blanche. — A dona da botica estava...

Com tristeza, Blanche confirmou.

— Eu não sei quem ela era, nem o irmão dela. Cabelo ruivo costuma ser a marca de bruxos. Eles deviam ser guardiões das deusas lunares, e achavam que estávamos ficando confortáveis demais em nossa vida quando deveríamos sofrer pelo pecado do nosso ancestral.

Eu me lembrei do livro que havia lido. Os filhos de Hécate juraram desmascarar os inimigos das deusas, pois "a morte foi misericordiosa demais para os seus crimes". As injeções permitiram que os inimigos se tornassem complacentes, cercando-se de riquezas e dos membros da sociedade, quando deveriam sofrer como párias por toda a eternidade. Se os bruxos foram os que mais aprenderam das artes arcanas com as deusas, era seu dever garantir que a família Montoni fosse desmascarada e despojada da sua vida de conforto.

— Não sei como Montoni ficou sabendo — continuou Blanche. — Mas ele matou todos eles: Hargrove, Fournier, os estranhos. Ele é um homem revoltado, revoltado com a maldição, revoltado com o mundo.

— Mas você não se sente revoltada?

— Eu? — Blanche deu uma risadinha, embora com toques de amargura. — Claro que me sinto revoltada. Mas não sou uma assassina. Não faria mal a ninguém. A não ser que fosse noite de lua cheia. Eu só... gostaria que fosse encontrada uma cura. Quero me livrar desta maldição. Rezo para as deusas o tempo todo, implorando pelo perdão delas, pedindo que suspendam a maldição.

— Mas elas nunca atendem você — disse.

— Não, nunca.

— E Henri?

— Henri está em algum lugar entre mim e o nosso tio. Ele também não mataria ninguém, mas ele gosta de ser lobo. Gosta de correr pela floresta à noite, ao lado de outros animais, sentindo uma afinidade com a natureza. Não sei se ele aceitaria a cura mesmo que houvesse. Mas ele é uma boa alma, Emile. Ele não compartilha a sede de sangue do nosso tio.

Concordei com um gesto lento de cabeça, pensando nos animais empalhados do Château le Blanc, em como eles davam a impressão de que a natureza selvagem havia sido trazida para dentro da casa.

— Mas você vive junto ao sangue dos crimes do seu tio. Você faz vista grossa para a violência homicida dele. Montoni é um assassino, Blanche. Ele matou pessoas que você conhece.

Blanche desviou o olhar.

— Eu sei disso. Não é... fácil conviver com isso, Emile. Henri e eu já conversamos a respeito de matar o nosso tio, mas ele é muito poderoso. Ele tem o poder de três da nossa espécie, se não mais. Então, sim, ele é um assassino, e nós temos que viver com esta culpa. Que outra opção temos? Ele tem muitos aliados, ao passo que Henri e eu estamos sozinhos em nossa luta. Se você soubesse quantas vezes Henri foi espancado por Montoni quando tentou interferir... — Ela balançou a cabeça. — Somos impotentes para detê-lo, Emile.

Fechei os olhos, procurando não evocar imagens da garganta dilacerada de Henri. Ele estivera mesmo mantendo segredos, mas entendi o motivo pelo qual ele não os revelou para mim. Não sei se teria acreditado mesmo se ele não tivesse escondido.

— E as lendas quanto à mordida de um lobisomem? É possível criar outros lobisomens dessa maneira? — perguntei.

— A maldição é transmitida por meio da nossa linhagem. Às vezes, quando dois dos nossos se acasalam, como foi o caso dos meus pais, um novo lobo é gerado. Porém, não é algo que é feito com descaso. Afinal, é uma maldição. E apenas o alfa é forte o suficiente para transmitir a maldição por meio de uma mordida. Atualmente, o alfa é o nosso tio. O resto de nós não é forte o suficiente. — Blanche se ajeitou. — A mordida precisa durar vários minutos para circular pela corrente sanguínea da pessoa para infectá-la, razão pela qual nenhuma das pessoas que Montoni matou se transformou. Ele terminou de matá-las antes que a maldição fosse capaz de se consolidar. O meu tio é sempre muito cuidadoso a esse respeito. — Ela deixou escapar um suspiro. — Os meus pais achavam que quanto mais perto ficavam de Udolpho, o local de origem da maldição, mais forte ela se mostrava. Mas não sei se há alguma verdade nisso. Contudo, por tradição, a nossa família se casa aqui se for para gerar um novo lobo como resultado da união.

Então, supus que a minha tia desconhecia a maldição. Ela tinha sido apenas uma conveniência para Montoni. Como eu.

Eu me inclinei para a frente.

— Você faz ideia do motivo pelo qual há um homem coberto de sanguessugas na masmorra?

— Sanguessugas? — Blanche torceu o nariz e recuou na poltrona. — Do que está falando?

Por um momento, eu a observei, procurando um indício revelador em sua reação, mas ela pareceu realmente não saber nada acerca do prisioneiro.

— Eu tinha um diário com anotações em meu poder — informei devagar. — Eu o perdi quando Montoni me perseguiu na ponte, mas há muitos deles. Acho que podem fornecer informações sobre o antídoto injetável. Annette pode mostrar a você onde estão.

— Obrigada — disse Blanche, com os olhos arregalados de surpresa. — Eles podem ser muito úteis.

Observei Blanche por um instante, assimilando tudo o que ela havia transmitido para mim até então. O meu plano de desmascarar Montoni estava fora de questão, é claro. Mesmo se eu conseguisse escapar do castelo com outro diário de anotações, não poderia entregar aquela prova às autoridades, pois também incriminaria Henri e Blanche. Se é que as autoridades levariam isso a sério.

— Você teria me dito o que é antes de me obrigar a casar? — perguntei.

Blanche desviou o olhar como se eu tivesse a golpeado.

— Eu... eu não sei. Será que haveria necessidade? Provavelmente, não vamos gerar um herdeiro. Não juntos, de qualquer forma. E eu nunca pretendo me transformar numa loba. Nunca. Eu uso o antídoto toda lua cheia. Não quero nada com a fera dentro de mim.

— Henri teria me contado?

Blanche hesitou.

— Não sei, Emile. Acho... que ele quer compartilhar tudo o que ele é com você. Acho que ele está com muito medo.

Fechei os olhos.

— E onde ele está agora?

— Eu... acho que ele foi colocado na masmorra na ala oeste. Fica sob os nossos aposentos, numa passagem secreta. Já tivemos que ser acorrentados lá antes, nas noites de lua de cheia, antes que o antídoto se tornasse disponível para nós.

— Você vai me levar até ele?

Blanche olhou em volta, como se pudéssemos ser ouvidos.

— Amanhã.

Eu a observei se levantar e se dirigir para a porta.

— Blanche — eu a chamei.

Ela parou e olhou para mim.

— Sim?

— Obrigado.

Por um instante, Blanche sustentou meu olhar antes de sair da sala.

Recostei-me no sofá e suspirei. Era coisa demais para digerir. De repente, todo um universo de maquinações sobrenaturais veio à tona. Eu precisava da noite para assimilar tudo antes de ver Henri pela manhã. Tinha dúvidas a respeito do que pensar, mas estava preocupado com ele.

O jeito que Henri tinha me beijado, o jeito que havia me abraçado... não tinham parecido atitudes de um monstro. Mas eu também o havia visto lutar contra o tio, com as garras cortando com precisão mortal.

Eu me arrepiei ao querer saber em que tipo de mundo me encontrava naquele momento.

27

NA TARDE DO DIA SEGUINTE, À HORA DO CHÁ, MONTONI FICOU ME OBSERVANDO quando levei uma xícara à boca. Ele parecia esperar algo de mim. Talvez achasse que eu sairia correndo e aos berros assim que o visse. Sem dúvida, senti o desejo de fugir. Agora sabia que ele era um predador alfa, e a sua presença deixou o meu cabelo em pé. Contudo, eu não lhe daria a satisfação de me ver encolher de medo. Eu o encarei.

— Bertolino, você pode se retirar — avisou Montoni.

Inquieta, Blanche se ajeitou na cadeira. Enquanto isso, o criado saiu às pressas do recinto, fechando a porta.

Minha tia adicionou um cubinho de açúcar em sua xícara de chá, alheia à tensão no ar.

— Um pouco forte, não acham? — murmurou ela, voltando a provar o chá e decidindo que estava bom o suficiente. Em seguida, tomou um gole generoso.

— Você tem algo a me dizer, Emile? — perguntou Montoni.

Meus olhos dispararam para a minha tia, que franziu a testa. Em seguida, ela voltou a olhar para o conde.

— Não, acho que não — respondi.

— Você não me acha asqueroso? Abominável? — O conde se inclinou para a frente. — Monstruoso?

— Do que está falando? — Tia Cheron ficou curiosa, observando, confusa, a conduta de Montoni. Ela se virou para mim. — Emile?

— Como está o seu rosto, tia? — perguntei.

Ela levou a mão ao rosto, onde havia feito um bom trabalho para ocultar o hematoma, mas que ainda estava inchado.

— Não tomei o devido cuidado. Devia ter acendido uma lamparina.

— Sem dúvida.

Voltei a encarar Montoni e me perguntei qual era a sua jogada. Ele não pretendia revelar quem ele era para a minha tia, e eu tinha certeza de que ela não sabia. Ela não continuaria com ele se soubesse.

Montoni pegou a sua xícara e mexeu o chá.

— Tenho a impressão de que não posso deixá-lo sair, Emile. Você me colocou numa situação difícil, mas acho que podemos planejar alguma coisa. Contudo, se quiser deixar estes muros de novo, é imprescindível o seu casamento com lady Morano.

A minha tia me encarou com admiração. Eu não sabia o que ela estava pensando, mas, evidentemente, ela percebeu que tinha chegado ao meu conhecimento um segredo que Montoni não poderia deixar escapar. Mal sabia ela que ele poderia acabar comigo num piscar de olhos, se quisesse.

— Emile não vai dizer nada, tio — manifestou-se Blanche. — Mesmo que não nos casemos, ele sente muito carinho por nós para nos machucar.

— Isso pode até ser verdade, mas quero garantias. — Montoni pousou a xícara. — Também me ocorreu que se você, Emile, não sair mais de cena, a herança irá para você, no fim das contas.

Pisquei, confuso. Lancei um olhar interrogativo para Blanche, mas ela parecia tão desconcertada quanto eu.

Montoni sorriu da minha expressão desorientada.

— Não gosto de complicações, Emile. Sou um homem simples. Se quero alguma coisa, eu a tomo. Removo quaisquer obstáculos, quaisquer peças extras do tabuleiro, por assim dizer. E ao chegar a essas conclusões, percebo que de fato não preciso mais da sua tia.

Arregalei os olhos e me remexi na cadeira.

— Não. Por favor. Não... não machuque a minha tia.

Tia Cheron ficou paralisada e encarou Montoni.

— O que está dizendo? Que me mataria a sangue frio?

— Ah, o sangue vai estar bem quente. — Montoni abriu um sorriso largo.

Minha tia ficou pálida e olhou para ele como se estivesse tentando ler as suas palavras.

— Não — falei, levantando-me. — Vou guardar o seu segredo. Eu vou...

— Você vai o quê? — Montoni ergueu a sobrancelha.

Hesitei, olhando para Blanche. Eu poderia me casar com ela? Mesmo em troca da vida da minha tia? Uma mulher que tinha me tratado com frieza a vida inteira, que havia ameaçado me internar num hospício? Isso significaria me amarrar a Montoni para sempre. Quem sabe o que ele faria mesmo se eu agisse de acordo com a sua vontade?

Com um suspiro, Montoni gesticulou com a mão para a minha tia.

— Mas, de qualquer forma, o padre Schedoni precisa de algumas cobaias para uma... experiência. Madame Montoni preencheria a vaga muito bem.

Engoli em seco. As sanguessugas. Montoni não sabia o que eu tinha visto na masmorra, que eu estava ciente do que ele fazia a esse respeito. Não morderia a isca, deixando-o saber que eu tinha visto mais do que ele já sabia. Aquilo lhe daria menos incentivo para me manter vivo. Contudo, eu sabia que ele pretendia drenar o sangue da minha tia para o que quer que ele estivesse fazendo. Tinha algo a ver com o antídoto, mas eu não conseguia entender muito bem. O que ele estava fazendo com os prisioneiros?

Tia Cheron riu, mas foi uma risada tímida.

— Que conversa é essa? É algum tipo de piada?

Montoni deu um soco na mesa e todos nos assustamos.

— Cale a boca! — ordenou ele à minha tia. — Já estou farto da sua tagarelice. — Virou a cabeça na minha direção. — Daqui a quinze dias, vamos realizar uma cerimônia para o seu casamento. Se você não estiver de acordo com isso, o resto da sua estadia aqui será muito diferente. E será por tempo indeterminado.

Por um instante, olhei nos olhos da minha tia, sustentando-os, antes de encarar Montoni. Respirei fundo, trêmulo.

— Eu vou me casar com ela.

Montoni fez uma pausa antes de me olhar com desconfiança.

— Como é, marquês?

Voltei a me sentar.

— O senhor venceu. Vou me casar com Blanche. — Olhei de relance para a expressão assustada de lady Morano antes de retribuir o olhar de Montoni.

— Ah, Emile — disse a minha tia, baixinho, com a mão no peito.

Ela parecia dividida. Aquilo era o que tia Cheron havia desejado para mim, para a nossa família. Porém, aquilo certamente não foi o que ela imaginara, apesar das suas próprias coerções.

Um sorriso malicioso se espalhou pelos lábios de Montoni e, em seguida, ele fez um gesto acentuado de concordância para mim.

— Uma escolha sensata. Ainda assim, acho que a sua tia se beneficiaria de... acomodações novas até o grande dia. Não concorda?

Montoni estava se referindo às masmorras, é claro.

— Mesmo se o senhor fosse apenas um homem, ainda assim seria um monstro — sibilei, fuzilando-o com os olhos.

Montoni soltou uma gargalhada.

— Parece que você tem a falsa impressão de que possui algum poder aqui. Você não tem nenhum. Sou eu quem o tem. — Ele ergueu a mão.

Em silêncio, todos vimos os dedos do conde se alongarem em garras, os pelos brotarem da sua pele e as unhas se afiarem pontiagudas. — Ou você já se esqueceu?

Em sua cadeira, a minha tia despencou para a frente, sua cabeça batendo na mesa com um baque surdo e sacudindo o pires perto dela.

— Eu já esperava por isso. — Montoni sorriu de modo amedrontador. Em seguida, ele reverteu a mão à forma humana. — Sinceramente, achei que aconteceria muito antes. Talvez um pouco de força de caráter se aposse de toda a sua família.

— Melhor do que uma maldição — retruquei.

Montoni jogou o guardanapo no prato e se levantou com um sorriso forçado.

— O que você chama de maldição, eu chamo de dádiva — afirmou e começou a sair. — Infelizmente, parece que sou o único nesta família digno disso.

Blanche estendeu o braço por cima da mesa e segurou a minha mão.

— Emile...

— Está tudo bem — afirmei, oferecendo-lhe um sorriso tenso. — O seu tio precisa achar que eu estou disposto a levar isso adiante. No mínimo, vai nos dar algum tempo.

Preocupada, Blanche franziu os lábios. Fiquei me perguntando o que eu poderia fazer durante aquele tempo. As minhas opções não eram muitas. Eu estava encurralado ali.

— Talvez Henri tenha alguma ideia — sugeriu Blanche.

— Talvez — respondi, sem acreditar nem por um segundo.

Blanche não me mandou chamar naquele fim de tarde. Em meu quarto, fiquei andando de um lado para o outro até bem depois da meia-noite. Então, desisti, percebendo que ela não me levaria para ver o seu irmão naquela noite. Ao me deitar na cama, senti-me angustiado. Não conseguia tirar da cabeça a imagem de Henri acorrentado, nem da minha tia com sanguessugas espalhadas pelo corpo. Na verdade, talvez o casamento iminente tivesse poupado tia Cheron daquele destino particular.

Que patife Montoni acabou se revelando. E parecia que eu ficaria ligado a ele para sempre. Será que eu poderia mesmo concordar com a ideia desse casamento com Blanche? No fim das contas, talvez eu não tivesse escolha.

Fiquei deitado na cama, sentindo frio, apesar do fogo que Ludovico atiçara para mim. O frio dominava todo o castelo. Não conseguia imaginar que fosse habitável nos meses de inverno. Mas caso eu tivesse de passar o resto da minha vida atrás desses muros, logo descobriria.

Eu estava quase pegando no sono quando ouvi um ruído no quarto. Será que era chuva no telhado? Procurei ignorar o barulho, embrulhando-me ainda mais nos cobertores. Então, ouvi um rangido.

Fiquei paralisado. O rangido tinha sido próximo. Na verdade, dentro do quarto.

Não me atrevi a me mover, nem mesmo a tomar fôlego, e mantive o máximo de atenção. Então, uma figura toda vestida de branco deslizou pelo meu quarto.

Semicerrei os olhos. Tendo em conta a nossa conversa durante o jantar, deduzi que Montoni precisava de mim vivo, pelo menos por enquanto, se ele quisesse ver a cor do meu dinheiro. Ele não enviaria um assassino para me matar em minha própria cama no meio da noite.

Mas quem mais estaria em meu quarto assim tão tarde? Um criado enviado para me vigiar? Talvez para se certificar de que eu não estivesse tentando fugir novamente?

Ouvi outro rangido, quase como um gemido. Meu sangue gelou.

Poderia ser um... fantasma? Annette havia me alertado que Udolpho era mal-assombrado, mas depois de tudo o que eu tinha visto... O comportamento peculiar da família fora explicado, os gemidos que eu havia atribuído ao vento, ou talvez ecos das masmorras. Eu teria mesmo que lidar com fantasmas além de lobisomens? Mas por que não? O que seria mais um ser sobrenatural? E talvez me ajudasse. Se fosse o fantasma do falecido conde Morano, que havia morrido naquele mesmo quarto, quem sabe ele estivesse disposto a me socorrer em meu apuro vigente, para o bem dos seus filhos.

Sentei-me devagar, percorrendo o quarto com os olhos.

Não vi nada.

O fogo ainda estava crepitando na lareira, afugentando a maior parte das sombras. Eu não tinha imaginado a figura, tinha?

Hesitando, levantei-me da cama e fui verificar as portas. As duas estavam trancadas. Com a testa franzida, voltei para a cama. Deve ter sido a minha imaginação delirante. Eu tinha tido um tremendo choque, e o sobrenatural ocupava a minha mente. Ou talvez eu tenha apenas pegado no sono por pouco tempo sem perceber. Eu estava seguro, afirmei a mim mesmo, trancado em meu quarto.

Porém, o sono não veio com facilidade.

—

Estava começando a me perguntar se teria chance de ver Henri antes do temido momento em que me uniria àquela família. Pelo visto, Montoni estava mantendo a sobrinha sob controle, e sempre que eu conseguia trocar algumas palavras com Blanche nas refeições, era apenas para ouvir que ela ainda não conseguiria me levar até o irmão. Eu nem tinha certeza se *ela* tinha sido capaz de ver Henri. Isso me deixava desesperado. Diversas vezes, reli o livro sobre as deusas lunares da primeira à última página, tentando identificar algum indício da maldição de lobisomem, mas não encontrei nada. E para uma família de lobisomens, a biblioteca tinha poucos livros disponíveis dedicados ao sobrenatural. Passei a maior parte dos dias procurando por passagens secretas que poderia ter deixado escapar. Tentei localizar sozinho a passagem para a masmorra da ala oeste, mas não pude encontrá-la. Também decidi não me arriscar demais, pois aquela ala estava cheia de gente. Os criados tiveram de entregar as suas chaves mestras, evidentemente como precaução caso decidissem me ajudar. Sem a chave de Annette, não tive mais acesso ao laboratório, onde a minha tia seria mantida em cativeiro. Então, utilizei a única passagem que podia, espionando Montoni e Schedoni através das pequenas brechas nas paredes. Infelizmente, eles ficavam pouco em seus aposentos e, quando ficavam, nada de importante acontecia. Sentia-me inútil, sabendo que Henri e a minha tia estavam presos em celas em algum lugar do castelo, mas não havia nada que eu pudesse fazer.

Eu estava andando de um lado para o outro no quarto, como me vi fazendo com frequência durante aqueles longos dias. Então, Ludovico me procurou tarde da noite, ofegante, para me conduzir ao aposento de Blanche.

— Peço desculpas pela demora — disse ele, levando-me para a ala oeste. — Lady Morano se sentiu indisposta durante a maior parte da semana.

— Eu sei. — Suspirei. — Graças a Deus ela encontrou um momento oportuno. E quanto a Montoni?

Ludovico hesitou.

— Milady estava com o tio no escritório dele por um bom tempo no início da noite. Ouvi gritos, mas não consegui entender nada.

— Ele é mesmo um monstro autoritário — afirmei, enfurecido.

Ludovico não respondeu, continuando a me conduzir em silêncio. Esperamos no patamar da escada abaixo do quarto de Blanche. Então, Annette apareceu e olhou por cima do corrimão para se certificar de que estávamos ali. Cerca de um minuto depois, lady Morano saiu do quarto envolta numa capa preta.

— Ajude Annette, Ludovico — ordenou Blanche. — Ela tem um trabalho para você.

Ludovico fez uma reverência e desapareceu escada acima.

Blanche se virou para mim e me examinou.

— E então? Está preparado para vê-lo?

— Preciso me preparar?

Ela sorriu de leve.

— Acho que o meu tio não iria machucá-lo mais do que já machucou.

Concordei com rigidez, sem ter muita certeza daquela avaliação. Em seguida, Blanche me conduziu através de um pequeno corredor. Havia uma porta na extremidade, mas ela a ignorou, gesticulando para que eu a ajudasse a remover um quadro com uma grande moldura dourada, coberta com um véu preto. Após a remoção, vi uma cavidade grande o suficiente para uma pessoa ficar de pé.

— É por aqui — anunciou ela.

Fiz que sim com a cabeça e, curioso, franzindo a testa, ergui o véu do quadro e contemplei uma das pinturas mais feias que já tinha visto. Era o retrato de um homem de terno. Com base na moda, poderia presumir que ele tivesse na casa dos vinte anos, mas o homem parecia muito mais velho e desventurado. O cabelo estava grudado ao couro cabeludo em tufos, e os poucos dentes que possuía estavam apodrecidos. O rosto parecia paralisado num sorriso grotesco, e a pele ali dava a impressão de estar em putrefação.

— Não! — exclamou Blanche, voltando a cobrir o quadro com o véu. — Você vai ter pesadelos se olhar para ele por muito tempo.

— Toda a minha vida já é um pesadelo — murmurei, seguindo-a para dentro da cavidade.

Empurramos juntos a parede do fundo, e o som rangente que decorreu do movimento me fez sentir um calafrio. Será que Montoni estava em seu quarto? Será que ele podia nos ouvir?

— Está tudo bem — garantiu Blanche, chamando a minha atenção. — Tive de esperar muito tempo porque precisava ter certeza de que o meu tio ficaria fora por um tempo.

— Ludovico me disse que vocês estavam brigando.

Blanche deu de ombros, enquanto uma abertura apareceu na parede à nossa direita e entramos por ela. Uma tocha estava acesa logo na entrada.

— Sem dúvida, o ultimato que ele deu a você foi horrível.

— Tenho tentado não pensar nisso.

— O meu tio também tem mentido para nós. Annette me mostrou o laboratório antes de precisar entregar a sua chave mestra. Consegui examinar alguns dos diários que você mencionou. Pelo visto, o antídoto é a prata.

— A prata? — Ergui as sobrancelhas. — Mas eu achava que a prata poderia matá-los.

— Ao que tudo indica, a prata no antídoto que nos é injetado é diluída e filtrada pelo sangue... pelo sangue de outras pessoas e, em seguida, colhido por meio de sanguessugas. É doloroso porque literalmente aplicam veneno em nossas veias. — Blanche estremeceu. — Acho que não consigo receber o antídoto conhecendo a sua origem. A minha vida não é mais valiosa do que qualquer outra. As pessoas não deveriam morrer para que eu possa seguir em frente, como ficou evidente que é o que está ocorrendo. Eu prefiro... prefiro ficar acorrentada.

Quando a cavidade se fechou atrás de nós, procurei afastar a imagem do homem que tinha visto coberto de sanguessugas que se contorciam.

— Você é uma mulher corajosa, milady.

Blanche revirou os olhos.

— Sim, mas espero que não tenhamos que pôr à prova o *quão* corajosa. — Ela apontou para a passagem. — Venha. O meu irmão deve estar mais adiante.

— Tem certeza de que ele está aqui embaixo? — perguntei, seguindo Blanche. Rocei na parede durante a caminhada e fiz uma careta ao sentir a pedra viscosa e úmida ao toque. De fato, toda a passagem cheirava a bolor e podridão. E Henri estava sendo mantido preso num lugar como aquele?

Ao final da passagem, uma entrada à esquerda se abriu para um espaço maior, muito parecido com a masmorra que eu descobrira além do laboratório. Tochas instaladas em suportes presos nas paredes iluminavam com uma luz bruxuleante o local sombrio e sujo e as grades de ferro, que pareciam novas em folha. Para além das grades, Henri andava de um lado para o outro como um animal enjaulado.

— Henri? — sussurrei.

O conde Morano ergueu os olhos e sorriu.

— Graças a Deus você está bem — declarou ele e correu para junto das grades. — Eu estava muito preocupado.

— É você que está na masmorra — redargui, olhando para ele.

Sua camisa branca e a calça cáqui estavam sujas, seu cabelo, desgrenhado, porém, de resto, ele parecia em boas condições. Um curativo novo e esterilizado cobria o espaço entre o ombro e o pescoço, mas não vi sangue se infiltrando pela gaze. Então, pelo menos, devia estar cicatrizando bem.

— Aquele monstro — sibilei, estendendo a mão para tocar no curativo.

Henri engoliu em seco e colocou a mão sobre a minha.

— Parece mais grave do que realmente é. Vai sarar na próxima lua cheia. A lua cheia sempre nos restabelece.

— Certa vez, o nosso tio perdeu um braço — acrescentou Blanche. — Ele disse que foi uma bruxa.

— E cresceu de novo? — perguntei, perplexo.

Blanche balançou a cabeça devagar.

— Não. Ele garante que era o mesmo braço. Ele o tinha enterrado do outro lado da cidade, onde ninguém podia encontrá-lo e descobrir o seu segredo. Queimou-o até ficar irreconhecível. Porém, o nosso tio jurou que o braço encontrou o caminho de volta para ele, como se puxado por um fio invisível. Assim que se reimplantou, curou-se como se nunca tivesse sido arrancado. — Ela deu de ombros. — Mas isso não é nada. Podemos morrer e ser ressuscitados na lua cheia seguinte. Desde que não seja a prata que nos mate.

— Isso é... incrível. E aterrorizante.

— Muito aterrorizante? — perguntou Henri, baixinho.

Encarei seus olhos. Eram do mesmo verde que eu lembrava, mas havia algo neles... algo que eu não estava acostumado a encontrar em suas profundezas. Achei que talvez fosse medo. Era estranho pensar que esse homem foi um lobo na noite em que eu o tinha visto atacar ferozmente o tio, vindo em meu auxílio. Era difícil conciliar aquela besta com o homem bonito e muito humano que estava diante de mim, inseguro e parecendo tão frágil.

O meu Henri.

Henri entrelaçou os nossos dedos e engoliu em seco.

— Emile, eu... desculpe-me. Queria ter tido a coragem... Queria ter sido capaz de dizer o que sou. Um monstro.

Senti um aperto no coração e estendi a mão livre para segurar o seu rosto com a barba por fazer.

— Não, Henri. Você não é um monstro.

Os lábios de Henri tremeram, ele desviou o olhar e piscou para conter as lágrimas.

— Não mereço a sua generosidade. Sei que nunca me amou, e fui muito injusto com você. Eu o afastei de Bram, entreguei-o de volta às garras da sua tia por causa do meu ego ferido, tentei forçá-lo a um relacionamento quando você não estava em condições de dizer não... — Ele levou a mão à cabeça. — Sou um ser desprezível pelo que fiz. Sinto muito pela dor que causei. Nunca deveria ter tentado forçar você a uma vida da qual eu me beneficiaria. Sei que teria deixado você infeliz, e foi errado da minha parte pressioná-lo.

Com a respiração trêmula, Henri continuou.

— Sinto muito pelas mentiras e pelos subterfúgios. Eu estava sozinho, e você foi a melhor coisa que já me aconteceu. Não queria perdê-lo. Fui egoísta. Só queria ter ajudado você a escapar de Udolpho antes.

Apertei a sua mão.

— Henri... não posso dizer que não teria me comportado da mesma maneira. A maldição é um fardo pesado demais para suportar, e torna a verdade difícil de encontrar. — Fiz uma pausa. — E não vou esquecer que veio me salvar. Você enfrentou o seu tio por mim. — Olhei para o seu curativo. — Está ferido por minha causa.

Triste, Henri balançou a cabeça.

— Quando eu li o bilhete que você deixou na sua cama, e ouvi o meu tio uivar do lado de fora dos portões do castelo, soube que ele estava indo atrás de você. Não pude ficar de braços cruzados, sem saber o que ele faria ao alcançá-lo. Intervir era o mínimo que eu podia fazer. E se eu fosse mais forte, talvez... talvez você estivesse longe deste lugar agora.

— Você não pode se culpar.

Henri deixou escapar um suspiro trêmulo e soltou a minha mão, afastando-se das barras.

— A questão, Emile, é que se não seguir em frente com o acordo de casamento com a minha irmã, não sei o que o meu tio pode fazer. Acho que ele não vai lhe dar outra chance. Você precisa ir embora.

— Eu já tentei. — Recuei.

Henri balançou a cabeça.

— Escrevi para um amigo que pode ajudá-lo em sua fuga para longe daqui. Ele está à sua espera no vilarejo, sentado no bar todas as noites. Você só tem de conseguir chegar lá. Temos um plano para tirar você de Udolpho.

— Henri acenou para Blanche. — Numa carruagem, você não precisa se preocupar em ser perseguido pelo meu tio na floresta.

— Uma carruagem? — perguntei, franzindo a testa. — Como você conseguiria uma?

— Os detalhes podem esperar. Mas você deve fugir e ficar em segurança. Ir embora e nunca olhar para trás.

— O que está dizendo? — Senti meu estômago embrulhar.

— Estou dizendo que nunca quis que me deixasse, Emile, mas passei a entender que devo deixá-lo ir. Você precisa fugir e esquecer tudo a meu respeito e acerca desta família amaldiçoada.

— Mas como eu poderia esquecê-lo? — perguntei, estendendo a mão na direção de Henri através das grades. — Henri, eu... voltarei para buscá-lo.

— E você não vai estar em lugar melhor do que antes. — Henri fez um gesto negativo com a cabeça. — Não. Você precisa desaparecer, pelo menos por um tempo. Você nunca estará a salvo enquanto o meu tio estiver em seu encalço.

— Não posso fazer isso, Henri. — Senti minha garganta se fechar. Lágrimas inundaram meus olhos. — Não posso simplesmente deixar você assim.

— Você pode e vai — afirmou Henri. Ele pegou a minha mão e a apertou, olhando-me nos olhos com ternura. — Eu amo você, Emile. Amo você e lhe desejo o melhor. Tenha uma vida boa, a vida que você merece.

— Henri...

Henri soltou a minha mão e me deu as costas.

— Leve-o daqui, Blanche. Garanta que Emile fique em segurança.

— Henri — repeti. — Por favor, Henri...

Blanche me arrastou para longe com mais força do que eu imaginava que ela fosse capaz. Ela me levou de volta pela mesma passagem por onde chegamos até ali. Atordoado, não resisti.

Alguns minutos depois, eu estava sentado numa cadeira junto à penteadeira de Blanche, contemplando o meu reflexo no espelho. Eu poderia fazer aquilo? Poderia abandonar os meus amigos? Poderia deixar Henri para trás e simplesmente seguir em frente com a minha vida?

— Isso não está certo, Blanche.

Blanche estava parada atrás de mim. Ela estendeu os braços e me abraçou.

— Querido, é a única maneira disto acabar bem para qualquer um de nós. Eu, meu irmão... Nós não podemos escapar da maldição. Mas *você* pode. E saber que estará em algum lugar por aí, prosperando, tornaria tudo isso suportável. Para nós dois.

Engoli em seco.

— A minha tia... Não posso deixá-la morrer aqui.

— Não se preocupe com a sua tia. Meu tio ficará tão concentrado em sua fuga que me dará uma oportunidade de escondê-la em algum lugar longe de Udolpho. Prometo tomar todas as providências para que ela saia daqui.

Annette vai com você. Este lugar se tornou perigoso demais, e também preciso garantir a segurança dela. Eu nunca me perdoaria se algo acontecesse com ela.

Concordo com um gesto lento de cabeça. As lágrimas vieram, e eu escondi o rosto com as mãos.

— Não posso deixar o seu irmão, Blanche. Não posso.

— Nós precisamos de você para viver. — Blanche me acalmou, acariciando o meu braço. — Isso é o melhor que podemos fazer agora. Talvez algum dia, daqui a alguns anos... — Ela deixou a sua voz sumir, sem que nenhum de nós acreditasse na mentira.

— Também vou sentir saudade de você — disse, secando os olhos com a manga da camisa. — Você tem sido uma boa amiga.

Blanche sorriu de leve.

— Obrigada por dizer isso, mas não me orgulho de algumas das minhas escolhas. Eu nunca deveria ter mostrado disposição de trocar a sua felicidade pela minha própria liberdade comprometida.

Dei um batidinha na sua mão e nos entreolhamos diante do espelho por um momento.

Blanche pigarreou.

— Agora, precisamos aprontar você.

— Aprontar?

Ela confirmou.

— Para a sua fuga.

Blanche se dirigiu ao seu guarda-roupa e tirou um vestido de lá.

— E o que você tem em mente? — perguntei.

Ela pegou uma tesoura na penteadeira e tremeu quando a segurou junto a uma mecha do seu cabelo, como se estivesse prestes a perder um membro.

— Você vai embora deste castelo disfarçado como se fosse eu.

Blanche começou a cortar o seu cabelo loiro e eu vi uma longa mecha cair no chão.

28

OBSERVEI O MEU REFLEXO. FIZ UM BOM TRABALHO. NÃO ERA PERFEITO NEM DE longe, mas com uma capa e um capuz cobrindo o rosto, talvez eu pudesse me passar por Blanche. Franzi os meus lábios vermelhos e resisti à vontade de tocar o meu rosto empoado. Blanche enfiou outra mecha dentro do meu capuz e senti um calafrio ao olhar para o seu cabelo cortado. Não tinha sido cortado de maneira uniforme. Era um corte grosseiro e... curto demais. Na verdade, meio que combinava com ela, mas precisava de ajustes urgentes.

— Não tem como o seu tio não saber que você me ajudou — assinalei.

— Agora é tarde demais — retrucou Blanche, sorrindo para mim. Em seguida, fazendo cara feia, ela mexeu nas pontas do cabelo. — Não vou fazer um trabalho tão bom quanto você, mas vou arrumar da melhor maneira possível. — Ela se aprumou. — Agora, lembre-se: você precisa ir até o vilarejo para tirar medidas para ajustes no seu vestido de casamento, já que aquele marquês canalha concordou em se casar com você.

— Um canalha, eu?

Blanche ignorou meu comentário.

— Annette falará por você, já que uma dama não tem que falar sobre prova de roupa e coisas do gênero com um vigia. Se por acaso ele insistir, você apanhou um resfriado e perdeu a voz. Annette vai acompanhá-lo, mas um cocheiro vai junto. Você precisará manter as aparências até chegar ao vilarejo, no mínimo. Com sorte, quando você não voltar para a carruagem, e o cocheiro regressar para informar o meu tio, será tarde demais para encontrá-lo.

— Espero que sim — concordei. — Prevejo vários lugares para esse seu plano dar errado.

— Então teremos simplesmente que torcer para que tudo dê certo.

Blanche virou-me para encará-la e sorriu ao me examinar. Havia um pouco de tristeza matizando os seus olhos.

— Foi mesmo um prazer conhecê-lo, Emile St. Aubert. Cuide-se.

Apertei os lábios para conter o choro que subia pela minha garganta. Fiz um aceno com a cabeça e nos abraçamos para nos despedir.

Quinze minutos depois, no pátio, ao lado de Annette, eu estava esperando pela carruagem, e tudo tinha corrido conforme o planejado até aquele momento. Estava escuro e chuviscava, o que funcionou a nosso favor, pois me mantive coberto com o capuz sem despertar suspeitas. Notei que, se fôssemos pegos, não seríamos apenas Blanche e eu que nos encontraríamos em apuros, mas Annette também, cuja posição ali era precária. Se o plano desse errado, ela poderia acabar como cobaia, como a minha tia, razão pela qual Blanche tinha insistido para que ela me acompanhasse. Fiquei contente por ela ter previsto aquilo. Ter Annette ao meu lado durante aquele período difícil foi decerto um conforto. E se as coisas continuassem correndo bem, Ludovico e a minha tia se juntariam a nós em algum momento num futuro próximo.

— Dá para acreditar que Ludovico me trancou num armário quando ficou sabendo do plano? — Annette bufou enquanto esperávamos a carruagem. — Ele achou mesmo que isso me impediria de cumprir os meus deveres.

— Ele ficou preocupado com você. O que estamos fazendo é perigoso — assinalei.

Annette dispensou minha resposta com um aceno.

— Sim, mas ao se dar conta de que isso também me colocaria em segurança, Ludovico mudou de ideia. Ele tem sorte de ser tão adorável. Nenhum homem pode me dizer o que posso e o que não posso fazer.

Fiquei paralisado quando uma carruagem fez uma curva com um cavalo trotando sem pressa. Assim que o veículo parou, Annette abriu a porta para mim antes que o cocheiro tivesse a oportunidade. Então, eu embarquei.

— Milady. — O cocheiro fez uma reverência para mim e ajudou Annette a entrar. — As estradas estão muito encharcadas, por isso a viagem pode levar mais tempo do que o normal — avisou ele e, por um momento, observou-me.

Annette pigarreou.

— Milady não consegue falar. Perdeu a voz por causa de um resfriado. Não que ela quisesse falar sobre tais assuntos com um cocheiro.

— Quais assuntos?

Annette se inclinou para perto do homem, de um jeito conspiratório.

— Coisas de casamento. Esta viagem é para isso. Você não ouviu falar? Ela vai se casar com o marquês.

— O marquês? Aquele bobo?

Eu me contive, ainda que quisesse muito saber como a minha reputação tinha sido manchada de tal maneira. Deve ter sido obra de Bertolino. Ele nunca gostou de mim.

Annette bufou, lançando-me um olhar penetrante.

— Ele tem sorte de tê-la, não tem? Qualquer homem teria.

O cocheiro deu um sorriso encorajador para mim.

— Tenho certeza de que a senhora será muito feliz ao lado do marquês, milady. Vou levá-la para o vilarejo num piscar de olhos.

Curvei a cabeça da maneira mais elegante possível. Em seguida, o homem fechou a porta e assumiu o seu lugar na carruagem. Com um estalo da sua língua, partimos.

Apreensivo, observei os portões do castelo se aproximando, imaginando que eles não se abririam. Tantas coisas poderiam dar errado. O porteiro talvez aparecesse para questionar a viagem; Blanche talvez fosse descoberta no interior do castelo, embora devesse estar na carruagem; Montoni talvez viesse se despedir de mim... Contudo, nenhum desses cenários pessimistas aconteceu. Os portões se abriram e passamos sem ser molestados. Então, pegamos a estrada sinuosa que atravessava a floresta, seguindo para o vilarejo mais adiante.

Alguns minutos depois, tive outro momento de pânico ao nos aproximarmos da ponte coberta, o local daquele terrível confronto com Montoni em sua forma monstruosa, mas outra vez atravessamos o desfiladeiro sem nenhum problema. Estávamos a caminho da segurança.

Fiquei observando a floresta escura enquanto nossa viagem prosseguia. A lamparina que balançava ao lado do cocheiro dava vida às sombras ao nosso redor. Em mais de uma ocasião, tive certeza de ter visto um grande lobo negro flanqueando a carruagem, mas devia ser a minha mente imaginando o pior. Afinal, considerando o que tinha visto antes, Montoni não hesitaria em atacar a carruagem e matar todos em minha companhia.

Algum tempo depois, consegui ver à frente o brilho suave do vilarejo como uma miragem num deserto de floresta sombria. As luzes pareciam cordiais e seguras, e quanto mais nos aproximávamos, mais a minha ansiedade diminuía. Então, a carruagem logo passou a trafegar pelas ruas entre as casas.

— Conseguimos! — Annette constatou o óbvio, espiando pela janela da carruagem. — A minha ama é esperta, não é?

— É mesmo — concordei, sorrindo.

A carruagem parou junto a uma casa de dois andares com uma placa anunciando uma loja, que combinava diversas especialidades, incluindo vestidos. Dessa vez, o cocheiro foi bem mais rápido em chegar à porta e ajudou Annette a desembarcar com um aceno educado de cabeça. Em seguida, estendeu a mão para mim. Hesitei, mas peguei a sua mão, permitindo que ele me conduzisse degraus abaixo e até a calçada mais adiante. Desvencilhei a mão logo que a educação me permitiu, pensando em como as minhas mãos eram corpulentas e deselegantes em comparação com as mãos esbeltas de lady Morano, mesmo sob a proteção de luvas. Quase não acreditei que o meu disfarce funcionaria com o cocheiro, mas ele fez uma reverência respeitosa quando passei por ele, tomando cuidado para manter o meu rosto escondido sob o capuz.

— Temos algumas outras coisas para comprar enquanto estivermos aqui — Annette avisou ao cocheiro. — Pode levar algum tempo até voltarmos.

— Ficarei aqui — o cocheiro respondeu, tirando o chapéu para ela. — Leve o tempo que precisar.

Alcançamos a lateral da loja e passamos pela porta. Nós a contornamos e avançamos depressa pela vizinhança, rumando direto para a taverna. No caminho, parei num beco escuro para me livrar do vestido e das luvas de Blanche, deixando à mostra uma camisa e uma calça. Assim que joguei fora o lindo cabelo de Blanche, recoloquei a capa e limpei o rosto com a ajuda de um lenço. Não fui plenamente bem-sucedido, já que os meus lábios continuaram um pouco vermelhos e a minha pele ficou irregular, mas fiquei parecendo muito mais comigo mesmo do que antes.

— Você sabe com quem vamos nos encontrar? — perguntei ao entrarmos na taverna.

A iluminação era fraca sobre as mesas e um pouco mais forte sobre o balcão, onde um homem estava ocupado, limpando uma caneca de cerveja.

— Não tenho a menor ideia — respondeu Annette, baixinho. — Milady disse que você reconheceria a pessoa.

— Bem — uma voz familiar soou atrás de mim —, você deixou a cidade tão rápido que eu não ficaria nem um pouco surpreso se tivesse me esquecido.

Eu me virei e vi Bram parado ali, sorrindo para mim. Não pensei na cena que faria, apenas reagi, atirando-me em seus braços e o abraçando.

— Bram! É você mesmo?

— Claro que sou eu. — Bram riu, abraçando-me de volta. Depois de um momento, ele se desvencilhou de mim e acenou com a cabeça para aqueles que pararam para observar o "espetáculo". Em seguida, abriu um sorriso largo para mim, fazendo as suas covinhas aparecerem como nunca antes. — Vejo que está feliz em me ver.

— Feliz em ver você? — ecoei. — Nunca fiquei tão feliz em ver alguém na minha vida. Mas como veio parar aqui?

Bram agarrou o meu braço e apontou para a porta.

— Podemos conversar sobre isso no caminho. No momento, devemos continuar em movimento. Tenho dois cavalos à espera nos arredores do vilarejo.

— Cavalos? — Annette se retraiu com a palavra. — Nunca gostei de cavalos.

— Você virá comigo — disse a ela, dando-lhe um sorriso tranquilizador. — Vai estar segura, sou um cavaleiro muito bom.

Annette estremeceu, mas concordou com um gesto de cabeça.

Caminhei ao lado de Bram, ansiando agarrar o seu braço, mas sabendo que aquilo só atrairia a atenção.

— Como veio parar aqui? — voltei a perguntar.

— Henri disse que você precisaria de mim. — Ele olhou de relance para mim e deu de ombros.

— Henri? — Franzi a testa. — Henri mandou chamá-lo? E você veio?

— Se há uma coisa em que posso confiar em Henri é que ele só escreveria para mim, entre todas as pessoas, se a situação tivesse se tornado insustentável e você precisasse *mesmo* de mim. Segui as instruções dele para esperar na taverna todas as noites por sua chegada.

— Por quanto tempo esperou?

— Esta foi apenas a minha segunda noite. Achei que esperaria mais tempo.

Engoli em seco, e os meus pensamentos se aceleraram com essas revelações. Bram tinha vindo por mim ao ser convocado, deixando as suas responsabilidades para trás, largando tudo, para cuidar da minha segurança. Eu realmente não merecia aquele tipo de devoção por parte dele. O que ele pensaria quando eu lhe contasse o quão próximo eu havia me tornado de Henri? Ele me desprezaria, achando que todo aquele trabalho foi em vão.

E Henri pedira ajuda a um pretendente rival. Era quase incompreensível para mim que ele condescendesse em fazer aquilo. Henri deixara o seu orgulho de lado por minha causa. Ao se deparar com o risco que eu havia corrido de morrer, ele tinha escolhido me proteger, colocando-me acima de tudo. Como eu poderia retribuir a isso?

Pouco tempo depois, chegamos aos cavalos. Por cerca de quarenta minutos, cavalguei com Annette agarrada a mim até o celeiro de uma fazenda. Havia sido alugado por Bram para passar a semana, onde ele ficaria hospedado durante o dia. Naquele momento, descansaríamos até o amanhecer e, então, seguiríamos viagem, com a segurança de saber que estávamos longe de Udolpho e fora de um caminho no qual poderíamos ser descobertos facilmente.

— O que está acontecendo no Castelo de Udolpho? — perguntou Bram, sentando-se num fardo de feno.

Annette tinha se acomodado num canto do celeiro, longe o suficiente de nós, para nos dar privacidade.

— Muita coisa — respondi vagamente, passando a mão pelo cabelo. — Nem sei por onde começar.

— O meu envolvimento foi mesmo necessário?

— Eu diria que sim.

Suspirei. Eu não sabia o que dizer a Bram. Não podia revelar que a família era constituída de lobisomens. Isso não só exigiria uma aceitação radical do sobrenatural, mas também colocaria Henri e Blanche em risco. Tirando o tio, o segredo dos irmãos trazia perigo, algo que poderia levá-los à morte.

— Não quero entrar em detalhes — continuei —, mas basta dizer que o conde Montoni estava me mantendo lá contra a minha vontade. Neste momento, o conde Morano e a minha tia são prisioneiros dele.

— Prisioneiros? — Bram se endireitou. — Você só pode estar brincando.

— Não estou. Há um plano em andamento para libertar a minha tia da masmorra. E acho que nenhum mal acontecerá a Henri, mas... tem sido uma provação.

Bram parecia pálido, e os músculos de seu rosto se contraíram.

— Aquele monstro. A guarda cuidará dele nem que seja a última coisa que eu faça.

Fiquei atônito. Bram tinha toda a razão. Montoni *era* um monstro, mas o envolvimento das autoridades provocaria uma tragédia, e não a nosso favor.

— No momento, só estou em busca de segurança — afirmei. — Não tive tempo de planejar os meus próximos passos. Montoni é um homem muito perigoso, Bram. Não se deve brincar com ele. Por ora, prometa-me que não irá atrás dele.

Bram hesitou, mas logo disse:

— Tudo bem. Você está mais familiarizado com os detalhes. Mas quero ouvir um relato completo. E logo. — Ele estendeu a mão para tocar em meu braço. — Podemos descobrir juntos como agir.

Eu me deixei levar pela ternura que percebi em seu olhar. Imediatamente, a culpa me fez sentir calafrios.

— Senti saudade — disse Bram, começando a acariciar o meu braço. — Eu não sabia se voltaria a vê-lo. Você me deixou com o coração partido. Quando não tive notícias suas, fiquei sem saber o que pensar. Enlouqueci por um tempo, Emile. Pensei em você todos os dias.

Enrubesci e desviei o olhar. Bram afastou a sua mão e inclinou a cabeça.

— Você não sente o mesmo...

Foi mais uma afirmação do que uma pergunta. Percebi que ele sentiu a distância entre nós.

— Tanta coisa aconteceu comigo — respondi, baixinho. — E não seria justo se eu não dissesse a você que a minha afeição por Henri se transformou em algo mais.

Bram fechou os olhos.

— Eu temia isso. E há alguma esperança de reacender o que sentimos?

De repente, dei-me conta de que o fato de Henri me entregar a Bram talvez fosse a maneira de ele voltar a nos unir. Se de fato Henri nunca mais esperava me ver, e queria apenas a minha felicidade, como dissera, era possível que a sua mente tenha resolvido assim. O meu coração bateu mais forte ao pensar em Henri fazendo esse sacrifíco, renunciando à sua própria felicidade para me ver a salvo. E ali estava eu com o seu rival. Compreendi então que não poderia deixar Henri à mercê do tio. Eu tinha de fazer alguma coisa. Só não sabia o quê.

E Bram merecia coisa melhor. Inclusive naquele momento, eu me sentia mais seguro com ele do que me sentira em semanas, e sabia que as suas palavras e o seu contato poderiam acalmar a minha alma de uma maneira que Henri não conseguiria. Por mais que eu desejasse Bram, não seria justo iludi-lo se eu continuasse a pensar em Henri. Quem dera eu não tivesse que decidir entre os dois.

— Não sei — respondi, sincero. — Como você observou, eu mudei. O seu conselho fez parte dessa mudança. Então, pode ser do seu agrado. Mas não posso prometer que será como antes. Lamento que tenha vindo até aqui para...

— Não se desculpe — interrompeu-me Bram. — Você não pode prometer nada se o seu coração está em conflito. Não vou insistir no assunto. — Ele hesitou. — Mas admito que me enganei a respeito de Henri em alguns aspectos.

— Como assim?

— Em sua carta para mim, Henri pediu desculpas por ter caluniado a prática médica do meu pai. Ele disse que havia tentado evitar uma humilhação pública no momento em que foi pressionado a respeito de sua família ter escolhido o padre Schedoni em vez do meu pai e, ao fazê-lo, inventou uma resposta que achou que agradaria a quem o inquiria. Disse ainda que fazer Schedoni parecer a única opção para a sua família era importante para a segurança de todos os seus integrantes, o que quer que isso signifique. Porém, ele nunca imaginou que as suas palavras injuriosas se espalhariam pela cidade como se espalharam. Ele alegou que tentou impedir isso, mas nunca saberei se é verdade. Posso não entender os motivos de Henri, ainda hoje, mas lamento que a nossa amizade tenha terminado do jeito que terminou. Além disso, a forma com que ele tratou você renovou a minha aversão por ele.

— Henri se redimiu completamente — assegurei. — Ele me salvou do tormento. E em vez de mim, receio que é ele quem vai sofrer muito.

— Não sei como pode ter perdoado com tanta facilidade alguém que tentou forçá-lo a um relacionamento inadequado quando você não tinha poder para recusar.

— Não foi fácil. Mas Henri ganhou o meu perdão. E a minha gratidão. Talvez até o meu coração. Não sei como explicar. — Encolhi os ombros, impotente.

Bram deu uma batidinha na minha mão.

— Seja lá como as coisas se desenrolem entre nós, saiba que sempre virei em seu auxílio, Emile. Você sempre terá a minha estima e o meu carinho. Nunca mais vou deixar que o que aconteceu entre mim e Henri aconteça com outra pessoa de quem gosto.

Sorri, e meus olhos começaram a lacrimejar. Estendi o braço e abracei Bram, e ele retribuiu. Procurei colocar o máximo de sentimento possível naquele abraço, para que Bram soubesse o quanto ele significava para mim, o quanto lamentava não poder lhe dar plenamente o meu coração.

— Eu também sempre estarei à sua disposição, Bram.

— Fico feliz em ouvi-lo dizer isso. — Bram sorriu, ainda abraçado a mim.

Um estalo ecoou por todo o espaço, colocando-nos em alerta de imediato. Com os olhos arregalados, vi quando a porta do celeiro estremeceu sob o peso de algo enorme, com várias tábuas rachando em seu rastro.

— Meu Deus! — exclamei, agarrado a Bram.

— O que é isso? — perguntou ele, colocando-se à minha frente.

— É Montoni. Ele me encontrou.

29

Um rosnado ameaçador reverberou através do ar noturno quando a porta voltou a estremecer sob o peso de Montoni, com uma maior quantidade de madeira rachando ao se curvar num ritmo alarmante.

— O que faremos, milorde? — perguntou Annette, paralisada de medo, olhando para a porta.

— Suba para o sótão do feno — ordenei a ela, apontando para uma escada. — Ele não veio atrás de você.

Annette obedeceu de imediato, subindo sem dizer mais nada.

— Como *isso* pode ser Montoni? — questionou Bram, com as mãos em meus ombros. — Com certeza é algum demônio.

— Ele *é* um demônio — afirmei, começando a tremer.

Montoni era homem *e* fera. Uma combinação terrível, percebi, fechando os olhos. Ele pode ter perguntado no vilarejo sobre estranhos hospedados nas proximidades e, depois, simplesmente rastreado os cavalos. Eu o trouxe direto para Bram.

Ouvimos um grito do lado de fora, seguido pelo disparo de uma arma.

Corri para a frente, com Bram ao meu lado, e espiei pelas frestas criadas na porta quando as tábuas começaram a rachar, mas a escuridão não permitiu que víssemos qualquer coisa. Ouvimos o som de uma luta e depois tudo ficou em silêncio.

Engoli em seco e olhei para Bram.

— Ele quer a mim. Se eu for lá fora, ele vai...

— De jeito nenhum — interrompeu-me Bram.

— Mas, Bram, você não entende do que ele é capaz.

— Se a porta indica algo, posso ter alguma ideia. Não vou deixar que saia para enfrentar algo capaz de causar esse tipo de dano.

Franzi os lábios, perguntando-me como eu conseguiria fazer Bram entender que aquilo era inútil. Montoni entraria no celeiro se assim o quisesse. Era apenas uma questão de tempo. No entanto, nós nos apoiamos na porta para reforçá-la contra outro ataque.

Após cerca de um minuto, tudo ainda permanecia em silêncio. Comecei a me perguntar se talvez o fazendeiro tivesse ferido Montoni. Mas então por que ele não veio nos ver?

De repente, eu me dei conta de que Montoni podia estar se banqueteando com o fazendeiro. Senti o estômago se revirar. Mais uma vítima do apetite nefasto daquele monstro.

Ao olhar por uma fresta da porta, sobressaltei-me ao ver um olho amarelo me encarando. Cambaleei para trás, caindo no chão quando Montoni recomeçou o seu ataque. A porta mal estava resistindo naquele ponto. De repente, Bram gritou, caindo para trás e levando a mão ao braço. Seu rosto estava contorcido de dor. Corri para o lado dele e rasguei uma tira de tecido da parte inferior da minha camisa ao notar sangue escorrendo entre os seus dedos.

— Bram — arfei, enrolando o pano em seu braço.

— Está tudo bem — ofegou ele. — É só um arranhão.

— É profundo — afirmei, observando o tecido branco se tingir de vermelho.

— Vou sobreviver — resmungou ele, ficando de pé.

A porta cedeu completamente no ataque seguinte, com lascas e fragmentos de madeira passando por mim e me fazendo arquejar. Um grande pedaço de madeira bateu na testa de Bram, e ele voltou a cair no chão, inconsciente.

— Não! — gritei.

Montoni saltou para dentro do celeiro e se agachou diante de mim, exibindo os dentes, que pingavam sangue. Em seguida, ele circulou ao meu redor, rosnando de forma ameaçadora. Tremi de pavor.

— Desisto — disse a ele com a voz trêmula. — Vou voltar com você agora mesmo e não tentarei fugir de novo.

Montoni inclinou a cabeça, observando-me. Então, ele se ergueu em toda a sua altura. Estendeu uma garra em minha direção. Era uma garra de cinco centímetros de comprimento que alcançou o meu rosto.

E então eu desmaiei.

Ao recobrar os sentidos, encontrei-me deitado num piso de pedra fria, com a cabeça apoiada num travesseiro. Abri os olhos e descobri que aquele travesseiro era, na verdade, o colo de uma pessoa. De Henri.

— Está vendo? Ele está acordando agora. Nenhum dano permanente.

Pisquei, levantei a cabeça e vi Montoni encostado na parede oposta, observando-me com um sorriso astuto.

— O quê? — perguntei, grogue, esforçando-me para me sentar.

Henri me ajudou, sorrindo de modo tranquilizador.

— Você está bem.

— Por enquanto — acrescentou Montoni, lançando-me um olhar possesso.

— Onde estamos? — indaguei, percorrendo com os olhos o recinto circular desconhecido.

— Na torre que nunca conseguimos entrar — respondeu Henri. — Pelo visto, vamos ficar *confinados* aqui no futuro próximo.

— Confinados. — Montoni deu uma risadinha. — Gostei. — Ele examinou as unhas, como se prender pessoas em masmorras fosse um passatempo corriqueiro. E, ao que tudo indicava, esse era o caso. — Mas dificilmente no futuro próximo. Não sou um homem cruel. Acho que uma semana é suficiente. Tenho certeza de que até lá você terá aprendido a lição.

— Isso é muita generosidade da parte de um louco — retorquí, estreitando os olhos para ele.

— Eu sou muito generoso. — Montoni abriu um sorriso e fez uma referência zombeteira. Em seguida, ergueu uma sobrancelha para Henri. — Mas é claro que o meu sobrinho vai entender o motivo exato para ser uma semana.

Confuso, minhas sobrancelhas se ergueram e olhei de relance para Henri, incerto. Ele tinha empalidecido com as palavras do tio, fazendo-me sentir certo mal-estar.

— Henri? O que o seu tio quer dizer?

Henri me olhou nos olhos e umedeceu os lábios.

— Daqui a uma semana será lua cheia.

— Tem razão. — Montoni aplaudiu. — E como vocês dois foram muito desobedientes, receio que terei de negar o antídoto para essa noite.

Fiquei paralisado quando comecei a entender o que Montoni estava dizendo. Minha boca ficou seca. Henri se transformaria em lobisomem dentro de uma semana, na noite de lua cheia. Sem o antídoto, não haveria impedimento para isso. Quando se transformasse, ele ficaria fora de controle. E eu estaria trancado ali com ele...

Montoni tirou do bolso algumas folhas de papel.

— É óbvio que se eu encontrar uma assinatura nestes papéis... talvez eu esteja disposto a mudar de ideia.

Fechei os olhos. La Vallée. A minha herança. O meu sustento. Claro que ele usaria toda aquela papelada contra mim.

— Depois de tudo isso, o senhor ainda quer que eu me case com a sua sobrinha?

— Casar-se com a minha sobrinha?! — Montoni soltou uma risada seca. — Acho que isso já é passado, não é mesmo? Não, não quero mais que se case com Blanche, *monsieur*. Estes papéis assinados por você deixarão a sua herança para mim. Você não verá um centavo.

Engoli em seco, abri os olhos e olhei com raiva para ele.

— Tudo bem. Vou assinar.

Montoni ergueu uma sobrancelha, aproximou-se de mim e me entregou a papelada.

Assinei os papéis e joguei a pena de volta para ele.

— Viu? Não foi tão difícil — declarou Montoni, recuperando a pena e guardando a papelada no bolso. Ele se virou para descer a escada. — Bom apetite, sobrinho!

— Tio? — chamou Henri, elevando a voz.

Montoni parou no alto da escada e olhou para nós.

— Eu nunca disse que o deixaria sair se isto fosse assinado. Mas agradeço a sua cooperação, marquês. — Ele riu da minha expressão atordoada. — Aproveite a sua última semana. — Ele desceu um degrau e se virou para nós novamente. — Ah, se você se pegar querendo ver um rosto amigável, basta olhar pela janela.

Montoni desapareceu de vista e, logo depois, ouvimos a porta da torre ser trancada, prendendo-nos ali dentro.

Virei-me e vi que Henri estava com os olhos cheios de lágrimas. Ainda assim, ele tentou sorrir, mesmo naquele momento inominável. Aquele era o garoto que então tinha capturado o meu coração, após uma jornada árdua para revelar todos os seus segredos, e que, dentro de uma semana, me mataria sem nenhuma culpa.

— Sinto muito, Emile — murmurou ele com a voz sufocada, passando a mão no meu rosto. — Desculpe-me. Achei que conseguiria colocá-lo em segurança, mas só piorei as coisas. De novo. Talvez esta seja a minha verdadeira maldição. Nunca ser bom o suficiente para salvar a situação.

— Pare com isso — pedi, afastando a sua mão. — Já estivemos em situações difíceis antes.

— Mas esta é muito pior, Emile. Não posso... não vou estar sob o domínio da razão quando eu me transformar. Eu vou... — Ele engoliu em seco, com os olhos cheios de lágrimas. — Emile, eu...

Balancei a cabeça, incapaz de falar. Nós encontraríamos uma saída para aquela situação. *Tínhamos* de encontrar.

Levantei-me, cambaleei até a única janela do local e agarrei as grades fixadas ali. O céu azul e as montanhas pareciam zombar da minha prisão naquela torre. Então, vi algo logo em frente à janela. Uma lança se projetando de uma muralha vizinha com algo atravessado nela.

Um grito saiu de minha garganta e, num piscar de olhos, Henri estava ao meu lado, segurando-me. Ficamos contemplando juntos aquela visão horripilante.

Uma cabeça estava espetada no alto da lança, com a ponta farpada se estendendo brutalmente para fora do crânio num determinado ângulo. Os olhos estavam revirados para cima e a boca, escancarada, revelando uma língua inchada e roxa. Mesmo naquele estado reconheci o rosto do homem exposto diante de nós como um totem pavoroso.

Era Bram.

30

O ÚNICO ALÍVIO EM RELAÇÃO À PRISÃO FRIA E CLAUSTROFÓBICA QUE OCUPÁVAMOS era aquela janela solitária para o leste, mas eu não conseguia olhar através dela, não importava quanto eu precisasse de um vislumbre de céu azul e de um pouco de esperança, pois a cabeça do meu antigo pretendente me encarava do lado de fora para me escarnecer.

Quando fechava os olhos, eu ainda o via, o osso reluzente pendurado em seu pescoço, a pele dilacerada de onde havia sido arrancada do resto do seu corpo, bastante semelhante com aquela mão que eu tinha encontrado em minha primeira semana no Château le Blanc. Deve ter sido uma morte horrível e dolorosa, e eu não tinha ficado consciente para lhe oferecer algum conforto com a minha presença. Bram havia morrido sozinho, numa vã tentativa de ajudar uma pessoa que nem sequer retribuiu seu afeto como antes.

A culpa e a dor me consumiam tanto que quase não me importei com o fato de que dentro de mais alguns dias, eu seria morto por meu outro pretendente. Ao menos assim não continuaria imaginando os últimos momentos de agonia do meu amigo.

Só me restava esperar que, pelo menos, Annette tivesse escapado.

Henri tentou arrombar a porta da torre, transformando-se num monstro meio lobo, meio humano. Ele empregou a sua grande força, mas não foi suficiente. A porta talvez fizesse parte da própria estrutura de pedra, já que não se moveu um centímetro sequer.

Suspirei quando ele subiu a escada mais uma vez, parecendo derrotado. Mesmo coberto de pelos marrons, eu era capaz de perceber como ele estava se sentindo.

— Como você consegue olhar para mim? — perguntou ele depois de voltar a ser totalmente humano. — Eu sou um monstro. E agora você vê o quanto sou monstruoso. Nunca exagerei a respeito disso.

Apoiei a mão no seu ombro e sorri de leve enquanto olhava para ele, o meu garoto valente e atormentado.

— Somente quando me tratou mal foi que você se tornou um monstro, Henri.

Ele desviou o olhar.

— Eu... Eu sei. E vou me arrepender desses momentos de fraqueza pelo resto da vida. Muito tempo depois... — Fechou os olhos e estremeceu. — Eu vou ser melhor.

— Sei que vai.

— Mas, Emile, eu não consigo subjugar a fera. A fera de verdade, entranhada em meus ossos e músculos. Ela não será detida na lua cheia.

— Suponho que as deusas lunares não tenham nada a dizer?

— As deusas lunares zombam do nosso sofrimento e infortúnio — disse Henri, fazendo cara feia. — Elas são como todos os deuses, volúveis e negligentes. Fizeram isso com a minha família e depois foram embora, nunca mais devem ter pensado em nós.

— Bram mencionou algo parecido acerca da nossa classe social — ponderei.

— Eu... sim, Bram... Sinto muito que tenha que ver isso. Ele não mereceu morrer dessa forma. Era um homem bom.

— Ele era — concordei, com o coração enlutado em sua memória. Eu ainda não era capaz de me conformar com o fato de Bram ter morrido.

Não parecia real. Eu tinha receio de que, se admitisse a realidade, não conseguiria parar de gritar. — E você sabe que ele o perdoou no final, não sabe?

— Sim, eu sei. Ele sempre foi melhor do que eu. — Henri sorriu, melancólico. — Acho que vocês dois têm isso em comum.

Eu não corrigi Henri com "tinham".

— Então você gostava dele? — perguntei. — Você o considerava um amigo?

— Claro que sim. Ou... ou até mais que isso. — Henri coçou a nuca. — Ele foi o primeiro garoto por quem tive uma paixonite. Ele sempre foi muito agradável, generoso, inteligente... — Ele suspirou. — Odiei que os meus segredos acabariam destruindo aquela amizade e qualquer potencial que ela pudesse ter. Mas se tivesse permanecido intacta, então quem sabe eu nunca tivesse me envolvido com você. E eu gosto muito do nosso envolvimento.

Bufei antes de lembrar que qualquer forma de "nós" que nos restava só duraria mais poucos dias. Muito em breve, eu seria apenas mais um garoto que Henri havia perdido para a sua maldição e para os segredos da sua família. Era trágico.

— Há algum tipo de ferrolho — comentou Henri, olhando para a escada. — Deve haver uma trava secreta pelo lado de fora, algo que mantém a porta presa no lugar. Se conseguíssemos encontrá-lo.

— Não importa — redargui. — Mesmo que o encontremos, estamos aqui dentro. A fechadura e qualquer mecanismo de travamento usado por Montoni estão lá fora. Nenhum dos seus criados vai nos ajudar.

— Ludovico pode ajudar.

— Talvez.

Voltei para os meus papéis, nos quais rabisquei bilhetes para Ludovico. Em seguida, joguei os papéis pela janela, na esperança de ele encontrar uma das mensagens que revelava a nossa localização e a nossa necessidade do antídoto. Joguei-os longe, dobrando alguns de tal maneira que o vento os levasse. Se apenas um deles encontrasse mãos amigas... Mas se Montoni ou os seus capangas os descobrissem, eles os recolheriam e qualquer esperança cairia por terra.

— Bem, não vou desistir — declarou Henri. — Tem que haver uma maneira.

Deitei-me e apoiei a cabeça no travesseiro que fiz com a ínfima quantidade de feno que tinha conseguido reunir, dando um descanso para a minha mão depois de tanto escrever. Olhei para o teto, tentando não observar a extensão de céu azul visível pela janela próxima.

Henri suspirou ao olhar para mim.

— Você não pode continuar se torturando por causa de Bram, Emile. Não foi você que o matou.

— Eu sei, mas eu deveria ter sido o homem que ele queria que eu fosse. Não fui capaz de expressar o meu sentimento por ele. Gostei tanto de vocês dois, e do jeito que falei com ele, foi como se o meu coração tivesse me traído no momento. Só quando Bram morreu é que me dei conta do quanto vai doer ele não estar na minha vida. Nunca vou me perdoar por isso.

Fechei os olhos e senti a mão de Henri em meu braço.

— Você não pode forçar o seu coração a se revelar se ele não estiver pronto, Emile. Não é assim que o amor funciona.

— Eu sei, mas me sinto como alguém que fracassou. Todas as pessoas que me importavam estão mortas ou em apuros. Blanche deve ter trocado o aposento dela pela masmorra na qual você ficou. Acho que todos com quem entro em contato sofrem.

Henri estava prestes a me responder, mas gesticulei com a mão para silenciá-lo, pois percebi entalhes no teto. Estiquei o pescoço e me levantei. Na ponta dos pés, estendi a mão para roçar os dedos sobre uma das marcas.

— Não são... marcas de contagem?

— Acho que sim. — Henri contraiu as sobrancelhas.

Franzindo a testa, examinei o teto, onde diversas marcas de contagem ocupavam toda a extensão do espaço e até se espalhavam pelas paredes em algumas áreas.

— Não somos os primeiros a ficar presos aqui.

— Acho que não, conhecendo Montoni. As masmorras devem ficar superlotadas às vezes. Pode ser que houvesse alguém aqui dentro todas as vezes que Blanche e eu tentamos arrombar a porta, esperando que nós o libertássemos.

Segui as marcas de contagem até um canto. Percebi que elas continuavam parede abaixo. Fiquei surpreso ao notar a ponta de um papelzinho saindo de trás de uma pedra solta. Puxei-o e comecei a desdobrá-lo. Li o que estava escrito com avidez. Minha boca se abria a cada linha até que deixei meu braço cair frouxo.

— Henri.

Henri logo se colocou ao meu lado. Ele fitou o papel nas minhas mãos confuso, tirou-o de mim e seus olhos correram pelas palavras.

Toda a cor foi drenada de seu rosto, e ele engoliu em seco.

— Não pode ser.

Franzi os lábios.

— Sua mãe...

Henri olhou nos meus olhos.

— A minha mãe ficou presa aqui — disse ele, caindo de joelhos, como se seus pés não conseguissem suportar seu peso. E então leu: "Eu só queria que os meus amores, Henri e Blanche, soubessem o quanto lamento ter de deixá-los para trás. Vê-los crescer de longe tem sido a minha maior alegria em meu cárcere".

Henri apoiou o rosto nos joelhos e, deixando escapar soluços silenciosos, que sacudiam todo o seu corpo.

Sentei-me ao seu lado e massageei as suas costas, olhando ao redor do pequeno espaço. Com base nas marcas de contagem, sua mãe tinha passado anos ali. Eu me perguntei como ela finalmente encontrou o seu fim. Montoni se cansou dela? Considerou o seu cativeiro arriscado demais? Alguém além de Montoni sabia que ela estivera ali, pois ele com frequência viajava para fora do país. O conde não era o único culpado.

Após um tempo, Henri ergueu a cabeça e enxugou as lágrimas.

— O meu tio sempre disse que a minha mãe foi encontrada com tantas fraturas aos pés do penhasco que ele cravou uma estaca de prata no coração dela para acabar com o seu sofrimento.

— Sinto muito, Henri.

— Mas ela ainda pode estar viva. Talvez ela tenha escapado ou... ou foi transferida para outra parte do castelo. Talvez aqui tenha se tornado um lugar arriscado demais.

— Talvez — concordei, sem ter tanta esperança. Mas não era meu papel extinguir essa esperança dele. Henri precisava dela naquele momento. Nós dois precisávamos.

Nas noites seguintes, observei pela janela a lua, que me provocava à medida que ia se tornando cheia. Durante o nosso último dia na cela, esperando o anoitecer e a hora fatídica em que Henri se transformaria num monstro irracional, ficamos sentados em silêncio. Ele me segurava junto ao seu peito musculoso e eu ouvia o seu coração bater. Senti-me surpreendentemente em paz, como se uma quietude estivesse tomando conta da minha alma. Tentei me enganar, acreditando que até parecia certo enfrentar o meu fim naquele momento pelas mãos de Henri. Porém, nunca pareceria certo ser apenas um joguete para um homem cruel como Montoni. Perguntei-me se ele apareceria para assistir, talvez ficasse nas muralhas enquanto ouvia os sons do seu sobrinho se metamorfoseando e, em seguida, me matando. Claro que aquilo não poderia acontecer. Montoni receberia o antídoto durante a noite e ficaria indisposto, mas não me impediu de imaginar o pior dele.

Naqueles últimos dias, Henri ficou relendo o bilhete da mãe, como se estivesse memorizando as suas palavras. Não pude culpá-lo por se concentrar naquilo, encontrando alegria nas palavras deixadas por alguém que ele tinha amado tanto. Seu alheamento me fez sentir estranhamente solitário. Eu não tinha pais. Ninguém sentiria a minha falta quando eu me fosse, exceto Henri e Blanche, e talvez a minha tia. Era por isso que se livrar de mim seria tão fácil para Montoni, e o motivo pelo qual ele poderia ficar com a minha herança sem resistência.

Na torre, as sombras se alongaram e por fim cobriram as paredes. Aconcheguei-me ainda mais em Henri, observando o céu assumir tons mais escuros de azul a cada minuto que passava, e me apavorando por saber o que estava por vir.

Não ousei olhar para Henri quando ele começou a ofegar e se esgueirou para um canto com um grunhido. Foi estranho que eu quisesse que ele continuasse a me segurar, mesmo quando ele estava se tornando aquilo que iria me destruir. Henri já estava suando, com a mudança o pressionando a ceder. Enquanto isso, eu vislumbrava a lua em todo o seu esplendor pela janela, como se oferecesse consolo para mim, em meus últimos momentos de vida.

Ouvi um estrépito vindo de baixo. Um ruído estrondoso, como pedra sendo esfregada contra pedra. E então alguém apareceu no alto da escada, imerso na penumbra. Encarei a figura, perguntando-me se estava vendo coisas, ou talvez sendo visitado pela Morte, e esperando pacientemente que Henri cravasse os dentes em minha garganta para que minha alma fosse transportada para o mundo dos mortos.

— Milorde?

Uma mão foi estendida e, atônito, pisquei e reconheci Ludovico parado diante de mim, parecendo abalado, enquanto olhava para um canto, onde Henri estava ofegando alto.

Levantei-me e peguei um estojo de couro que ele me ofereceu. Abri-o com as mãos trêmulas e encontrei oito seringas ali dentro, cheias com um líquido verde-escuro.

— Eu poderia beijar você, Ludovico! — exclamei, pegando uma seringa e dando uma batidinha no tubo de vidro. — Estamos salvos. Vamos nos safar. — Liberei uma gotinha de antídoto pela agulha. Em seguida, virei-me para Henri e fiquei paralisado.

O corpo de Henri estalou, seus dedos se alongaram e as unhas se curvaram em garras mortais. A boca se projetou para fora do rosto, os dentes se estenderam, afiados e pontiagudos, e o pelo marrom brotou de cada centímetro da pele. Henri gritou, um som que se transformou num gorgolejo e, em seguida, ressoou com um ribombo surdo e prolongado.

Não perdi tempo. Investi contra Henri e enfiei a agulha em seu braço, empurrando o êmbolo de uma só vez. Movi-me para trás e observei Henri em busca de sinais de recuo do lobo, mas os seus olhos começaram a brilhar com intensidade num amarelo-ouro e as suas orelhas se curvaram para cima.

Praguejei, pegando outra seringa e me virando para Henri. Então, ele ergueu a cabeça e soltou um uivo que fez meu sangue gelar. Mas não desisti. Esvaziei outra seringa em seu ombro assim que ele me golpeou no peito, jogando-me para o outro lado da torre.

Tive a impressão de ter levado um coice de cavalo. Bati na parede oposta, atordoado. Então, vi Henri dar um passo em minha direção, e depois outro. Atrás dele, Ludovico estava paralisado de horror.

Com a cabeça latejando no ponto em que se chocou com a parede, percebi que era tarde demais.

Então, Henri tropeçou. Ele gemeu e desmoronou. Vi os seus pés reduzindo de tamanho, assim como as suas mãos. Os pelos espessos começaram a recuar e desaparecer na pele. Deixei escapar um suspiro de alívio e me permiti fechar os olhos.

31

— *Acorde.*

Resmunguei e abri uma das pálpebras, contraindo-me quando senti uma unha se cravar em meu braço. Então, notei uma mão pronta para me esbofetear.

— Ei! — exclamei.

Sentei-me e me arrastei para trás enquanto Annette ficava à vista.

— Você acordou. — Ela suspirou. — Graças aos céus.

Esfreguei o rosto, que ardia como se eu tivesse levado vários tapas. Então, me dei conta de que foi exatamente o que havia acontecido. Além disso, senti uma dor na parte posterior da cabeça, onde um inchaço considerável tinha aparecido.

— Já fui espancado. Você não precisava causar mais estragos.

— Pelo visto, causei. — Annette deu de ombros. — Você estava totalmente apagado.

— E você está aqui. Eu não sabia o que tinha acontecido com você.

De repente, dei-me conta de que estava vivo. Endireitei-me, olhando ao redor, enquanto o mundo entrava em foco.

Ao meu lado, vi Henri, pálido e trêmulo.

— Como assim? Você não me devorou — pronunciei.

Henri revirou os olhos.

— Claro que não. Não teria gostado do seu sabor. Acidez demasiada. — Ele tocou de leve nas minhas costas. — Você está criando o hábito de me salvar.

— Muito comovente — interrompeu Annette, ajudando-me a ficar de pé. — Mas não devemos demorar. Estamos com pressa.

— Pressa para ir aonde?

Ludovico segurou um objeto brilhante diante de mim. Era uma chave, grande e dourada, com uma caveira cravada na parte superior.

— O que é isso? — perguntei, estendendo a mão para tocar na caveira.

— Uma chave que abre todas as portas do castelo. — Os olhos de Ludovico brilharam ao tirar a chave do meu alcance. — Não pergunte como veio parar comigo. Encontrei-a no meu quarto, com um dos seus bilhetes. Imediatamente fui buscar o antídoto no laboratório e encontrei Annette e Blanche presas na masmorra.

— A minha irmã está bem? — perguntou Henri, trêmulo e se apoiando em Ludovico.

— Henri, está tudo bem? — perguntei.

— É o antídoto — respondeu ele, dispensando a minha preocupação. — O efeito vai passar logo. — Ele olhou pela janela, onde vislumbrei o céu escuro começando a clarear.

— A sua irmã está bem — disse Annette. — Blanche só está muito fraca, como você. Tratei de aplicar as injeções nela durante a noite. Ela enviou Ludovico para salvar você. Hoje mais cedo, Blanche me pediu que eu viesse buscá-lo antes do amanhecer, para que pudéssemos fugir de Montoni. Ela achou que iria me atrasar se viesse comigo.

— Então a porta aqui está aberta? — perguntei, quase sem ousar acreditar. — Podemos sair?

— Podemos sair — respondeu Annette com um sorriso largo. — Mas temos que nos apressar. Blanche está esperando por nós.

— Está bem. — Seguindo-a escada abaixo, suspirei de alívio ao sair pela porta da torre, como se um portal tivesse me devolvido ao mundo real, deixando o pesadelo para trás.

Virei-me para observar o lugar que tinha sido a minha prisão naquela última semana, ficando paralisado quando aquela lança terrível chamou a minha atenção inevitavelmente. Engoli em seco ao não ver nenhuma cabeça espetada nela. Pisquei, como se meus olhos não estivessem enxergando direito, mas a lança permaneceu vazia.

— Onde está? — perguntei, imaginando por um momento que ela havia apodrecido e tinha caído da lança, e naquele momento estava sendo devorada por vermes e ratos.

Arrepiei-me, mas não tive tempo de subsistir em minha dor, pois Annette me arrastou pelas muralhas até uma porta lateral do castelo.

— E agora? — perguntei.

— Vamos buscar a minha irmã — falou Henri, lançando-me um olhar que me dizia que a resposta deveria ser óbvia. E supus que deveria ter sido mesmo.

— E a minha tia?

Henri hesitou, mas concordou com um gesto de cabeça.

— Tudo bem. Eu vou cuidar dela. Ela deve estar na ala oeste, perto do quarto do meu tio — respondeu ele afastando-se de Ludovico. Então, Henri gemeu e se apoiou na parede.

Annette suspirou.

— Ludovico, vá com ele.

Ludovico concordou, ajudando a firmar Henri, que ainda parecia muito mal para se mover depressa.

— Tem certeza de que não devemos buscar Blanche e a minha tia juntos? Henri não parece muito bem — afirmei.

— Não dispomos de tempo — respondeu Henri e sorriu para mim. — Mas é gentil da sua parte se importar.

— Claro que me importo. — Agarrei a mão de Henri e a apertei.

Logo em seguida, Ludovico puxou Henri pelo corredor até saírem de vista.

Olhei ao redor para me orientar e constatei que estávamos na ala leste, próximo aos meus aposentos. Pelo menos, a masmorra estava perto.

— E Bram? O que houve no celeiro? — ousei perguntar a Annette.

Ela hesitou.

— Ele foi corajoso até o fim, milorde. Ele nos protegeu. Você teria ficado orgulhoso de vê-lo.

A emoção tomou conta de mim, mas já tínhamos demorado demais. Aceleramos o passo pelo corredor até alcançarmos a escada para o meu quarto. Eu a contornei, dirigindo-me para a porta abaixo dela, que ficava mais perto da cavidade que levava à passagem secreta. Poucos minutos depois, chegamos ao laboratório.

Annette deu um peteleco num tubo de ensaio ao passar.

— É muito estranho que este lugar não tenha sido descoberto em todos esses anos. Sempre achei que o padre Schedoni fazia isso com os outros monges da sua irmandade, a Ordem do Dragão. Parece mentira que a família deva a sua humanidade a um bando de sanguessugas. — Ela se arrepiou.

— E não se esqueça de que Montoni e Schedoni têm matado gente nas masmorras deste castelo — assinalei.

Annette concordou seriamente.

— Muita maldade neste castelo. Sempre achei que havia algo de errado aqui. Mas nunca poderia ter imaginado tamanho nível de horror.

Avançamos para o espaço contíguo, que continha a masmorra. Blanche estava sentada no chão, pálida e respirando com alguma dificuldade. Sua pele normalmente impecável estava coberta de sujeira, assim como as suas roupas, mas ela não parecia estar passando mal, exceto pelo efeito do antídoto.

— Estranho recebê-lo aqui — saudou-me ela, tentando sorrir, mas pareceu mais uma careta.

— É um prazer revê-la — afirmei, ajudando Blanche a se levantar. — Sinceramente, não tinha certeza se algum dia isso voltaria a acontecer. — Arrepiei-me ao observar novamente o seu cabelo curto. — Suponho que Annette não foi capaz de fazer muita coisa a esse respeito.

— Outras coisas nos distraíram, milorde. — Annette bufou.

— Eu teria me distraído mais com esse cabelo.

— Com certeza o cabelo pode esperar. — Blanche me encarou.

— Só estava chamando a atenção para ele — afirmei, dando um abraço em lady Morano. — Embora faça você parecer mais intimidadora.

— Perfeito! — murmurou Blanche junto ao meu ombro. — Com certeza é o que os meus pretendentes estão procurando.

Dei alguns passos para trás e a examinei.

— Você ainda seria a rainha do baile.

Blanche deu um tapinha brincalhão no meu peito.

— Pare de flertar ou vou contar ao meu irmão.

Em resposta, fiz uma reverência.

— Vamos buscá-lo e deixar este lugar amaldiçoado para sempre, sim?

— Ah, definitivamente.

Annette nos levou até a porta do laboratório e parou logo depois que entrou nele.

— Annette? — chamou Blanche.

De repente, Annette foi puxada do batente da porta, e eu a ouvi gritar. Irrompi no laboratório e, surpreso, deparei-me com o padre Schedoni parado sobre a dama de companhia. Ele me olhou com desprezo, com algo na mão que não consegui identificar.

— Você — rosnou Blanche atrás de mim. — É você quem está me injetando comida de sanguessuga e cometendo assassinatos. Você é tão cruel quanto o meu tio.

— Tão cruel quanto o seu tio? — Schedoni soltou uma gargalhada. Ele percebeu quando Annette se apoiou na parede para tentar se levantar. Então, Schedoni chutou a barriga dela, forçando-a de volta ao chão com um grito agudo. — Eu sou muito pior do que o seu tio.

Blanche estendeu um braço e, fascinado, observei a sua mão começar a se alongar, com garras se projetando das suas unhas. Mesmo com o antídoto circulando em suas veias, se Blanche não tentasse conter a fera, ela poderia colocá-la para fora e, com sorte, controlá-la.

Schedoni jogou dois saquinhos aos nossos pés e, de repente, ficamos cegos pelo pó. Tossi quando o pó invadiu meu nariz e minha boca. Tinha um cheiro horrível, como metal ardente.

Prata, notei. Virei-me e vi Blanche caída no chão, em posição fetal, com a pele crepitando como se estivesse sendo fervida viva. Além disso, uma saliva abundante escorria da sua boca.

Agi depressa, tirando a minha capa e a jogando sobre Blanche. Em seguida, empurrei-a de volta para a masmorra e fechei a porta para evitar que mais pó de prata a atingisse.

— Esse será o seu último erro — prometeu Schedoni, puxando uma adaga do seu traje e avançando em minha direção.

Annette esticou uma perna e derrubou o padre com uma rasteira.

Praguejando, Schedoni voltou a ficar de pé. Eu procurei no laboratório algo para usar contra ele. Não fazia ideia do que havia em qualquer um dos béqueres e tubos sobre a mesa, mas os peguei ao acaso e comecei a atirá-los em Schedoni.

A cada golpe, o monge resmungava, com o vidro se estilhaçando em seu hábito. Ele ergueu os braços para proteger o rosto, porém aquilo não o protegeu quando algo começou a corroer o tecido que cobria os braços, como um ácido, fazendo-o fumegar.

— Basta! — berrou Schedoni, avançando contra mim, com a adaga erguida acima da cabeça, como se pretendesse desferir um golpe mortal ao me alcançar.

Girei para fora do caminho. Então, o monge acertou a mesa e a adaga ficou cravada na madeira. Ele tentou soltá-la. Naquele breve momento, aproveitei para golpeá-lo com força. Schedoni ficou grogue e não conseguiu recuperar a sua arma.

O monge sibilou e tirou outra coisa das dobras do seu hábito. Parecia uma fita métrica, mas quando ele a desenrolou, vi que era um arame de metal. Um garrote. Perguntei-me o que mais Schedoni tinha em seu arsenal. Aqueles eram instrumentos de um assassino, não de um simples padre. Na verdade, isso explicava muita coisa.

Preparei-me para dar outro soco, mas Schedoni se esquivou e me fez sair rodopiando. Resmunguei quando me choquei com a borda da mesa do laboratório e perdi o fôlego. Porém, ainda tive a presença de espírito de pegar um béquer de vidro, mas que escapou da minha mão quando Schedoni puxou a parte de trás da minha camisa e me arrastou até junto dele. Se ele me puxasse para mais perto, poderia passar aquele arame em volta do meu pescoço. Seria o meu fim. Minhas mãos lutaram, roçando o béquer. Procurei me desvencilhar do monge, e o tecido da minha camisa rasgou um pouco, soltando-me o suficiente para eu conseguir estender a mão e agarrar novamente o béquer. Porém, voltei a ser arrastado para junto de Schedoni com força renovada, o que provocou a quebra do béquer em cima da bancada, estilhaçando-o em vários fragmentos inúteis.

Schedoni passou o arame do garrote ao redor do meu pescoço e o esticou, cravando em minha pele. Ao reunir as minhas últimas forças, arregalei os olhos e golpeei o rosto de Schedoni com o resto do béquer que ficara em minha mão, esperando que fosse o bastante para fazê-lo me soltar.

Foi.

Ofeguei quando o garrote afrouxou e me afastei de Schedoni, apoiando-me na bancada para avaliar o meu adversário e planejar o meu próximo movimento. Mas não foi necessário.

Horrorizado, vi que eu tinha conseguido enfiar um grande caco de vidro em seu olho direito. Schedoni apalpou o fragmento para arrancá-lo, mas retalhou os dedos. Em seguida, ele cambaleou para trás e se chocou contra a parede.

Engoli em seco, vendo-o desabar no chão e ficar imóvel. Ele ficou encarando a parede, então não precisei contemplar aquele terrível pedaço de vidro enfiado em seu olho. Eu tinha infligido aquele golpe nele, selando o seu destino.

Olhei para as minhas mãos. Eu tinha virado um assassino. Havia sangue em minhas mãos. Sangue de verdade, pois o caco de vidro também havia me cortado. Naquele momento em que reparei, senti uma dor terrível. Então, tirei um lenço do bolso e o enrolei com cuidado.

— Você está bem? — perguntou-me Annette, entrando no laboratório com Blanche, já recuperada, mas com os olhos irritados e inflamados, e a pele esfolada devido à exposição à prata.

— Vou sobreviver — respondi.

Com a mandíbula cerrada, Blanche olhou para o corpo imóvel de Schedoni.

— Já vai tarde.

Ela ergueu o olhar e acenou para mim, como se estivesse me agradecendo por acabar com a vida dele, mesmo que tivesse sido um acidente.

Retribuí o gesto.

32

O CASTELO ESTAVA ESTRANHAMENTE SILENCIOSO ENQUANTO PERCORRÍAMOS UMA sequência de corredores escuros em nosso caminho para a ala oeste.

— Udolpho parece mesmo mal-assombrado agora — observou Blanche, como se estivesse lendo a minha mente.

Não encontramos nenhuma resistência quando chegamos ao saguão de entrada, e senti certa inquietação ao passarmos pelos corredores que levavam ao calabouço que procurávamos. Com tudo o que tinha acontecido na última semana, incluindo a cabeça de Bram espetada numa lança, achei que muitos criados, exceto os mais fiéis a Montoni, haviam decidido abandonar o castelo. Pelo menos Bertolino deveria estar na sala de estar, mas o homem não estava à vista. Não passava pela minha cabeça que o mordomo tivesse deixado o local, levando em consideração a sua devoção ao conde, sobretudo porque ele havia sido encarregado de tomar conta da propriedade na ausência do dono, um lugar que guardava muitos dos segredos de Montoni.

— Há algo errado — sussurrei para Blanche.

— Com certeza — confirmou ela, olhando-me de soslaio.

Ela sustentou meu olhar por um instante antes de voltar a focar sua determinação nos corredores que atravessávamos.

Levou poucos minutos depois para alcançarmos a passagem secreta sob os aposentos da ala oeste. Estava ansioso para rever Henri, mas tínhamos que ser cautelosos. Assim, fiz o mesmo que Blanche, avançando devagar pelo caminho até a masmorra. Ao entrarmos, avistei as grades e senti um alívio momentâneo, seguindo adiante.

Tia Cheron estava do outro lado e arregalou os olhos ao me ver.

— Emile? É você?

— Sim — confirmei e avancei na direção das grades. Pelo visto, ela não tinha dormido muito, mas fora isso estava em boas condições. — Henri não passou por aqui?

— Henri? — repetiu ela, confusa.

Olhei para trás e encarei Blanche. Preocupada, ela franziu os lábios. Henri já deveria estar ali com Ludovico.

Annette destrancou a porta da masmorra e a abriu.

Tia Cheron engoliu em seco ao sair da masmorra e me examinou.

— Fico... feliz que esteja bem, Emile. — Seus olhos se encheram de lágrimas. — Enganei-me a respeito de muitas coisas. — Ela me surpreendeu ao estender os braços para me abraçar. — Mas você voltou por mim, querido menino. Os seus pais ficariam muito orgulhosos se pudessem vê-lo agora.

Surpreso, retribuí seu abraço, desconcertado por sua atitude em relação a mim, mas, por outro lado, supus que ser jogada numa masmorra pelo marido e ter algum tempo para pensar acerca das suas transgressões passadas a tinham feito mudar de ideia. De qualquer forma, fiquei contente com aquela mudança.

— Fico feliz em ver que a senhora não está coberta de sanguessugas — brinquei, e tia Cheron recuou, rindo.

Ela enxugou os olhos.

— Sim, mas não pense que aquele monstro não me ameaçou com elas. Acho que era apenas uma questão de tempo até que ele seguisse em frente. — Ela fez uma pausa. — Ele machucou você, Emile? Não sei como conseguiria viver comigo mesma se ele tivesse machucado você.

Perplexo, observei a expressão de preocupação da minha tia. Eu estava tão acostumado com a expressão de frieza que notar aquela ternura vinda dela era perturbador.

— Estou bem, garanto — respondi.

— Vamos, não podemos perder tempo aqui — exortou Blanche, percorrendo com os olhos o espaço escuro e sujo. — Vamos encontrar o meu irmão e Ludovico e deixar este lugar esquecido por Deus.

— Onde eles podem estar? — perguntei, olhando através das grades como se eles pudessem aparecer ali se eu olhasse por tempo suficiente. — Existe outra masmorra?

Refletindo, Blanche mordeu o lábio.

— Não sei. Henri pode ter cuidado primeiro da segurança de Ludovico, ainda mais se Montoni estava perto desta masmorra quando eles tentaram chegar aqui — ela disse e, impotente, encolheu os ombros. — Talvez o pátio?

Concordei com um gesto lento de cabeça.

— Então é para lá que vamos.

— Hã, milady? Milorde? — O tremor na voz de Annette logo se elevou à histeria.

Todos nós nos viramos ao mesmo tempo e encontramos a dama de companhia olhando para uma bola que fazia barulho nas grades da masmorra, como se estivesse tentando escalá-las do lado de dentro.

— Mas o que é isso? — sussurrou a minha tia.

Avancei com cautela em direção à bola. Na penumbra da masmorra, era difícil saber o que era, mas parecia estar coberta de pelos. Era alguma espécie de animal?

Eu a cutuquei com o pé, e Annette soltou um gritinho, pulando para trás quando a bola se desprendeu das grades e caiu em direção à porta aberta da cela. Com os olhos arregalados, percebi que ela tinha um nariz e um rosto podre e cortado em diversos lugares e um pescoço com a pele dilacerada.

Deixei escapar um gemido ao cambalear para trás, em direção às mulheres. A cabeça permaneceu na cela, onde pareceu estar sendo puxada para uma pilha de roupas. Mas não eram roupas, percebi com terror renovado. Era um corpo. Um cadáver decapitado.

Atraídos como se fossem ímãs, a cabeça se encaixou na parte exposta do pescoço do corpo, e um som abafado encheu o ar.

— O que está acontecendo? — perguntei com a voz trêmula.

Ninguém respondeu. Continuamos a observar. Então, de repente, o cadáver se sentou e ficou de pé. Não estava usando camisa e, assim, consegui ver claramente os músculos e a pele escura do tronco. A cabeça estava virada ao contrário, mas começou a se endireitar, deslocando-se lentamente ao longo do pescoço. Um raio de luz de uma janela iluminou a criatura com mais intensidade.

A pele do pescoço começou a se recompor, como se o corte estivesse se fechando. O inchaço do rosto diminuiu e a tez escura da cabeça começou a se igualar a do corpo. Larvas foram expelidas pelos poros, caindo no chão como pingos de chuva retorcidos. Os olhos se expandiram para preencher as cavidades oculares. O queixo, pendurado torto, recolocou-se no lugar. Então, de repente, o homem diante de nós, incrédulo, respirou fundo e piscou.

— Meu Deus! — sussurrei.

Bram olhou para as suas mãos.

— Meu Deus! — repetiu ele. — Eu estou morto? Eu sou um fantasma?

— Um lobisomem — respondeu Blanche, recuperando-se mais rápido do que o restante de nós e avançando para se aproximar dele. — Você está muito vivo, garanto. — Ela fez uma pausa. — Você só ficou morto por alguns dias.

— Uma semana — revelei, sentindo-me distante, como se estivesse testemunhando um sonho. — A sua cabeça estava... bem...

Bram fechou os olhos quando Blanche colocou a mão em seu ombro.

— Eu me lembro de ter morrido. Montoni estava arrancando a minha cabeça... e então eu senti o meu pescoço formigando e... — Bram soltou um suspirou, olhando Blanche nos olhos. — Vocês são uma família de lobisomens.

— Somos — concordou Blanche.

— Mas como...?

— Você deve ter sido mordido pelo meu tio antes de ele matar você.

Bram confirmou com um gesto lento de cabeça, olhando para a mão.

Então, eu me lembrei de que Bram tinha sido arranhado por Montoni na porta do celeiro. Pelo visto, não havia sido arranhado pelas garras do conde, mas sim ferido pelos seus dentes.

— A maldição pode ser transferida por meio de uma mordida de um alfa — explicou Blanche. — Ou o meu tio não percebeu que mordeu você, ou achou que a maldição não se consolidaria tão depressa, antes de ele matá-lo. Provavelmente, os meus pais tinham razão ao acreditar que a maldição é mais forte perto de Udolpho. Então, pelo visto, ela se manifesta mais cedo do que o normal — continuou. — Porém, durante a lua cheia, um corpo se curará de quaisquer ferimentos infligidos desde a lua cheia anterior, desde que não seja um golpe mortal provocado por prata.

— Quaisquer ferimentos. — Bram engoliu em seco. — Isso já é... alguma coisa.

Notei que as mãos dele tremiam um pouco quando ele me olhou nos olhos.

— Está tudo bem — assegurei-lhe, vencendo a distância entre nós, preso entre o assombro e o horror, entre o alívio e a repulsa. Peguei as mãos de Bram e, então, hesitei só por pouco tempo antes de encostar a minha cabeça em seu peito. — Você está bem. Graças a Deus.

Bram relaxou junto a mim.

— Acho que estou em estado de choque. Eu deveria estar mais perturbado com isso.

— Eu ainda estou bastante perturbada — disse Annette, erguendo a mão no canto da masmorra.

Dei uma risadinha e, em seguida, peguei Bram rindo, com lágrimas nos olhos.

— Estou vivo — afirmou ele.

— Você está vivo — concordei.

Blanche se aproximou da janela e nos observou.

— E parece que o seu corpo se curou bem a tempo de não se transformar num monstro irracional. O sol está nascendo.

— E você também parece melhor — declarei, olhando para Blanche. Ela se mantinha firme. O seu organismo parecia já não sofrer mais o efeito colateral do antídoto.

Blanche levantou a mão, a flexionando.

— Eu me sinto melhor.

— Então Montoni também pode estar começando a se recuperar — afirmei. — Precisamos nos reagrupar e sair deste maldito castelo.

— Depois de encontrarmos Ludovico — acrescentou Annette, então baixou a cabeça. — E Henri, é claro.

Voltamos ao saguão de entrada, onde Blanche nos deteve.

— Vou na frente para ver se os portões podem ser abertos. Se for o caso, quero que todos vocês abandonem o castelo. Vou retornar para buscar Henri e Ludovico quando vocês estiverem em segurança, caso eles já não estejam esperando por nós.

— De jeito nenhum — protestei. — Eu vou com você.

Blanche hesitou.

— Emile, o meu tio não vai machucar a mim ou ao Henri. Somos da mesma família. Além disso, somos muito mais duráveis do que um frágil ser humano. — Ela fez uma pausa. — Sem querer ofender.

— Não me senti ofendido. — Cruzei os braços e ergui o queixo. — Mas eu vou com você. Se Henri estiver em apuros, tenho que estar presente. Ele faria o mesmo por mim.

Blanche suspirou, mas concordou. Ela apontou para Bram.

— Proteja Annette e madame Montoni, Bram. Provavelmente, você, sendo um recém-transformado, é mais um peso morto do que qualquer coisa. Então, apenas estraçalhe e morda se alguém vier atrás delas. Acha que consegue fazer isso?

Com os olhos arregalados, Bram fez que sim com a cabeça.

Blanche deixou escapar um suspiro.

— Ótimo. — Ela olhou de soslaio para mim. — Está pronto?

— Pronto.

Seguimos para o pátio mais adiante. Atento, olhei ao redor em busca de possíveis problemas. Depois, caminhamos rumo aos portões do castelo, ficando o mais próximo possível das sombras da edificação, esperando escapar da vigilância. Só tínhamos que encontrar uma maneira de abrir os portões. Então, os nossos amigos simplesmente desapareceriam na floresta circundante. Em seguida, poderíamos nos concentrar em encontrar Henri e Ludovico. Por experiência própria, sabia como Montoni era implacável. Se todos nós conseguíssemos fugir, Montoni pararia de nos caçar? Talvez isso fosse apenas um prelúdio do que nos esperava do outro lado dos muros do castelo.

Ao nos aproximarmos dos portões, vi três carroças paradas. Os cavalos ainda precisavam ser atrelados a elas. Detive-me. Talvez Montoni estivesse esperando por nós, vigiando a única saída daquele lugar terrível. Então, ouvi Blanche arfar ao meu lado e soube que havia algo errado.

Blanche saiu correndo, deixando a cautela de lado. Com inquietação, eu a segui. Olhei ao redor, perguntando-me onde Henri estaria, mas ele não estava à vista. Aquele cenário era preocupante e problemático.

— Blanche — dei um grito sussurrado atrás dela. — Espere. Temos que pensar.

Então, consegui perceber Henri na parte de trás de uma das carroças. Ele estava coberto por uma rede. Ao se mexer e roçar a pele dele, uma névoa escapou do seu corpo. Era prata. Ele estava preso numa rede impregnada com pó de prata.

Henri nos viu chegar e começou a se contorcer com mais força. Seus gritos de agonia ecoaram pelo pátio. A rede roçava o seu peito nu, queimando-o com o seu veneno brutal.

Vacilei ao me dar conta do que eu estava observando. Henri era a isca.

— Blanche, precisamos parar — insisti, tentando acompanhar o ritmo dela. — Montoni está claramente...

Minha voz sumiu quando algo zuniu no ar de repente. Ergui os olhos e vi um objeto se movendo depressa em nossa direção. Abri a boca para emitir um alerta, mas já era tarde demais. Um grande dardo prateado atingiu a perna de Blanche e saiu pelo outro lado, cravando-se no piso de pedra aos pés dela e a imobilizando no lugar. Urrando, Blanche viu o sangue escorrer pela perna e fumegar como se a estivesse queimando. Num piscar de olhos, ela se transformou numa quase lupina, com pelos loiros tomando conta do seu corpo. Rosnando, ela tentou arrancar o dardo, mas sem sucesso.

— Vocês não iam partir sem se despedir, iam?

Senti um calafrio percorrer o meu corpo ao inclinar a cabeça para cima e ver Montoni no telhado, com um sorriso triunfante para nós, com um canhão de arpão montado ao seu lado.

O conde estava à espera disso. E, naquele momento, Blanche, a nossa única chance real de enfrentá-lo, estava indisponível, presa como uma borboleta.

Montoni balançou a cabeça, rindo.

— E justo quando as coisas estavam começando a ficar boas.

33

MONTONI COMEÇOU A DESCER DO TELHADO COM GRANDE AGILIDADE. AO MESMO tempo, eu tentava desesperadamente arrancar o dardo do piso de pedra e da perna de Blanche. Era como tentar puxar Excalibur da pedra. O dardo não se moveu.

— Eu deveria ter escutado você — disse Blanche, com a voz distorcida em sua forma de quase lupina. Com a perna ainda fumegando por causa da prata, ela começou a choramingar.

Engoli em seco, sem saber o que fazer. Olhei para Henri, ainda a vários metros de distância, debatendo-se na rede com gestos inúteis, que só serviam para infligir mais dor a ele. Ao seu lado, numa das outras carroças, vi Ludovico, amarrado e amordaçado. Ao lado dele, Bertolino sorria, como se estivesse orgulhoso de si mesmo. O canalha presunçoso.

Praguejei baixinho. Nós nunca conseguiríamos escapar pela entrada da frente. Aquela foi uma tentativa de fuga condenada desde o início.

— Essa perna não parece boa, sobrinha — zombou Montoni, ao pousar em solo firme. Seus olhos encontraram os meus, e ele abriu um sorriso largo. O conde estava gostando disso, deixando de lado toda a civilidade e nos punindo, nos machucando. Esse era o verdadeiro Montoni: depravado, implacável, cruel.

Ajudar Blanche era inútil. Não havia nada que eu pudesse fazer. Mas se eu conseguisse libertar Henri...

Corri rumo às carroças.

— O que o nosso pequeno herói espera ser capaz de fazer? — perguntou Montoni, com uma risadinha.

Eu o ignorei e segui em frente, em direção a Henri, que olhava para mim com os olhos arregalados, aflito e desesperançado.

— Já chega! — ordenou Montoni com a voz firme, e eu me detive de imediato quando ele cortou o meu caminho, com o seu corpo em transição para virar um homem-lobo. Os pelos pretos estavam tomando conta de todo o seu corpo. — Não tenho necessidade da sua insolência. Eu vou...

A ameaça de Montoni foi interrompida, pois ele foi atingido por uma nuvem de pó de prata, que o jogou contra uma parede próxima, onde ele resmungou e caiu de joelhos, com os olhos brilhando. Fiquei surpreso ao ver outro homem-lobo que exibia os seus dentes para ele, com garras aparecendo e desaparecendo em seus flancos. Quem era *aquele*?

Percebi que o meu caminho havia ficado desimpedido e corri para as carroças, só hesitei quando Bertolino saltou para o chão, brandindo uma adaga. Mas eu tinha acabado de lutar e derrotar Schedoni. Então, não fiquei com medo daquele subalterno patético. Gritei quando me lancei contra ele, atingindo o seu estômago. Surpreso, Bertolino se retraiu. Bati o seu braço no chão até ele soltar a adaga. Em seguida, acertei um soco forte em seu rosto.

Bastou aquele único golpe para nocauteá-lo.

Ludovico balbuciou algo na carroça acima. Dei uma olhada rápida para trás e vi Montoni e um lobo prateado se engalfinhando, rosnando e se arranhando, numa confusão de pelos, garras e dentes.

Desamarrei Ludovico às pressas.

— Junte-se aos demais no hall de entrada — ordenei, sem deixar espaço para objeções. Virei-me para a carroça com Henri e encontrei os seus olhos, verdes e ardentes.

— Henri — sussurrei, correndo para o seu lado.

Analisei a rede, presa a uma dúzia de argolas de prata nas laterais da carroça. Eu teria que cortar e soltar a rede de cada uma delas. Ao pegar um pedaço da rede, percebi que era feita de um material resistente. O trabalho levaria tempo demais. Então, dei-me conta de que não precisaria necessariamente cortar a rede em todas as argolas. Fazer aquilo em três ou quatro seria o suficiente para Henri ser libertado.

Henri resmungou e notei que a rede estava esticada e encostada em seus braços. Afrouxei a maneira como eu a estava segurando e, então, ele suspirou de alívio.

— Desculpe — murmurei.

— Não precisa se desculpar — disse Henri. — Você veio me buscar.

— Claro que sim. — Encarei seus olhos. — Eu sempre vou dar um jeito de encontrar você.

Os lábios de Henri tremeram.

— Emile... eu coloquei você em perigo mais uma vez. Eu...

— Mais tarde — eu o interrompi. Desci da carroça para pegar a adaga de Bertolino. Em seguida, voltei a subir nela e me ajoelhei ao lado de Henri. Comecei a cortar a rede junto a uma das argolas. — Teremos muito tempo para isso mais tarde.

— Por favor, salve-se. Montoni... é muito mais forte do que nós. Não vamos conseguir aguentar muito tempo contra ele. Se todos vocês saírem do castelo, talvez vocês escapem. Pelo menos alguns de vocês.

Estendi a mão através da rede para pegar uma das mãos de Henri. Apertei-a, olhando para ele com um sorriso.

— Eu não vou deixar você, Henri. Não passamos por tudo o que passamos só para eu fugir agora.

— Você é um tolo. — Henri apertou os lábios para conter a emoção.

Então, larguei a sua mão e retornei à tarefa em questão.

Um grito ecoou pelo ar e virei a cabeça. Vi o lobo prateado caído com sangue cobrindo uma parte do seu corpo. Com uma expressão de triunfo assassino, Montoni arfou ao se erguer sobre o seu oponente, com uma promessa de morte nos olhos.

— Mãe! — Henri gritou.

— Mãe? — perguntei, virando-me para ele com os olhos arregalados. — Aquela é...?

— Eu a reconheceria em qualquer lugar, sob qualquer forma — confirmou Henri.

Voltei a me virar e vi Montoni examinar a loba com um olhar cauteloso e rosnar como se fosse um alerta intencional. Engoli em seco, perguntando-me se seria capaz de contemplar o que estava prestes a acontecer.

Contudo, a loba não estava fora de combate. Num piscar de olhos, levantou-se e se lançou entre as pernas de Montoni. Antes que ele conseguisse se virar para encarar a sua oponente, a mãe de Henri já estava sobre o dorso dele, mudando para a forma animal plena. Então, ela cravou os dentes na nuca de Montoni. O conde deixou escapar um grito de fúria.

— Emile! — Henri apontou para o anel que eu estava cortando. — Rápido, para que eu possa ajudar.

Um momento depois, consegui soltar a rede de uma das argolas. Suspirei de alívio. Já estava sentindo os meus braços doerem por causa do esforço empregado para soltar a rede de uma única argola, mas não hesitei antes de passar para a próxima. E depois para a seguinte. Fiz o possível para ignorar os rosnados e gritos atrás de mim, concentrando a minha energia no movimento de vaivém da adaga na rede.

Depois que soltei a rede de três argolas, Henri tentou sair por baixo dela, mas o espaço ainda não era grande o suficiente. Eu tinha que soltar a rede de pelo menos mais uma argola.

— O seu desempenho é admirável para um ser humano.

A voz de Montoni soou bem atrás de mim. Tentei cortar a rede mais rápido, mas então ele me agarrou pela nuca e me puxou para fora da carroça. Arremessou-me no chão como uma boneca de pano. Gemi com o impacto, mordendo o lábio e sentindo o sangue escorrer. Fiz uma careta quando Montoni pairou sobre mim, de volta à forma humana.

— Você não vale a quantidade de problemas que já criou. — Montoni fez careta.

Mais adiante, consegui ver a mãe de Henri ainda sob a forma lupina, inconsciente e coberta de feridas sangrentas.

— Sim, vou cuidar dela mais tarde — zombou Montoni e passou a mão pela nuca, que ainda sangrava das marcas profundas de dentes.

Engoli em seco e olhei para trás, para além de Bertolino, deitado de bruços e ainda inconsciente. Vi a carroça onde Ludovico tinha sido amarrado. Tomara que os demais tenham sido espertos o suficiente para empreender a própria fuga.

— Eles também não vão chegar muito longe — prometeu Montoni, como se estivesse lendo os meus pensamentos. Seus lábios se curvaram num sorriso. — Agora, somos só nós dois.

Montoni se abaixou, e me esforcei em me arrastar para trás, mas ele foi muito mais rápido. Agarrou o meu pescoço e me ergueu com força, deixando-me suspenso no ar, inútil. Tentei tomar fôlego, tentando me livrar das suas mãos, do seu aperto. Ele era forte demais. Fiquei impotente, enquanto suas mãos apertavam meu pescoço, pontos vermelhos dançaram diante de mim. Meus pulmões gritavam por ar e minha cabeça ficou zonza.

Meus olhos encontraram os de Montoni, escuros e cheios de um prazer violento. Ele queria ver a minha vida se esvair diante dos seus olhos. Eu não seria capaz de detê-lo.

Ouvi Henri gritar atrás de mim, implorando para o seu tio parar, mas os olhos de Montoni estavam sádicos e delirantes. Ele só deixaria de apertar o meu pescoço para jogar o meu corpo sem vida no chão.

Então, fui atraído por um movimento um pouco atrás de Montoni e vislumbrei um borrão de pelo loiro antes de Blanche cravar os dentes no flanco do tio. O sangue preto começou a escorrer em seguida da pele de Montoni, mas ele apenas resmungou e continuou segurando firme o meu pescoço.

Pisquei, com a visão turva, e notei a carne que faltava na perna de Blanche e que terminava em uma poça de sangue ao seu pé. Ela tinha conseguido se livrar do dardo. Eu havia lido a respeito de lobos que mordiam as próprias pernas para se desvencilhar de armadilhas. Blanche havia feito exatamente isso. Por mim e por Henri.

Mas foi em vão.

Percebi que Blanche estava ficando cada vez mais fraca por causa da hemorragia. Sua mordida no flanco de Montoni perdia força e os seus olhos estavam ficando desfocados. Meus próprios olhos também estavam.

De repente, Montoni me soltou.

Ofeguei ao cair no chão. Senti os pulmões doerem ao inspirar grandes quantidades de ar. Tossi e levantei a cabeça. Vi Montoni de pé diante de mim. Um dos braços estava estendido, como se ainda estivesse agarrando o meu pescoço, mas boa parte dele estava ausente. Restava o bíceps, pendurado inutilmente no osso. O sangue espirrava para todos os lados, inclusive sobre mim, quente e pegajoso. Arrastando-me, afastei-me de Montoni até bater as costas numa das carroças.

Dirigi o olhar para Blanche, que passou a segurar o tio com mais firmeza. A nova evolução dos acontecimentos tinha lhe dado mais espírito de luta, pois, à direita de Montoni, havia um novo lobo. De pelo castanho-avermelhado, ele era grande e poderoso, e tinha sede de sangue nos olhos. Entre os seus dentes, estava o braço arrancado de Montoni, ainda pingando sangue, com os dedos crispando como se tentassem entender o que havia acontecido.

Ele se recuperou do choque e, com o braço não amputado, empurrou Blanche para longe. Ela resmungou, mas ainda conseguiu agarrar uma perna de Montoni com os dentes. Ele gritou e, então, viu o lobo castanho-avermelhado.

— Quem diabos é você? — exigiu saber.

Em resposta, o lobo cuspiu o pedaço do braço de Montoni e lambeu os beiços lentamente, como se prometendo provar mais da sua carne.

A carroça se mexeu atrás de mim e, de repente, vi Annette ao meu lado, ajudando-me a ficar de pé. Olhei para trás, e ali estavam Ludovico e a minha tia, cortando mais da rede que prendia Henri.

— Vocês deveriam ter fugido — resmunguei com a voz rouca.

— Nem pensar. — Annette bufou, agarrada ao meu braço enquanto o novo lobo investia contra Montoni.

Hipnotizado, observei o lobo cravar os dentes no flanco exposto de Montoni, com Blanche escorando o tio no lugar para que ele não conseguisse escapar.

— Aquele é…? — perguntei.

— Bram — confirmou Annette.

A loba prateada se recuperou e ficou perto de Bram, com o olhar dirigido para a carroça atrás de mim, na expectativa. E então Henri desceu dela, com a pele enegrecida nos braços e no rosto pela exposição à prata.

Engoli em seco ao ver Henri se aproximar do tio, mantido no lugar pelos dois lobos que o agarravam com os dentes. Henri empunhava a adaga de prata de Bertolino na mão.

— Você sempre foi um canalha sem escrúpulos — vociferou Henri, encarando o homem.

Então, ele enterrou a adaga de prata no peito do tio.

Com uma expressão de dor e descrença, Montoni arregalou os olhos. De repente, as veias em seu peito se destacaram, ficando pretas, como se estivessem apodrecidas. Elas engrossaram e continuaram se expandindo por seu corpo. Pouco depois, começaram a murchar como se fossem frutas estragadas. Após cerca de um minuto, o cruel conde caiu no chão com um som de esguicho. Bram e Blanche o largaram e se afastaram.

A pele de Montoni amoleceu e, pouco depois, caiu dos ossos. Um sangue preto escorreu por baixo dele.

E Montoni passou a não mais existir.

34

Annette e tia Cheron estavam fazendo um torniquete na perna mutilada e ainda hemorrágica de Blanche. Ela já tinha voltado à sua forma humana, e estava muito pálida por causa da perda de sangue.

— Ela precisa de um médico — disse Annette, também pálida e parecendo exausta.

Henri segurou a mão da irmã.

— Ela é uma guerreira. Obstinada, na verdade. E toda essa coisa de lobo imortal ajuda.

Blanche riu e depois tossiu.

— Não me faça rir. Dói.

— E se ela se esvair em sangue, ela só vai reviver outra vez na próxima lua cheia — confirmei. — Não é, Bram?

— Eu não recomendaria isso — respondeu Bram, seco, antes de sorrir para mim com aquelas malditas covinhas se destacando.

Com cautela, Henri observou Bram.

— Ainda bem que Montoni não percebeu que a maldição tinha se estabelecido em você. Se tivesse, ele teria lancetado a sua cabeça ou o seu coração com uma arma de prata.

— Sim, tive sorte — concordou Bram. — Ouvi dizer que não fiquei muito bem naquela lança.

— Talvez seja melhor não pensar nisso. — Henri estendeu a mão para Bram. — Obrigado, Valancourt. Você salvou a todos nós hoje.

Constrangido, Bram abaixou a cabeça, mas aceitou apertar a mão de Henri.

— Acho que sim, não é?

— Temos uma grande dívida com você.

Bram hesitou, balançou a cabeça e então piscou para mim.

— É para isso que servem os amigos, não é?

— Amigos podem evitar que amigos percam mais sangue — grunhiu Blanche, enquanto Annette apertava o torniquete em sua coxa.

— Com certeza — concordou Bram, ajoelhando-se entre Annette e tia Cheron para ajudar.

Henri se aproximou e colocou a mão no ombro de Bram, deixando o médico aprendiz tenso ao erguer os olhos.

— Espero que possamos ser amigos, Valancourt. De verdade — afirmou Henri.

— Por que não? Eu gostaria muito.

A loba prateada se acercou e lambeu o rosto de Blanche. Por um momento, fiquei vendo Blanche sorrir.

Henri voltou para o meu lado e me contemplou, com os seus olhos verdes transmitindo uma variedade de emoções.

— Estou tão feliz por você estar bem. — Ele engoliu em seco. — Não sei o que teria feito se...

— Não precisa se preocupar mais com isso — eu o interrompi, colocando a mão em seu peito. — Estamos bem agora.

Henri inclinou-se para a frente, encostou a testa na minha e fechou os olhos.

— Obrigado por salvar a minha família.

— Eu sempre lutarei por você e pela Blanche — afirmei, encontrando seus lábios com os meus. — Agora vocês também são a minha família, gostem ou não.

No dia seguinte, estávamos sentados na sala de estar do Castelo de Udolpho. Annette tinha acabado de preparar um chá. Blanche ainda estava pálida e fraca, mas, de acordo com Bram, o quadro já apresentava uma evolução favorável, e o que quer que não tivesse se recuperado até a próxima lua cheia ficaria curado na ocasião. Até lá, decidimos permanecer no Castelo de Udolpho. Tínhamos muitas decisões a tomar a respeito de para onde queríamos ir ao partirmos dali.

— Não quero mais saber do antídoto — insistiu Blanche, bebericando delicadamente o seu chá. — Não agora que sei de onde vem. E com Schedoni fora de cena, não sei se ele poderia ser replicado, mesmo que quiséssemos.

— Onde quer que ele esteja — acrescentou Ludovico, já que o corpo do padre tinha desaparecido.

Pelo visto, ele havia sobrevivido ao meu ataque. Se não foi tão grave quanto parecia a princípio, Schedoni poderia até ter chegado ao vilarejo antes que seu ferimento o matasse.

— Então o que vocês vão fazer? — perguntou minha tia, lançando um olhar rápido para mim e, em seguida, dirigindo um olhar expectante para Henri, o novo chefe da família.

Recostando-se no sofá ao meu lado, Henri suspirou.

— Teremos que usar as masmorras do castelo por enquanto, até encontrarmos uma alternativa de nos manter sob controle. Talvez alguns dos cientistas com os quais Schedoni entrou em contato em busca de uma cura possam nos ajudar. Caso contrário, não vejo outra opção além do confinamento nas noites de lua cheia.

— Mas nós vamos limpar as masmorras — tornou Annette, sorrindo para Blanche. — Talvez alguns belos vasos de flores e tapetes as tornem um pouco mais confortáveis.

Ludovico bufou, mas não disse nada quando Annette lhe lançou um olhar de reprovação.

— Acho que é uma boa opção — uma mulher de cerca de quarenta anos declarou, levando uma xícara de chá aos lábios.

Não pude deixar de admirar o seu cabelo loiro comprido, muito parecido com o de Blanche antes de ela o ter cortado.

— Acho que esta família negou o seu legado por tempo demais. Talvez um ajuste de contas pelo fato de fraudarmos a maldição vai sempre nos alcançar — continuou ela, olhando ao redor da sala com os seus amáveis e brilhantes olhos verdes.

A mulher era a mesma dos retratos que eu tinha visto, é claro, uma amálgama dos seus dois filhos. A condessa Helena Morano, viva depois de todos aqueles anos.

Blanche largou a xícara de chá e pigarreou.

— Mãe, sabemos em que condições você foi mantida naquela torre nos últimos cinco anos, mas... quero saber mais detalhes sobre o que aconteceu com você. Como você se tornou prisioneira de Montoni?

— E como a senhora não está morta? — acrescentou Annette.

— Foi a senhora quem deixou a chave que abre todas as portas com Ludovico — arrisquei, para confirmar o que eu achava que já tinha conseguido reconstituir.

— Sim — confirmou Helena. — Eu a roubei de Bertolino semanas atrás. — Ela se ajeitou e depois olhou, pensativa, ao redor até encontrar os meus olhos. — Nós já nos encontramos antes, sabe?

— Já? — Franzi a testa para ela, confuso.

Helena confirmou.

— Eu estava escondida na galeria, doente e muito magra, quase um esqueleto vivo. Acho que quase matei você de susto.

Tentei comparar a bela mulher diante de mim com a criatura que tinha confundido com um esqueleto, com olhos encovados e macilentos.

— Aquela era *a senhora*? — perguntei, incrédulo.

— Sim. Eu ainda estava usando o antídoto naquela lua cheia, porque não podia me arriscar a perder o controle. Só ontem à noite que a lua cheia fez o meu corpo recuperar a saúde plena. — Ela passou a mão pelo cabelo. — Na primeira lua cheia depois que caí do penhasco, o meu irmão, se recusou a me dar o antídoto, mas o meu corpo se recuperou da queda. Então, Montoni me prendeu na torre e o antídoto foi imposto a mim, mantendo-me fraca e complacente, uma mera sombra do meu antigo eu. Naqueles anos todos, fiquei vendo os meus filhos pela janela durante as visitas deles ao castelo, incapaz de falar com eles ou chamá-los. Eu estava num estado deplorável. A maldição me mantinha viva mesmo enquanto eu me permitia definhar.

Blanche se aproximou e colocou uma mão reconfortante no ombro da mãe.

— O que mudou?

Helena refletiu.

— A chegada de vocês foi diferente desta vez. Talvez devido à presença de Emile e de madame Montoni. O pessoal do castelo ficou mais distraído e um dos guardas mais novos trouxe as minhas refeições, esperando que eu estivesse tão fraca como sempre. Sabendo que eu seria forçada a ficar observando tudo sem poder fazer nada mais uma vez, recorri à minha força interior para dominá-lo. Escapei e me escondi nas passagens secretas. Depois, naquela primeira noite, consegui roubar a chave de Bertolino enquanto ele dormia. Fiquei de olho em vocês, crianças, mas precisava saber como poderia ajudar. Enquanto isso, tive de evitar constantemente os homens de Montoni.

Essas revelações fizeram minha cabeça girar. Dei-me conta de que, na primeira noite da nossa chegada a Udolpho, Montoni estivera à procura de Helena, e deve ter sido ela quem abriu o ferrolho da segunda porta do meu quarto, assim como tinha sido a figura que entrara em meu quarto, a quem eu havia confundido com um espectro.

— Isso é fantástico! — exclamei sem fôlego. Lancei um olhar rápido para Henri e, em seguida, voltei a olhar para Helena. — E o seu marido? Victor? Ele...?

Helena engoliu em seco.

— Receio que esteja morto. Ele era mais consciente do que eu.

— Uma bala de prata — afirmou Blanche.

Peguei a mão de Henri e a apertei. Ele me abriu um leve sorriso, parecendo feliz. É óbvio que ele estava: tinha recebido a sua mãe de volta. Mas também era algo agridoce, considerando não só a morte do seu pai pelas próprias mãos, da qual Victor nunca mais poderia retornar, mas também as circunstâncias que cercaram o retorno de sua mãe. Os acontecimentos do último mês no Castelo de Udolpho foram traumatizantes.

— Nunca vou poder lhe agradecer o suficiente por ajudar os meus filhos — disse Helena, dirigindo-se a mim de repente. Ela sorriu e percorreu o recinto com os olhos. — Todos vocês. Vocês são a razão de estarmos hoje aqui, livres do domínio do meu irmão.

— Pelo visto, também não poderíamos ter feito isso sem a sua ajuda — afirmei, erguendo a xícara de chá em direção a ela, como se fosse um brinde. — A senhora é uma mulher muito corajosa.

— Não me sinto uma mulher tão corajosa assim. As coisas que fiz a esta família... — Ela franziu os lábios.

Blanche se abaixou para abraçá-la.

— Estamos muito felizes de ter você de volta — garantiu ela. — É isso que importa.

Helena, com lágrimas brilhando em seus olhos, acariciou o braço da filha em agradecimento por suas palavras.

Naquela noite, a família tinha muito que conversar para colocar todos os assuntos em dia. E eu sorri, ouvindo as histórias, imaginando um Henri mais jovem realizando as travessuras que Blanche descrevia entre risadas. Isso me fez admirá-lo ainda mais. Fiquei segurando a mão de Henri por baixo da mesa durante boa parte da noite.

Quando Helena e madame Montoni se recolheram para os seus aposentos, assim como Annette e Ludovico, soube que tinha chegado a hora de discutir o nosso futuro e, especificamente, o que eu tinha pensado no dia anterior.

— Qual é a sensação de ser o alfa? — perguntei a Henri, que parecia mais feliz do que nunca.

Ele abriu um sorriso largo.

— É incrível não ter que dar satisfações a Montoni. Sinto que um grande peso foi tirado dos meus ombros, como se eu pudesse finalmente começar *a viver.*

Concordei com um gesto de cabeça.

— E você tem a sua mãe de volta.

Ele balançou a cabeça.

— Não posso nem... eu nunca imaginei. Ainda fico confuso. E chateado pelo fato de ela ter ficado presa naquela torre o tempo todo, incapaz de se aproximar de nós... Mas estamos juntos agora.

Blanche concordou.

— Vamos ter que seguir em frente com o tempo que temos.

Endireitei-me e pigarreei.

— Por falar em tempo, gostaria de discutir o nosso possível retorno à sociedade, seja em La Vallée ou em Le Blanc.

Bram arrastou a sua cadeira para trás.

— Devo me retirar.

— Isso também diz respeito a você, Bram — afirmei, detendo-o. Hesitei, olhando para Henri. — Você sabe o que eu sinto por você. Por vocês dois. Só neste dia, lutamos pela vida uns dos outros, e isso me pareceu... certo.

Bram e Henri se entreolharam.

Antes de continuar, com nervosismo, passei a mão pela testa.

— Quando pensei que Bram havia morrido, senti uma dor profunda. Eu nunca... Eu não quero voltar a sentir essa perda. E quando ele retornou à vida, foi como se uma segunda chance tivesse se materializado diante de mim. Diante de *nós*.

Henri franziu os lábios.

— Emile. Se você... se o seu coração tem... — Ele deixou escapar um suspiro e passou a mão pelo cabelo. — Vou respeitar o que decidir, Emile. Você sabe que eu nunca vou forçá-lo a nada outra vez.

Blanche aparentou certo desconforto.

— Emile, devo...?

— Por favor, fique — disse a ela. — Você faz parte disso. Veja, o plano de Montoni era sólido.

— Você se refere ao *casamento*? — Blanche arregalou os olhos.

— Para manter as aparências, sim. A questão é que eu quero que *todos* nós sejamos uma família. E não quero ter que escolher entre duas pessoas que tocam o meu coração. E não há razão para que eu deva. Sugiro que decidamos por nós mesmos. Hoje. E eu quero, mais do que tudo, ficar com você, Bram, e com você, Henri. A ideia de perder algum de vocês me deixa perturbado, e se vocês concordarem, gostaria de ver aonde isso nos leva. Juntos.

Hesitante, Henri dirigiu o olhar para Bram. Da mesma forma, Bram se voltou para Henri, como se estivesse procurando nele sinais de desaprovação ou talvez de outra coisa.

— Vocês já estiveram na vida um do outro uma vez — afirmei. — Sei que cada um de vocês sentiu algo pelo outro na ocasião. Será que vocês não podem se abrir para a possibilidade de que ambos possam me amar, e talvez também venham a se amar?

— É muito pouco convencional — começou Bram devagar, com o olhar oscilando entre mim e Henri. — Não vou dizer que não estou *surpreso* com a ideia. Dois homens apaixonados é igualmente estranho para este mundo.

Refletindo, Henri concordou.

— Por um longo tempo, senti que tinha que me esconder. Toda a minha vida, senti vergonha do que eu queria. Mas não vou mais sentir vergonha. Se é assim que podemos ser felizes juntos, então estou disposto a tentar — afirmou Henri e olhou de viés para Bram. — E não vou fingir que nunca desejei algo mais com Valancourt no passado. Só não sabia se ele correspondia ao meu afeto. Eu tinha esperança, mas arruinei aquela tentativa.

Bram engoliu em seco.

— Seu afeto florescente, conde, era de fato correspondido. Eu nunca esperei que algo acontecesse, mas... através de Emile, talvez todos nós possamos encontrar a felicidade. No mínimo, encontramos o nosso caminho de volta um para o outro.

Blanche bateu palmas, sorrindo de orelha a orelha.

— Isso é maravilhoso. Vocês três serão felizes juntos. Eu sinto isso.

Henri achou a minha mão debaixo da mesa e a apertou. Então, Bram bateu o sapato no meu do outro lado da mesa e olhou para mim com timidez.

Soltei um suspiro de alívio.

— Fico feliz por estarem dispostos a isso. Eu não sabia como vocês reagiriam, mas de fato não sou capaz de escolher entre vocês dois. Cada um de vocês é dono do meu coração.

Henri sorriu.

— Sem dúvida, não posso rejeitar os dois homens sedutores que vieram em meu socorro. Por que me contentar com um só?

— Ah, é? Sedutores? — Bram brincou.

— Bastante sedutores. — Henri piscou para Bram e me beijou no rosto.

Bram denotou desconforto com o gesto. Eu soube que levaria algum tempo para os dois se acostumarem com a ideia de ficarmos todos juntos, mas tinha fé de que os nossos sentimentos iriam evoluir, e isso funcionaria para nós no fim.

— Não será muito estranho para você, lady Morano? — perguntei, olhando para Blanche. — Você vai fazer parte da família e quero que fique bem com isso. Sei que pedir em casamento é um pouco demais.

— Sério? — Blanche bufou. — Eu já havia me empolgado com a ideia de me casar com o meu melhor amigo. E eu nunca poderia deixar Henri. Acho que este arranjo será bom para todos nós.

— Poderíamos encontrar outra maneira de satisfazer a sociedade — propus. — Você não precisa se sacrificar pela nossa felicidade.

Blanche ergueu uma sobrancelha.

— Ah, não seja tão chato, Emile. Isso não é nenhum sacrifício. E de qualquer forma, estou me correspondendo com uma pessoa muito interessante ultimamente, que pode ser persuadida a aceitar uma vida não convencional.

— Ah, é?

— Com certeza você se lembra de Carmilla.

Pisquei e, em seguida, bufei.

— Você deve estar brincando. Ela ficou interessada em mim, não ficou?

— Acho que você foi a desculpa de Carmilla para conversar comigo.

Ao digerir suas palavras, franzi a testa. Eu não tinha previsto essa... revelação.

— Essa é a nossa lady Morano — disse Henri, erguendo a sua xícara. — Encantadora como sempre.

— À lady Morano — brindei, sorrindo.

Então, todos brindamos em honra de Blanche.

— E a um futuro brilhante — acrescentou ela. — Para todos nós.

Henri e Blanche começaram a conversar a respeito dos galanteios de Carmilla. Então, Bram veio se sentar ao meu lado, me deu a sua mão e entrelaçamos os dedos.

— Você tem certeza disso? — perguntou ele, baixinho.

— Tenho. Contanto que você também tenha.

Bram olhou para Henri.

— Posso dividir o meu amor por você, desde que eu tenha a chance de expressá-lo com você.

— Podemos resolver as dificuldades à medida que a nossa relação progredir — sugeri, levando a mão de Bram aos meus lábios e lhe dando um beijo carinhoso. — Mas isso me deixa muito feliz. Vocês dois me deixam muito feliz.

Em resposta, Bram me beijou delicadamente na boca.

Discretamente, Blanche saiu da sala e fechou a porta, deixando-nos a sós para viver aquele novo relacionamento, que dava os seus primeiros passos.

— Podemos ir com calma à medida que avançamos — afirmou Bram, acariciando o meu rosto e, em seguida, o de Henri.

Em resposta, Henri suspirou e, então, sorriu.

— Mas qual seria a graça nisso?

Dei uma risada.

Nós três seríamos felizes, não importava o que viesse pela frente.

Desde que estivéssemos juntos.

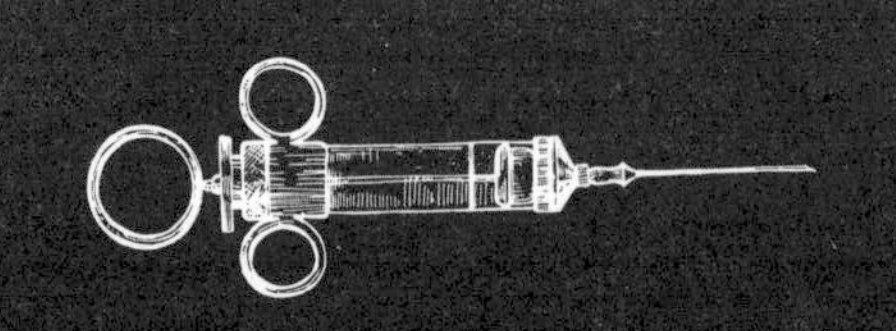

LEIA TAMBÉM

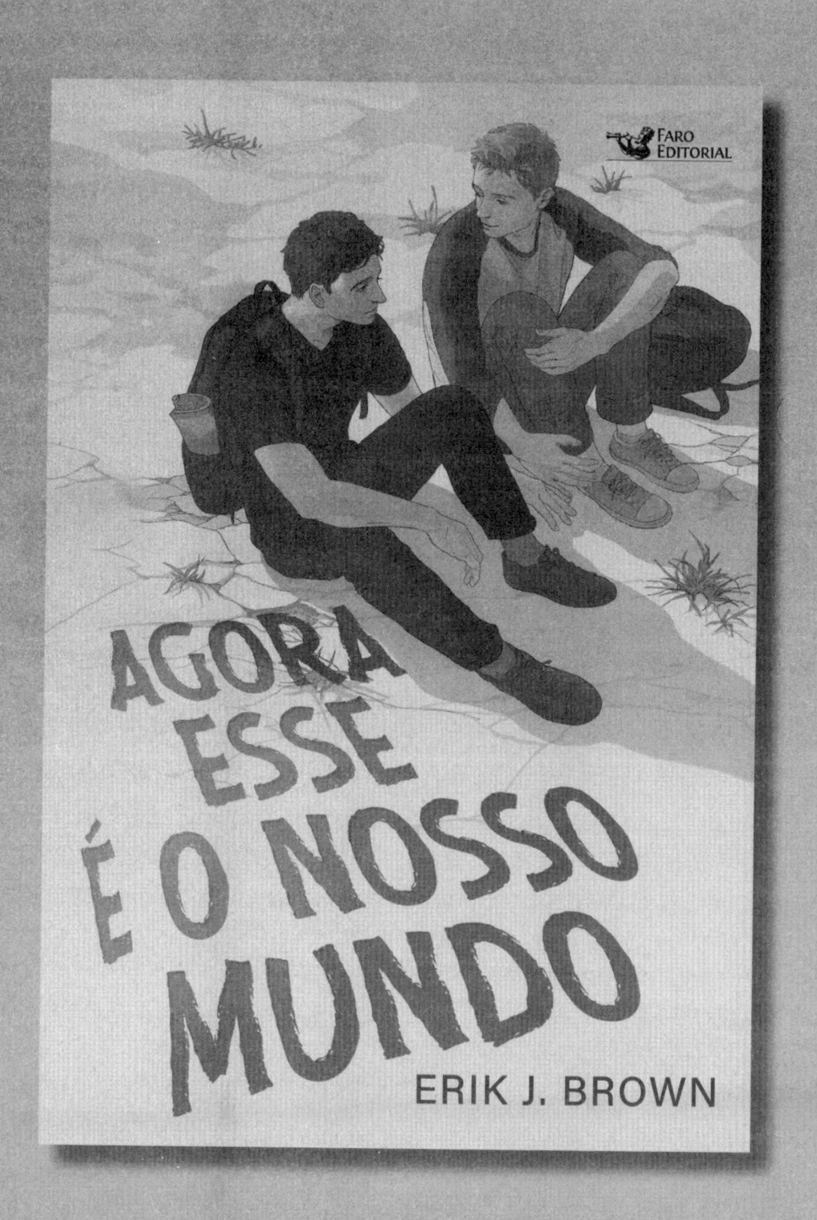

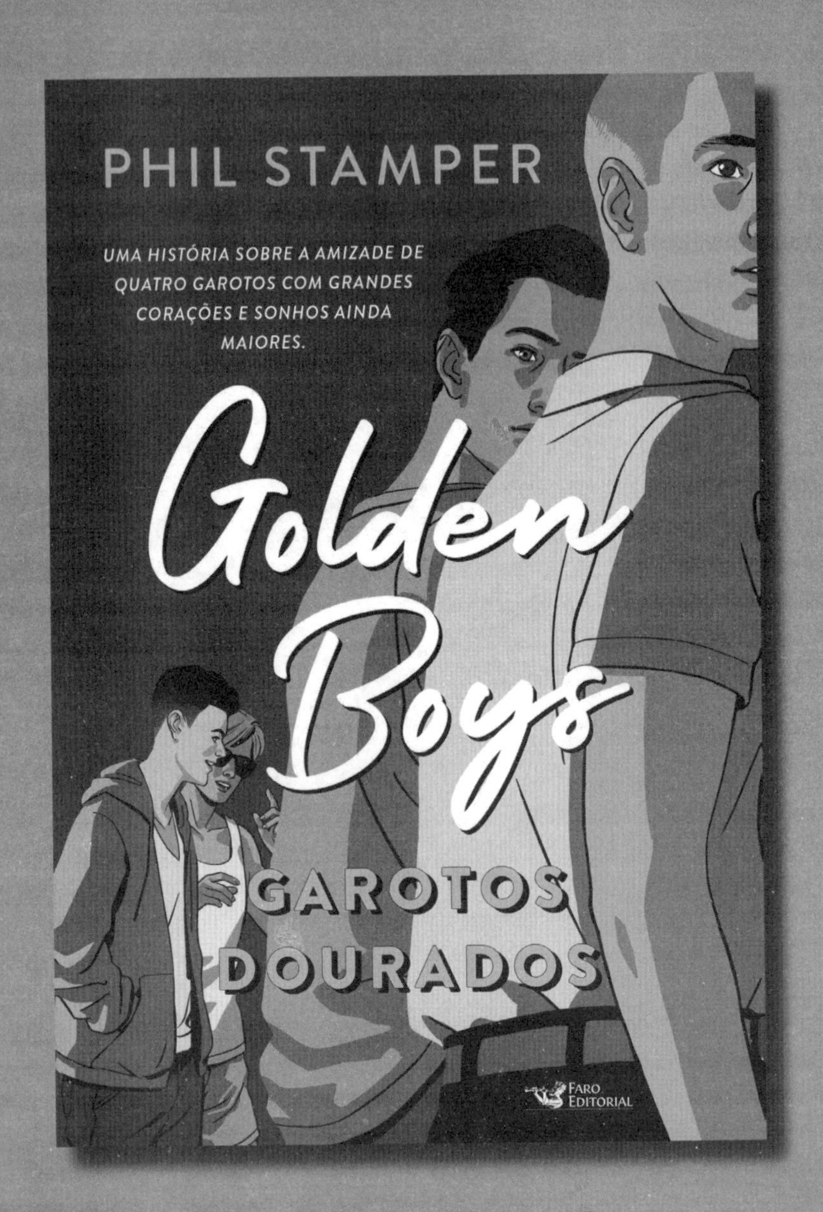
PHIL STAMPER
UMA HISTÓRIA SOBRE A AMIZADE DE
QUATRO GAROTOS COM GRANDES
CORAÇÕES E SONHOS AINDA
MAIORES.
Golden Boys
GAROTOS DOURADOS
Faro Editorial

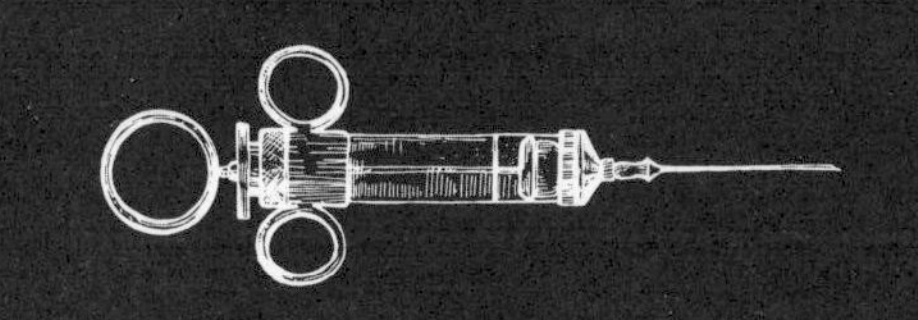

Campanha

Há um grande número de pessoas vivendo com HIV e hepatites virais que não se trata. Gratuito e sigiloso, fazer o teste de HIV e hepatite é mais rápido do que ler um livro.

Faça o teste. Não fique na dúvida!

ESTA OBRA FOI IMPRESSA
EM MAIO DE 2023